Prête-moi ta vie
1

LIVRE PREMIER

1

Sabrina Longworth s'attarda devant la vitrine du magasin d'antiquités *Quo Su*, rue Tia Jin. Allait-elle acheter le jeu d'échecs en jade merveilleusement sculpté ou la lampe de bronze en forme de dragon? Bien sûr, elle pouvait s'offrir les deux, mais si elle s'achetait tout ce qui lui plaisait, durant ce voyage de deux semaines en Chine, que lui resterait-il pour payer son retour?

Elle demanderait conseil à Stéphanie. Peut-être lui achèterait-elle la lampe, si toutefois elle en exprimait le désir.

Dans la pénombre, à l'intérieur du magasin, M. Su Guang observait la jeune Américaine. Il était ébloui par sa beauté. Artiste, conservateur des Beaux-Arts, il avait fait ses études en Amérique et s'était épris d'une blonde qui s'était donnée à lui et lui avait fait apprécier les charmes de la beauté occidentale. Jamais cependant, M. Su n'avait contemplé de femme aussi belle. A la lumière du soleil déclinant, sa chevelure, retenue sur la nuque par de petits peignes d'émail blancs, avait l'éclat du bronze doré.

De son visage, aux traits bien dessinés, émanait une mystérieuse fragilité, qu'accentuaient des lèvres aux courbes délicates, et des yeux d'un bleu profond comme la nuit. En l'observant, M. Su eut envie de lui proposer son aide. « Quel homme, songea-t-il, pourrait demeurer insensible à de tels charmes? »

Elle n'était pas très grande, mais avait un port de reine. Quel contraste avec tous ces gens qui grouillaient dans la rue. Certains rentraient chez eux, à pied ou à bicyclette, portant des poulets ou des canards vivants pour leur dîner; d'autres tiraient de petites charrettes avec leurs achats.

Immobile, la jeune femme lançait, parfois, un regard vers eux, mais la vitrine de l'antiquaire était l'objet de son attention et ses yeux demeuraient rivés sur deux objets précieux, les plus beaux. M. Su décida de l'inviter à entrer.

Ebauchant un sourire, il fit un pas en avant. Puis s'arrêta, muet d'étonnement devant la vision qui s'offrait à lui : à travers la vitrine, au lieu d'une jeune femme, il en vit deux.

Elles étaient semblables. Leurs robes de soie étaient identiques et venaient d'un magasin proche. Il le comprit tout de suite, mais n'eut guère le temps de s'attarder à ses pensées, car les jeunes femmes étaient déjà entrées.

Une fois la porte franchie, elles marquèrent un temps d'hésitation, le temps nécessaire pour adapter leur vue à la lueur des bougies et des lampes à pétrole. M. Su s'avança et s'inclina.

– Soyez les bienvenues. Accepteriez-vous une tasse de thé?

Celle qui était entrée la première tendit la main.

– Monsieur Su? Je suis Sabrina Longworth. Je vous ai écrit de Londres où je tiens un magasin d'antiquités, *Les Ambassadeurs*.

– Lady Longworth! Je vous attendais. Mais seule. Or, j'ai l'impression de voir double!

Elle éclata de rire.

– Ma sœur, Stéphanie Andersen; elle vit en Amérique.

– En Amérique! dit M. Su, le visage rayonnant. J'ai fait mes études en Amérique, à l'école des Beaux-Arts de Chicago.

Mme Andersen regarda sa sœur.

– Le monde est petit, dit-elle, puis elle se tourna vers M. Su. J'habite juste au nord de Chicago, à Evanston.

– Ah! je connais également, surtout l'université. Je vous en prie, prenons le thé.

M. Su était troublé par leur beauté, qui illuminait sa boutique. Comment pouvaient-elles venir, l'une d'Amérique, l'autre de Londres, alors qu'elles avaient, toutes deux, un vague accent européen? Elles avaient dû faire leurs études en Europe, conclut-il, et tout en leur servant le thé, il leur posa des questions sur leur voyage en Chine et les groupes d'antiquaires qui les parrainaient.

– Lady Longworth, dit-il en lui offrant une tasse de thé.

Elle éclata de rire et regarda sa sœur. Gêné, M. Su les observait l'une après l'autre.

– Je me suis trompé. (Il s'inclina.) Madame Andersen. Pardonnez-moi.

Elle sourit :

– Il n'y a rien à pardonner. Quand on ne nous connaît pas, on nous confond souvent. (Elle regarda de nouveau sa sœur :) La ménagère d'Evanston et la lady.

M. Su ne comprit pas, mais il fut soulagé. Il ne les avait pas blessées. La conversation reprit. Une fois qu'ils eurent pris plusieurs tasses de thé, il montra ses trésors les plus précieux.

Lady Longworth, remarqua M. Su, manipulait les objets avec respect et les évaluait d'une façon experte.

Il se rendit compte qu'elle savait également marchander. Elle s'arrêtait intuitivement dès qu'était atteint le prix limite, autorisé par le gouvernement; et sans perdre de temps, elle achetait ou examinait l'objet suivant.

– Sabrina, regarde! (Mme Andersen était à genoux, devant une collection de petits objets insolites. Elle les caressait des doigts.) Je vais en acheter un pour Penny et Cliff. Non, je ferais mieux d'en acheter deux.

Avec dextérité, M. Su manipulait son boulier, comptant tous les achats de lady Longworth, l'échiquier de jade, la lampe de bronze de la vitrine, sans oublier les frais de port pour Londres. Puis il sortit d'un petit coffre à secrets une sculpture d'ivoire et la tendit à Mme Andersen.

– Avec mes compliments. (Etonné de sa surprise il lui dit :) Vous l'avez admirée mais son prix vous l'a fait remettre à sa place. S'il vous plaît, acceptez-la. Vous avez fait des achats pour vos enfants; il m'est agréable de vous l'offrir.

Le sourire de Stéphanie exprimait une telle joie que M. Su regretta de n'avoir plus vingt ans. Il s'inclina et maintint la porte ouverte, tandis qu'elles le remerciaient; il les suivit du regard, puis elles disparurent au coin d'une rue étroite et sinueuse.

– Comment rentrons-nous à l'hôtel? demanda Stéphanie.

Elle portait la lampe de bronze, Sabrina l'échiquier, car elles n'avaient aucune confiance dans les envois non accompagnés.

– Je n'en ai pas la moindre idée, dit Sabrina, gaiement. Je croyais me rappeler la route, mais ces rues sont pires que le labyrinthe de Treveston. Cela nous apprendra à échapper à la vigilance de nos accompagnateurs et à errer dans Shanghai. Il nous faut demander à quelqu'un.

Stéphanie sortit de sa boîte la pièce d'ivoire que M. Su lui avait offerte.

– Tu as vu ça? (Sabrina lui tendit l'échiquier et s'arrêta pour examiner l'objet. Il était fait de douzaines de minuscules pièces sculptées de façon originale, qui s'emboîtaient les unes dans les autres pour former un cube ajouré. Une pièce bougea sous ses doigts.) Elle se détache! s'exclama-t-elle.

– J'ai peur, dit Stéphanie, je n'arriverai jamais à la replacer. Mais quelle merveille, ces deux reines enlacées!

– Perspicace, ce M. Su, quand il a dit que nous ne formions qu'une seule personne. Où sommes-nous, d'après toi?

Un homme à bicyclette s'arrêta.

– Puis-je vous aider? demanda-t-il dans un anglais correct.

– Nous ne trouvons plus le Heping Hotel, dit Sabrina.

– Ah! vous avez perdu votre chemin. Effectivement, il est difficile de s'y retrouver. Veuillez me suivre, je vous conduirai dans Nanjing Road East.

– Tout le monde parle anglais en Chine? demanda Stéphanie.

– On l'étudie à l'école, dit-il d'un ton détaché.

Puis il remonta à bicyclette, et elles le suivirent.

– Tu n'as rien acheté pour Garth, dit Sabrina.

– Je le ferai peut-être. Tu sais, je n'ai pas tellement envie de lui faire des cadeaux, en ce moment. Enfin, on a encore une semaine. Oh!

– Qu'y a-t-il?

– Une semaine seulement. C'est court. Avant de partir, j'avais l'impression que deux semaines, c'était l'éternité. Maintenant, j'y prends goût. J'aimerais... Sabrina, as-tu eu déjà envie de disparaître, ne serait-ce qu'un instant?

– Ces jours-ci, oui, au moins une fois par jour. Mais, en général, ce que je veux fuir, c'est moi-même, et où que j'aille, c'est le même problème.

– C'est bien ce que je voulais dire.

Leur guide tourna au coin d'une rue, se retournant pour s'assurer qu'elles suivaient.

– La Chine, c'est vraiment le bout du monde. L'endroit idéal pour disparaître, dit Sabrina.

– Alors, je vais peut-être rester, lança Stéphanie. Et disparaître pour de bon, quelque temps du moins. Finie, Stéphanie Andersen. Je dirai à M. Su que je suis lady Longworth, que je vais prolonger mon séjour de quelques semaines. Comme tu es sa meilleure cliente, il sera ravi de m'aider. Voilà, si ça ne te dérange pas, je prendrai un temps ton nom et ton titre.

– D'accord, mais si tu prends ma place, j'aimerais bien que tu puisses rentrer à Londres résoudre mes problèmes.

– Seulement si tu vas à Evanston résoudre les miens!

Elles éclatèrent de rire.

– Ce serait une farce extraordinaire, dit Sabrina.

L'homme à la bicyclette tourna de nouveau puis indiqua :

– Nanjing Road East.

Elles n'eurent pas le temps de le remercier. Il se fondit dans l'artère principale, au milieu de la fourmilière de gens à pied, à bicyclette, en voiture. Stéphanie marchait lentement, les yeux écarquillés.

– Ce serait un conte de fées, dit-elle. Vivre ta vie merveilleuse! Le seul problème : repousser ton milliardaire brésilien.

Sabrina la regarda.

– Il me faudrait repousser ton mari.

– Oh! non, tu n'en auras pas besoin. La plupart du

temps, Garth dort dans le bureau. Nous n'avons pas fait l'amour... depuis longtemps.

Elles se turent, en passant devant une librairie, puis devant un magasin de fleurs artificielles. Stéphanie s'arrêta, émerveillée devant les pétales de soie.

– Tu crois qu'on pourrait réussir? Je te parie que oui. Pas longtemps bien sûr, mais... on pourrait essayer.

Leurs regards se croisèrent dans le reflet des bouquets chatoyants. Sabrina acquiesça.

– Probablement, quelques jours. (Elle se mit à rire.) Tu te rappelles, à Athènes, quand tu...

– Nous pourrions nous observer de loin, en vivant chacune la vie de l'autre, savoir exactement ce que nous désirons, enfin, je pourrais savoir ce que je désire; toi, tu le sais toujours.

– Mais non, pas vraiment.

– Alors, nous pourrions, toutes deux, essayer de...

– Ah! vous voilà!

Leur guide qui sortait, avec le groupe, d'un magasin proche, leur reprocha d'être parties seules.

– On en parlera plus tard, eut à peine le temps de dire Stéphanie.

Elles furent dare-dare ramenées à l'hôtel pour le dîner et un numéro d'acrobatie qui devait durer quatre heures...

Ce n'est que l'après-midi suivant qu'elles purent bavarder. Stéphanie voulait faire du lèche-vitrines dans Nanjing Road East.

– Je ne fais qu'y penser, dit-elle. Et toi? Hier soir, j'étais trop fatiguée pour parler, mais j'ai réfléchi, et depuis ce matin, ça tourne à l'obsession.

– Je sais. (Depuis la veille Sabrina était obnubilée par cette pensée.) C'est une de ces idées folles qui ne nous lâchera pas comme ça.

– Pas si folle. Sabrina, je parle sérieusement.

Sa sœur la dévisagea.

– Ça ne résoudrait rien.

– Qu'en savons-nous? L'important, c'est de faire bouger les choses. (Elles se taisaient. Sabrina sentit son sang ne faire qu'un tour. Stéphanie touchait toujours au but.) Et c'est possible, poursuivit Stéphanie. On se connaît tellement, et on pense de la même manière. (C'était vrai. Elles le savaient : elles l'avaient toujours su.) Tout serait différent, et nous pourrions jeter un regard nouveau sur nous-mêmes... (Elle devenait volubile.) C'est si difficile, quand la moitié de ta vie est déjà derrière toi et que tu n'as jamais le temps de réfléchir. Je t'ai entendue si souvent dire que tu aimerais être à ma place, ne serait-ce qu'un instant. Nos vies sont si différentes... Ecoute, que dois-tu faire la première semaine après ton retour?

– Pas grand-chose. (L'idée avait cheminé, et la pensée de Sabrina allait de l'avant.) Je n'ai rien prévu au cas où je serais fatiguée à mon retour de Chine. Je n'ai pas grand-chose à faire. Le magasin peut même rester fermé une semaine de plus.

– Il n'y a rien à faire chez moi non plus, dit Stéphanie, agitée. Penny et Cliff sont indépendants. Tu peux téléphoner au bureau et dire que tu as attrapé une dysenterie ou un virus. Ils sont tous au courant de ce voyage en Chine; il m'a fallu une permission spéciale de deux semaines. Oh! mais il va te falloir faire la cuisine pour tout le monde à la maison!

Sabrina éclata de rire. Elle était radieuse.

– Je sais faire la cuisine.

– De toute façon, ils ne savent même pas ce qu'ils avalent, s'empressa de dire Stéphanie. Ils ont toujours envie d'être ailleurs. Tu seras pratiquement seule la plupart du temps.

Elles s'arrêtèrent devant un magasin où s'entassaient toutes sortes de bricoles : fleurs, dragons, petits bateaux, dépliants. Sabrina ressentit une fébrilité familière l'envahir. Elle avait connu cela tant de fois dans le passé : l'attrait d'un défi, l'excitation d'un combat victorieux. Tout cela l'envahissait, prêt à jaillir.

— Etre une autre... murmura-t-elle.

— Vivre la vie d'une autre, dit Stéphanie. Quelle aventure, Sabrina!

Elles sourirent en songeant au passé. « Déjà vingt ans », pensa Sabrina. Elles avaient onze ans, elles vivaient à Athènes. Leur première grande aventure.

Elles poursuivirent leur promenade.

— Une semaine, dit Stéphanie. Simplement une semaine incroyable.

— Tu en voudrais peut-être davantage, dit Sabrina, d'un ton badin.

— Et toi?

Tout près de l'hôtel, en face de la grande pâtisserie de Shanghai, elles rencontrèrent, par hasard, Nicholas Blackford avec un gros paquet de petits gâteaux. Il esquissa un sourire coupable.

— C'est trop dur de faire un régime, quand on est loin de chez soi. J'aurais dû amener Amelia. Il faut me réprimander, Sabrina, comme du temps où vous travailliez dans mon magasin, et m'empêchiez de faire des écarts. Ou bien, êtes-vous Stéphanie? Vous savez, j'ai honte d'avouer que je ne sais toujours pas vous reconnaître.

Tandis que Nicholas Blackford s'agitait, Sabrina et Stéphanie se lancèrent un regard complice. Les étrangers les confondaient souvent, mais Nicholas, lui, connaissait Sabrina depuis dix ans. Les yeux rieurs, celle-ci fit une longue révérence à Stéphanie.

— Lady Longworth, dit-elle d'une voix claire. Bienvenue à Shanghai.

2

Sans cesse elles avaient déménagé, pendant toute leur enfance. Entre le moment où elles arrivaient, installaient les meubles, pendaient leurs affaires et celui où les serviteurs refaisaient les malles, il ne s'écoulait qu'un court laps de temps. Et cela signifiait une langue différente, une école pleine d'inconnus, bref, une vie nouvelle.

A leur premier déménagement, elles avaient deux ans; elles se trouvaient à Washington. La famille connut alors de nouveaux horizons, tous les deux ans : Norvège, Suède, Portugal, Espagne – et maintenant, une fois de plus, il fallait partir.

Au retour d'une promenade à cheval, Sabrina avait trouvé sa mère en train d'envelopper un vase fragile dans une couverture.

– On ne va pas déjà s'en aller, on vient d'arriver!

– Il y a deux ans, dit sa mère. Et nous t'avons dit, papa et moi, au printemps dernier, qu'on partirait pour Athènes en août.

– Je ne veux pas aller à Athènes, gémit Stéphanie. J'aime Madrid, j'aime mes amis, et en première on va avoir le meilleur professeur du lycée!

– Tu te feras de nouveaux amis, à Athènes, dit sa mère calmement. L'école américaine a de bons professeurs. Et puis, à Athènes, il y a tant de choses merveilleuses.

– A Athènes, il n'y a que des ruines, grommela Sabrina.

– Que nous allons explorer, conclut sa mère, en plaçant le vase dans un carton bourré de journaux froissés. Je suis désolée, mes enfants, je sais que cela

vous contrarie, nous aussi. Seulement, c'est nécessaire.

— Papa doit être ravi, dit Sabrina, têtue. Chaque fois
que nous déménageons, sa réussite le gonfle d'orgueil.

— Ça suffit, Sabrina, dit sa mère sèchement. Montez
toutes les deux et allez trier vos affaires et vos livres.
Vous n'avez pas besoin d'aide.

— On est entraînées, murmura Sabrina à Stéphanie,
en montant l'escalier.

En fait, elle commençait à être attirée par Athènes,
mais elle ne voulait pas l'avouer; sa sœur était si
malheureuse. Le désir constant de Stéphanie était de
rester dans la même maison, la même école, avec les
mêmes amis, des années durant; elle exécrait le changement. Même lorsque Sabrina se taisait, Stéphanie
savait ce qu'elle ressentait; une telle communion de
pensées régnait entre elles.

— J'adore la nouveauté moi aussi, dit Stéphanie en
jetant ses pulls en vrac sur le lit. Mais ne serait-il pas
extraordinaire de vivre chez soi, quelque temps?

— Je ne sais pas, répondit Sabrina, en toute sincérité.
Nous n'en avons jamais fait l'expérience.

Vivre dans une maison en location n'était pas, à ses
yeux, une mauvaise solution; leur mère, d'un coup de
baguette magique, conférait à leur nouvelle demeure
beauté et confort au point qu'elles en oubliaient
l'ancienne.

C'est exactement ce qui se produisit lorsqu'ils arrivèrent à Athènes en août. Elles trouvèrent, au milieu
d'un jardin, une maison de deux étages, dont les murs
blancs étincelaient au soleil. Sabrina et Stéphanie
avaient chacune leur chambre; leur mère avait remis
en place meubles et tapis. Quand leur père dut se
rendre à l'ambassade pour faire connaissance du personnel et s'installer dans ses nouvelles fonctions, une

limousine les emmena toutes trois faire le tour d'Athènes et de ses faubourgs.

Plus elles avançaient, plus la ville les subjuguait. Sabrina ressentait une émotion intense. Tout était là, à portée de la main, offert à sa découverte : odeurs, spectacles, sons insolites, mots nouveaux à apprendre, nouvelles chansons à chanter, contes populaires à entendre de la bouche de serviteurs que leur mère engagerait, nouveaux amis pour échanger des histoires. Elle contenait difficilement son impatience.

Mais, devant la tristesse de Stéphanie, elle se tut et même sa joie s'évanouit. La première semaine de leur arrivée à Athènes, à l'instar de Stéphanie, elle baissait la tête et mangeait du bout des lèvres. Leur père, un jour, excédé, posa sa fourchette brusquement et dit :

– J'en ai vraiment assez. Laura, je pensais que tu leur avais parlé.

Elle fit un signe de tête :

– Je l'ai fait, Gordon. Plusieurs fois.

– De toute évidence, elles n'ont pas compris.

Il décida de prendre les choses en main.

– On va avoir un sermon, murmura Sabrina à Stéphanie.

– Une fois de plus, je vais vous expliquer, commença Gordon. Notre ministère des Affaires étrangères a créé un mouvement de rotation pour les membres du service diplomatique qui sont notés tous les deux ans. Nous ne discutons pas cette politique. Vous comprenez?

– C'est stupide, dit Sabrina. Tu repars toujours de zéro, comment peux-tu faire du bon travail?

– Il me semble, dit son père, irrité, qu'une fillette de dix ans ne peut tout de même pas traiter de « stupide » le ministère des Affaires étrangères! ou dire que son père ne fait pas du bon travail! Je t'ai déjà dit que ce système de rotation nous permettait de ne jamais être impliqués dans les affaires intérieures de pays étrangers. Nous devons d'abord fidélité à l'Amérique. (Il leur lança un regard grave.) Je dois ajouter que c'est bon pour vous, également. Comment pourriez-vous autrement connaître tant de pays?

– Tu veux dire, dit Sabrina aussi sérieusement que son père, que c'est bon pour ta carrière, donc qu'on ferait mieux de penser que c'est bon pour nous également?

– Sabrina, dit Laura d'un ton sec.

Elle fixa Sabrina, qui, au bout d'un moment, baissa les yeux.

– Excuse-moi, dit-elle.

Laura prit un verre de vin.

– Parle-nous de ta nouvelle école. Toi aussi, Stéphanie. Finies les disputes.

Sabrina, obéissante, décrivit ses professeurs de maths et de sciences; Stéphanie parla des livres conseillés en littérature et en histoire. Laura, perplexe, les observait. Elles devenaient difficiles à contrôler. Elle était fière de ses filles. Vives, spirituelles, dotées d'un esprit de repartie et d'une beauté certaine; mais trop souvent, effrontées et cachottières, se liguant par esprit d'indépendance. Elle ne savait plus comment les prendre.

En fait, elle n'avait pas le temps. Elle s'était vouée à la carrière diplomatique de Gordon Hartwell. A leur mariage, elle avait fait le vœu secret de l'aider à devenir ambassadeur, peut-être même ministre, et rien, dans les années qui suivirent, ne l'avait arrêtée, pas même la naissance imprévue des jumelles.

Collaboratrice de Gordon, elle le remplaçait aux réunions et aux réceptions auxquelles il ne pouvait assister, faute de temps ou parce que cela l'ennuyait. Elle était à ses côtés, inlassablement, aux dîners privés et aux banquets; dans l'intimité de son bureau, assise auprès de lui, elle l'assistait lorsqu'il pensait à voix haute pour tenter de résoudre un problème.

Il avait besoin d'elle. Autrefois, pauvre et inconnu, professeur d'histoire dans une petite faculté du Maine, elle lui avait offert sa beauté et son style de vie, qui ajoutaient à son prestige; mais aussi sa fortune et son sens de la vie mondaine. Même maintenant qu'il avait acquis le vernis du diplomate, qu'il s'était forgé une réputation d'expert en matière culturelle et politique, il avait besoin d'elle. Ils avaient encore beaucoup de chemin à parcourir; il en était conscient, et elle ne laisserait rien se mettre en travers de leur route.

Rien ne pouvait arrêter Laura, quand elle avait pris une décision. Elle organisait la carrière de Gordon, leur vie de nomades en Europe, leurs soirées mondaines et l'éducation de leurs filles. Son attention se portait essentiellement sur Gordon, mais elle s'assurait l'aide de serviteurs compétents pour Sabrina et Stéphanie; chaque fois qu'elle le pouvait, elle passait quelques heures à surveiller leur éducation.

Dès le départ, elle se fixa un objectif : les élever comme des individus à part entière. Pourquoi partageraient-elles le même cocon, simplement parce qu'elles étaient jumelles? Aussi leurs chambres étaient-elles meublées différemment; elles ne s'habillaient pas de la même façon et on leur offrait des cadeaux différents, pour les aider à avoir des goûts plus distincts.

Une fois de plus, Laura avait atteint son objectif : ses filles ne se ressemblaient pas. Sabrina, toujours prête à se lancer dans l'inconnu, tenait d'elle. Stéphanie ressemblait plutôt à Gordon : plus calme et plus prudente. Gordon s'en rendait compte également. Il ne leur consacrait pas beaucoup de temps, mais, lorsque cela lui arrivait, il s'intéressait particulièrement à Stéphanie, sous le regard sombre et maussade de Sabrina.

Elles n'étaient pas cependant aussi différentes que Laura l'eût souhaité. Elle ne pouvait nier que leur esprit fonctionnait en même temps, souvent de façon étonnante, et ce lien instinctif était si fort que rien ni personne ne pouvait le briser.

Ainsi, leur turbulence était-elle d'autant plus difficile à contrôler : deux adolescentes, et non une, revendiquaient leur indépendance!

– Pourquoi ne pouvons-nous explorer la ville seules? demanda Sabrina. On n'a pratiquement rien vu.

– Vous avez bien fait des excursions avec l'école, dit Laura.

Elle brossait ses cheveux, devant sa coiffeuse; leur éclat se reflétait dans le miroir.

– Ho! (Sabrina fit une grimace.) Nous connaissons toutes les statues, toutes les églises entre ce bas monde et le ciel, mais en un an, nous n'avons pas rencontré une seule personne en chair et en os, sauf à l'école – et ce sont des Américains! Allons faire un petit tour, simplement autour de l'ambassade. Tout nous est interdit!

– Non, intervint Gordon.

Il arrangeait sa cravate noire devant le triple miroir. Un dîner était prévu au King's Palace.

– Pourquoi? se lamenta Sabrina.

– Sabrina! dit Gordon sèchement. Baisse le ton!

Stéphanie, tout près de son père, insista :

– Pourquoi, papa?

– Parce que c'est dangereux, expliqua-t-il, en lui ébouriffant les cheveux. Pour les petites filles, et surtout pour les petites Américaines dont le père est membre de l'ambassade.

– Quelle sorte de dangers? demanda Sabrina. Maman sort seule; c'est une femme et elle est de ta famille. Est-elle en danger? Pourquoi ne pouvons-nous...?

– Sabrina! dit Gordon, agacé. Si je te dis que c'est dangereux, crois-moi sur parole. Je peux, à la rigueur, tolérer le refus du Premier ministre de Grèce de me croire sur parole, mais je ne l'admettrai pas de ma fille.

– Mais, qu'est-ce qu'on peut faire, ici? (Sabrina ne tint pas compte du geste conciliateur de Stéphanie qui avait posé la main sur son bras.) Vous sortez en nous laissant confinées avec les serviteurs, vous visitez Athènes, vous rencontrez des gens, vous vous amusez... Tout le monde réussit à vous côtoyer, sauf nous!

Laura fixait de petits peignes dans ses cheveux.

– Mais on passe du temps, ensemble...

– Non! éclata Sabrina. En général, c'est pour nous montrer à des vieux qui viennent d'Amérique!

Sans laisser à Laura le temps de manifester sa colère, Stéphanie attira son attention.

– La plupart du temps, tu es avec papa ou tu fais des courses. Et papa est tout le temps en train de travailler. Dans les autres familles, ça ne se passe pas comme ça. Ils passent des week-ends ensemble, ils mangent ensemble; c'est ça, une vraie famille.

– La seule famille que nous possédions, c'est nous, poursuivit Sabrina. Stéphanie et moi, nous sommes notre seule famille!

– Silence, toutes les deux! dit Gordon en bourrant sa pipe. Certaines professions exigent la coopération de toute la famille. Nous travaillons pour notre pays. Il serait égoïste de penser d'abord à soi.

– Tu ne penses qu'à ta promotion, riposta Sabrina, puis elle se déroba au regard de son père.

– Tu ne sais pas du tout ce que je pense, et tu ne vas pas faire de commentaires, ni ici ni nulle part. C'est clair?

Le regard de Sabrina croisa celui de Gordon.

– Si tu parles aux Russes sur ce ton, ça déclenchera la guerre.

Laura étouffa un petit rire. Gordon jeta violemment sa blague à tabac et Sabrina regarda les miettes de tabac tomber, comme de minuscules vers, sur le tapis.

– Sors d'ici, fit-il.

– Une minute, Gordon.

Laura, grande et belle dans sa robe de soie noire, parée d'un collier de perles, décida d'intervenir.

Sabrina haïssait sa beauté et son aspect lointain; pourtant, elle n'avait qu'un désir : se blottir dans ses bras et se laisser aimer. Mais Stéphanie était la seule qu'elle ait jamais serrée dans ses bras. Sabrina se demandait si ses parents s'étreignaient et s'embrassaient. Probablement pas. Ils pourraient froisser leurs beaux habits! Pourtant, sa mère eut une réaction surprenante.

– Les filles ont besoin qu'on s'occupe d'elles, dit-elle. Je vais les emmener faire des courses avec moi.

– Oh...! s'écria Stéphanie.

Mais Gordon fit non de la tête.

Laura poussa un profond soupir.

– Gordon, je fais de mon mieux. Je sais que tu n'aimes pas me voir déambuler ainsi, mais je t'assure que ce sont simplement des banlieues ouvrières, pas des repaires de terroristes. J'y vais parce que c'est là que je fais les meilleures affaires.

– Quels terroristes? demanda Sabrina.

– Il n'y a pas de terroristes, dit Gordon, exaspéré.

Mais il regarda sa montre : Sabrina savait la signification de ce geste : il leur avait consacré assez de temps.

– Emmène-les, si tu insistes, mais prends la limousine.

– Bien sûr.

Laura serra la ceinture de son manteau de soie.

– On y va?

L'expédition fut prévue pour le jour suivant, après l'école. Guidées par les enfants du voisinage, qui les surnommaient les trois belles Américaines, elles fouinèrent dans les magasins, les marchés, les maisons privées, à la recherche d'antiquités et d'objets d'art. Laura appelait cela son hobby, mais, depuis longtemps, c'était devenu une passion. Elle étudiait dans les bibliothèques, s'informait auprès des conservateurs de musée, assistait à des ventes publiques et regardait travailler les restaurateurs de meubles ou de tableaux. Avec les années, les maisons qu'ils louaient devenaient de véritables musées où elle exhibait ses achats : boiseries et mosaïques étincelantes, sculptures et tableaux, vitraux, tissus anciens. Laura savait à merveille évaluer les objets et marchander. Devant ses filles éberluées, elle déployait une aisance parfaite, elle était dans son univers où Gordon, jamais, n'avait pénétré.

Elle était également devenue conseillère de ses amis et de la *jet society* que côtoyaient les diplomates. Ils faisaient si souvent appel à elle que, si elle n'avait pas été la femme de Gordon Hartwell, elle aurait pu mener une vie différente. Elle se contenta de faire partager sa passion à ses filles.

Sabrina et Stéphanie devinrent pour la première fois les amies de leur mère. Elles partagèrent son univers intime; elles parlaient le même langage. Laura déversait ses connaissances sur elles et toutes deux les absorbaient avec avidité, comme si c'était de l'amour.

Toutes les trois, elles flânaient le long des rues, s'arrêtaient devant des boutiques crasseuses où des vieux bavardaient dans un coin; la poussière leur chatouillait le nez. Elles visitèrent des maisons où des

22

familles entières se rassemblaient pour leur montrer des tapis et des tableaux amassés depuis plusieurs générations. Mais ce qu'elles préféraient, c'étaient les marchés en plein air, avec, alignés les uns à côté des autres, tapis, paniers, tapisseries, vases, des meubles même; parfois quelqu'un gesticulait :

– Regardez! Venez acheter ici! C'est une affaire incroyable!

Sabrina et Stéphanie avaient envie de tout acheter, mais leur mère, implacable, séparait le faux du vrai, faisant fi des protestations des vendeurs qui espéraient rouler des Américains. Laura était tout à fait maîtresse d'elle-même; Sabrina et Stéphanie, les yeux écarquillés, la regardaient, pleines d'admiration : elle était si différente de l'épouse de Gordon.

Mais ces sorties-là n'avaient lieu qu'une à deux fois par semaine et, dès l'arrivée du printemps, Sabrina eut hâte de mieux connaître Athènes.

– Si on lui demandait d'aller faire des courses dans un nouveau quartier, dit-elle en sautant dans la limousine de l'ambassade, après l'école.

Théo, le chauffeur, leur dit, en les regardant dans le rétroviseur :

– Pas de courses, aujourd'hui, mesdemoiselles, votre mère m'a demandé de vous ramener à l'ambassade.

– Oh! non! s'écria Stéphanie.

De dépit, Sabrina envoya balader ses livres de classe.

– Il est probable que papa veut nous exhiber de nouveau. Eh bien, je ne marche pas. Je vais arborer mon sourire de circonstance, les dents en avant.

Le visage de Stéphanie s'éclaira.

– Et je vais loucher.

Ricanant bêtement, Sabrina ramena son épaule droite près de l'oreille, pour avoir l'air bossu. Tout en louchant, Stéphanie tira la langue. Elles étudièrent des

23

poses démoniaques, et imaginèrent leur père, guindé, disant à des hôtes solennels : « Je vous présente mes filles », et elles s'esclafèrent à l'arrière de la voiture.

– Bon sang! bon sang! grommela Théo.

Elles levèrent les yeux : qu'avaient-elles fait de mal? Mais ce n'étaient pas elles qui étaient incriminées. Il était furieux à cause d'un embouteillage dû à un accident.

– On va perdre une heure, dit-il, levant les mains au ciel.

Sabrina et Stéphanie se regardèrent; une idée merveilleuse traversa brusquement leur esprit. Elles attrapèrent chacune une poignée et, sans un mot, poussèrent la portière, la claquèrent et dévalèrent la rue, tournant à gauche, à droite, bousculant les passants.

Théo, vociférant, tenta de les rattraper, mais elles le laissèrent loin derrière.

– On a réussi! on a réussi! hurla Sabrina.

– Maintenant, on peut partir, seules, à la découverte de la ville.

La terre semblait légère sous leurs pieds.

– Oh, Stéphanie, n'est-ce pas merveilleux?

– Oh, oui! répondit Stéphanie.

Main dans la main, elles flânaient devant les vitrines, dans les squares grouillant de monde, grignotant un baklava acheté à un marchand de quatre-saisons; elles lisaient à haute voix les enseignes, pour enrichir leur vocabulaire, s'arrêtaient devant l'étal des bouchers, où elles écoutaient, fascinées, le sifflement macabre des poumons de mouton grésillant dans l'huile. A la fin, Sabrina jeta un coup d'œil à sa montre et soupira.

– Eh! ça fait déjà une demi-heure; on ferait mieux de rentrer avant que Théo ne s'effondre.

Mais, avant de faire demi-tour, elles entendirent des cris et un bruit de pas précipités; Stéphanie se baissa brusquement : une pierre frôla sa tempe et atterrit sur le mur.

– Des terroristes! s'exclama Sabrina.

Elle se retourna, attrapa la main de Stéphanie et la poussa dans un escalier jusqu'à une lourde porte qui était entrouverte. Elles se glissèrent à l'intérieur, la refermant derrière elles. La pièce semblait sombre quand on venait de l'extérieur; il leur fallut une minute pour apercevoir trois enfants blottis dans un coin. Quand Sabrina s'approcha, un bébé se mit à pleurer.

– Oh, non! dit Sabrina. (Elle se tourna vers l'aîné, un garçon de leur âge, mince, aux sourcils droits, à la tignasse noire bouclée, et dit en grec :) Peut-on rester ici, un petit moment? Des hommes se battent dans la rue.

Le jeune garçon et sa sœur s'exprimaient en grec, d'une façon saccadée; Sabrina et Stéphanie se lancèrent un regard impuissant; ils parlaient trop vite pour elles, mais elles reconnurent le regard profond du jeune garçon; elles l'avaient vu bien des fois. Il esquissa un large sourire, les montrant du doigt.

– Vous êtes un miroir, dit-il lentement en grec.

Et tous, ils éclatèrent de rire.

De la rue, parvinrent des bruits de collision et une altercation s'ensuivit. Une odeur âcre pénétra dans la pièce. Sabrina et Stéphanie entrelacèrent leurs doigts. Elles écoutaient, en silence. L'odeur leur monta à la gorge; puis elles entendirent des coups de feu.

Le garçon s'avança, poussant sa sœur et le bébé vers un petit lit; puis il les recouvrit d'une couverture. Le regard renfrogné, il s'efforçait de paraître courageux. Quand Stéphanie murmura : « Qu'allons-nous faire? » il indiqua la porte.

Sabrina se fâcha.

– Vous savez très bien qu'on ne peut pas sortir,

dit-elle en grec. (Les cris devenaient plus intenses.) Ce sont des terroristes.

Le garçon leur lança un regard de défi :

– C'est une guerre d'indépendance.

Sabrina sembla sidérée. Il haussa les épaules devant son ignorance.

Elle courut vers une fenêtre élevée, monta sur une caisse pour jeter un coup d'œil dehors, mais le garçon courut vers elle et la poussa. Elle tomba par terre. Stéphanie se mit à crier, mais Sabrina se releva.

– Il a raison. On aurait pu me voir. Je voulais simplement connaître la cause de cette odeur.

– Des voitures en feu, dit le garçon.

– En feu...? Pourquoi brûle-t-on des voitures?

– Pour bloquer la rue, grommela-t-il. Américaine stupide!

– Comment savez-vous que nous sommes américaines? demanda Sabrina.

Le garçon leva les mains au ciel, en signe de désespoir, puis elles se rendirent compte qu'on frappait à toutes les portes.

– On doit se cacher! dit Stéphanie, éperdue. Il ne faut pas qu'ils nous trouvent. Y a-t-il une autre pièce?

Il hésita, puis suggéra :

– Sous le lit.

Elles le poussèrent et aperçurent une trappe dans le plancher. Le garçon tira un anneau. Retenant son souffle, Sabrina se glissa par l'ouverture, tendant une main à Stéphanie pour l'aider à passer. La trappe se referma bruyamment, au-dessus de leur tête; elles entendirent le lit racler le sol, tandis que le jeune garçon le remettait à sa place.

Il faisait si sombre qu'elles ne pouvaient ni se voir ni distinguer ce qui les entourait. L'atmosphère était humide, l'odeur écœurante. Une cave, pensa Sabrina, mais le plafond était trop bas : elles se cognèrent la tête quand elles essayèrent de se lever. On frappa à la porte de la pièce au-dessus : elles restèrent immobiles, tapies dans l'obscurité. Les ongles de Stéphanie s'enfoncèrent dans la main de Sabrina. De sa main libre, Sabrina cherchait à tâtons un endroit où elles pourraient s'asseoir. Elle sentit une couche épaisse de poussière, sur le sol, puis une sorte de toile d'emballage. Un sac de pommes de terre. Voilà d'où provenait cette odeur nauséabonde : elles se trouvaient dans un cellier.

Elles s'assirent, les bras enlacés; leurs têtes se touchaient. A quelques centimètres au-dessus, des bottes arpentaient la pièce, des voix rudes posaient des questions rapides. Sabrina entendit le mot « fusil » et la réponse du jeune garçon : « Non. » Puis, elles perçurent des bruits de tiroirs qui se brisaient au sol.

Stéphanie frissonna; elle retint son souffle. Sabrina la prit par les épaules et la serra contre elle.

– Attends, murmura-t-elle à son oreille. Ils vont bientôt partir. Tiens-moi bien.

Elle ferma les yeux : c'était moins terrifiant de ne rien voir du tout.

– J'ai mal au cœur, murmura Stéphanie.

Sabrina hocha la tête. Elle aussi, était mal. L'odeur des légumes moisis montait en elle, et elle la sentait au fond de sa gorge. Elle eut un haut-le-cœur. Elle enfouit son nez dans sa veste et respira fort. Ça allait mieux. Au-dessus, les hommes se disputaient. Le bébé se mit à crier. Dans le noir, Sabrina sentit quelque chose monter le long de sa jambe.

Elle se renversa en arrière, au moment où Stéphanie, elle aussi, eut la même sensation, poussa un petit cri et tenta de se lever. Sabrina l'obligea à s'asseoir.

– Non, murmura-t-elle.

Elle pensait que les pleurs du bébé avaient couvert le cri de Stéphanie, mais elle n'en était pas sûre. Elle effleura les jambes de Stéphanie et la sienne. Des araignées. L'une s'accrocha à ses doigts et elle l'écrasa.

Elle tremblait de tous ses membres. Elle s'était efforcée de se montrer courageuse, mais la frayeur de Stéphanie la gagnait. Maintenant, à chaque pas au-dessus de sa tête, elle se sentait découverte. Elles seraient violées. On allait les tuer ou bien les échanger contre une rançon. Elles seraient coupées en petits morceaux, et l'un après l'autre, les morceaux seraient adressés à leurs parents, et leur mère sangloterait. Elles n'avaient jamais vu leur mère pleurer; y penser fit monter les larmes aux yeux de Sabrina, comme si la terreur de l'après-midi ne devenait réelle qu'à la pensée des larmes versées par sa mère.

Soudain, tout prit fin. Le garçon dit à haute voix :

– Mon père.

– Où?

– A Chypre.

Leur ton changea; l'un d'eux éclata de rire.

– Un patriote.

Les pas s'éloignèrent jusque dans la rue.

La porte se referma. On n'entendait plus que les vagissements du bébé.

Sabrina, régulièrement, se passait la main sur les jambes et sur celles de Stéphanie; de l'autre bras, elle tenait Stéphanie serrée contre elle, tout en gardant le visage plongé dans sa veste.

Dans le silence soudain, elle eut une nouvelle crainte : et si le jeune garçon les gardait prisonnières? Sans doute les haïssait-il, puisqu'elles étaient cachées, tandis que lui devait affronter, seul, les hommes. Et s'il bloquait la porte pour qu'elles ne puissent plus sortir?

Elle se leva d'un bond, se cognant la tête si fort qu'elle en eut un vertige; elle tenta de trouver la trappe, au plafond.

– Où es-tu? chuchota Stéphanie, terrorisée, mais Sabrina cherchait désespérément la trappe, à tâtons.

Quelque chose de pointu lui entailla les doigts : c'était un clou, à l'ouverture de la trappe : au même moment, le garçon l'ouvrit. La lumière lui fit cligner les yeux : elle se détendit, soulagée et honteuse. Il avait leur âge et était aussi effrayé qu'elles : comment avait-elle pu penser qu'il leur ferait du mal?

Il les aida à sortir. Une fois dehors, elles se regardèrent. Elles étaient sales : leurs chemises étaient déchirées, leur visage portait des traces de larmes. Sabrina avait les doigts ensanglantés à force d'avoir gratté. Quand elle bougea, une araignée tomba de ses cheveux. A sa vue, Stéphanie se passa frénétiquement les mains dans les cheveux. Le garçon remit en place les tiroirs que les hommes avaient jetés à terre. Sur le petit lit, la petite fille et le bébé se tenaient cois, les yeux écarquillés, le regard vide.

Maintenant que c'était terminé, Sabrina, intriguée, se tourna vers lui :

– Que désiraient-ils?

– Des fusils. Ce sont des patriotes grecs qui luttent pour l'indépendance de Chypre.

Sabrina avait vaguement entendu parler de cela à l'école.

– Pourquoi combattent-ils, ici?

– Pour se débarrasser des Turcs.

– Mais il y a des Turcs, ici?

– Non. A Chypre. Ils se battent contre les Grecs. Mon père s'y trouve. Je devrais être à ses côtés, dans la lutte contre les Turcs.

– Alors, qui se trouve dans la rue?

– Les Grecs, les Turcs et la police, dit le garçon, comme si c'était une évidence.

Stéphanie se sentait mieux. Elle savait que Sabrina avait honte de s'être cachée; elle eut honte également.

– Où est votre mère? demanda-t-elle.

– Elle est morte, ma tante devrait être là : mais elle est en retard.

– Morte. Oh! Sabrina, nous devrions...

Mais Sabrina le regardait, attentivement.

– Vous aimeriez vraiment vous battre?

– Si j'avais un fusil, je tuerais.

Le regard sombre de Sabrina s'illumina d'admiration.

– Comment vous appelez-vous?

– Dimitri Karras.

Leurs regards se croisèrent.

Le calme régnait dans la pièce; du dehors, seul le grésillement des voitures qui se consumaient leur parvenait.

– Sabrina, dit Stéphanie, il est tard. Ne devrions-nous pas rentrer? Et peut-être – si leur mère est morte – pourrions-nous...

– ... les emmener avec nous, termina Sabrina.

Dimitri bondit.

– C'est moi qui m'occupe de mes sœurs.

– Oui, dit Sabrina, mais venez passer un moment avec nous. Venez dîner, ajouta-t-elle, avec toute la grâce de sa mère lorsqu'elle recevait à l'ambassade. Notre chauffeur vous ramènera quand vous le désirerez.

Dimitri ne pouvait détacher d'elle son regard : elle était si belle, si fière! Une vraie reine. Il éprouvait un mélange de haine et d'amour.

– D'accord, dit-il enfin.

Quelques minutes plus tard, des pompiers arrivèrent

sur les lieux. Ils trouvèrent cinq enfants dans la rue : une fillette, un bébé dans les bras, un petit Grec, les yeux rivés sur deux jeunes Américaines identiques, repoussantes de saleté, mais d'une rare beauté, le visage entouré de boucles auburn. Les pompiers les emmenèrent au poste de police; de là, on les conduisit à l'adresse qu'elles indiquèrent; la police savait que c'était l'ambassade américaine : les conséquences risquaient d'être graves.

Un des policiers avait déjà téléphoné, et une foule s'était rassemblée devant l'entrée de l'ambassade. Laura se précipita vers Sabrina et Stéphanie pour les serrer contre elle; elle poussa un cri d'épouvante devant leurs vêtements sales, déchirés, et les mains ensanglantées de Sabrina. Gordon la suivit, le visage glacial. Quand il fut près d'elles, les flashes, de tous côtés, se déclenchèrent. Les trente reporters, comme tout le monde, avaient pensé que des Chypriotes avaient kidnappé les jumelles du chargé d'affaires américain.

Sabrina se pencha vers sa mère et se blottit dans la merveilleuse chaleur de ses bras. Tout allait bien, maintenant. Elles étaient de retour. Soudain, se rappelant Dimitri, elle se retourna et l'aperçut dans la foule des reporters qui se bousculaient.

— Attends! cria-t-elle.

Toutes deux s'écartèrent de Laura et allèrent vers Dimitri.

— Voici nos amis. Ils nous ont sauvées. Je les ai invités à dîner.

— Sabrina! dit son père, d'un ton cinglant. Plus un mot! Tu as fait suffisamment de dégâts, avec ton effronterie et ton insouciance! Combien de fois devrai-je te dire...?

Sabrina, abasourdie, le fixait, la bouche ouverte. Elles étaient de retour. Pourquoi son père les grondaitil? Il ne les avait même pas embrassées. Elle avait mal partout et elle était lasse. A la vue de l'ambassade, quel soulagement elle avait ressenti! Et puis leur mère les avait tenues dans ses bras... Pourquoi leur père la rendait-il si malheureuse? Ses yeux s'emplirent de larmes. Elle s'efforça de retenir ses sanglots, mais les larmes coulaient le long de ses joues jusque sur ses lèvres.

— Tu t'apitoies sur ton sort, ce qui montre bien que tu n'as aucune considération pour ma carrière. Cette fois, tu as entraîné ta sœur, et ces enfants également. Tu vas rentrer immédiatement; je déciderai des sanctions quand...

— Ce n'est pas Sabrina! Tu nous as confondues! (A travers ses larmes, Sabrina vit Stéphanie marteler le bras de Gordon. Stéphanie, elle aussi, pleurait.) C'est Stéphanie, pas Sabrina, tu nous as confondues; tu ne peux pas nous gronder devant tous ces gens; elle n'a rien fait; et puis l'idée, nous l'avons eue ensemble, nous sommes descendues de la voiture en même temps, Théo te le dira; quand le combat a commencé, nous nous sommes cachées; tu ne peux faire de reproches à Sabrina – Stéphanie – à aucune des deux, ce n'est pas de sa faute!

Les reporters pénétrèrent dans l'ambassade. Ils prenaient photo sur photo.

— Monsieur, si les jeunes demoiselles – Sabrina? ou Stéphanie? – voulaient nous dire ce qui s'est passé...

Gordon était muet de stupeur; son regard allait de Sabrina à Stéphanie et vice versa. Sabrina l'entendit murmurer :

— Comment diable puis-je?

Mais Laura prit la direction des opérations; elle s'avança vers les journalistes.

— Pas d'interviews, s'il vous plaît, dit-elle. Les petites sont épuisées par cette épreuve. (Elle-même ne se sentait pas bien, encore sous l'effet traumatisant des frayeurs de l'après-midi et du sentiment de culpabilité qu'elle avait éprouvé : elle ne s'était pas assez occupée de ses enfants, et, à cette heure, elles auraient pu être mortes. Mais les clameurs des reporters et la perspective d'un scandale menaçant Gordon la ramenèrent à ses devoirs : elle fit taire son angoisse. Elle se remettrait lentement, plus tard.) Sabrina, Stéphanie, faites entrer ces enfants. Allez chercher quelque chose à manger, et attendez-moi dans le bureau de votre père. Tout de suite! dit-elle.

Elles traversèrent l'allée; des flashes partaient de tous côtés. Derrière elles, un Gordon particulièrement aimable, ayant repris son sang-froid, promit aux reporters une déclaration le jour suivant.

Mais, le lendemain, des histoires à sensation parurent dans les journaux, sans la version officielle de Gordon, avec de grandes photos de Sabrina et de Stéphanie en compagnie des enfants grecs. Pendant ce temps, les jeunes filles furent enfermées dans des chambres séparées; mais une domestique grecque leur apporta les journaux avec le petit déjeuner, et plus tard, lorsque Gordon et Laura furent sortis, elle leur ouvrit la porte. Sabrina sauta dans la chambre de Stéphanie, le journal à la main.

– Je n'ai jamais eu ma photo dans le journal. En première page, comme papa et maman! Et ils disent qu'ils ont retrouvé la tante de Dimitri! Oh, Stéphanie, n'est-ce pas extraordinaire, tant de choses à la fois?

Stéphanie était assise près de la fenêtre. Elle était ennuyée; tout s'embrouillait dans son esprit.

– Papa a renvoyé Théo, dit-elle.

Sabrina s'arrêta dans sa lancée et alla s'asseoir près de la fenêtre.

– Je sais. Ce n'est pas juste. Papa sait que ce n'est

pas de sa faute. Pourquoi l'a-t-il renvoyé?... Mais tout cela est si palpitant!

— Même les choses désagréables? sanglota Stéphanie. Papa et maman sont furieux, l'ambassadeur a dit à maman qu'on était insupportables, que les Américains ne doivent pas se mêler aux combats de rue...

— Mais, on ne s'est pas mêlées...

— Et puis, c'est de notre faute si Théo a été renvoyé, et j'ai mauvaise conscience.

— Moi aussi.

Sabrina regarda par la fenêtre. Ses doigts lui faisaient mal; elle posa la main contre la vitre glacée.

— Tout le monde est furieux. On a vraiment mis la pagaille. Mais, tout de même, c'était passionnant, non? Ça nous a donné des frissons, et puis... je crois qu'on a touché à l'essentiel. Ça, c'est la vie! Plus que l'école, les livres, les films. Dimitri se sent tellement impliqué dans tout cela. Comme ces hommes... quelle aventure, Stéphanie!

— Je sais... c'était vraiment palpitant; maintenant, c'est terminé...

— Tout le monde, à l'école, va nous voir dans le journal...

— ... et être jaloux...

— Je parie qu'elles n'ont jamais vécu une telle aventure...

— Et même, elles auraient été mortes de peur. Elles n'auraient pas été aussi courageuses que toi.

— J'étais terrorisée et tu le sais. Chaque fois que j'entendais ces pas, au-dessus de nos têtes...

— Mais tu as fait preuve de courage, Sabrina. Comme toujours. Moi, malheureusement...

— Ne sois pas idiote; bien sûr que tu t'es montrée courageuse. Tu as dit à papa que tu étais moi.

— Oh! il le fallait; je me suis montrée si lâche dans

34

cette cave. Au moins, maintenant, on est punies toutes les deux.

– Tu as vu la tête de papa? Il était complètement perdu!

– Maman n'a pas été dupe.

– Elle savait quels vêtements on portait.

– Mais papa ne fait jamais attention à nous.

Elles se turent, en songeant à leur père.

– Stéphanie, dit lentement Sabrina, et si toutes ces aventures ne nous apportaient pas que de bonnes choses, si elles s'accompagnaient de désagréments, préférerais-tu ne pas les vivre?

– Oh! je ne sais pas. Je crois que j'aimerais tout de même. Si seulement on pouvait connaître les conséquences...

– Impossible.

Un oiseau vint se poser sur une branche, près de la fenêtre; elles pouvaient en distinguer chaque plume, tant il était proche. Sabrina aimait s'asseoir, ainsi, auprès de Stéphanie, dans la paix et la tranquillité. Parfois, elle enviait le calme de Stéphanie qui ne se montrait jamais impertinente, ni envers ses parents ni envers ses professeurs, et qui n'était pas attirée par le danger. Mais elle était si agitée, et il y avait tant de choses qui la tentaient, qu'elle ne pouvait rester en place longtemps. C'était étrange, mais elle pensait que sa mère, au fond d'elle-même, la préférait ainsi. Aussi, parfois, faisait-elle preuve d'insolence, ou prenait-elle des risques en gymnastique (les professeurs lui criaient alors d'arrêter, ce qui la réjouissait), simplement pour que sa mère ou les autres l'admirent et l'aiment. Mais, par-dessus tout, elle aimait la variété : il y avait tout à découvrir!

– Je crois, dit-elle à Stéphanie, qui l'écoutait attentivement, que je préférerais qu'il m'arrive des choses désagréables, plutôt que de ne pas tenter l'aventure.

Stéphanie réfléchit.

– Eh bien, dit-elle enfin, heureusement que tu es là, parce qu'autrement, je ne vivrais probablement aucune aventure. Vraiment aucune. Et je n'aimerais pas cela non plus.

Quelques mois plus tard, elles apprirent, par les journaux, que Chypre était en état de guerre. Dimitri et ses sœurs étaient partis avec leur tante, et Sabrina et Stéphanie dévoraient tous les journaux et magazines grecs, espérant avoir des nouvelles d'un certain Karras. Mais en vain; au printemps, elles partirent s'installer à Paris, sans savoir ce qui leur était arrivé.

Gordon Hartwell fut nommé chargé d'affaires de l'ambassade américaine à Paris, l'été 1960, l'année où Mgr Makarios arriva au pouvoir, sur l'île indépendante de Chypre, et où John F. Kennedy fut élu président des Etats-Unis. Mais quels que soient les changements dans le monde, la vie pour Sabrina et Stéphanie était la même qu'à Athènes. Leur maison était une enclave pour Américains, elles étudiaient à l'école américaine; elles allaient au fameux marché aux Puces de Saint-Ouen, seulement avec leur mère, jamais seules.

Mais Laura savait que la situation devenait explosive. Lorsque ses filles eurent quatorze ans, elle les laissa sortir avec les fils et les filles de diplomates d'autres ambassades. Il y avait des pique-niques, des sorties au bord de la mer, des bals, des excursions; elles allaient assister à des manifestations sportives, des courses de chevaux, faire des promenades à bicyclette, ou partaient aux sports d'hiver. Elles se firent des amis dans une douzaine de pays, et se mirent à parler une langue où se mêlaient accents et vocabulaires de tous pays. C'était un peu comme si elles avaient leur propre univers, séparé du reste du monde.

Une fois de plus, tout changea. Au dîner, un soir d'hiver, leurs parents leur annoncèrent la grande nouvelle : Gordon avait été nommé par le président, et confirmé dans ses fonctions par le Sénat, ambassadeur en Algérie. Mais, ajouta Laura, il y avait un problème. Parlant très vite, pour ne pas laisser à ses filles le temps de l'interrompre, elle leur rappela que l'Algérie venait de gagner son indépendance, que le pays n'était pas stabilisé et pouvait même être dangereux pour les étrangers. Ce n'était vraiment pas la place de jeunes Américaines.

– Aussi avons-nous pensé à un pensionnat en Suisse, poursuivit-elle.

Ils avaient sélectionné ce dernier parmi une douzaine d'écoles. L'institut international de jeunes filles Juliette était honorablement connu. Sous la direction de l'affable mais sévère professeur L. E. Bossard, les jeunes filles fortunées devenaient cultivées, d'un excellent niveau sportif, et suffisamment préparées pour l'entrée dans n'importe quelle université française, américaine ou anglaise. Le règlement était strict, les élèves surveillées de près. Le professeur Bossard s'assurait qu'aucun scandale ne venait ternir l'image de son établissement.

Gordon devait prendre ses nouvelles fonctions au printemps, annonça Laura à Sabrina et Stéphanie. Elle resterait avec elles à Paris jusqu'à la fin de l'année scolaire. Puis Gordon viendrait les rejoindre, et ils se rendraient en Suisse, en voiture, pour veiller à ce que les jeunes filles soient bien installées.

Sabrina lança un regard sombre à ses parents. Voilà à quoi sa mère avait œuvré, pendant des années : Gordon, ambassadeur. Et maintenant que l'objectif était atteint, elle préférait les éloigner.

– Ce n'est pas l'Algérie, dit-elle, c'est parce que papa est ambassadeur et que tu l'es, toi aussi, d'une certaine façon; et tu n'as pas envie de trembler tout le temps à l'idée qu'on puisse faire des bêtises, devant tous ces gens importants.

Laura lui donna une gifle. C'était la première fois qu'elle la frappait; elle en eut honte, immédiatement.

– Pardonne-moi, dit-elle à Sabrina.

– Tu n'aurais pas dû me parler ainsi...

– Ce n'est pas ce qu'elle voulait dire, s'empressa d'ajouter Stéphanie. C'est simplement parce qu'on n'a pas envie de partir.

– Si, c'est ce que je voulais dire, dit Sabrina. Et je veux partir. Je ne veux pas rester avec des gens qui ne veulent pas de moi.

Laura allait réagir, mais elle se ressaisit et, d'une voix douce et émue, murmura :

– Bien sûr, nous voulons que vous restiez : vous allez terriblement nous manquer. Mais on ne peut pas refuser cette affectation. Alger est encore en ébullition, les écoles ne sont pas...

– Très bien, dit Sabrina. Je comprends.

Elle avait l'estomac noué; elle haïssait sa mère, son père qui regardait par la fenêtre, indifférent.

– L'école semble extraordinaire. Qu'est-ce qu'on va s'amuser, Stéphanie! Je pense qu'on devrait s'entraîner un peu plus à parler français. C'est une école française, non? Il faudrait commencer maintenant, je crois. Stéphanie, veux-tu monter avec moi? nous allons nous y mettre tout de suite!

Il y eut un long silence. La famille Hartwell était réunie autour de la table, dans la merveilleuse maison que Laura avait faite, pour eux, à Paris. Personne ne disait mot. Ils étaient suspendus à un souffle, attendant d'être emportés dans des directions différentes.

Puis Sabrina se leva, suivie par Stéphanie. Elles montèrent dans leur chambre partager leur peine.

38

3

Ce soir-là, à dix heures précises, les portes d'acajou de la grande salle de réception de l'Hôtel de Genève s'ouvrirent sur un décor factice de palais vénitien. Des colonnes de marbre soutenaient un plafond voûté, et des fenêtres en ogive donnaient sur une toile de fond représentant canaux, gondoles et gondoliers. Sur le parquet verni, autour de la salle, étaient disposées une centaine de tables rondes; sur chacune, au centre, une orchidée, et quatre couverts. Les portes s'ouvrirent. Une foule de quatre cents jeunes gens en smokings et robes longues – véritable kaléidoscope – se déversa dans la salle, pour le bal donné à l'occasion de la distribution des diplômes.

Ils venaient de dix écoles chic, sur les rives du lac de Genève, et ils se connaissaient depuis des années, pour avoir participé aux mêmes activités, à des voyages dans les grandes cités d'Europe, et à des compétitions sportives. Le matin même, ils avaient assisté au festival annuel de sport du lac de Genève, leur dernière chance avant leur diplôme de gagner des trophées pour leur école. Leur nom serait gravé en grosses lettres d'or et d'argent, en cas de victoires au tir à l'arc, à la voile, l'escrime, la natation, l'équitation, ou au football. Du matin jusqu'au milieu de l'après-midi, ils luttèrent, les cheveux plaqués en arrière, dégoulinant de sueur, sales, les muscles tendus dans leur désir effréné de victoire. Maintenant, polis et guindés, ils se retrouvaient mêlés pour une fête d'un autre style, parrainée par leurs écoles : chercher un ou une partenaire convenable, en vue d'un éventuel mariage.

Stéphanie, dans une robe légère de tulle jaune vif, sa chevelure ondulée tombant dans le dos, était assise à côté de Dena et d'Annie, dans un fauteuil doré; elle attendait Sabrina. Il fallait qu'elle lui parle. Tant de choses s'étaient passées; tant de sentiments nouveaux l'agitaient. Personne ne pouvait les partager, même pas ses deux amies intimes.

Non pas qu'elle eût besoin de Sabrina, comme par le passé; leurs vies, maintenant, étaient différentes, leurs amis aussi. Au début, à leur arrivée, lorsque, des rives du lac de Genève, la voiture les avait conduites sur la colline, elles s'étaient rapprochées l'une de l'autre; la route grimpait à travers des vignes aux feuilles vert tilleul, bordées de rouge, puis, au sommet de la colline, elles avaient découvert un parc; au fond, se trouvait un imposant château de pierre : l'institut Juliette. On donna à Stéphanie une chambre, au quatrième étage, qu'elle devait partager avec Dena Cardozo; Sabrina alla au troisième, avec Gabrielle de Martel. Elles vécurent là trois ans, et firent leurs études en compagnie de deux cent vingt autres jeunes filles. Elles n'étaient jamais restées aussi longtemps au même endroit.

Alors qu'auparavant les jumelles ne s'étaient jamais quittées, à l'institut, elles prirent des voies différentes. Elles suivirent des cours de dessin ensemble, rejoignirent l'équipe d'escrime mais, dès la première année, Sabrina fit de la voile. Stéphanie, elle, continua l'escrime et, en équipe avec Dena et Annie Mac Gregor, rapporta à l'institut quatre trophées.

Elles étudiaient et faisaient du sport, avec des groupes différents, mais elles se sentaient toujours liées par un fil invisible. Chaque fois que c'était possible, elles saisissaient l'occasion de choisir un après-midi pour sortir, loin des autres. Pour « faire le point », disait alors Sabrina, heureuse, lorsque, confortablement installées, elles pouvaient se confier leurs petits secrets.

– Eh! dit Dena, tandis qu'un serveur remplissait leurs verres de champagne, tu es encore en train de rêver. Reviens sur terre; je porte un toast. (Elle leva son verre :) A l'université et puis zut, tiens!

– Ne sois pas bête, Dena, dit Stéphanie qui attendait Sabrina, tu ne veux pas rester à l'école.

– J'ai envie qu'on reste ensemble.

– Alors, viens à Paris, avec Sabrina et moi!

– Viens, toi, à Bryn Mawr, avec moi.

– Je veux aller à Paris, Dena, à la Sorbonne.

– Tes parents t'ont inscrite à Bryn Mawr.

– Et nous nous sommes inscrites à la Sorbonne, il faudra bien qu'un jour ils comprennent qu'on a l'âge de prendre des décisions.

Dena fronça les sourcils.

– Tu es dure.

Stéphanie hocha la tête. La détermination de Sabrina l'avait emporté; seule, elle aurait cédé à ses parents, bien qu'elles fussent, maintenant, indépendantes financièrement, leurs biens étant administrés par leur grand-père. Laura et Gordon voulaient qu'elles aillent à Bryn Mawr, parce que Laura y avait fait ses études, et qu'il était grand temps, d'après eux, qu'elles vivent en Amérique. Mais Sabrina et Stéphanie avaient choisi Paris; depuis des années, elles rêvaient de Paris.

– Avez-vous vu Sabrina? demanda Stéphanie, dont l'impatience grandissait.

Le bal allait bientôt commencer et elles n'auraient plus l'occasion de parler.

– Pas depuis le tournoi d'escrime, dit Annie. Tiens, voilà ton Charles. (Elle marqua un temps d'arrêt.) Qu'il est beau!

Elle se tut de nouveau pour laisser à Stéphanie le temps de lui faire des confidences.

Annie, du tac au tac, lui demanda :

– Où as-tu été cet après-midi, après le match?

– Me promener, répondit vaguement Stéphanie, lançant, à travers la foule, des regards vers Charles, assis avec ses camarades.

Elle eut soudain un pincement au cœur. Lui, si sérieux, souriait à une amie, comme il lui avait souri, l'après-midi même, quand il avait passé son bras autour de son cou et l'avait emmenée loin du gymnase et de ce tournoi d'escrime catastrophique.

Ils étaient allés déjeuner à Lausanne, dans un petit café, aux nappes rouges et aux rideaux blancs, seuls. Loin des spectateurs, elle s'était mise à pleurer à cause de son match perdu.

– Pas assez agressive, avait-elle dit entre deux sanglots. J'ai mis toutes mes forces dans un assaut pour gagner un point et quand j'ai eu besoin d'en gagner un autre – juste un – pour obtenir le trophée, je n'ai pas pu aller jusqu'au bout. Je ne sais pas pourquoi. Sabrina, elle...

Mais Charles lui avait dit qu'elle était merveilleuse, qu'il admirait sa grâce et sa dextérité.

– Chacun sait que la technique est plus importante que la force, avait-il dit, tu n'as pas besoin d'être agressive. Rappelle-toi comment ils t'ont applaudie.

Il lui avait parlé doucement, jusqu'à ce que ses sanglots s'apaisent et que son désespoir s'atténue. Elle s'était blottie contre lui, heureuse et confiante, en pensant qu'elle tombait amoureuse; puis, le ton de Charles avait changé. Stéphanie devinait qu'il essayait de lui demander de l'accompagner au petit hôtel, à côté : pour lui, c'était la première fois, et il ne savait comment s'y prendre. Stéphanie, aussi inexpérimentée que lui, ne savait pas, elle non plus, comment lui venir en aide.

Quand, le soir, elle abordait avec ses amies les problèmes sexuels, elles passaient toutes des heures à se demander comment dire oui ou non, mais jamais comment prendre l'initiative.

Elle l'entrevoyait dans cette salle bondée; le souvenir de leur bavardage et de leur intimité lui revint en mémoire. Ils songeaient à l'hôtel, à côté. Mais il leur fallut se quitter pour aller se préparer. « J'aime Charles », songea-t-elle, et cette pensée la fit sourire.

– Ah, dit Annie, pleine de curiosité devant son sourire, excellente promenade, sans doute.

Mais Stéphanie se taisait toujours. A Sabrina, seule, elle pouvait parler de Charles. Mais Sabrina n'était pas là.

Au son des trompettes, et sous les applaudissements, les directeurs des dix écoles de l'Alliance furent accueillis. L'orchestre attaqua le traditionnel pot-pourri des hymnes des écoles, puis la première valse. Les lumières éclatantes n'étaient plus, maintenant, qu'un pâle voile bleuté dans la nuit parsemée de centaines de bougies qui scintillaient, telles de minuscules étoiles. Les garçons se pressaient autour de Stéphanie, perdue dans ses rêves, attendant Charles.

– C'est vraiment dommage, ce championnat, dit l'un de ses partenaires, la ramenant sur terre. (Elle hocha la tête.) Mais vous êtes agréable à regarder, ajouta-t-il, d'un ton apaisant. En général, les filles ne m'intéressent guère, mais vous êtes si belle que je prends un réel plaisir à vous admirer.

Stéphanie s'arrêta de danser.

– Quelle remarque stupide!

– Eh! dit-il, sur la défensive, je voulais simplement...

– Je sais ce que vous vouliez dire. (Il ne l'intéressait pas; elle voulait Charles. Où était-il? Pourquoi ne l'avait-il pas invitée à danser?) Excusez-moi, dit-elle en s'éloignant parmi les couples qui évoluaient sur la piste.

Enfin, elle l'aperçut. Il était dans un coin, à l'abri des regards, en grande conversation avec une jeune femme. Elle tournait le dos à Stéphanie, dans sa robe aux reflets bleu argent; ses longs cheveux auburn étaient retenus sur la nuque par un ruban assorti. « Sabrina! » pensa Stéphanie; impatiente, elle s'avança vers eux. Etonnant de les trouver ensemble! Elle s'arrêta, en voyant l'expression de Charles – ardente, fascinée, passionnée. De tout l'après-midi passé ensemble, pas un seul instant il ne l'avait regardée ainsi.

La musique s'arrêta. Un jeune homme s'approcha de Stéphanie. Elle ne tourna pas la tête. Elle ne voyait que Charles et Sabrina.

– ... cette danse? demanda-t-il, en s'avançant vers elle.

Toujours sans le regarder, elle fit non de la tête.

– Pourquoi refuses-tu? cria-t-il. Stéphanie, qu'est-ce qui ne va pas?

Le ton plaintif de sa voix, qui l'appelait par son nom, résonna dans le silence qui précédait la danse suivante. Charles se retourna. L'espace d'une seconde, son regard croisa celui de Stéphanie; elle se sauva en relevant sa jupe et tenta de sortir, en se faufilant dans le tourbillon des couples qui virevoltaient.

Sabrina courut après elle. N'écoutant pas les questions passionnées de Charles, elle se fraya un chemin au milieu des danseurs surpris et se dirigea vers la sortie. Elle aperçut la robe jaune de Stéphanie dans l'ascenseur dont les portes se refermaient, dévala le couloir pour prendre l'ascenseur suivant et atteindre l'étage où les élèves de dernière année de l'institut passaient la nuit, en cette occasion.

– Stéphanie? (Elle frappa à la porte de Stéphanie et de Dena. Aucune réponse. Elle attendit, retenant son souffle. Son cœur battait, au souvenir du profond désespoir qu'elle avait lu sur le visage de sa sœur. « Je ne savais pas, se dit-elle, je ne savais pas. Mais j'aurais dû, si je n'étais pas si égoïste. ») Stéphanie, je t'en prie.

– C'est ouvert, dit Stéphanie.

Elle était recroquevillée sur le divan, en larmes; Sabrina courut vers elle, s'agenouilla sur le tapis et lui prit les mains.

– Pardonne-moi, pardonne-moi. Pourquoi donc faut-il que je te fasse du mal, à toi que j'aime plus que tout au monde? (Stéphanie essaya de la repousser, mais Sabrina tint bon.) Je t'en prie, Stéphanie, je ne voulais pas te blesser. Je ne faisais pas la coquette. Il s'est simplement approché de moi...

Stéphanie retira ses mains, d'un geste brusque.

– C'est toujours la même chose. Ils ne font que « s'approcher de toi », dit-elle avec fureur. As-tu déjà pensé à leur dire *non*?

Sabrina la regarda fixement.

– Oui. Mais là, c'était différent. Charles...

– Ne mens pas! Une fois de plus...

– Stéphanie, arrête, je te dis que c'était différent. Il croyait que j'étais toi.

– Ce n'est pas vrai! répondit vivement Stéphanie.

– Si, c'est vrai. Je suis arrivée en retard, j'étais seule, et quand il s'est approché, je ne l'ai pas reconnu. Je ne l'avais jamais vu, avant ce matin, et encore, je l'ai aperçu une minute, quand vous êtes partis, tous les deux. Il n'a pas prononcé mon nom, au début; on s'est mis à parler, puis soudain, il m'a appelée Stéphanie, mais je ne pouvais l'arrêter...

– Et alors! Tu aurais pu l'arrêter avant! Tu savais très bien ce qui se passait.

Sabrina capitula.

– Bien sûr que je le savais. (Elle regarda sa belle robe et songea qu'il était grand, le fossé entre l'être et le paraître. Elle était si malheureuse! Elle avait besoin de Stéphanie; elle était venue à sa recherche, désirant ardemment lui parler de ce qui lui était arrivé dans l'après-midi; et maintenant, elle venait de la blesser; elles se disputaient.) Sans doute ne voulais-je pas l'arrêter.

– Pourquoi? Il faut toujours que tu prouves à tout le monde que tu m'es supérieure!

– Stéphanie!

– D'accord, tu m'es supérieure. Tout le monde le sait. Tu as gagné la régate, ce matin. A ma place, tu aurais remporté ce tournoi d'escrime. Il ne faudrait pas que tu perdes un petit ami. Tu ne perds jamais.

Effondrée, Sabrina voyait l'abîme qui les séparait.

– Je ne savais pas que c'était ton petit ami, dit-elle, désespérée.

– Tu savais que j'avais quitté le gymnase avec lui. Tu aurais dû te douter de quelque chose. (Le regard de Stéphanie était vide.) Pourquoi ne lui as-tu pas dit qui tu étais?

Sabrina tenta de lui expliquer.

– Un événement a eu lieu, aujourd'hui. Je te cherchais, pour en parler, mais tu dansais, puis...

Malgré elle, Stéphanie fut touchée par le ton désespéré de la voix de Sabrina.

– Qu'est-il arrivé?

– Marco est arrivé de Paris.

– Je pensais qu'il ne pouvait pas venir avant demain.

– Il était fébrile.

Stéphanie perçut la remarque méprisante.

– Pourquoi?

– Un... jeu auquel il croyait que j'allais participer, maintenant que je suis adulte.

Leurs regards se croisèrent.

– Qu'as-tu fait?

– Je lui ai jeté un presse-papier à la figure, et l'ai prié de sortir.

Stéphanie éclata de rire.

– Et qu'a-t-il fait?

– Il est rentré directement à Paris, je suppose.

– Tu ne penses pas le revoir?

– Sans doute pas. Il m'a dit que j'étais idiote. Ce doit être vrai.

Une pensée traversa l'esprit de Stéphanie : une fois de plus, Sabrina l'avait battue; elle, on l'avait désirée, courtisée, alors que Stéphanie n'était pas parvenue à aller avec Charles à l'hôtel.

– Mais pourquoi me fais-tu ça, à moi? dit-elle, dans un sanglot.

Sabrina ressentit, de nouveau, les affres de la culpabilité l'assaillir.

Elle se leva d'un bond, se mit à marcher de long en large, se frottant les bras comme pour les réchauffer. Elle avait honte d'avoir joué ce tour à Charles, et peur du regard de Stéphanie. Mais le pire, c'était l'abîme qui les séparait. Comment en étaient-elles arrivées là?

– Je ne te l'ai pas enlevé. Je n'aurais jamais fait cela. Je ne me doutais vraiment pas de l'importance qu'il avait pour toi; quand je me suis rendu compte qu'il nous avait confondues, ça a été un jeu. Il n'a duré que quelques minutes; j'allais le lui dire quand nous avons entendu ton nom. Stéphanie, jamais je n'aurais voulu te blesser...

– Peu importe, dit Stéphanie, lasse. Il t'a préférée à moi. Quoi que je fasse, tu fais toujours mieux.

– Ce n'est pas vrai.

– Alors, dis-moi, pourquoi n'as-tu pas fait partie de l'équipe d'escrime?

– Pourquoi je n'ai...? Mais, c'était il y a un an. Cela n'a rien à voir avec...

– Parce que tu étais bien meilleure que moi.

– Je n'étais pas meilleure, mais différente.

– Plus agressive, plus redoutable. Chacun le sait.

Sabrina s'arrêta de marcher. La peine de Stéphanie lui allait droit au cœur.

– J'avais envie de faire de la voile. Et je savais que je serais skipper.

– Tu savais que personne n'aurait prêté attention à moi. Voilà pourquoi tu as quitté l'équipe.

– Non, je préfère la voile à l'escrime. C'est l'unique raison. (Elle n'avait jamais menti à Stéphanie, auparavant.) « Je suis désolée, pensa-t-elle, que faire? » De toute façon, qu'importe, c'est du passé. A moins que tu ne désires que l'on combatte l'une contre l'autre, à la Sorbonne; pourquoi ne pas l'envisager...?

– Il t'est plus facile également d'obtenir tes diplômes. (Sabrina secoua la tête. Elle ne se sentait pas bien. Depuis combien de temps Stéphanie cachait-elle ainsi ses sentiments?) Oh! oui, c'est vrai. Tu ne travailles jamais. Tu ne te bourres jamais le crâne. Et tu as « mention très bien »; et moi, je passe mon temps à bûcher.

– Et tu as aussi des « mentions très bien ».

– Oui, mais tout te vient facilement, Sabrina, les diplômes, l'escrime, Charles. Je suis désolée pour l'escrime, mais moi, je dois travailler dur et m'accrocher, ou je rate tout.

Elle pleurait. Sabrina s'agenouilla près d'elle.

– Je t'en prie, Stéphanie, arrête, arrête, je t'en prie. Je ne peux supporter que tu pleures à cause de moi. Je regrette pour Charles, pour l'escrime; mais c'est toi qui comptes avant tout.

Elle pleurait, elle aussi, parce qu'elle lui avait fait mal et que Stéphanie, dans sa colère, la rejetait.

– Je ne sais pas ce que tu veux que je fasse, mais tout ce que tu désires...

– Rien. (Stéphanie l'arrêta net :) Sabrina, j'ai décidé d'aller à Bryn Mawr, et non à la Sorbonne.

Abasourdie, Sabrina leva ses yeux vers elle :

– Bryn Mawr?

– C'est une bonne école et, puisque j'y suis déjà inscrite, grâce à papa et maman, je vais y aller.

– Mais on devait aller à Paris ensemble!

– Sabrina, n'aie pas l'air si... affolée! De quoi t'inquiètes-tu? Pour toi, tout ira bien. Je pense à moi. Je suis en quête de mon identité. Auprès de toi, c'est impossible. Tu es si brillante, si attirante, je n'existe plus à côté. Personne ne me remarquerait si, parfois, tu ne t'effaçais pas volontairement.

– Non, non! (Sabrina secoua vivement la tête.) Bien sûr, les gens te remarquent, qu'est-ce que tu racontes? (Mais Stéphanie se taisait; Sabrina se leva d'un bond et se mit à arpenter de nouveau la pièce. Pourquoi n'avaient-elles jamais abordé ce sujet? « Nous changeons, pensa-t-elle; nous ne parlons plus le même langage. » Aussi confia-t-elle à Stéphanie ce qu'elle n'avait même pas voulu s'avouer jusque-là.) Stéphanie, si j'agis ainsi, c'est parce qu'en fait, c'est exactement ce qu'on attend de moi. On me dit que je suis merveilleuse, alors, je cherche ce qui va plaire... (Elle se tut.) Sinon, j'aurais peur qu'on ne m'aime plus ou qu'on ne m'admire plus. Tu es la seule qui m'aime pour ce que je suis réellement. Tout le monde parle de ma beauté, de mes victoires en compétition. (De nouveau, elle marqua un temps d'hésitation, puis explosa :) J'ai besoin d'être le point de mire, mais j'aimerais qu'il en fût autrement!

Stéphanie s'était arrêtée de pleurer.

– A Paris, les regards ne seront fixés que sur toi.

Sabrina, immobile, regarda sa sœur.

– Je ne mérite pas cela. J'essayais d'être sincère.

– Excuse-moi. Je voulais dire que chacune, nous attirerons l'attention. Pour la première fois. (Elle avait le regard illuminé.) Ce sera une véritable aventure, Sabrina. Tu m'as toujours dit que je devrais être plus hardie, tu te rappelles?

Sabrina essaya de déceler de la méchanceté dans son regard. Impossible.

– Je n'ai jamais essayé de te rejeter dans l'ombre, dit-elle, désespérée.

– Peut-être pas. Mais il me semble toujours n'être que la sœur jumelle de Sabrina Hartwell. (Elle regarda ses mains.) Nous ne nous parlerons plus, nous nous écrirons.

Sabrina perçut une hésitation dans la voix de Stéphanie, elle commençait à flancher. « Peut-être vais-je pouvoir la faire changer d'avis. Si j'insiste, si je lui rappelle combien nous avons eu besoin l'une de l'autre, ces trois dernières années, elle viendra à Paris. De nouveau, on se retrouvera ensemble. Autrefois, elle avait dit à ses parents : " Stéphanie et moi, c'est la seule famille que nous possédions. " C'était toujours vrai. Je vais la convaincre de venir avec moi », songea-t-elle.

Mais elle n'y parvint pas. Stéphanie avait raison : il lui fallait être seule. Sabrina, effondrée, dut admettre que sa sœur ne voulait pas rester avec elle. Elle était fière de ses succès, mais Stéphanie devait fuir pour trouver son identité. « Je ne vais pas l'en empêcher, pensa-t-elle. Inutile de compliquer les choses. Ce soir, je lui ai fait assez de mal. »

Elle s'assit sur le divan auprès de Stéphanie et ravala ses larmes.

– On a de ces conversations, pour des vacances

d'été! dit-elle soudain gaiement. (Toutes deux, assises sans se toucher, avaient les mains jointes, comme il convient à des jeunes filles de bonne famille.) Je t'aime, murmura Sabrina à Stéphanie.

Le cordon ombilical était coupé.

4

Le public du Metropolitan Opera se tut quand les lumières s'éteignirent. Les projecteurs se braquèrent sur le lourd rideau de scène, le chef d'orchestre, de sa baguette, attaqua la première mesure, et dès l'ouverture, la sensualité de la musique de Bizet subjugua le public, son rythme cadencé donnant à Stéphanie une folle envie de danser. Elle se tourna vers Dena.

– Merci, murmura-t-elle, tant elle lui était reconnaissante.

Noël à New York, le shopping, le théâtre, et la loge des Cardozo pour son opéra favori. La musique l'envoûtait. Le rideau se leva, découvrant une scène où se pressaient des danseurs aux costumes bariolés, et des soldats en uniforme rouge rutilant.

Soudain, le charme fut rompu; quelqu'un ouvrit la porte de la loge, heurta une chaise. Stéphanie et Dena, surprises, se retournèrent.

– Désolé, dit une voix.

Dans l'ombre, Stéphanie vit un homme brun, d'une haute stature, qui essayait de refermer la porte tout en enlevant son manteau.

– Ne vous trompez-vous pas de loge? demanda Dena. (Il fit non de la tête et s'assit derrière Stéphanie. Dena attendit, mais il ne dit plus rien. Elle le dévisagea un instant, puis regarda Stéphanie, et tourna de nouveau son regard vers la scène.) Costume plutôt froissé, murmura-t-elle.

Stéphanie étouffa un petit rire devant la réflexion pertinente de Dena. Tout de même, il était respectable, même si son veston avait besoin d'être repassé. De plus, il avait assez d'assurance pour ne s'excuser qu'une seule fois.

Dans la minute qui suivit, elle l'oublia. Sur scène, Carmen adressait son chant languissant d'une sensualité à fleur de peau à Don José. Le chant se déversait sur le public, comme des paillettes d'or. Stéphanie, sous le charme, se pencha. Mais son esprit était ailleurs : elle ressentait un sentiment bizarre : rien à voir avec l'effet de la musique. Elle se retourna. Son regard croisa celui de l'inconnu qui l'observait.

Ce fut elle qui détourna le regard; il ne la quittait pas des yeux. Elle rougit. Il était plus âgé qu'elle; son visage, aux traits marqués, respirait la franchise. Il ne ressemblait guère aux étudiants de Bryn Mawr. Tournant légèrement la tête, comme si elle regardait vers la scène, elle s'aperçut qu'il ne cessait de l'observer. « Il rate tout l'opéra », songea-t-elle, avec une ébauche de sourire. Pour la première fois, elle se demanda qui il était, et comment il avait pu obtenir un billet pour la loge des Cardozo.

– Excusez-moi, dit-il. Avez-vous laissé tomber ceci?

Stéphanie se tourna pour regarder le programme qu'il tenait dans sa main tendue, et secoua la tête en souriant de nouveau. Il savait qu'elle ne l'avait pas fait tomber; elle le tenait encore ostensiblement. Une fois de plus, leurs regards se croisèrent. De nouveau, Stéphanie baissa les yeux. Mais elle sentit ses yeux sur elle, jusqu'à la fin du premier acte.

– Garth Andersen, dit-il, lui tendant la main, à l'entracte, quand les lumières se rallumèrent.

Dena s'empressa de lui serrer la main.

– Dena Cardozo. Etes-vous un ami des Barton?

Il sourit, devant le geste protecteur de Dena, accentuant ainsi son manque de maturité et d'assurance. « Ce n'est pas bien de sa part », pensa Stéphanie; comme s'il s'en était rendu compte, il ajouta aussitôt :

– Nous sommes de vieux amis. Et je vous prie de m'excuser pour mon entrée bruyante. Les Barton ont oublié de me dire qu'ils partageaient la loge, de plus, j'étais en retard et j'avais peur de manquer l'ouverture. (Il tendit la main à Stéphanie.) Nous n'avons pas été présentés.

– Stéphanie Hartwell.

Elle mit sa main ténue dans la sienne. « Avec des doigts aussi longs et minces, il doit être musicien ou artiste », pensa-t-elle.

– Que faites-vous, dans la vie? demanda Dena.

– De la recherche, répondit-il sans détour.

Il les invita à venir boire quelque chose au foyer. Il était intrigué par toutes ces questions. Une habitude peut-être? Et Stéphanie? Pourquoi se taisait-elle? Etait-ce par manque d'intérêt?

Garth répondit aux questions de Dena. Il était biologiste, professeur à l'université de Columbia, et faisait de la recherche.

– Dans quelle branche? demanda Dena.

Là, il répondit que c'était beaucoup trop compliqué pour une conversation d'entracte. C'était vrai. Mais, en fait, il ne parlait jamais de son travail à des inconnus, craignant de les faire fuir, par lassitude; en revanche, il désirait en savoir davantage sur Stéphanie Hartwell.

Dans cette salle comble qui résonnait de cris aigus et de conversations à bâtons rompus, il émanait d'elle paix et tranquillité. Tout en parlant, Garth se laissait envoûter par son regard d'un bleu profond, les lignes délicates de ses joues, sa bouche si finement dessinée, qui la rendait fragile et vulnérable.

Dena observait, mais sans jalousie. Elle était ravie qu'il s'intéressât à Stéphanie, car, de toute évidence, Stéphanie n'y était pas insensible. « Quelle chance pour elle, pensa Garth, d'avoir une telle amie!. A la fin de la soirée, il leur demanda s'il pouvait les raccompagner.

– Nous avons une voiture, dit Dena.

Soudain, elle leva les yeux, comme si un fait précis lui revenait en mémoire.

– Stéphanie, j'ai promis à maman de l'appeler avant de partir. Je reviens tout de suite.

Une fois seuls, Garth et Stéphanie échangèrent un sourire.

– Bonne idée.

– Dena a toujours de bonnes idées.

– J'aimerais vous revoir. Demain? (Elle fit non de la tête.) Alors, après-demain.

– Non. Je suis désolée. (La clarté de son regard reflétait la sincérité.) J'aimerais bien, mais je passe mes vacances dans la famille de Dena, et ils ont tout organisé pour nous. Ils sont si merveilleux avec moi que je ne peux absolument pas disparaître et contrarier leurs plans. Je suis désolée.

– Et après les vacances?

– Je retourne à Bryn Mawr.

– Pour passer vos diplômes?

Elle éclata de rire.

– Je ne suis qu'en deuxième année.

Il resta perplexe.

– On dirait... quel âge avez-vous?

– Dix-neuf ans.

– Vous paraissez plus.

– Dix-neuf ans, ce n'est pas suffisant?

– Je n'aurais pas cru, murmura-t-il d'un ton rêveur. Mais tant pis.

Dena revint, ils prirent leurs manteaux et se saluèrent amicalement. Garth resta dans l'ombre. Il se sentit un peu gauche, au bord de la route, en les voyant passer devant lui. Elles avaient la richesse, la classe, et tout l'univers devant elles. Il jeta un coup d'œil vers la scène, maintenant vide, où s'étaient égrenées trois heures de passion; il y vit une bouche fragile, un regard limpide et sincère. Il enfila son manteau et esquissa un sourire. Le manant qu'il était allait suivre le carrosse jusqu'au château.

L'université de Bryn Mawr était cachée au milieu des collines, dans un nid de feuillage, au cœur de la Pennsylvanie, à une heure de train de New York. Stéphanie venait d'arriver et commençait à défaire ses valises, quand un coup de téléphone retentit : c'était Garth.

– Je vais être dans le coin, ce week-end. J'ai pensé que je pourrais venir vous voir, si vous êtes libre.

Elle éclata de rire.

– Que venez-vous faire dans le coin?

– Passer la journée avec vous.

Ils se retrouvèrent à Pembroke Arch, lieu de rendez-vous du campus, et se serrèrent la main. Ils firent quelques pas.

– Où allez-vous m'emmener? demanda-t-il.

– Je dois m'arrêter à la bibliothèque une minute : j'ai pensé qu'après nous pourrions aller prendre le petit déjeuner à Wyndham House. Cela vous convient-il? Il est si tôt! J'ai pensé...

– Trop tôt pour vous?

– Non, je suis heureuse que vous soyez là.

Il avait neigé dans la nuit; ils suivirent des sentiers récemment déblayés, qui s'entrecroisaient, laissant apparaître de vastes espaces d'une blancheur éclatante, parsemés de bâtisses de pierre grise, de style gothique.

Garth suivit Stéphanie dans la bibliothèque; ils descendirent au sous-sol.

— Personne d'autre ne peut pénétrer ici, aujourd'hui, dit-elle, on va livrer quelques meubles pour la vente aux enchères qui va se dérouler en haut. Dès que j'aurai signé, nous pourrons partir. (Un camion était stationné devant la grille; Garth vit Stéphanie s'adresser au chauffeur. Elle revint au bout d'une minute, ennuyée.) Il dit que son chariot élévateur ne marche pas; il ne peut pas décharger les caisses. Voulez-vous aller prendre votre petit déjeuner, pendant que je cherche quelqu'un? Je ne sais pas combien de temps il va me falloir.

— Des chariots élévateurs, j'en ai vu beaucoup dans ma jeunesse, dit Garth. Puis-je jeter un coup d'œil?

Elle inclina la tête, étonnée, pendant qu'il se dirigeait vers le camion.

— Les chercheurs s'occupent-ils de chariots élévateurs?

— Les fermiers du Minnesota utilisent les chariots élévateurs et savent les réparer.

Il adressa quelques mots brefs au chauffeur qui alla lui chercher une caisse à outils dans la cabine du camion, puis se tourna vers Stéphanie.

— Jusqu'à quelle heure servent-ils le petit déjeuner?

— On a encore trois heures.

— J'aurai une faim de loup. (Il se pencha sur le moteur; avec des gestes adroits et précis, il chercha la cause de la panne.) Essayez, fit-il au chauffeur, au bout de quelques minutes.

Le moteur se mit en marche. Il revint en souriant vers Stéphanie.

– C'est beau, la science.

– Les fermiers du Minnesota aussi.

S'approchant de lui, elle passa la main sur son front, et la retira, toute couverte de graisse.

Il sourit d'un air contrit et montra ses mains noircies.

– Je n'ai jamais travaillé sur un moteur sans en emporter toute la graisse. Ma mère me le disait toujours. Où puis-je me laver?

– Vous traversez le couloir; c'est au fond.

– Ne partez pas.

– Non.

Il s'éloigna, sentant encore le contact de sa main. Il la retrouva au même endroit; elle signait le bulletin de livraison.

Pour le petit déjeuner, Stéphanie eut la permission d'emmener Garth dans la salle à manger de Wyndham House, la plus belle du campus, généralement réservée, avec les chambres du haut, aux visiteurs et aux parents. Près d'une grande baie vitrée qui donnait sur le campus, ils se penchèrent sur le menu.

Elle lui lança des regards furtifs. Les traits marqués de son visage lui plaisaient. Ses joues saillantes faisaient ressortir ses yeux marron; sa bouche était ferme, et il avait une cicatrice au menton. Lorsqu'il souriait, de fines rides se dessinaient au coin des yeux, disparaissant dans l'épaisseur de ses cheveux noirs. Tout, chez lui, était fortement marqué; rien n'était estompé ou vague. Même sa voix, au timbre profond, pouvait sans effort se faire entendre de toute une assistance, dans la salle de conférences la plus vaste.

– Avez-vous encore votre ferme? demanda-t-elle.

– Non, je l'ai laissée à ma sœur et à son mari. (Maintenant qu'elle lui posait des questions, il s'exprimait avec aisance; il lui parla de la maison construite par son grand-père, du blé aux reflets d'or sous l'éclat du soleil, de la sensation de la terre, lorsqu'il passait, enfant, rêvant au moment où il deviendrait un homme de science célèbre, des heures de communion totale avec son père, qui lui enseigna tout ce qu'il savait pour qu'un jour, Garth pût diriger l'exploitation.) Une enfance paisible, protégée, dit-il à Stéphanie, tandis que la serveuse leur apportait des crêpes et des saucisses et remplissait leurs tasses de café. Une enfance pleine d'amour. Rien laissé au hasard; aucune incertitude pour l'avenir.

– Mais tout a changé? demanda-t-elle.

– Oui. Tout a changé. (Il se tut, se rappelant le passé.) A l'âge de dix-huit ans, j'ai obtenu une bourse pour l'université. J'aurais été le premier de notre clan à partir. Seulement, mes parents sont morts dans un accident de voiture. J'ai dû refuser la bourse pour diriger la ferme.

– Vous le dites si calmement...

– Ce ne fut pas ainsi, à l'époque. J'avais foi en certaines valeurs; mais... Il y a huit ans de cela, ajouta-t-il doucement.

« Huit ans déjà, pensa-t-elle. (Ses parents étaient morts, et, à l'âge de dix-huit ans, il dirigeait une ferme.) Pas étonnant qu'il ait pensé que j'étais jeune; je n'ai encore rien fait. »

– Et vous avez vraiment géré la ferme? demanda-t-elle.

– Pendant un an. Ma sœur allait encore à l'école; je suis resté avec elle. Une fois ses diplômes obtenus, elle s'est mariée. Je lui ai donné la ferme en cadeau de mariage. (Il se tut de nouveau, regardant le campus couvert de neige.) Puis, je suis venu à New York, à la recherche d'un monde où rien ne soit livré au hasard, et où il existât une chance de prédire l'avenir.

– La science... se risqua-t-elle à dire.

Il acquiesça en souriant. Elle écoutait si attentivement qu'il lui semblait entendre ce qu'il ne disait pas – sa pauvreté à New York, sa solitude, si différente de celle éprouvée à la ferme. Il n'avait pas le temps d'avoir des amis; il lui fallait gagner sa vie, tout en suivant des cours supplémentaires pour passer ses examens plus tôt et commencer à enseigner. Plus tard, lorsqu'il aurait pu sortir, il ne le fit pas; il avait peur de perdre du temps, loin de ses recherches, loin de la préparation de ses conférences, loin de tout ce qui pourrait ralentir ses progrès dans ce domaine. En dehors de quelques soirées passées auprès d'amis intimes, il n'était allé nulle part. Jusqu'à maintenant.

Il termina son café, et se rassit.

– A mon tour d'écouter. Je ne sais rien de vous.

– Mais vous n'avez pas terminé. Avez-vous trouvé ce monde où nulle place n'était laissée au hasard?

– Pas tout à fait. D'où venez-vous?

– J'ai été élevée en Europe. Mais où vous mènent vos recherches? Je ne sais rien de la biologie.

Garth éclata de rire, découvrant le plaisir de voir une jolie femme insister pour qu'il parle de lui.

– Nous étudions la structure et le comportement des molécules dans les cellules vivantes. Je me spécialise dans la structure des gènes et leur modification en vue d'éliminer les maladies génétiques.

Stéphanie réfléchit. Elle le dévisagea.

– Si vous modifiez les gènes, dit-elle avec hésitation, ne modifiez-vous pas la vie?

Il la regarda avec curiosité, comme le faisaient ses professeurs lorsqu'elle posait une question pertinente.

– Que voulez-vous dire?

– Ne jouez-vous pas avec... le principe de vie?

– Non, je ne dirais pas cela; vous avez l'air de penser que c'est un jeu de massacre. Regardez ces objets d'art que vous avez acquis; des artisans n'ont-ils pas altéré le bois pour les fabriquer? Un sculpteur ne change-t-il pas le marbre?

– Mais les artistes n'ont pas de pouvoir. Une statue ne peut changer le monde. Mais vous, vous le pouvez, n'est-ce pas, en modifiant les gènes?

– Sans doute.

– Eh bien, quelqu'un devrait contrôler tout cela.

– Qui?

Elle le regarda, tout en prenant son café.

– Le gouvernement?

– Mesquin, indigne de confiance, obtus, aucune vision globale.

– Des hommes de science, alors?

– Probablement du même acabit. Nous sommes, pour la plupart, un peu fous. Le fait est qu'on ne peut restreindre à priori la recherche; elle surgit chaque fois que vous essayez de l'éliminer.

– Je crois qu'il me faut réfléchir au problème. Qu'attendez-vous de la recherche?

« Elle retourne aux problèmes personnels, pensa-t-il, admirant sa ténacité. Mais ce serait trop long à expliquer. » Il n'insista pas.

– De faire fortune en inventant un sirop d'éternelle jouvence.

Elle se mit à rire.

– Qu'y a-t-il de mal à cela?

– Rien. Pour nous, c'est la routine. Pas de quoi en faire une histoire.

– Garth, votre but n'est pas réellement de faire fortune, n'est-ce pas?

– Ah non!

– Mais, vous l'espérez?

– Oh! si vous le prenez sur ce ton, *non*. Pas dans la recherche universitaire. Quant aux sociétés privées, elles paient bien, mais ce n'est pas mon style.

Elle resta pensive.

– Je n'aime pas subir les pressions commerciales. A l'université, je ne rends de comptes à personne. Peu importe si une découverte donne des résultats financiers fructueux. Là n'est pas le problème. J'aime la recherche, parce qu'elle me donne la liberté d'aider...

– L'humanité?

– Oui, en quelque sorte. Vous avez raison. Il est vraisemblable que je ne pourrai jamais me permettre de garder une fille comme vous. On s'en va?

– Oui. (Stéphanie sortit de l'argent de son porte-monnaie.) C'est vraiment la remarque la plus stupide que j'aie jamais entendue! Je trouve merveilleux que vous vous intéressiez à la recherche, aux gens, que vous préfériez gagner moins, mais faire ce qui vous plaît. Quelle remarque idiote!

Il lui prit le bras, quand elle se leva.

– Attendez, attendez une minute. D'abord, c'est moi qui offre le petit déjeuner.

– Vous êtes mon hôte. Je vous ai invité.

– C'est moi qui me suis invité pour la journée. Je suis peut-être un assistant qui s'intéresse à l'humanité, mais il m'est tout de même possible d'inviter mes amis au petit déjeuner. Oublions ma remarque stupide. Pourquoi partons-nous?

– Je dois retourner à la bibliothèque voir s'ils ont besoin d'aide. La vente a lieu dans moins d'une semaine, et il y a eu tant de personnel absent, ces jours-ci, que nous sommes en retard sur le programme. Je suis désolée, parce que je vous ai promis toute la journée, mais je dois le faire, c'est mon travail.

– Votre travail?

– Je travaille pour la section de dessin, et nous organisons la vente.

– Pourquoi faites-vous cela?

– Pour gagner de l'argent.

– Je pensais...

– Oui, je sais...

Garth avait offert le petit déjeuner; en traversant le campus, il se sentit soudain léger, et d'une énergie débordante. « Elle ne vit pas dans un château », se dit-il, et, faisant une boule de neige, il la lança avec force contre un tronc rugueux, où elle resta plaquée, telle une étoile blanche. Il regarda le visage radieux de Stéphanie.

– Parlez-moi de l'exposition. Savez-vous que j'ai toujours eu le secret désir de caresser un nu. Trouve-rai-je là l'occasion? Vous avez des nus?

Stéphanie éclata de rire. Quelle journée merveilleuse ils allaient passer!

– Nous allons voir des statues. Si vous les désirez nues, il vous faudra les déshabiller!

Ce fut à son tour de rire; il prit sa main dans la sienne, et tous deux montèrent l'escalier de la bibliothèque.

Garth eut largement le temps de réfléchir au personnage contradictoire qu'était Stéphanie Hartwell, avant qu'elle vienne visiter son laboratoire à New York. Il passa neuf samedis à Bryn Mawr, entre l'hiver et le printemps. Il apprit beaucoup de choses : l'existence de la sœur jumelle, le différend qui les avait séparées et qui n'était pas encore oublié, ses parents en Algérie, qui allaient bientôt s'installer à Washington où son père allait être nommé sous-secrétaire d'Etat pour les affaires européennes.

Il entendit parler de son école en Suisse, ridiculement snob et chère. Il apprit que ses goûts sophistiqués venaient, en partie, de l'éducation insensée qui consista à lui inculquer suffisamment de connaissances sur l'Europe pour remplir une encyclopédie, mais pas suffisamment sur l'amour et les hommes pour remplir une page de journal intime. Il avait été frappé par son esprit vif et sa beauté sereine, par les amies, comme Dena, qui l'entouraient et l'invitaient en vacances; tout le monde voulait offrir un foyer à Stéphanie. Tout comme Garth... parce qu'il était tombé amoureux d'elle.

– Rendez-vous à votre bureau, lui dit Stéphanie, lorsqu'il lui téléphona chez les Cardozo. C'est ridicule de venir me chercher. Par où passe-t-on?

Il lui expliqua, et elle se glissa dans sa chambre pour s'habiller. Vacances de printemps à New York : toute une semaine avec Garth. Les Cardozo le connaissaient, et n'avaient fait aucun projet pour elle. Une semaine avec Garth!

Alors qu'elle se dirigeait vers l'université, il lui sembla entendre des bruits confus. Des gens semblaient venir de toutes les directions; à un coin de rue, Stéphanie se trouva prise au cœur d'une manifestation : c'étaient partout des clameurs de jeunes rassemblés, qui arboraient des pancartes et acclamaient un garçon au visage couvert de taches de rousseur qui, debout sur un camion, hurlait dans un haut-parleur. Un cordon de policiers séparait Stéphanie d'un bâtiment de quatre étages, où se pressaient, aux fenêtres et aux balcons, une foule d'hommes et de femmes gesticulants. Inquiète, elle jeta un coup d'œil alentour. Elle s'informa auprès d'un agent de police, mais le bruit couvrit sa voix. Soudain, elle vit Garth. Il la prit par le bras, l'entraîna rapidement derrière le bâtiment occupé, et y pénétra par une petite porte.

L'ascenseur les mena au quatrième étage.

– Voici ma douce et paisible demeure. Drôle de présentation, dit Garth, d'un air contrit. Si j'avais su, je ne vous aurais pas laissée venir. Je crois qu'on est pris au piège, aussi va-t-on faire le tour rapidement et sortir.

– Je n'ai jamais été mêlée à une manifestation, Bryn Mawr est si tranquille...

– C'est une routine, maintenant. Elles font partie de la vie universitaire. (Il ouvrit une porte.) Venez dans mon bureau.

Le laboratoire était séparé par des cabines d'acier cloisonnées, tout en hauteur; Garth prit un peu de recul, pour observer la réaction de Stéphanie. D'abord, elle se montra sceptique, puis déçue, intriguée enfin. C'était une pièce étrange. Pas d'équipement rutilant; ni éprouvettes, ni flammes, ni liquide en ébullition, pas même un microscope. Au lieu de cela, entassés sur un long banc de stéatite, des « jouets » : des constructions de bâtons, de fils de fer, de boules, de morceaux de plastique, de ficelle et de papier, de formes, de tailles et de couleurs diverses. Par terre, des caisses regorgeaient d'autres jouets. Des photographies de constructions recouvraient les murs, et un grand tableau, gris à force d'être effacé, était barbouillé de diagrammes. Dans un coin, sous des piles de livres et de papiers, on distinguait une machine à écrire.

Garth eut un sourire forcé.

– Ici, on m'appelle M. Tinkertoy.

– Ça ne me surprend pas, dit Stéphanie. Garth, qu'est-ce que tout ce bazar?

D'un geste large, il l'invita à admirer.

– Mes modèles. Des œuvres d'art, toutes faites à la main.

– Garth, soyez sérieux!

– Vous savez, je suis sérieux. Tous ces modèles sont mes œuvres d'art.

– Expliquez-moi.

Il sourit devant la gravité de son visage.

– Chaque modèle représente une molécule. Les boules sont les atomes, les bâtons, les forces qui les maintiennent en leurs différentes positions. Les molécules, vous connaissez?

Elle acquiesça.

– Il y en a en Suisse, également.

– Excusez-moi. Je pontifiais?

– Un peu. Mais je ne sais pas grand-chose.

– Regardez. (Il effaça le tableau, et dessina, tout en parlant.) Voici la cellule et, à l'intérieur, le noyau. Dans le noyau, ces bouts de fil représentent des chromosomes, formés de la partie la plus grande d'une molécule spécifique.

Il alla saisir un modèle; mais, au même instant, un rugissement, dans la foule, se fit entendre; Garth, inquiet, regarda à la fenêtre.

– On reviendra une autre fois.

– Non, expliquez-moi, maintenant.

Elle le sentait tout proche, dans le silence du laboratoire; dehors, il y avait du danger, mais dedans, avec Garth, elle se sentait en sécurité.

– Je vais être bref. La molécule qui forme les chromosomes est l'ADN. En voici un modèle : une sorte d'échelle hélicoïdale. L'ADN est la molécule qui contrôle l'hérédité. C'est une ébauche; les différentes sortes de barreaux de l'échelle sont organisées de façon à former un code, avec toutes les informations nécessaires pour reproduire la vie. C'est là que j'interviens : en essayant de comprendre comment se forment cette molécule et cette échelle.

– Et quand vous y parvenez?

– Alors, j'apprends à réparer ce qui est endommagé. (Il reposa le modèle d'ADN sur le banc.) A l'heure actuelle, des gosses naissent avec des maladies incurables, parce que quelque part, dans la structure de l'ADN, un ou deux éléments se sont déplacés. Si nous savions comment... (Il s'interrompit. Les clameurs s'intensifiaient : une voix féminine se fit entendre, par le haut-parleur.) Il y a encore des choses à dire, mais ce sera pour une autre fois. Quand le calme sera revenu. On y va?

En sortant, Stéphanie jeta un coup d'œil de l'autre côté du laboratoire. Cela ressemblait davantage à un laboratoire classique, avec des microscopes, des éprouvettes, des gobelets, des seringues, un évier. Sur un mur, près d'une grande fenêtre, des douzaines de souris blanches trottaient dans de petites cages. Regardant par-dessus son épaule, Garth dit :

– Bill et moi, nous travaillons en équipe; il étudie les maladies héréditaires sur les souris.

Stéphanie sourit.

– Des *tinkertoys* et des souris. Vive la science moderne!...

Soudain, elle poussa un cri. Une explosion la projeta contre lui, et des fragments de verre volèrent en éclats, à leurs pieds.

Garth lança un juron.

– Taisez-vous, dit-il brutalement. Essayez de retenir votre respiration.

– Pourquoi? demanda-t-elle, mais il la bâillonna littéralement, et la porta presque jusque dans le couloir. (Puis ils montèrent un escalier. Soudain, elle eut des soubresauts et se sentit mal : des larmes coulaient sous ses paupières enflées; elle sentit sa poitrine oppressée, tandis qu'un râle douloureux déchirait sa gorge en feu. Puis un souffle d'air frais parcourut son visage : elle entrevit la lumière; Garth la soutenait, de son bras puissant.) Impossible de ne pas pleurer, dit-elle. Je ne peux pas ouvrir les yeux.

Il la cajola, pour la rassurer.

– Tout ira mieux, dans quelques minutes. Ce n'est que du gaz lacrymogène.

– Que du gaz...

– Il ne provoque pas de dommages permanents.

Pouvez-vous rester seule, ici? Je vais chercher un peu d'eau.

– Où sommes-nous?

– Sur le toit. Je reviens tout de suite.

Au bout de dix minutes, Stéphanie put enfin ouvrir les yeux. Par-dessus le parapet, elle aperçut la police, qui, toussant, vitupérant, embarquait des étudiants dans des fourgons.

– Pourquoi la police nous a-t-elle lancé une grenade lacrymogène?

– Nous n'étions pas vraiment visés; quelqu'un a fait un mauvais coup. On pourrait penser qu'avec leur entraînement ils visent mieux. Mais enfin... Stéphanie, il faut que je retourne là-bas protéger la fenêtre cassée. Voulez-vous attendre ici?

– Non, je viens avec vous.

Dans le laboratoire, elle eut un mouvement de recul devant la fureur qu'il déploya. La rage montait en lui, alors qu'il parcourait du regard toute la pièce, le visage tendu, les veines du cou saillantes.

– Salauds! (Le mot jaillit, du plus profond de lui.) Enfants de salauds!

Elle suivit son regard jusqu'aux cages, où, un instant auparavant, elle s'était moquée des souris qui trottaient. Plus aucune ne bougeait. Elles gisaient, flasques, entassées les unes sur les autres; par la fenêtre cassée, une brise légère soulevait leur fourrure blanche.

D'un coup de pied rageur, Garth envoya valser la grenade lacrymogène vide, et les papiers qui jonchaient le sol, dans un désordre parfait. Le verre crissait sous ses pieds.

– Une année de travail fichue! Une année d'expériences et d'études... (Le ton montait.) Vous vous rappelez ces gosses dont je vous ai parlé, nés avec des maladies incurables? Ils sont au bout du chemin qui prend naissance ici. Vous comprenez ce que cela signifie? Vous vous rendez compte que cette université pense qu'il est plus important d'évacuer quelques étudiants, plutôt que de protéger le travail de ses savants?

– Vos paroles dépassent votre pensée, dit Stéphanie doucement.

Elle tremblait, non pas à cause du gaz lacrymogène, mais la douleur de Garth, son inquiétude, la touchaient profondément. L'essentiel, il le percevait. Il savait ce qu'il voulait et où il allait. Son univers était bien plus vaste que le sien.

S'agenouillant, elle se mit à ramasser les papiers éparpillés, et les mit dans une boîte qu'elle trouva sur le bureau. Garth voyait sa tête courbée, ses cheveux auburn tombant en avant, autour de son visage. Merveilleuse Stéphanie, si calme! Une sagesse qui n'est pas de son âge. Et une patience! Mais qui donc était-il, pour penser qu'il pouvait lui offrir ce qu'elle attendait? A côté d'elle, il se sentait tout gauche.

Elle se leva d'un bond.

– Je crois que je me suis coupée.

Du sang coulait le long de son index.

– Tout ce verre, dit-il, contrarié. Montrez-moi cela.

Elle tendit sa main, comme une petite fille. Avec précaution, il retira un long éclat de verre, trouva un pansement dans un tiroir, et l'appliqua sur la coupure. Elle tressaillit de douleur.

– Il en reste un, dit-il. (A son tour, elle l'observa, la tête penchée, alors qu'il cherchait dans le tiroir une petite pince.) On trouve tout, ici, murmura-t-il. Vous coupez-vous toujours dans un laboratoire de biologie? (Il leva les yeux et surprit son regard.) Savez-vous, dit-il sur le ton de la conversation, que vous êtes la seule femme au monde dont la beauté reste éclatante après avoir pleuré sous l'effet du gaz lacrymogène?

Vous venez de passer le test de beauté d'Andersen. Nous administrons une dose de gaz lacrymogène, et celles dont la beauté est seulement superficielle se transforment immédiatement en crapauds hoquetants. Pourquoi riez-vous? Je suis en train de vous dire que je vous aime, que je veux vous épouser, et je crois avoir trouvé l'éclat de verre; si vous vous tenez tranquille, je vais l'enlever. (Il se pencha sur sa main et explora la plaie.) Désolé, dit-il quand il la vit tressaillir de nouveau. J'aimerais également vous emmener chez moi et faire l'amour avec vous, désir que je ressens depuis plusieurs semaines, dans l'atmosphère moins favorable de Bryn Mawr. Voilà. C'est fait. (Sans lui jeter le moindre regard, il banda sa main.) Un boy-scout s'entraînant dans les prairies du Minnesota. Qu'en pensez-vous?

– A quel propos? demanda-t-elle timidement.

– Sur le premier point ou sur les deux, cités précédemment.

Elle s'avança vers lui, d'un pas assuré, connaissant déjà la forme que son corps prendrait, lorsque ses bras se refermeraient sur elle.

– Oui, dit-elle. Aux deux questions formulées plus haut.

En mai, les buissons, sur le campus de Bryn Mawr, sont en fleurs, symphonie de rose et de blanc, et le sol est un tapis de pétales qui tombent tandis que d'autres apparaissent. Un soleil brûlant balaie les pluies d'avril, les oiseaux se rassemblent sur les arbres centenaires. C'est la saison des mariages.

Dans la cour de la bibliothèque Thomas, Laura, debout à côté de Stéphanie, jetait un œil critique sur la mare circulaire avec ses canards, et, au bord, les rangées de chaises bien alignées, les longues tables où étaient disposés mets et boissons.

– On ne dirait pas un mariage, dit-elle, l'air pensif, mais une garden-party. N'avais-tu pas envie de quelque chose de plus solennel, ma chérie?

– Non, c'est ce que je désirais, dit Stéphanie, tout en regardant ses amis et ceux de Garth se rassembler en petits groupes pour la cérémonie.

– Ne bougez pas, toutes les deux, ordonna Gordon, qui prit une photo.

– Et quitter l'école, continua Laura, est-ce le bon choix? Es-tu sûre de toi, Stéphanie?

– Maman, si Garth part pour l'Illinois, comment puis-je rester ici?

– Il aurait pu attendre deux ans.

– Non, son travail dans le Middle West`est trop intéressant. (Elle embrassa Laura.) Nous allons acheter une grande maison, avec des tas de chambres, et vous pourrez venir nous voir. Vous ne connaissez pas Evanston, n'est-ce pas? Ni Chicago?

– Non, c'est vrai.

– Eh bien, maintenant, vous en aurez l'occasion.

Stéphanie vit Sabrina pénétrer dans la cour et rejoindre le juge Fairfax et les Cardozo.

– Excusez-moi, dit-elle.

Elle se fraya un chemin et prit les mains de Sabrina.

– Que tu es belle!

– Non, c'est toi... est-il possible d'être aussi heureuse?

– Quand je viendrai à ton mariage, je te poserai cette question.

Sabrina sourit.

– Le juge Fairfax dit qu'il nous a fait sauter sur ses genoux, quand nous étions enfants, à Washington.

– Et a prédit que c'est lui qui vous marierait, dit le juge.

– Le mariage de Sabrina sera le prétexte pour venir en Europe.

Sabrina leva les yeux au ciel, et une fois de plus, changea de sujet. Elle ne parlait jamais d'elle. Même dans ses lettres, elle décrivait ses journées, posait des questions intéressées, mais toujours un peu lointaines, comme elle l'avait été, l'été précédent, lorsqu'elles étaient en Ecosse avec leurs parents. Silencieuse, elle s'était alors tenue à l'écart, peu disposée à s'immiscer dans les conversations, comme si elle avait peur qu'on ne l'accuse d'éclipser sa sœur. Stéphanie le savait, mais elle se refusait à rendre les choses plus faciles. Cela rétablirait l'équilibre, pensa-t-elle, si, pour une fois, Sabrina se sentait mal à l'aise. Elle avait honte d'être mesquine, mais elle ne fit rien pour atténuer le malaise de Sabrina, et le mois qu'elles passèrent ensemble ne fut agréable ni pour l'une ni pour l'autre.

« Autrefois, nous étions complémentaires, pensa-t-elle, en voyant Sabrina parler aux Cardozo. Maintenant, je ne sais plus rien d'elle – qui elle aime, à quoi elle rêve. Elle non plus ne sait rien de moi. »

– Sabrina, dit-elle, effleurant le bras de sa sœur. (Elles firent quelques pas, la tête penchée l'une vers l'autre. Gordon les prit en photo : ses filles radieuses, identiques, mais dont la différence imperceptible s'accentuait : Sabrina, d'un calme et d'une froideur inhabituels, dans sa robe rose buvard, qui soulignait les formes de son corps, la chevelure masquée par un chapeau cloche assorti à sa robe; Stéphanie, éclatante dans la blancheur de sa robe longue gaufrée, bordée d'une dentelle brodée.) Je dois filer.

– Oui, dit Sabrina. Je crois que je comprends.

– Comment est-ce possible? Tu es partie très tôt de l'école, on n'a passé que très peu de jours ensemble, et il n'y a que moi qui ai parlé; tu ne m'as rien dit de toi.

– Peu importe. Tu as l'air si heureuse; je ne t'ai

jamais vue aussi radieuse. Stéphanie, je t'aime. Amuse-toi, aujourd'hui.

– Tu aimes Garth, n'est-ce pas?

– Bien sûr. Il est charmant et il t'aime. Stéphanie, je suis heureuse pour toi. Je te parlerai de moi une autre fois. Pas aujourd'hui.

Stéphanie passa ses bras autour des épaules de Sabrina et pressa sa joue contre la sienne. Elle était heureuse que Sabrina ne veuille pas parler d'elle, c'était là la terrible vérité. Elle ne voulait pas découvrir que, derrière les lettres banales de Sabrina, se cachait une vie plus excitante que la sienne. Elle avait Garth; elle n'avait pas besoin de Sabrina.

– Merci, lui dit-elle.

Elle fit alors un pas en arrière; Garth s'approcha d'elle.

– Vous n'avez jamais eu l'occasion de vous rencontrer.

Sabrina et Garth échangèrent un bref regard.

– Je suis désolé, s'excusa-t-il. Je pensais être ici plus tôt. Mais il y avait trop à faire. La fin de l'année scolaire, mon départ de l'université de Columbia. Toute cette nostalgie qui l'accompagne. Nous ferons connaissance plus tard.

Stéphanie secoua la tête.

– Difficile, à moins que Sabrina ne quitte Paris et vienne s'installer dans l'Illinois.

Sabrina laissa échapper un sourire, à cette idée. Garth fut frappé par l'expression espiègle de son sourire d'abord lointain. Mais elle se ressaisit; l'expression disparut.

– Vous nous rendrez visite, dit-elle. Les professeurs ne viennent-ils pas en Europe, pour leurs recherches ou... pour autre chose?

– Les enfants, intervint Gordon, le juge est prêt.

Le juge Fairfax se tenait debout, devant un massif,

Stéphanie et Garth devant lui, un ami de Garth à sa gauche et Sabrina à la droite de Stéphanie. Comme ils se préparaient pour la cérémonie, Garth murmura à l'oreille de Stéphanie :

– Elle est froide. Tu es bien plus vivante qu'elle. Et bien plus belle.

En un éclair, Stéphanie comprit le geste de sa sœur. Son cadeau de mariage : ternir sa beauté et réprimer la vitalité qui faisait d'elle le point de mire. Rester dans l'ombre pour lui permettre d'être la seule à attirer les regards. Un flot d'amour la submergea. Puis un flot de culpabilité. « Mais ce n'est pas de ma faute, pensa-t-elle, si nous ne sommes pas proches et si elle ne se confie pas à moi. Nous menons des vies différentes; nous n'avons plus besoin l'une de l'autre. »

« Comment le sais-tu? murmura une petite voix. Lui as-tu demandé si elle avait besoin de toi? »

Le juge Fairfax commença son discours, et Stéphanie chassa ses pensées et ses sentiments de culpabilité. Elle n'eut que le temps de songer combien il était étonnant qu'au moment précis où toutes deux étaient loin l'une de l'autre, elle ait trouvé Garth pour l'aimer. Puis toute son attention se porta sur la cérémonie qui allait faire d'elle sa femme.

5

– Le château de Treveston! (Stéphanie, médusée, parcourait du regard le nouveau domaine de Sabrina.) Quatre-vingts pièces, six cents hectares de fermes et de parcs... Garth, regarde! s'exclama-t-elle, en levant les yeux. Des paons!

Garth ralentit, jeta un coup d'œil vers les deux

paons, le château et, au delà, le lac d'un bleu argenté, recouvrant ce qui, autrefois, était des douves.

– Charmante chaumière, dit-il d'un ton ironique, tout en se sentant, malgré lui, impressionné.

« Sortie tout droit d'un conte de fées, songea-t-il; les garçons de ferme du Minnesota et les professeurs du Middle West auraient du mal à croire que cela puisse exister au XXᵉ siècle. » Malgré lui, il fut sous le charme : avec sa majesté et ses proportions admirables, ce château transportait au delà du réel.

– Tu imagines Sabrina vivant dans ces lieux, après son mariage? demanda Stéphanie. A sa place, j'aurais l'impression d'être un nain... parachuté dans une demeure de géants. Je me demande comment elle va faire!

– Demande-lui, suggéra Garth en arrêtant la voiture devant le perron.

Un serviteur s'approcha, ouvrit les portières et saisit les bagages.

Stéphanie aborda le sujet plus tard avec sa sœur, quand ils firent le tour du domaine.

– Je pense à tous ces gens, dit Sabrina; non pas aux quatre cents ans de guerres, aux chevaliers, aux processions royales, mais à cette famille et surtout aux parias. (Ils se promenaient, tous trois, par les chemins qui serpentaient au milieu de buissons de rosiers et de rhododendrons, tandis que Sabrina narrait l'histoire des parias de la famille Longworth.) Je crois qu'il leur en fallait un par génération, sans doute pour égayer leur existence, mais surtout pour se permettre d'être originaux à souhait, et avoir toujours quelqu'un de moins honorable à montrer du doigt.

Stéphanie éclata de rire.

– Et maintenant, qui joue le rôle?

– Personne à ma connaissance. Je crois que cela plairait à Denton, mais son père et le comité de direction n'apprécient guère la publicité et encore moins le scandale.

— Je ne savais pas qu'il travaillait. Comment trouve-t-il le temps de voyager et de rester avec toi?

— Il travaille quand ça lui chante. Il semble bien organisé...

Ils poursuivirent leur promenade, tout en bavardant. Garth contemplait les hautes haies du célèbre labyrinthe de Treveston.

— Garth, nous rentrons, dit Stéphanie; veux-tu visiter la maison?

— Je vous rejoindrai dans un instant, répondit-il.

Stéphanie lui avait montré l'une des lettres de Sabrina qui décrivait le labyrinthe : un triangle de six mètres de côté, planté en 1775 par Staunton Longworth tout en hautes haies, où les visiteurs pouvaient se perdre pendant des heures.

Devant l'entrée, Garth jeta un regard scrutateur, se demandant quelles figures géométriques Staunton Longworth avait bien pu utiliser. « J'essaierai plus tard, songea-t-il. Ou demain, après le mariage. »

A l'intérieur, il se laissa guider par le son de la voix de sa femme. Mais, déconcerté, il se rendit compte, en entrant dans la bibliothèque, que c'était celle de Sabrina. Etrange. Après bien des années, leurs voix restaient identiques.

— ... restauré le plafond, disait Sabrina, en faisant des gestes.

Garth prêta alors attention, admettant une fois de plus, en son for intérieur, que même si c'était anachronique, même si la maison ressemblait à un musée, c'était la plus belle chose qu'il ait jamais admirée.

Les pièces se succédaient, d'une majesté imposante : immenses et raffinées dans les moindres détails, de la parqueterie et des linteaux sculptés aux fenêtres à meneaux encadrées de tentures damassées ivoire, aux embrasses de velours à franges. Les bâtiments dataient de 1575, date à laquelle sir William Longworth, membre du Conseil privé de la reine Elisabeth, le fit construire dans le village de Treveston, sur une terre accordée pour ses bons et loyaux services. Cinquante ans plus tard, son petit-fils engagea le plus grand architecte d'Angleterre, Inigo Jones, pour remodeler la façade sud, ajouter trois pièces d'apparat et un grand escalier. Le château comptait aujourd'hui quatre-vingts pièces, avec toutes les modifications apportées par les descendants. Au xxe siècle, fermes et parcs avaient subi le contrecoup du progrès : un petit train à vapeur parcourait le domaine!

La troupe de Shakespeare vint donner des représentations dans le grand hall de Treveston, où des générations de Longworth avaient amassé des collections inestimables du Titien, de Rembrandt, de Gainsborough, des gravures et des livres précieux, des tapisseries et des meubles du xviie siècle.

— Bien entendu, on peut toujours prendre des initiatives : ajouter un tableau, un tapis, dit Sabrina à Stéphanie. (Elles étaient assises sur le balcon qui longeait le salon et la chambre. Elles prenaient le thé, tandis que Garth étudiait le labyrinthe.) Voilà la règle numéro un. Mais n'est-ce pas fantastique?

— Tu as l'air heureuse, dit Stéphanie.

— Est-il possible de l'être davantage? répliqua Sabrina.

Elles éclatèrent de rire en songeant au passé. « Quatre ans déjà, pensa Stéphanie. Quatre ans de séparation. » A cette époque, tandis qu'elle s'établissait à Evanston, Sabrina, reçue à ses examens de la Sorbonne, allait à Londres travailler chez un antiquaire, Nicholas Blackford, dans Lowndes Street. Elle vivait seule, dans un petit appartement, avait de nouveaux amis. Dans les lettres qu'elle adressait à Stéphanie, elle

76

ne parlait jamais de ce qu'elle ressentait. Maintenant, elle allait pouvoir le faire. C'était si bon d'être de nouveau ensemble. Elle se remémora l'expression de Sabrina, à leur arrivée. De l'amour. Et de la gratitude.

– Tu es heureuse, n'est-ce pas? demanda-t-elle.

– Heureuse ou folle de joie, dit Sabrina. Je pense, tout comme Denton, que c'est la même chose. Il est incroyable. Il parcourt le monde comme si c'était l'un des jardins de Treveston. Tu ne peux pas imaginer à quel point c'est merveilleux.

– Oh, oui! dit Stéphanie, d'un ton sec, embrassant du regard le lit à baldaquin, couvert des vêtements de Sabrina que la femme de chambre pliait et rangeait dans des valises, la coiffeuse et l'armoire Regency, les doubles fenêtres ouvrant sur le balcon où elles se tenaient.

– Non, ce n'est pas l'argent, dit Sabrina. Bien sûr, c'est bon d'en avoir. J'ai vécu au-dessus de mes moyens depuis mon arrivée à Londres. Ce n'est pas parce que le père de Denton est vicomte, bien que ce soit important. C'est surtout l'aisance de Denton, où qu'il se trouve. Il m'aime; et maintenant, j'ai acquis presque autant d'assurance que lui.

– Tu n'as pas besoin de Denton pour te donner de l'assurance.

– Mais si, c'est ça l'ennui. Tu sais combien j'ai toujours essayé d'impressionner les gens, pour qu'ils s'intéressent à moi... Regarde maman, comme elle est fière de moi et de mon grand mariage...

– Maman n'avait pas besoin de cela pour t'aimer.

– Peut-être que non, mais l'as-tu jamais vue faire preuve de tant d'affection?

– Non, reconnut Stéphanie.

Le lendemain, observant Sabrina après la cérémonie du mariage, Stéphanie pensa en effet qu'elle n'avait jamais vu chez quelqu'un autant de confiance et de maîtrise de soi. « C'est une reine, pensa-t-elle. Jamais, je n'aurai cette allure. Ni un château. » Elle ressentit une pointe de jalousie, qui disparut lorsque Sabrina se tourna vers elle et que leurs regards se croisèrent. « Je ne désire que son bonheur », songea-t-elle.

Du bout des lèvres, Sabrina lui adressa un silencieux merci, Denton lui fit alors signe de retourner vers les invités.

— Ma chère Sabrina, vous avez pris Londres d'assaut, dit la duchesse de Westford, en s'approchant d'eux. (Son visage rayonnait de l'admiration que seuls les gens de la haute société savent porter à la jeunesse et à la beauté. Sabrina, dans sa robe de tulle et de soie blancs, accepta le compliment en souriant. Son cou mince mettait en valeur la double rangée de perles et de diamants, cadeau de mariage de son mari; un double rang étincelait, comme des étoiles tissées dans sa chevelure auburn. La duchesse l'embrassa.) Je comprends pourquoi Iris vous a kidnappée pour son fils. Dommage que je ne vous aie pas rencontrée la première, pour le mien.

— C'est moi qui l'ai kidnappée, vous savez, dit Denton. Maman n'a fait que la trouver. Elle cherchait un bureau, elle a trouvé Sabrina.

— Le bureau aussi, dit gaiement Sabrina. Je le lui ai vendu et elle m'a conviée à prendre le thé.

— Quel goût exquis, dit lady Iris Longworth à la duchesse. Sabrina a aidé sa mère à meubler leur maison à Washington. Bien entendu, vous avez fait la connaissance de son père, le sous-secrétaire?

— Euh! acquiesça la duchesse, qui portait moins d'intérêt aux titres de Sabrina que son amie Iris.

— Duchesse, dit une voix impatiente, puis-je embrasser ma vieille camarade de classe? (Rouge de confusion, Gabrielle de Martel s'avança pour embrasser Sabrina.) Tu ressembles à une femme enlevée par un beau voyageur qui t'adore et a promis de t'offrir une partie de l'univers à chaque anniversaire et à Noël.

– Si je ne trouve rien de mieux, ajouta Denton.

– Mais alors, moi, que puis-je t'offrir, sinon la lune? demanda Sabrina.

– Oublie tout cela. Autrefois, je désirais la lune, mais maintenant je t'ai. (Il lui prit la main, et Sabrina sourit. Les yeux sombres et malicieux de Denton avaient souvent une certaine lueur dure, mais lorsqu'il la regardait, ils étaient empreints de douceur et de désir.) Je ne réalise pas encore que tu es à moi.

Les invités se succédaient.

– Sabrina, vous viendrez passer une semaine avec nous à Ranstead; dites-moi oui, je compte sur vous. Nous serons peu nombreux, vingt ou trente; ainsi, vous pourrez aisément être présentée à tout le monde.

– Nous vous attendons à Harleton House en août, Sabrina, n'oubliez pas.

– Sabrina, Denton vous a-t-il dit qu'on avait organisé un séjour de deux semaines à Colburn Abbey en septembre?

– Sabrina, avez-vous déjà engagé une secrétaire? Je puis vous recommander...

– Quand votre maison de Londres sera-t-elle prête, Sabrina? J'ai entendu dire que c'était une merveille!

– Jamais.

– Pardon?

– Nous allons vivre d'invitations le reste de notre vie, débarquer chez nos amis, y séjourner quelque temps, puis nous repartirons vers d'autres destinations. Nous n'avons que l'embarras du choix.

Iris Longworth effleura discrètement l'épaule de

Sabrina, esquissant, malgré elle, un sourire, devant son regard malicieux.

— Vous serez critiquée, si vous prenez les invitations de nos amis à la légère. Ils sont très sérieux.

— Merci, murmura Sabrina.

Sa voix, Iris le savait bien, n'était qu'indifférence; mais heureusement, elle n'avait même pas souri, malgré son irrésistible envie de rire.

Elle parcourut le cercle des invités; son regard, une fois de plus, croisa celui de Stéphanie. Mais Laura se trouvait là! Quand Sabrina regarda de son côté, elle fit un petit signe de connivence. « Voilà mon dernier cadeau, pensa Sabrina; j'offre à ma mère un arbre généalogique de quatre siècles. » Gordon était moins enthousiaste; il préférait Garth à Denton. « Plus solide, disait-il, plus sérieux! » En fait il voulait dire plus à son image; mais il était l'ami de Denton, et Sabrina savait qu'elle avait d'emblée fait la joie de ses parents.

Et Stéphanie? Calme, très affable, tandis que six cents étrangers la félicitaient et faisaient des commentaires sur son incroyable ressemblance avec sa sœur. D'après Gabrielle, elle rivalisait d'aisance avec les femmes les plus riches d'Angleterre, tandis que Stéphanie parlait de ses deux enfants, de sa vie dans un faubourg de Chicago, de la bourse de recherche accordée récemment à son mari.

Derrière Stéphanie, Sabrina vit Garth qui l'observait avec une curiosité non dissimulée. Elle sut ce qu'il pensait, esquissa un sourire, comme pour s'excuser, avant de se retourner vers les invités.

Garth, à l'écart, se pencha à une fenêtre. Il essayait de rattacher l'image qu'il s'était faite de Sabrina à cette femme vibrante, débordant de chaleur et de vitalité, pôle d'attraction de la soirée. Où donc était cet être froid et distant qui avait assisté à son mariage, quatre ans plus tôt à Bryn Mawr, et cette belle-sœur réservée qui avait rendu deux courtes visites à Stéphanie, à la naissance de leurs enfants?

Garth savait qu'il n'avait jamais connu cette femme. Un événement l'avait transformée, ou la Sabrina qu'il avait connue dans le passé avait caché son jeu.

Il lança un regard vers sa femme. Vêtue d'une robe longue rose pâle que Sabrina lui avait achetée à Paris, elle était d'une délicate beauté, diaphane à la lueur du crépuscule. Elle prétendait avoir grossi, Garth ne l'avait pas remarqué; elle surpassait toutes les autres femmes, sauf Sabrina, et elle tenait la dragée haute à toute l'aristocratie d'Angleterre. Garth était fier d'elle.

– Rusé, cet homme. Mieux vaut l'éviter, fit Sabrina avec un rire étouffé. (Elle se trouva soudain près de lui. On avait presque fini les présentations.) Je l'envie. Allons chercher Stéphanie et nous resterons seuls un moment.

– Et votre mari?

– Denton parle de voitures de course; il en a acheté une pour le Grand Prix, ça vous dit quelque chose? Moi, non, mais j'ai comme l'impression que, bientôt, j'en saurai suffisamment. Pour l'instant, ce dont j'ai le plus besoin, c'est d'un coin tranquille, où je puisse enlever mes chaussures.

Un vieux lord à l'embonpoint certain avait accaparé Stéphanie. Garth lui arracha sa femme.

– Il ne parle que d'épagneuls; ce mariage lui rappelle sa dernière exposition canine! lui raconta-t-elle.

Ils disparurent dans un boudoir.

Tous éclatèrent de rire. Sabrina ôta ses chaussures et s'affala sur le divan en poussant un soupir de soulagement.

– Oh! comme tu m'as manqué! Stéphanie, comment peux-tu garder tes chaussures? Deux heures debout!

A l'autre extrémité du divan, Stéphanie secoua la tête tristement.

– Je ne peux les ôter. Pas dans un château. Je peux adresser la parole à tes lords, tes ladies, festoyer à ta table, mais je ne peux tout de même pas enlever mes chaussures. Bon, ajouta-t-elle rapidement, je pense que tout ce que tu as est merveilleux, mais je me sens vraiment mieux chez moi, c'est moi qui te le dis.

Sabrina se détendit.

– Je suis si heureuse. J'avais vraiment peur...

– Que je ne sois jalouse?

– Pas exactement. Plutôt que tu penses que je jouais trop les vedettes.

– Oh! non! N'est-ce pas étrange? Sans doute parce que j'ai mon chez-moi et que je l'aime.

– C'est fini, tu ne resteras plus dans l'ombre?

Stéphanie réfléchit.

– Oui, on dirait que c'est terminé.

Garth les regarda d'un air curieux et indulgent.

– Un code?

Stéphanie tressaillit. Elle avait oublié sa présence. L'espace d'un instant, elles s'étaient crues seules au monde, comme par le passé, leurs pensées et leurs paroles intimement mêlées. Elle se tourna vers lui.

– Un jour, j'ai dit à Sabrina que tous les regards étaient rivés sur elle, et que j'étais rejetée dans l'ombre où personne ne prêtait attention à moi.

– Puis elle est partie pour l'Amérique, dit Sabrina. Elle m'a laissée seule avec mes succès.

Stéphanie, de la fenêtre, observait les invités qui papillonnaient dans les jardins, se servant de flûtes de champagne présentées sur des plateaux d'argent. Quatre années auparavant, devant le juge Fairfax, dans un autre jardin, elle avait écarté la pensée que Sabrina

82

aurait besoin d'elle; elle n'avait pas vraiment voulu savoir.

Eh bien, maintenant, elle savait. Elle percevait l'écho de la voix de Sabrina :

– Elle m'a laissée seule avec mes succès.

Ainsi, elle avait manqué à Sabrina. Sabrina avait eu besoin d'elle. Peut-être autant qu'elle lui avait manqué et qu'elle avait eu besoin de Sabrina, même si, avec Garth et la joie de s'installer à Evanston, il lui avait fallu longtemps pour s'en rendre compte.

Sur la pelouse, les invités se rassemblaient autour du buffet. Sabrina soupira.

– Il faut que je les rejoigne, sinon la mère de Denton me fera des remontrances. (En soupirant, elle remit ses chaussures.) Les mariages devraient se faire au lit. De nos jours, c'est bien là qu'ils commencent.

Garth rit tout bas. Stéphanie se retourna :

– Sabrina, quand vas-tu venir nous voir, avec Denton? On a tant de choses à se dire, il faut rattraper le temps perdu.

Sabrina eut soudain le cœur serré. Stéphanie, le visage rayonnant, l'observait. Leurs regards se croisèrent. Tant d'amour et d'intimité à rattraper!

– Je viendrais demain, si je le pouvais. Je vais voir ce que Denton a prévu. Il est plein de projets. Il veut me montrer tous les endroits qu'il aime. Mais, dès que je pourrai... (Elle lui tendit les mains. Stéphanie les prit et elles restèrent l'une contre l'autre, un long moment, comme à l'époque si lointaine où elles étaient l'une pour l'autre la seule famille qu'elles possédaient.) Dès que je pourrai, murmura Sabrina, je viendrai. Je le promets.

Denton Longworth se rendait parfois à la compagnie de navigation que possédait sa famille. Il en était vice-président. Il s'occupait des questions financières et faisait partie du comité de direction. En fait, il avait agi exactement selon les vœux de son père. Une fois diplômé de l'université, il était immédiatement rentré dans la société. Mais il n'avait aucune intention de passer les dix années suivantes, de vingt-cinq à trente-cinq ans, derrière un bureau. Plus tard, il s'installerait, mais d'abord, il voulait jouir de l'existence et parcourir le monde. Aussi consacra-t-il une année entière à former un personnel dévoué, qui en son absence mènerait son affaire avec efficacité. Puis il partit à la recherche des plaisirs de ce monde.

Il travaillait quand il en avait envie. Approchant de son trentième anniversaire, il se découvrit un don pour réorganiser de petites sociétés en difficulté, que son père avait acquises à bas prix. Comme il y prenait plaisir, il y consacrait quelques jours par mois. Maintenant, la trentaine passée, il s'assignait la tâche, plus agréable, de présenter sa femme dans les lieux à la mode et dépensait toute son énergie à organiser un tour du monde. En quelques mois, à Biarritz, Cannes, Wimbledon, Buenos Aires, Minorque et Zermatt, les membres de la *jet society* se disputeraient Sabrina, vantant son irrésistible mélange de beauté et de raffinement, son plaisir évident de faire de nouvelles découvertes, et sa gratitude chaleureuse. Quand donc, pour la dernière fois, dans leur cercle, quelqu'un avait-il exprimé le moindre sentiment de plaisir et de gratitude? Personne n'en avait souvenance.

Où qu'ils aillent, des invitations les attendaient, envoyées par le secrétaire de Denton à Londres. Ce dernier opérait un choix, au gré de sa fantaisie; il en laissait tomber certaines par terre, tendait les autres à Sabrina.

– Choisis celles qui te plaisent, chérie. Débarrasse-toi des autres. (Mais il observait toujours.) Tu ne vas pas jeter l'invitation de Cora, n'est-ce pas? Elle reçoit si merveilleusement. Et pourquoi as-tu...

Aussi, quand ils arrivèrent à Monaco en mai, presque un an après leur mariage, Sabrina ne fit-elle que jeter un simple coup d'œil aux invitations; elle les rendit à Denton.

– A toi de décider. Je ne les connais pas encore.

Il étala les cartons, sur la petite table, dans la suite qu'ils occupaient.

– Parfait, dit-il, ayant pu tout concilier. Il va nous rester du temps pour voir Max.

– Qui?

– Max Stuyvesant. Etonnant que tu n'aies pas déjà fait sa connaissance, on le voit partout. Il est agréable, un peu mystérieux, mais tu verras, tu l'aimeras. Il nous invite à une croisière sur son yacht, quatre jours, juste après le Grand Prix de Monte-Carlo. Bonne idée, non? C'est, pour toi, une expérience toute nouvelle.

– Pourquoi est-il si mystérieux?

– Parce que personne ne sait comment il gagne sa vie.

Ce n'était pas faute d'avoir essayé de savoir; ils avaient tout tenté. Maxime Stuyvesant répondait toujours qu'il s'occupait d'« art », ce qui signifiait tout et rien à la fois. Personne n'avait pu en savoir davantage. Certains pensaient qu'il avait des galeries de peinture en Amérique latine et en Europe; d'autres, qu'il servait d'intermédiaire à des gens fortunés. On murmurait qu'il aidait de jeunes artistes, allant jusqu'à faire monter artificiellement les enchères dans des ventes et créer la stupéfaction, puisqu'il empochait la différence. Des cyniques prétendaient qu'il était un profanateur des tombeaux des rois en Egypte.

Toujours est-il qu'il vivait bien. Il dépensait sa fortune sans compter, emmenant ses hôtes, dans son Mystère 20, pour assister, de haut, aux feux d'artifice de Monte-Carlo; il invitait une trentaine d'amis à des safaris d'une semaine en Afrique; il emmenait en train deux cents personnes à travers l'Europe, pour assister, en Yougoslavie, à un festival de danse. Sabrina le haïssait. Elle l'entrevoyait, avec ses larges épaules, un halo de cheveux roux frisés, des yeux gris, vides, qui gardaient leur secret. Denton fut surpris.

— Pourquoi te déplaît-il tant? Tu ne lui as jamais adressé la parole; tu lui as seulement dit bonjour et tu t'es toujours plu sur son bateau.

— Il est arrogant; c'est un rustre. Je parie qu'il n'y connaît rien en art.

— Comment peux-tu...

— Je plains sa femme, également. C'est une marion-nette, elle attend toujours qu'il la dorlote.

Denton se tut. Sabrina enfilait sa robe de soie bleu nuit au décolleté profond.

— Tu ferais mieux de t'habiller, chéri. Le cocktail est à huit heures, et si tu es en retard, il va nous lancer un de ses regards fulgurants et nous transformer en sta-tues. Voilà ce dont il est capable! Il lance des sorts aux gens, puis les vend à leur famille en souvenir.

— Sabrina! Max est notre hôte!

— Je suis désolée, Denton.

— J'espère bien. Où sont mes boutons de man-chettes?

Dans leur chambre d'apparat, une tapisserie fran-çaise était tendue au-dessus du lit, de dimension royale. Il y avait un tapis épais, des meubles d'une teinte très pâle, munis de poignées d'ivoire, une salle d'eau bleu argent, avec une baignoire à remous. Le *Lafitte*, de 104 pieds de long, avait six cabines d'appa-rat similaires et cinq pour l'équipage. Les ponts étaient en teck. Le salon pouvait facilement recevoir trente personnes qui se tenaient sous un lustre à pampilles. Son chef et sa cave étaient célèbres. Sabrina avait appris à ne jamais demander le prix de quoi que ce soit, mais Denton, projetant d'acheter un yacht semblable, en estima le prix, avec le mobilier, à plus de deux millions de dollars.

Cinq couples étaient les hôtes de Stuyvesant à bord du *Lafitte*. Au cours du cocktail, ils rencontrèrent Betsy Stuyvesant, la troisième femme de Maxime, petite et délicate dans sa robe de cachemire; ses boucles blondes tombaient négligemment; il ne lui était pas permis, dit-elle, d'aborder les problèmes du bord. S'ils avaient le moindre désir, Kirst, le maître d'hôtel, était à leur service. Si l'on souhaitait aller à terre, Maxime s'occuperait de tout. Elle ne dit plus rien de toute la soirée.

Le dîner fut servi : soupe de poisson, suivie de poulpes au champagne; le tout accompagné d'un vin blanc glacé des coteaux de Bandol. Max proposa un toast :

– Au succès de notre croisière!

Il sourit à sa voisine de table, une blonde svelte qu'il avait présentée sous le nom de princesse Alexandra, originaire d'un pays dont personne n'avait entendu parler. En face, son mari, le prince Martova, avait les yeux rivés sur son assiette.

A côté du prince, une femme bronzée, le regard endormi, demanda :

– Où allons-nous demain?

– Vers l'est, dit Maxime, le regard toujours fixé sur Alexandra. Le long du Di Ponente, sur la Riviera italienne jusqu'à Alassio et Gênes et retour. Quatre jours. Un siècle.

Alexandra esquissa un sourire.

Sabrina jeta un coup d'œil à Denton. Elle le vit sourire à Betsy Stuyvesant, à la manière de Max, comme s'il essayait de lui ressembler.

Au matin, des fruits, des croissants et du café les

attendaient dans le carré. Max les menait tous à la baguette.

– Bain de soleil sur le pont pour ceux qui le désirent. Ski nautique à quatre heures. Jeux et cocktails dans le salon, à toute heure. Films dans la petite salle; Kirst projettera ce que vous désirez. Nous déjeunons à une heure. Amusez-vous, mes amis!

Denton s'étira.

– Allons d'abord au salon. Puis nous irons nous faire dorer au soleil, tu es d'accord, chérie?

Dans le salon, cinq personnes sniffaient de la cocaïne ou fumaient du haschich dans un coin.

– Max est un hôte merveilleux, dit la femme au regard endormi. (Puis elle se tourna vers Sabrina.) Que choisissez-vous?

Denton fit son apparition, à cet instant.

– Très gentil de votre part, mais je m'occuperai de ma femme.

Il mit une pincée de poudre blanche dans une fiole vide qu'il empocha. Sabrina l'observait. Quelle différence entre ce Denton et celui qui vivait avec elle à Londres! Ce dernier ne buvait jamais, ne fumait pas, ne se droguait pas, ne regardait jamais une femme, comme il l'avait fait la veille. En voyage, elle avait entrevu l'autre Denton; maintenant, il ne se cachait plus. Préoccupée, elle sortit avec lui du salon, traversa le pont et se dirigea vers les chaises longues. Alexandra, son mari et deux autres couples offraient la nudité de leurs beaux corps bronzés au soleil torride de la Méditerranée.

Denton y prêta à peine attention.

– Allons, chérie, dit-il, laissant tomber sa sortie de bain.

Sabrina hésita. Elle se sentait gauche et idiote. Il n'y avait qu'un Denton, son mari, et il lui montrait la voie à suivre.

« C'est une expérience totalement nouvelle », avait-il dit à propos de l'invitation de Max. Quand donc avait-elle eu peur de nouvelles expériences? Elle regarda les corps magnifiques de ces femmes, oints et luisants, allongés devant elle. Le sien était encore plus beau. Elle laissa tomber sa sortie de bain, et se glissa près de Denton, qui lui passa de l'huile dans le dos.

Il mit une pincée de poudre sur le doigt et lui en offrit. Elle refusa. « Une chose à la fois », pensa-t-elle; il n'insista pas. Il sniffa, les autres firent de même ou fumèrent du haschich. Le soleil inondait le pont silencieux; Sabrina laissa errer son imagination. Soudain, une ombre se profila. Elle ouvrit les yeux, aperçut Max devant elle. Ses muscles, instinctivement, se raidirent; mais il porta son regard plus loin, vers Alexandra. D'un mouvement lent et langoureux, celle-ci se leva et l'accompagna vers la chambre.

Sautant sur l'occasion, Betsy prit la place d'Alexandra. Denton la regarda s'étirer et passer de l'huile sur sa peau blanche. Elle se caressa les seins, tout en marmonnant, puis s'allongea sur le dos; un instant plus tard, elle s'était endormie, les mains jointes, comme si elle priait.

Il se retourna et vit le regard de Sabrina fixé sur lui.

– Tu as raison, dit-il, en esquissant un sourire. On dirait une chatte. Mais aucune importance.

Sabrina avait dit qu'elle ressemblait à une marionnette, mais elle ne releva pas.

Au déjeuner, dans le port d'Alassio, Alexandra vint s'asseoir près d'elle.

– Chérie, murmura-t-elle, détendez-vous. Vous semblez toute perturbée. Ce sont eux qui font la loi; nous, nous ne faisons que l'appliquer. Tout devient plus facile quand on accepte le code. (Sabrina prenait l'apéritif, la tête baissée pour écouter.) Vous voyez votre Denton qui pense à écarter les jambes de la petite Betsy, ou à lui faire l'amour : fermez les yeux, enivrez-vous de soleil, apprenez à priser de la cocaïne, ou éloignez-vous avec un bon livre.

— Comment savez-vous...?

— Ecoutez, tout se sait, sur cette embarcation. Vous pouvez faire tout ce que vous désirez – sans limites – mais quelle que soit votre décision, Max sera au courant dans la minute qui suit.

Sabrina entoura de jambon de Parme une tranche de melon.

— Etes-vous vraiment une princesse?

Alexandra rit de bon cœur.

— Encore une leçon, chérie. Tout ce que vous pouvez voir ici est plus ou moins faux. Rappelez-vous cela, lorsque vous verrez votre mari poser son regard sur quelqu'un.

Dans l'après-midi, alors que le *Lafitte* voguait vers l'est, elles firent du ski nautique, tirées par le puissant hors-bord, qui avait remplacé le canot, sur le yacht. Sabrina et Alexandra skièrent côte à côte, dans une brume d'or bleuté. Sabrina se sentait jeune, belle, forte. « Rien ne peut me résister », pensa-t-elle.

De retour à bord, enveloppées dans des draps de bain, assises sur le pont devant un verre de vin, Alexandra dit :

— Vous skiez remarquablement. Où avez-vous appris?

— A l'école, en Suisse.

— En pension?

— Oui.

— La belle vie. Moi, je suis allée au lycée, à Los Angeles.

Elle éclata de rire, devant le regard surpris de Sabrina.

— Ma mère était une comédienne de quatre sous, qui

m'a appris les bonnes manières. Grâce à elle, je joue bien la comédie. Mais vous semblez ravigotée. Ça fait partie du jeu?

– Je ne sais pas. Je viens de décider, en sortant de l'eau, que tout m'était possible. Même vivre comme vous tous.

– Chérie, sommes-nous, à vos yeux, une dose d'arsenic? Si vous pensez que nous sommes du poison, que faites-vous ici?

Sabrina frissonna dans la brise, et resserra sa sortie de bain.

– Ce n'est pas de vous que je parlais. Je vous aime bien. Mais ça nè me plaît pas de voir Denton... Oh! J'ai l'air stupide, n'est-ce pas?

– Pas préparée, c'est tout. Il ne vous en a jamais parlé? Tout le monde sait ce qui se passe à bord.

– Moi non. Denton ne m'a rien dit.

– Et à Londres, bien sûr, il est différent. Bien installé près du feu, rentré à dix heures du soir?

Sabrina hésita. On distinguait maintenant la côte italienne.

– Non, mais je sais toujours où il est quand nous sortons séparément.

– Et maintenant, vous le savez aussi?

Sabrina éluda la question.

– L'ennui, c'est que Denton ne me demande jamais mon avis.

– C'est la même chose pour tous, ici. Règle numéro un.

– Je ne sais donc pas si j'ai le choix.

Alexandra acquiesça, d'un signe de tête.

– Vous commencez à comprendre. Tant que vous désirez ce qu'ils vous offrent, vous n'avez pas le choix. Bon, allez vous faire belle. Nous dînons à Gênes, ce soir. On y mange très bien.

Comme s'il avait entendu leur conversation, Max

organisa la soirée pour montrer le genre d'existence que Denton et lui pouvaient offrir. Des limousines les emmenèrent à vive allure, sur les hauteurs de Gênes, dans un restaurant surplombant toute la côte. Après un long dîner, servi par le chef et le maître d'hôtel, au son d'un orchestre, ils partirent vers une maison de verre et de bois qui surplombait l'océan. Là, se donnait une soirée privée. Ils burent et jouèrent au poker jusqu'à trois heures du matin, puis retournèrent au yacht. Max prit la main de Sabrina, alors qu'elle se dirigeait vers sa cabine.

– C'est un honneur pour nous de vous avoir. Nous ferons de nombreuses croisières ensemble. Faites de beaux rêves, ma chère.

Denton était couché, satisfait d'elle.

– Tu as été extraordinaire. Tout le monde t'a appréciée. Viens au lit, chérie, dépêche-toi. (Il l'attira à lui, la caressant fébrilement, le corps tendu, tout excité à l'idée d'avoir gagné au jeu et devant le succès de Sabrina.) Ils vont en parler pendant des mois, dit-il, dans un murmure de satisfaction. (Il la pénétra.) Hmm... Que c'est bon, murmura-t-il, content de lui.

Puis il ferma les yeux.

Sabrina, sous lui, vibrait. Il était pressé, aussi savait-elle que tout se passerait comme d'habitude; il n'éveillait ses sens qu'à moitié, ne lui donnant qu'un infime plaisir; elle était toujours réduite au silence. Elle avait essayé de lui parler de leur façon de faire l'amour, mais il avait eu tant de femmes avant elle, de femmes reconnaissantes, qu'il pensait que sa technique parfaite ne souffrait aucune remise en question. Sabrina avait pensé lui dire que les femmes ne lui étaient reconnaissantes que parce qu'il leur permettait de se rapprocher du futur vicomte de Treveston – ou plutôt de se fourrer sous lui –, mais elle se tut. Tout simplement parce qu'il croyait sincèrement la rendre heureuse.

« Je ne prends jamais de plaisir, si la femme qui est avec moi n'en a pas également », lui confia-t-il, la première fois qu'ils firent l'amour. Et il était sincère. De même il n'appréciait les réceptions et les parties de chasse que si ses compagnons et ses adversaires jouissaient des plaisirs qu'en fait, il avait organisés pour lui-même. Comme il était généreux lorsqu'il obtenait satisfaction, et tombait dans un mutisme total, lorsqu'il était déçu, presque tous feignaient la joie. Tout le monde jouait le jeu avec Denton, pensait Sabrina, haletant délibérément, puis se crispant un instant, pour enfin se détendre.

– Voilà comment je t'aime, dit Denton, pleinement satisfait.

Puis il la pénétra profondément et avec vigueur pour atteindre cet ultime plaisir de la journée.

Une fois Denton endormi, elle alla sur le pont, et laissa ses pensées errer dans la fraîcheur de la brise. Il était quatre heures trente. Le yacht avait ralenti, et voguait en silence vers l'ouest; ils retournaient à Monte-Carlo. Sabrina entendit le bruit sourd d'un bateau, moteur au point mort; puis, à la lueur du yacht, elle aperçut le hors-bord de Max, piloté par son secrétaire, Ivan Lazlo. Aidé d'un membre de l'équipage, Ivan hissa Max sur le yacht; tous deux s'engouffrèrent ensuite dans les escaliers du gaillard d'avant jusqu'aux quartiers de l'équipage. Etrange, pensat-elle, si loin du rivage, où donc avaient-ils bien pu aller? Elle se creusa l'esprit un instant, puis haussa les épaules. Que lui importait Ivan Lazlo. Ou même Max. Elle avait hâte que la croisière se termine. Encore deux jours. La brise la rafraîchit; elle se sentit gagnée par le sommeil et alla se recoucher près de Denton.

Le lendemain, ils dormirent tard et prirent le petit

déjeuner au lit. Denton l'embrassa. Dans la tiédeur moite du lit, Sabrina lui sourit, Denton murmura :

– Chérie, je vais passer la journée avec Betsy. Fais ce que tu veux, mais tu devrais aller un moment avec Aldo Derona. Il s'intéresse à toi. C'est un compagnon très agréable.

Elle bondit du lit, mettant une certaine distance entre eux.

– Je ne suis pas une marchandise disponible.

– Ecoute, chérie, c'est un peu dur. Mais ne fais pas semblant d'être surprise. Tu sais ce qui se passe à bord. J'ai attendu, mais tu n'as pas dit un mot, tu t'es remarquablement adaptée. Je suis fier de toi. Il me semble que je ne mérite pas le moindre reproche. (Elle était stupéfaite. Il lui semblait qu'ils ne parlaient pas la même langue. Elle regarda Denton : elle eut l'impression qu'il était loin, loin, mince silhouette à l'horizon.) Sabrina? fit Denton. (Son regard aimant reflétait l'inquiétude, devant le silence glacial de sa femme. Il lui tendit les mains.) Chérie, tu te méprends totalement, ne pense pas que je ne t'aime pas. Sache que je t'aime. Que je t'aimerai toujours. (Silence.) Rien de tout cela n'a d'importance, tu le sais; c'est un jeu. On s'amuse tout simplement parce que... Oh! bon sang, parce que c'est différent; en fait, ça ne l'est pas, tu sais, il ne faut pas que tu penses que c'est une chose à part; non, ça ne l'est pas; c'est comme si on faisait du ski nautique, ou autre chose de plaisant.

Elle éclata de rire, le traita d'imbécile.

– Du ski nautique! dit-elle, des choses plaisantes!

Elle répétait cela, tout en portant les mains à son front. Mais Denton (c'était bien de lui) ne comprit ni ne perçut le désespoir dans son rire.

Pendant le reste de la croisière, Sabrina évita Denton. Elle ne sut jamais s'il fit l'amour avec Betsy. Les repas étaient paisibles; le dernier soir, Max porta un toast à Sabrina et à Denton, pour leur premier anniversaire de mariage, qu'ils célébreraient en Amérique, chez la sœur de Sabrina. Denton se pencha vers son épouse pour l'embrasser. Sabrina n'avait maintenant qu'un seul désir : être seule avec lui et avoir une explication. Elle le prit par le cou, pour prolonger le baiser; elle put ainsi oublier un instant que Denton menait toujours le jeu.

6

Stéphanie tendit à Denton une longue fourchette à deux pointes, et lui demanda de surveiller la cuisson de la viande. Il saisit le manche, comme si c'était un club de golf, et lança un regard suppliant vers Sabrina, qui se trouvait à l'autre extrémité, au milieu des invités. Mais elle était en grande conversation avec un professeur, laissant Denton, tout bête, avec les steaks sur la braise du barbecue. Comment surveiller la cuisson? Il tenta de piquer sa fourchette dans la viande, appuya un peu plus fort; il prit son courage à deux mains, et plongea la fourchette jusqu'au manche.

— Oh! dit Stéphanie, à ses côtés. J'ai connu des escrimeurs qui avaient la même technique!

— Je l'ai abîmée. Je vais aller au marché en chercher une autre, si...

Elle éclata de rire.

— Vous n'avez rien abîmé. Et inutile de fuir; je ne vous redemanderai pas de m'aider.

— C'est-à-dire... je ne suis pas expert, vous savez.

— Manque d'entraînement. Je vais m'en occuper, Denton.

– Bon, eh bien, je vais retrouver ma femme.

Il s'éloigna.

Sabrina, levant les yeux, le compara à un touriste cherchant désespérément un interlocuteur parlant la même langue et qui pourrait lui indiquer les toilettes.

Stéphanie l'observait, également; elle croisa le regard de Sabrina, et toutes deux échangèrent un sourire complice.

– Il y a une différence, au niveau de la culture, de la perception des choses et de la situation, disait le professeur Martin Talvia, la pipe à la bouche. Si l'on compare vos traits, Stéphanie et vous, vous êtes identiques. En tant qu'individu reflétant un environnement particulier, vous êtes totalement différentes, et le fait que vous soyez jumelles intrigue, mais ne choque pas.

Sabrina l'écoutait avec intérêt.

– Dites que nous paraissons différentes parce que nous menons une vie différente.

Il se pencha vers elle, scrutant son regard d'un bleu profond où se lisait la sincérité mêlée à une douceur espiègle. Bien sûr, elle se moquait de lui, mais quel plaisir il prenait à la regarder!

– C'est possible. Mais si vous étiez professeur de sociologie, vous auriez honte d'en parler avec autant de simplicité!

Lorsque Denton s'approcha d'elle, elle plaisantait et riait. Il passa son bras autour de ses épaules, et la serra contre lui.

– Pourquoi ris-tu, chérie?

Sabrina se raidit. Presque tous les invités se trouvaient dans le jardin. Pourquoi fallait-il que Denton rôde autour d'elle, et se cramponne, chaque fois qu'elle s'amusait? « Tout cela parce qu'il n'est pas heureux », songea-t-elle, tandis que Martin posait des questions sur l'Angleterre, et que Denton répondait avec ce faux air jovial qui signifiait qu'il s'ennuyait. Tout cela était nouveau pour lui, les garden-parties de banlieue ne faisaient pas partie de sa vie. Mais elle non plus n'y était pas habituée, après tout. Elle avait vécu en Europe à partir de l'âge de deux ans, et elle avait rencontré les amis de Stéphanie et de Garth fortuitement, à la naissance de leurs enfants. Pourquoi donc s'amusait-elle ?

Parce qu'elle adorait rencontrer des gens nouveaux. Denton, lui, s'ennuyait toujours, loin de ses amis.

– Tante Sabrina ? (Elle se retourna et aperçut le visage sérieux du petit Clifford, âgé de quatre ans.) Il faut que je t'annonce que le dîner est prêt.

Sabrina se pencha.

– Tâche importante.

Il acquiesça, fier de ses responsabilités.

– C'est ce que maman a dit. Mais elle veut qu'on se dépêche ; il y a tant de monde ! Pourrais-tu me soulever pour que tout le monde puisse m'entendre ?

Sabrina sourit et le prit dans ses bras.

– L'esprit aussi pratique que ton père. Prêt ?

Il inspira fort, et d'une voix perçante, cria :

– Le dîner est prêt ! Tout le monde dans le patio !

Au cri de son fils, Garth leva les yeux et aperçut le visage radieux de Sabrina, à côté de celui de Cliff, rouge de fierté, après son effort. Cela lui rappelait Stéphanie et Cliff, à sa naissance.

– Tante Sabrina, pourquoi ne m'as-tu pas laissée leur annoncer ? gémit une petite voix.

Penny Andersen se jeta aux pieds de Sabrina, avec toute la peine d'une petite fille de trois ans déçue.

– Personne ne peut s'occuper de ces enfants ? demanda Denton, agacé.

Sabrina lui décocha un regard incendiaire et se mit à genoux, pour prendre dans ses bras Cliff et sa sœur.

– Et si tu annonçais le dessert? dit-elle à Penny. (Un sourire illumina le visage de la petite fille.) J'ai très faim, ajouta Sabrina, qui va s'asseoir à côté de moi, au dîner?

– Moi! Moi! crièrent-ils ensemble.

Dans le patio et sur la pelouse, de petits groupes assis sur des chaises en tubes, dégustaient des brochettes marinées, de la salade de pommes de terre et d'épaisses tranches de pain français, accompagnés de vin rouge amené par les invités. Ils parlaient des prochaines conventions qui désigneraient probablement comme candidats Richard Nixon et Hubert Humphrey; et aussi des écoles de leurs enfants, de la cherté de la vie et enfin de l'université, où la plupart d'entre eux enseignaient.

Le soir tombait. Garth alluma des lampes à pétrole. Dolorès Goldner se pencha vers Denton.

– Stéphanie nous a tellement parlé de vous, mais elle ne nous a pas donné de détails. On sait si peu de choses sur l'aristocratie.

– Denton, s'empressa de dire Stéphanie, parlez-nous de Treveston, surtout de l'histoire de votre famille et du château.

– Tante Sabrina m'a envoyé une photo, dit Penny.

– Moi aussi, je vais aller la chercher, dit Cliff, qui se leva d'un bond, et fit, au passage, tomber une assiette, répandant son contenu.

– Cliff! dit Stéphanie, mécontente, mais il se précipita dans la maison.

– Ce n'est pas juste! cria Penny. C'est moi qui l'ai dit la première!

Elle se mit à quatre pattes, marcha sur les pieds de Sabrina et courut après son frère.

– Penny! dit Stéphanie, irritée.

– Veux-tu que j'aille les calmer? proposa Sabrina.

– Je crois que ça va aller, dit Stéphanie. Je leur ai dit qu'ils pouvaient rester avec nous, jusqu'après le dîner. Le moment est venu, pour eux, d'aller se coucher. Je vais les mettre au lit.

Elle était crispée. Sabrina la suivit du regard.

– Excusez-moi, dit-elle, et elle se dirigea vers la cuisine.

Stéphanie était déjà montée; elle attendit dans la cuisine. C'était une pièce magnifique, avec un haut plafond aux poutres apparentes, des éléments et une planche de travail en érable, un lustre en porcelaine de Delft au-dessus d'un canapé, et une table basse, où les enfants jouaient souvent. Il y avait une office près de la pièce où l'on prenait le petit déjeuner, avec une table ronde et des chaises également en érable, ainsi qu'un petit vaisselier de coin. Les meubles étaient vieux et mal entretenus quand Stéphanie les avait achetés, mais elle leur avait redonné leur patine dorée.

– C'est la pièce que je préfère, dit Sabrina, spontanément.

– Moi non, répondit Stéphanie. Enfin, c'est là que je viens m'asseoir quand j'en ai le temps.

Sabrina se trouvait devant la table ronde, quand Stéphanie redescendit. Elle la vit s'arrêter dans la cuisine, mettre quelque chose dans le réfrigérateur, et remarqua, avec le même étonnement qu'à leur arrivée, une semaine plus tôt, qu'elle ne prenait plus soin d'elle-même. Elle avait grossi; son visage s'était alourdi, sa beauté ternie et fanée. Sabrina, mince et alerte dans une jupe paysanne italienne rouge et une blouse blanche ample aux manches plissées, savait qu'elle éclipsait sa sœur, mais Stéphanie ne semblait pas s'en rendre compte. Elle était indifférente à tout. Pourtant, elle se trouvait chez elle, entourée de sa famille et de ses amis, que demandait-elle de plus?

– Peut-on s'asseoir une minute? demanda Sabrina. Je peux facilement manquer un passage de l'histoire de Treveston. Je te la raconterai si tu veux.

Stéphanie s'assit, en esquissant un pâle sourire.

– La mère de Denton me l'a racontée, à ton mariage. Je pensais que Denton profiterait de l'occasion...

– Pour capter tous les regards.

– C'est ce qu'il aime, non?

– Oui. (Elles échangèrent un sourire. Sabrina lui prit la main, et Stéphanie la serra dans la sienne.) Je suis navrée qu'il nous ait fallu un an pour venir. Il m'a fallu lutter, pour arracher Denton à sa vie de plaisirs et l'emmener une semaine dans un faubourg américain.

– Et maintenant qu'il est là, il s'ennuie.

– Ne te culpabilise pas, Stéphanie. Ce n'est pas de ta faute.

– Garth lui a montré son laboratoire, mais...

– Non, la science ne l'intéresse pas. Il est attiré par un autre style d'expériences. (Stéphanie parut intriguée devant le ton amer de la voix de Sabrina, mais sa sœur continua à parler.) Enfin, le fait d'être séparées n'est plus aussi douloureux qu'avant. Est-ce la même chose pour toi? C'est bon de savoir qu'on peut s'écrire, se téléphoner, se comprendre, après toutes ces années, où on avait l'impression que c'était terminé... (Elle se ressaisit.) Parle-moi de toi. Y a-t-il quelque chose que tu aies omis de me dire? A propos de toi? de Garth? ou des enfants?

– Rien d'important. J'ai ce que j'ai toujours désiré, un foyer, une famille. La stabilité. On n'avait jamais connu cela, non? (Elles rirent, à voix basse, en se remémorant le passé.) Dis-moi, tu es sûre que tout va bien? Toute la semaine, il m'a semblé que quelque chose clochait.

– Il s'est passé un événement insolite, en croisière,

et nous n'avons pas encore abordé le sujet. On a un programme surchargé, et on n'a jamais le temps de se parler. Je trouverai une solution. Tu avais l'air bouleversée, tout à l'heure, avec les enfants.

– Ai-je vraiment crié fort? Je n'ai pas pu me contrôler, je le regrette. Mais Garth travaille nuit et jour au laboratoire, je suis seule avec les enfants, parfois, je suis à bout. Je ne voulais pas qu'ils gâchent ta soirée.

– Comment veux-tu qu'ils la gâchent? Je suis ravie. Je me suis un peu moquée de Martin et de son horrible dogmatisme.

– Il est pénible, non?

– Oui, mais amusant, j'aime tes amis.

– Je te les échange contre ton château et le yacht dont tu parlais.

– Stéphanie, es-tu sincère?

– Non, bien sûr. Je ne saurais que faire de ta vie; elle me semble tellement irréelle. Et puis, j'ai tout ce que je désire. Sauf de l'argent; j'en ai assez de vivre chichement. Non, dit-elle avec empressement, voyant le visage de Sabrina, tu ne peux pas nous aider; Garth serait vexé. Mais le vrai problème, c'est qu'il n'est jamais là pour m'aider. Ce n'est pas juste; il travaille trop, mais au fond, tout va bien. Je ne sais pas ce qui me prend, ce soir.

« Ma jupe rouge, pensa Sabrina, les croisières qui t'intriguent, mes lettres de quatorze pays différents, en un an; le numéro de *Ville et Campagne*, sur la table de nuit, qui dit que Denton dépense 100 000 dollars par an, en vêtements pour nous deux, et moi, un demi-million de dollars pour meubler notre maison de Londres. »

Mais elle n'exprima rien à haute voix. Elle dit seulement à Stéphanie qu'elle comprenait, ajoutant, d'un ton léger :

– Voilà l'ennui d'avoir un invité comme Denton. Il croit toujours qu'il a des domestiques à sa disposition. C'est dans sa nature. Je crois que Garth devrait faire une étude. Je lui ai demandé de pendre ses serviettes, ce matin; il m'a dit que j'étais une révolutionnaire, prête à renverser l'aristocratie.

Stéphanie sourit.

– La plupart du temps, il est charmant. Il prend soin de toi; tu es épanouie.

– Le soleil méditerranéen. Tu devrais venir.

– Je sais. Je devrais aussi maigrir. Peut-être cet été. Est-ce le soleil qui te donne tant d'éclat ou le bonheur?

Sabrina, pensive, regarda leurs doigts entrelacés.

– Sais-tu que l'année passée, j'ai fait la connaissance d'environ neuf mille personnes, et n'ai jamais eu une seule conversation privée avec l'une d'elles? (Sauf, paradoxalement, avec Alexandra, mais elle ne pouvait en parler, ni de la croisière, à personne, même pas à Stéphanie. Elle avait honte, comme si elle était responsable des invités et de leurs jeux.) Je n'ai pas l'habitude de penser à mon bonheur. Encore moins d'en parler.

– Mais tu ne dis rien. Tu détournes toujours la conversation.

– Je sais, soupira-t-elle. Tu te rappelles? je t'ai dit un jour que je ne pouvais déceler la différence entre l'amour et le plaisir chez Denton. Je ne sais toujours pas. Et puis, j'ai du mal à en parler. Parce que tu aimes ton mari, ajouta-t-elle à voix basse, et que tu sais que tu appartiens à quelqu'un. Je ne puis admettre que je t'envie. Je ne suis mariée que depuis un an. Il faut persévérer. Peut-être, l'année prochaine, tout sera-t-il différent. Quand je serai prête à parler, mon plus grand bonheur sera de savoir que je peux me confier à toi.

Le regard de Stéphanie s'illumina.

– C'est vraiment le plus grand bonheur. (Elle se leva et se regarda dans la vitre obscurcie, en se passant la main dans les cheveux.) Il faut retourner vers nos invités, Sabrina, dit-elle en embrassant le front de sa sœur, je suis heureuse que nous soyons redevenues complices.

Des voix montaient du patio; les lueurs vacillantes des lanternes révélaient des silhouettes, des rosiers grimpants et des parterres de gueules-de-loup. Sabrina se sentait sur un îlot de paix et de tranquillité; une vie d'amour, de calme, sans complication. « Je dois m'en souvenir, pensa-t-elle, à mon retour. »

A minuit, le dernier invité partit. Elle revint dans le patio, et devant ces reliefs de festin, ces couverts épars, elle s'exclama, avec un sourire forcé :

– Quelqu'un connaît-il les paroles magiques qui font apparaître les elfes?

– Les voilà, dit Stéphanie. Nous sommes les elfes. Je vais faire la vaisselle, avec Denton.

Devant l'expression de Denton, Garth ricana.

– Quelle terreur, dans le regard de cet homme! Ne vous inquiétez pas, Denton, vous n'avez pas l'habitude. Je vais m'en occuper.

– Pas tout seul. (Sabrina commença à entasser les assiettes.) Il faut que je me rende utile.

– Vous aussi, vous manquez d'habitude, dit Garth.

Stéphanie étouffa un bâillement.

– C'est vrai, je vais deux fois plus vite que vous deux réunis. Et puis, Sabrina est mon hôte. Tout le monde au lit!

Mais Sabrina embrassa Stéphanie, et la poussa doucement vers la porte.

– Tu as travaillé toute la journée; Garth et moi,

nous allons tout ranger. Allez, file. Demain, tu critiqueras notre efficacité. Si tu en as le courage.

Denton les observait avec intérêt; Sabrina et Garth, en silence, grattaient les assiettes et les empilaient sur des plateaux. Il s'approcha de Sabrina et l'embrassa sur le front.

– Je t'attends en haut, chérie.

Elle acquiesça, tout en empilant les tasses. Garth lança un coup d'œil vers la pile, d'un œil sceptique :

– C'est risqué.

Elle n'y prêta aucune attention et souleva le plateau. A la porte de la cuisine, la pile oscilla, les tasses partirent à la renverse, se brisant sur les dalles du patio. Sabrina se mordit les lèvres et courut dans la cuisine chercher un balai. Garth la suivit avec son plateau rempli d'assiettes et revint avec une pelle. Ils ramassèrent les morceaux, en silence.

Dans la cuisine, Sabrina fit couler de l'eau dans l'évier.

– Vous aviez raison. On voit que je n'ai pas l'habitude.

– Ce n'était pas une remarque très gentille. Je m'excuse.

– Pourquoi? Vous n'aimez pas du tout notre mode de vie. Je vous observais quand nous évoquions nos voyages...

– Mon point faible; un visage franc. (Il prit une serviette propre.) Sabrina, ce n'est pas vraiment cela. Je ne vous comprends pas. Votre façon de vivre, votre but. Tout cela est si loin de moi! Sans doute est-ce là un autre de mes défauts!

Sabrina avait plongé les mains dans l'eau tiède savonneuse. Elle se rappelait le temps où elle étudiait à la Sorbonne et son séjour à Londres, où elle avait travaillé, avant d'épouser Denton. Elle n'avait jamais lavé une seule assiette depuis. Pourtant, là, auprès de Garth, tout se déroulait si calmement. Derrière eux, la cuisine était dans l'obscurité et la maison sombre et silencieuse. Elle se sentait bien.

– Comment savez-vous tant de choses sur nous? demanda-t-elle.

– Rapports complets de Stéphanie, qui n'omet aucun détail. Le mot clé c'est : riche. J'aimerais vous poser une question. (Il essuya un plat, avec précaution.) Stéphanie est-elle malheureuse, parce que je passe mon temps au laboratoire, ou parce que je ne lui offre pas votre style de vie?

– Mais elle n'est pas malheureuse, vous vous trompez...

– Je ne pense pas. Voyez, je vous demande de m'aider. Vous connaissez Stéphanie, mieux que personne. Vous savez ce qu'elle pense réellement... (Il la vit changer d'expression.) Je ne vous demande pas de trahir un secret. Je suis son mari. Je l'aime. Très bien. Oublions que vous êtes sa sœur jumelle. Imaginons que vous soyez un homme de science, à la recherche d'une explication. Voici les faits : Stéphanie est malheureuse. Pourquoi?

– Votre travail.

Il ramassa un autre plat.

– Vous êtes la troisième à me le dire, après Goldner et Marty Talvia. Régulièrement, ils me tancent. Je sais que c'est dur pour Stéphanie; chaque jour, je jure de changer. Mais alors les problèmes me ramènent en arrière, les mystères, la fascination... (Il s'arrêta.) Désolé; vous ne pouvez pas comprendre.

– Vous avez de la chance.

– Grâce à Stéphanie? Ce n'est pas la peine de me le faire remarquer...

– Non. Enfin, oui bien sûr, grâce à Stéphanie, mais... vous avez de bons amis, qui vous aident à mieux vous connaître. (Intrigué, Garth s'arrêta d'essuyer la vaisselle. Sabrina regarda dans le vague, par la fenêtre sombre.) Denton se cherche à travers le monde, et il ne se trouve pas. Il n'avoue même pas ses tentatives. Les gens l'adulent, parce qu'il est l'héritier de Treveston, mais la majorité le déteste, et il ne comprend pas pourquoi. Il s'ennuie et ne sait pas pourquoi non plus. C'est un cercle vicieux. Il ne m'écoute pas et, lorsque je le désapprouve, il me dit que j'y mets de la mauvaise volonté. S'il avait de vrais amis, il pourrait se voir tel qu'il est et comprendre ce qu'il attend de la vie. Comme vous le faites. C'est ce que les vrais amis font, n'est-ce pas? Ils vous estiment pour vous-même et non pour ce que vous représentez. Ils vous aident à vous connaître.

Il était ébahi.

– Bien parlé.

Elle prit une poêle.

– Je suis ravie de vous avoir impressionné.

– Excusez-moi. Je ne voulais pas vous blesser. Mais comment pouvais-je savoir qu'il vous arrivait de réfléchir? Ce n'est pas le cas de votre mari, et avec la vie que vous menez...

– Pourquoi vous évertuez-vous à parler de notre style de vie? Vous avez déjà avoué que vous ne le compreniez pas. Il a tout de même de bons côtés.

– Et le reste?

– Tout évolue. Quel que soit le couple. (« Qui suis-je, pensa-t-elle, pour faire un sermon sur le mariage? ») On ne va pas parcourir le monde indéfiniment; quand nous aurons des enfants, nous resterons à Londres. J'ai envie de voir des gens différents, de m'occuper d'art et d'antiquités; on m'a demandé de participer à l'installation d'un nouveau musée d'art primitif... il y a tant de choses que j'aimerais faire.

Soyez patient; nous vous inviterons avec Stéphanie et les enfants à un barbecue, chez nous.

Garth, pensif, sourit.

– Sabrina, je ne pense pas que Denton puisse un jour se stabiliser.

Elle fit couler l'eau dans l'évier.

– Pourquoi pas?

– Parce que je l'en crois incapable.

– Que dites-vous? Vous ne connaissez pas Denton...

– Je le connais mieux que vous ne pensez; je suis son hôte depuis une semaine, non? Et le genre de vie qu'il vous fait mener...

– Oh! ne soyez pas si vieux jeu! (Elle se tourna, le dos appuyé sur l'évier, et le regarda fixement. « Comment ose-t-il me juger! Il est si solennel – aucune étincelle, aucune lueur, il ne sait même pas rire. Bien sûr, il est beau, fort, séduisant, il a un regard profond et chaleureux, mais tout de même, il est triste. Et content de lui. Un petit professeur sans envergure. ») Qu'est-ce qui vous fait croire que je ne suis pas heureuse? J'ai une vie rêvée. Vous semblez avoir du mal à le comprendre, isolé dans votre laboratoire, mais, moi, j'adore cette vie-là. Il y a une foule de gens nouveaux, des paysages différents, des soirées, des bals, des magasins extraordinaires, des marchés, des vêtements, des livres, des théâtres...

– Arrêtez! Vous m'avez convaincu. Sabrina, je vous admire. Je suis désolé de me montrer vieux jeu et d'avoir essayé de démolir votre château de cartes.

Elle lui lança un regard furtif, avant de retourner essuyer la table.

– Mais vous persistez à croire que Denton ne se stabilisera jamais.

Garth croisa les bras et s'appuya contre le réfrigérateur.

– Sabrina, Denton vous a-t-il dit que, d'après lui, la perfection dans le plaisir est un art?

– Eh bien, ça lui arrive.

– Un art qui exige une attention totale, et autant de précision et de don de soi que toute autre activité. Si vous le mettez au pied du mur, il vous dira que c'est un métier. Peu d'hommes laissent tomber un métier pour se consacrer à une famille. Je ne pense pas que ce soit le cas de Denton. Bien des hommes pensent que leur métier passe avant leur famille. Denton en fait partie.

Le silence régnait dans la pièce; on n'entendait que le doux va-et-vient du chiffon de Sabrina qui essuyait l'évier et astiquait le robinet.

– Vous avez tort.

– Je le souhaite.

Il suspendit son torchon. Sabrina avait le regard sombre. Le doute qui l'envahissait, qu'elle ne pouvait exprimer, même devant Stéphanie, Garth l'avait exprimé. Lui, si détestable, lui qui se moquait éperdument d'elle et de Denton.

Garth éteignit la lumière de l'office. Quand il revint dans la cuisine, elle lui demanda :

– Vous voulez dire qu'il aimerait changer de mode de vie, mais que quelque chose l'en empêche? (Garth acquiesça.) Alors, quelle en est la raison, à votre avis?

– J'appellerais cela de la passion.

– Oh! de grâce, Garth, Denton ne se passionne pour rien.

Elle s'arrêta net. Elle venait de se trahir, encore une fois.

– Sauf pour son plaisir, dit Garth. Sa façon de vivre. Voilà sa passion. Elle le dévore. Je suppose qu'il pourrait la maîtriser, mais cela exigerait une lutte de sa part. Il ne me semble guère de taille à lutter.

108

– Est-ce une supposition scientifique?

– Bien plus que cela. (Sa voix se fit plus rude.) J'ai lu dans son regard. Il y a différentes passions, Sabrina, mais on peut les déceler. Le visage de Denton a toujours la même expression, celle que je vois quand je me regarde dans le miroir. Je l'ai su, au premier abord. C'est étrange, mais Denton a des affinités avec moi.

Sabrina perçut chez Garth des accents douloureusement sincères; elle repensa à la lueur qui brillait dans le regard de Denton; elle s'était forcée à appeler cela de l'intérêt. Elle tourna son alliance dans tous les sens, un anneau de diamants étincelants qui réfractaient la lumière.

– Merci, dit-elle doucement. (Elle lui sourit.) Je m'excuse de vous avoir traité de balourd. Ce n'est pas vrai.

– Vous m'avez traité de vieux jeu. Balourd également, alors?

Elle ne put s'empêcher de rire.

– Si je n'arrive même pas à me rappeler de quoi je vous ai traité, c'est le comble! Excusez-moi pour ces méchantes paroles. Vous n'êtes ni balourd ni vieux jeu.

– Et vous, vous n'êtes ni idiote ni maladroite.

Tous deux éclatèrent de rire.

– Puis-je éteindre la lumière?

– Non, je le ferai, une fois la porte fermée. Bonsoir, Sabrina.

– Bonne nuit, Garth.

Elle traversa la salle à manger et le séjour, à tâtons, dans l'obscurité. Au pied de l'escalier, elle se retourna pour évaluer la distance jusqu'à la cuisine encore éclairée. Pensif, Garth fermait toutes les portes, par mesure de sécurité. Puis il éteignit les lumières; quand l'obscurité fut totale, Sabrina, lentement, monta vers sa chambre.

Le magasin était vide, réduit à sa plus simple expression : quatre murs nus. Sabrina maintenait la porte ouverte, pour que les ouvriers puissent y amener les planches. Sa vie était aussi dépouillée que cet espace vide qu'elle louait. « Je reconstruirai tout cela, pensa-t-elle, amusée devant cette perspective. Il faut repartir de zéro, après mon échec avec Denton. »

A l'arrière du magasin, où les ouvriers avaient installé leur établi, Laura examinait les plans. Sabrina, devant la porte, regardait la pluie s'abattre sur les gros taxis noirs, qui se pressaient dans Brompton Road. Trois ans. Leur mariage ne pouvait guère durer plus longtemps. « Et il m'a fallu un an de plus pour m'apercevoir que rien ne serait comme avant. »

— Milady! dit un ouvrier. (L'écho de sa voix se répercuta sur les murs. Sabrina se dirigea vers lui, il dessina une ligne à la craie, sur le sol poussiéreux.) C'est là que vous voulez la porte, milady?

— Très bien, dit-elle. (Se retournant vers sa mère, elle lui adressa un sourire triste.) J'ai l'impression de commettre une imposture; je n'ai plus ce titre.

— Oh! garde-le, dit Laura. Il te sera utile. Même les Américains sont sensibles aux titres. Le mois dernier, j'ai donné une conférence dans un lycée, et on m'a appelée Mme la sous-secrétaire d'Etat.

— C'est un titre beaucoup plus impressionnant que le mien.

— Mais le tien est légitime. Denton veut-il que tu reviennes?

— Je ne sais pas. De toute façon, à quoi ça sert?

— J'ai pensé que peut-être la solitude te pèserait?

— Oh!...

Sabrina ramassa un des plans, et fit semblant de s'y intéresser. Bien sûr, elle était seule. Seule et angoissée.

Depuis un an, depuis le moment où elle avait quitté Denton.

Elle était venue s'installer dans un petit appartement, au rez-de-chaussée; elle ne voyait personne, sauf chez l'antiquaire Nicholas Blackford pour qui elle avait travaillé avant son mariage. Elle avait vécu seule pendant six mois, assaillie de coups de téléphone de Denton, de sa famille, de ses parents; tous lui disaient de mettre fin à ce coup de tête. Gabrielle l'appela même de Paris.

— Sabrina, il va se stabiliser, maintenant que son père est mort et qu'il possède titre et biens.

— Son père est mort il y a un an, avait-elle répliqué, et il n'a pas changé!

D'autres amis appelèrent.

— Il t'adore, Sabrina. Cette façon de vivre n'est qu'un moyen d'endiguer le flot d'énergie qui le submerge. Ça lui passera. Combien d'hommes adorent leur femme? Tu ne connais pas ton bonheur!

« Je suis lasse de son énergie débordante, pensait-elle. J'en ai assez de vivre en équilibre instable, comme sur une montagne russe. Je veux un foyer, des enfants, un endroit où faire mon trou. » Et elle répondait toujours la même chose.

— Il n'y a pas de place pour mes désirs, dans le programme des activités de Denton.

Stéphanie lui téléphona.

— Veux-tu que je vienne à Londres?

— Pas maintenant, répondit Sabrina. Ça me fait un peu peur, mais c'est supportable. Je te le dirai. Maman a dit qu'elle viendrait. Incroyable!

Laura s'était déplacée, elle était restée quelque temps avant de repartir pour Washington. En novembre, Sabrina et Denton s'étaient mis d'accord sur un point : elle irait s'installer à Cadogan Square, où elle avait restauré et décoré leur maison, du temps de leur mariage. Maintenant, c'était à elle. Puis, de novembre à avril, à Londres, elle n'entendit plus parler de Denton et de son univers.

Elle passa de longues heures dans la boutique de Nicholas Blackford, et de longues nuits, seule, dans sa demeure exquise mais vide. Londres lui était devenue une cité étrangère, sans chaleur humaine; personne à qui parler. Sauf Stéphanie. Mais converser avec elle était un luxe. Elle devait faire attention à ses dépenses : pour l'entretien de la maison, le magasin qu'elle allait ouvrir; elle vivait au jour le jour.

« Oui, mère, pensa-t-elle, j'ai envisagé de revenir avec Denton. Sa famille, son univers. Maintenant, je ne sais jamais de quoi sera fait demain. Avec Denton, tout était parfaitement organisé. Je savais même, la plupart du temps, avec quelle femme il faisait l'amour. »

— Lorsque tu étais ici, l'hiver dernier, dit-elle à haute voix, j'avais l'impression d'avoir douze ans et de t'attendre pour sortir comme par le passé avec Stéphanie.

— Tu ne m'as jamais dit cela.

— Je sais. Si j'en avais parlé, j'aurais voulu me blottir dans tes bras, et te demander de me consoler. N'aurait-ce pas été maladroit?

— Milady, excusez-moi, vous êtes sûre que les plans sont justes? Ce mur ne doit-il pas aller jusqu'au plafond?

— Non, non, répondit Sabrina, jetant un coup d'œil sur les plans qu'il tenait.

— Mais vous allez entendre tous les bruits de la salle d'exposition, même si vous fermez la porte de votre bureau.

— Au moins, cela prouvera qu'il y a des clients.

– Oui, je vous le souhaite, milady.

– Pourquoi aurait-ce été maladroit de ta part? demanda Laura.

– Parce que tu ne m'as jamais laissée me blottir contre toi, lorsque j'étais enfant. Ce n'est pas maintenant que je suis adulte et que je m'assume que je vais commencer.

Il y eut un long silence. Sabrina remarqua quelques rides sur le visage de sa mère. Elle regretta d'avoir parlé. Pourquoi évoquer le passé, puisque maintenant, elles découvraient l'amitié? Laura était plus fière et plus belle que jamais. Sabrina éprouvait une véritable joie à être près d'elle. Toutes deux, elles étaient si belles! C'était un pas de plus vers la maturité.

Elle rompit le silence.

– A ton avis, que dois-je mettre sur ce mur? Des étagères ou des tableaux?

– Pourquoi pas les deux? Des tableaux, ici, superposés, et des étagères dans le coin? Et peut-être un chevalet ou deux, en face, avec d'autres tableaux.

– Des chevalets. Quelle merveilleuse idée! Sur un petit tapis. Si le budget le permet.

– Sabrina, pourquoi n'as-tu pas exigé plus d'argent de Denton? Quand les travaux seront finis, il ne te restera pas grand-chose.

– Suffisamment pour six mois environ, si je fais attention. Je ne pouvais pas en demander davantage. Il m'a répété si souvent que j'étais à lui, que je n'avais qu'un désir : braver les convenances et m'éclipser. Théâtral, mais pas réaliste. Aussi n'ai-je pris que le minimum. Ne t'inquiète pas, maman. Depuis des années, je conseille les amis et les parents de Denton, en matière de décoration; ils connaissent mes talents. D'ailleurs, je ne peux avoir qu'une réussite brillante, non?

« S'ils viennent », pensa-t-elle. Elle n'avait pas dit à

Laura qu'on l'avait délaissée, depuis six mois : elle n'en était pas très fière, ressentant un vague sentiment de culpabilité. Elle ne voulait pas, non plus, que Laura s'inquiète. « Je les ferai venir », jura-t-elle.

– Bien entendu, tu réussiras, approuva Laura. (Elle passa la main sur la paroi lambrissée.) Sais-tu que tu réalises mon rêve? Posséder un magasin, au lieu d'aller fouiner à droite à gauche pour glaner des objets.

– Mais tu peux maintenant. Tu vas rester à Washington.

– Oh! c'est trop tard. Je ne peux pas repartir de zéro; je n'ai pas ton énergie. J'ai dû la perdre au cours de tous ces voyages. Je viendrai simplement t'aider de temps en temps, au magasin. *Les Ambassadeurs.* Je suis ravie que tu aies choisi ce nom.

Les ouvriers installaient la cloison du bureau à l'arrière du magasin. La salle d'exposition était longue et étroite avec, en façade, une vitrine carrée. Au mur, des boiseries de chêne sombre; au plafond, des moulures en plâtre, aux formes octogonales. Sabrina éprouvait un frisson de joie et d'étonnement, chaque fois qu'elle passait la porte : tout était à elle, le rêve devenait réalité, sa vie, elle la menait à sa guise, à son rythme. « Ça ne m'est jamais arrivé, pensa-t-elle. Mes parents. Juliette. L'université. Nicholas. Denton. Quel chemin parcouru! Et pourtant, jamais je n'ai été maîtresse de ma vie. » Spontanément, elle ouvrit, tout grands, les bras.

– N'est-ce pas merveilleux? s'écria-t-elle. (Laura sourit. Sabrina la prit par les épaules. Ça leur faisait du bien, à toutes les deux. Plus on vieillit, plus on a besoin de contact, d'amour : le donner, et le recevoir.) Maman, merci d'être venue. Tu m'as donné une telle joie. Et puis, j'ai moins peur, maintenant.

– Merci de m'avoir invitée, dit Laura, de me donner l'occasion, après tant d'années de monter un magasin.

Je crois que si nous savons attendre, tout arrive. Sabrina, pourquoi ne viens-tu pas en Amérique? Nous serions tous si heureux. Rien ne te retient à Londres.

— Non. Pour le moment, c'est là qu'est ma vie. Je connais Londres, mieux que toute autre ville. Les riches, les marchés, la lutte. Les vieux, surtout les malades. Voilà la vérité macabre : la seule façon de se procurer les plus beaux objets d'art est de savoir qui va mourir. Ainsi, on peut payer cash, quand leurs biens sont vendus aux enchères. Et puis, j'ai des amis à Londres.

— En Amérique, tu as une sœur et des parents.

— Maman, s'il te plaît, essaie de comprendre. Je vous aime tous et vous me manquez beaucoup. Mais c'est ici que j'ai connu l'échec avec Denton, et c'est ici que je veux réussir. Je veux savoir de quoi je suis capable. Tu comprends?

— Oui, dit Laura. (Elle se tut.) Je crois que je t'envie. (Et, pour la première fois depuis que Sabrina avait été envoyée en pension, à l'âge de quinze ans, elle passa ses bras autour du cou de sa fille, et l'embrassa.) Je suis si fière de toi, dit-elle, et je t'aime.

7

Lady Andréa Vernon avait rendu Alderley House célèbre par ses grands bals. Lorsque Sabrina se trouva dans le hall, à côté de Nicholas et d'Amelia Blackford, elle se laissa envahir par les lumières, les couleurs, la musique.

Un jeune homme au visage mince et bronzé l'invita à danser; ils évoluèrent sur la piste étincelante, et, pour la première fois depuis longtemps, elle se sentit jeune et insouciante. Sa robe longue de taffetas tourbillonnait dans un nuage d'ambre, et elle tournait, tournait au rythme de la musique, tout en examinant autour d'elle la salle, qui, depuis sa dernière venue, avait été redécorée; elle admirait le plafond doré, restauré. Mais elle regardait, incrédule, les centaines d'appliques sur les murs. A quoi donc avait pensé le décorateur d'Andréa? Elle hocha la tête, prise d'une envie folle de tout arracher et de tout transformer.

— Vous n'êtes pas d'accord? demanda le jeune homme.

— Oh! pardonnez-moi, je rêvais. Que disiez-vous?

Elle l'écoutait parler; elle écoutait également l'inconnu qui s'était immiscé dans leur conversation, mais ses pensées s'envolaient vers les murs d'Andréa Vernon, vers d'autres murs, d'autres pièces, qu'elle avait pensé, autrefois, pouvoir décorer sur commande.

— J'ai entendu dire que vous aviez ouvert une boutique, lui dit son cavalier. Comment l'avez-vous appelée?

— *Les Ambassadeurs.*

— Joli nom, dit-il, d'un ton détaché. Les affaires marchent bien?

— Euh... (Sa voix se fit plus nette :) Oui. Bien sûr.

— Tant mieux, dit-il.

Elle savait qu'il ne l'avait pas vraiment écoutée, ou peut-être feignait-il d'ignorer le frémissement de sa voix, pour éviter de lui demander si elle avait des difficultés. Dans ces soirées-là, personne ne désirait entendre parler de problèmes, surtout lorsqu'il s'agissait d'une jeune femme aussi belle.

En vérité, c'était l'indifférence totale. Son magasin n'avait pas de clients, mais Sabrina n'en parlait jamais. Autour d'elle, elle ne voyait que l'aristocratie et l'élite du monde des affaires sur lesquelles elle avait compté.

Autrefois, c'étaient ses amis. Elle avait parié sur cette amitié. Mais en huit mois, elle avait eu le temps de s'apercevoir de son erreur. Nul ne s'était déplacé.

Elle avait envoyé des invitations à tous ceux qu'elle connaissait. Nicholas lui avait particulièrement recommandé Olivia Chasson. « Là où elle va, tout le monde suit. Si vous gagnez ses faveurs, vous n'aurez plus à vous inquiéter. »

Chaque matin, avec une joie fébrile, Sabrina ouvrait son magasin et attendait dans son bureau Olivia Chasson et ses amis. Elle s'attendait à les voir pénétrer dans la salle tendue de tapisseries, qu'avec Laura elles avaient décorée, en prenant comme modèles les salons des grandes demeures et des châteaux d'Angleterre. Sa joie et son impatience peu à peu s'évanouirent; la sensation de se lancer dans une aventure disparut : elle attendait toujours l'arrivée d'éventuels clients. Elle priait le ciel, dans le silence des jours qui se succédaient, d'entendre un bruit, si imperceptible fût-il, le pas d'un duc prudent, par exemple, entrant sur la pointe des pieds. Mais seuls quelques touristes s'aventuraient dans sa boutique; ils flânaient dans les rues : curieux, ils entraient pour jeter un coup d'œil, mais rarement pour acheter.

Ses économies peu à peu s'envolèrent. Elle avait fait un emprunt à la banque, et elle allait devoir très vite hypothéquer sa maison, après... Mais elle se refusait à y penser.

– Voulez-vous dîner? dit son cavalier, qui venait de décrire son dernier match de polo. Désirez-vous quelque chose?

Ils allèrent se servir au buffet et s'asseoir, à l'écart, dans une alcôve. Ils dînèrent en silence, indifférents.

Sabrina avait envie de voir Stéphanie. Elle avait besoin d'une amie pour rompre sa solitude, rire, ou même pleurer avec elle. Elle souhaitait même recevoir le genre d'invitations qu'elle avait refusées, lorsqu'elle était la femme de Denton.

– Mais si elle a épousé Denton pour son argent, fit une voix féminine de l'autre côté de l'alcôve, pourquoi n'a-t-elle pas monté une affaire plus importante?

Sabrina ne fit pas un geste. Lorsque son partenaire lui adressa la parole, elle lui fit signe de se taire, le priant d'écouter.

Une seconde voix, haute et indignée, se fit l'écho de la première.

– Comment peut-on savoir ce qu'elle a emporté? Denton est trop homme du monde pour en parler, mais je sais, de source sûre, qu'elle a exigé trois millions de livres, Treveston et le nouveau yacht. Son propre avocat a dit que c'était démesuré. Mais vous savez combien Denton l'aimait, aussi a-t-elle eu une véritable fortune. Il lui aurait donné tout ce qu'il possédait.

– Sauf Treveston, dit sèchement la première voix.

Le ton lui était étrangement familier, mais Sabrina ne parvenait pas à l'identifier.

– Mais, ma chère, il ne pouvait pas abandonner un patrimoine national comme Treveston. Elle s'est arrangée pour prendre au passage la demeure de Londres.

– Mes chères petites commères, dit une voix d'homme qui les avait rejointes, puis-je deviner le sujet de vos médisances? Serait-ce la belle lady Sabrina Longworth, que vous frappez en traître?

– Peter, vous êtes particulièrement injuste, dit la voix indignée. Nous parlions simplement du compromis auquel ce pauvre Denton a dû se résoudre.

– Ce pauvre Denton, dit la première voix, en la singeant d'un ton glacial, ne lui a pratiquement rien laissé, et il a classé cette histoire dans le dossier

« Divers ». Et il n'a pas, pour autant, ralenti son rythme de vie.

— Alors, comment a-t-elle monté ce magasin à Brompton Road? s'écria la voix indignée. Je suis passée devant, l'autre jour; en vitrine, il y a une armoire d'une valeur de deux mille livres, au bas mot.

— Rose, vous êtes passée devant, et vous n'êtes pas entrée?

— Ma chère Rose ne s'y aventurerait pas la première, reprit une autre voix d'homme, vous avez décidé que Sabrina était une paria, vous qui, tous autant que vous êtes, l'aduliez lorsqu'elle était la femme de Denton.

— Peter, je vous en prie. Regardez-la, et vous saurez pourquoi elle a épousé Denton. Elle n'a même pas essayé de le cacher; elle l'a abandonné à peine un an après la mort de son père, quand il est devenu vicomte. Mais les Américains ne savent rien dissimuler, n'est-ce pas?

Sabrina, assise dans le coin du divan, ne disait mot. Le regard baissé, elle réfléchissait à ce qu'elle allait faire.

Elle entendit quelqu'un remuer une chaise et la première voix lui parvint d'un autre endroit.

— Elle ne s'est jamais pliée à vos règles. C'est ce que vous ne lui avez jamais pardonné. Je crois que je peux me rendre utile.

Sabrina pencha la tête. Cette voix, elle la reconnaissait : c'était celle d'une personne qui, bien des années auparavant, lui avait dit qu'il fallait se plier à « leurs » règles.

Son partenaire lui effleura le bras.

— Voulez-vous que je vous raccompagne?

Elle leva les yeux, le regard soudain illuminé.

– Non, ce n'est pas du tout une bonne idée. (Sa voix se raffermit.) Je crois que j'aimerais encore danser.

« Maintenant que je sais la vérité, la lutte va être égale. Pourquoi ne m'en suis-je pas aperçue plus tôt? »

Il la dévisagea, admiratif.

– Bravo. Vous avez du cran. Ils sont un peu vulgaires, les Raddison, surtout Rose, mais...

– Oh! Comme le monde est petit. C'est curieux de vous rencontrer ici, dit la voix glaciale qui s'était fait entendre derrière l'alcôve.

Sabrina se tourna, et vit le sourire languissant de la princesse Alexandra Martova.

– Votre ami nous pardonnera-t-il? demanda la princesse. J'ai décidé de vous prendre sous ma protection.

Alexandra Martova possédait un magasin de quatre étages. Elle était arrivée à Londres, seule, avec rien d'autre au monde que le fruit d'un divorce : un compte en banque en Suisse, une maison à Minorque, au large des côtes d'Espagne, un appartement à Paris, une pension de dix mille dollars par mois, et un grand danois, qu'elle appelait Maxim, en souvenir d'un ancien ami. Grande, svelte, des yeux bleu clair en amande, des cheveux blonds lisses qui tombaient sur ses épaules, elle avait un air décidé que Sabrina n'avait pas remarqué, lorsqu'elles avaient fait connaissance sur le yacht de Max Stuyvesant.

– J'ai décidé d'édicter mes propres règles, dit-elle à Sabrina. On dirait que vous avez fait de même.

Elle était venue s'installer à Londres parce qu'elle s'ennuyait.

– Personne ne sait organiser une soirée sympathique où tout le monde s'amuse. Aussi ai-je décidé de leur donner l'exemple. Ma chère, je suis en passe de devenir l'hôtesse la plus célèbre d'Europe.

Mais d'abord, il lui fallait une maison. Elle en trouva une dans le quartier aristocratique de Belgravia, étroite et tout en hauteur, avec des fenêtres hautes. On aurait dit une lady du règne de Victoria, haussant les sourcils, en signe de surprise. Sur la porte rouge se trouvait un heurtoir en forme de tête de lion. Alexandra avait été séduite par l'extérieur, mais elle haïssait l'intérieur sombre et étriqué. Aussi fit-elle tout abattre, ne laissant debout que la carcasse.

– Je veux que vous refassiez tout pour moi, dit-elle à Sabrina. De haut en bas. Je vous sers un peu plus de vin ?

En soufflant, elle fit partir la couche de plâtre qui recouvrait la bouteille et remplit les verres de cristal qu'elle avait apportés dans un panier de pique-nique. Sabrina s'assit sur une caisse, en dégustant un beaujolais fruité. Elle regardait cet espace vide, couvert de gravats. Sans les cloisons intérieures, elle avait une vue d'ensemble de tout le second étage. Des pièces d'origine, il ne restait qu'une cheminée de marbre au manteau ébréché. Sous les filets de lumière qui dansaient avec la poussière, on devinait des poutres et des fragments de bois et de marbre, qui rappelaient à Sabrina les antiquités que sa mère achetait autrefois ; elle savait qu'une fois nettoyés, tous les objets retrouveraient leur beauté originelle. Elle vibrait de ce désir qui l'avait subjuguée, à l'époque où elle éprouvait une jalousie teintée de respect devant l'assurance et l'habileté de sa mère.

« Je vais rendre tout cela magnifique », pensa-t-elle. Le visage radieux, elle se tourna vers Alexandra.

– Merci.

Alexandra leva son verre.

– Je mise sur notre collaboration. Vous avez besoin

d'argent, moi, j'ai besoin de bien plus : une maison et la respectabilité. Je connais tout le monde à Londres, mais, malheureusement, ils me connaissent également. Après tant d'années et mes aventures à Monte-Carlo et partout dans le monde, le titre de princesse ne suffit plus. Il me faut être propulsée dans la haute société, voilà ce qu'il me faut!

Sabrina, tristement, hocha la tête.

– Ce n'est pas à moi qu'il faut s'adresser. Vous devriez le savoir, surtout après cette soirée.

– Ma chère, vous en avez appris bien plus que lorsque vous étiez pendue aux basques de Denton; vous venez d'être ébranlée par la conversation que vous avez surprise, et dans votre esprit règne la confusion. Maintenant, écoutez. Asseyez-vous là un instant. J'ai beaucoup de choses à vous dire. Dès que je vous aurai aidée à retrouver votre place dans la société, ce sera à votre tour de faire la même chose pour moi. Ne vous ai-je pas dit que je vous prenais sous ma protection? Vous allez décorer ma maison. Nous pendrons la crémaillère en organisant une soirée grandiose. Elle fera grand bruit; en moins d'une semaine, on dira que si Sabrina Longworth ne condescend pas à devenir votre conseillère artistique, vous ne jouirez d'aucune considération. Cela implique Olivia Chasson, qui fait la pluie et le beau temps dans ce monde-là. (Alexandra vida son verre et arpenta la pièce, laissant des empreintes dans la poussière du sol, tout en contournant des montagnes de plâtre et de bois.) Lorsque vous serez lancée, je le serai aussi. De nouveau, vous serez le point de mire, et, moi, automatiquement, je jouirai de la respectabilité. Parce que, je vais vous dire une chose, Sabrina, vous ne semblez pas comprendre que tout le monde était fou de vous. Vous êtes absolument merveilleuse, vous êtes pleine de fantaisie, et nul ne peut prévoir vos réactions ou vos

122

repartíes. Vous n'avez jamais provoqué le moindre scandale, et même ceux qui devraient vous haïr vous adorent. Savez-vous quand j'ai entendu parler de vous pour la première fois? Juste après votre mariage. Où que je me trouve – que ce fût Rio, Cannes, Majorque – les gens parlaient de vous. Toute une année, j'ai espéré faire votre connaissance pour vous tuer. Mais, sur le petit bateau de Max, je vous ai vue si malheureuse et si innocente que je ne pouvais en croire mes yeux. Alors, j'ai commencé à vous aimer. Invraisemblable, non? (Elle s'assit sur une caisse, et allongea ses jambes.) Savez-vous pourquoi les gens sont furieux contre vous? Tout simplement, parce que personne ne connaît la raison de votre rupture, ce que vous pensez vraiment de Denton. Vous devriez le leur dire – ne secouez pas la tête ainsi –, ce n'est qu'une suggestion. Pour eux, vous avez surgi d'on ne sait où, épousé l'un des leurs pour son titre et sa fortune incalculable, puis ouvert une boutique de luxe, comme une fantaisie. Et ce pauvre Denton raconte à toutes celles qui veulent bien partager son lit qu'il a le cœur brisé. Je connais exactement le montant de la pension que vous avez obtenue : c'est le même avocat qui s'est occupé de votre divorce et du mien. Il se lamentait de voir la fortune que vous aviez laissée passer. Cela ne concerne que vous, je n'ai rien raconté à qui que ce soit. Mais la plupart des gens n'attendent qu'une preuve, car ils vous adorent. Sabrina, écoutez-moi. (Alexandra versa le reste du vin. Le soleil éclatant n'était plus qu'une lueur diaphane de fin d'après-midi, et elle ressemblait à une statue de marbre.) Pour moi, vous êtes la personne idéale. Vous avez la classe, le style et l'esprit d'indépendance. Voici la maison – à vous de la décorer; quand on pendra la crémaillère, vous serez à mes côtés. Qu'en dites-vous?

Sabrina avait un regard lointain. Elle avait écouté

Alexandra avec attention, mais son esprit se trouvait ailleurs; déjà, elle imaginait la maison, prenait les dimensions, évaluait l'emplacement des cloisons, des tentures, les tapis. Son impatience était grande. Mais, d'abord, elle devait s'assurer d'une chose :

– Carte blanche? demanda-t-elle, d'un ton calme.

Alexandra, surprise, exprima son étonnement amusé.

– Mais que se passe-t-il?

La reconnaissance qu'elle avait pu lire dans les yeux de Sabrina, quelques instants auparavant, s'était envolée. De même que l'effarement de la soirée précédente. Elle découvrait une autre Sabrina, pleine d'assurance dans l'exercice de sa profession. Sabrina ne prêtait plus attention à Alexandra. Elle contemplait la carcasse de la maison.

– Combien voulez-vous dépenser?

– Ce qu'il faudra pour en tirer une merveille!

– Dites-moi ce que vous désirez, je m'occuperai de tout.

– Oui, madame. A votre service, madame, lança, dans un sourire, Alexandra, admirative.

Elles éclatèrent de rire, et trinquèrent avant de déguster les dernières gouttes de vin.

– Quand commencez-vous?

– C'est déjà en route, dit Sabrina, en enfilant son manteau.

Elles déjeunèrent, puis dînèrent ensemble, passèrent tant d'heures à discuter, qu'Alexandra finit par quitter sa suite au Connaught Hotel, pour aller s'installer chez Sabrina. Elles parlèrent de la vie d'Alexandra; tout en bavardant, Sabrina esquissait des plans. Elle engagea les services de l'entrepreneur qui avait transformé *Les Ambassadeurs* et dirigé les électriciens, les plombiers, les plâtriers. Des spécialistes vinrent poser les parquets

124

marquetés qu'elle avait conçus. Quelques semaines plus tard, le mobilier arriva : un mélange éclectique peu orthodoxe, beaucoup plus audacieux qu'Alexandra ne l'aurait imaginé.

Il y avait des éléments néo-rococo, du milieu du XVIIIᵉ, aux courbes et aux enjolivures harmonieuses, avec des incrustations de nacre, des fleurs peintes et dorées sur un fond de laque noire. Cela pour le côté superficiel de la svelte et frivole Alexandra, et son penchant pour les réunions mondaines. Sabrina alterna ce style avec du mobilier George Jack, de la fin du XVIIIᵉ siècle, commodes d'une simplicité trompeuse, avec des incrustations de sycomore et de bois aux tons qui se fondaient entre eux. Cela, pour l'Alexandra désenchantée qui parlait « du jour » où elle enlèverait le masque qu'elle arborait en toutes circonstances.

Enfin, elle ajouta des chaises de Soriana étonnamment modernes, et des ottomanes de Scarpa : plates jusqu'au sol, faites de cuir souple galbé par des tubes d'acier chromé.

— Cela, enfin, pour l'Alexandra tendre et dure tout à la fois, dit-elle, en disposant la dernière chaise. Calculatrice et aimante, matérialiste, sexy, dissimulatrice, mais vous mettant tellement à l'aise lorsqu'elle est détendue.

Alexandra tourbillonnait dans toutes ces pièces, montait et descendait l'escalier, palpait les objets, s'asseyait puis se levait d'un bond, pour tout embrasser du regard.

— J'adore, vraiment, j'adore : j'ai envie de m'installer dès maintenant et de donner une soirée. Puis-je emménager aujourd'hui?

Solennellement, Sabrina lui tendit les clés, qu'elle gardait depuis quatre mois, et la liste des invités qu'elle avait dressée, le soir précédent. Le jour suivant, elles élaborèrent leur plan.

Le bal eut lieu le 1er mai. Il commença à dix heures du soir, et se termina, le 2 mai, au petit déjeuner. Ce fut le clou de la saison 1976, le seul événement social à figurer dans les journaux et magazines internationaux, à la page « Art et décoration ». « L'œil exercé trouve la maison Martova d'une exubérance chaotique, écrivit l'un des critiques d'art les plus influents d'Europe. Mais seulement à première vue. Dans son atmosphère remarquable, le regard découvre bien vite une fraîcheur ensorcelante, marque unique d'une forte personnalité qui se connaît parfaitement et connaît aussi son client. »

Un spécialiste des mondanités, dont le reportage tournait autour des photos des hôtes les plus prestigieux parmi les deux cents invités, écrivit : « Quant au bal, l'orchestre était magnifique comme l'étaient les chanteurs de charme et les danseurs, en costume d'époque. Les femmes arboraient des robes dessinées par les plus grands couturiers du monde; les tables regorgeaient de mets exotiques. La princesse Alexandra, déesse à la beauté sculpturale, était vêtue d'une robe blanche rehaussée d'un collier d'émeraudes. La vedette de la soirée fut, sans conteste, lady Sabrina Longworth, époustouflante dans sa robe d'or, et tant appréciée de la société londonienne depuis son mariage avec son ex-mari, lord Denton Longworth, vicomte de Treveston (qui ne se trouvait pas au bal). Lady Longworth est la créatrice de l'étonnante conception de la demeure de la princesse, dans le quartier aristocratique de Belgravia. Parmi les invités, se trouvaient Peter et Rose Raddison, des automobiles Raddison, lady Olivia Chasson et Gabrielle de Martel, fille du ministre des Finances français, qui a annoncé qu'elle était sur le point de s'installer à Londres. »

Sabrina passait de pièce en pièce, dans la maison qu'elle avait créée. Elle oubliait les reporters et remarquait à peine les invités, qui se pressaient autour d'elle pour la féliciter. Elle entendit des voix lui dire « on se reverra bientôt ». Elle savait que la soirée était un triomphe, mais elle évoluait, de-ci, de-là, sans se mêler aux conversations; elle admirait la maison vibrant sous les lumières, les badinages et les rires exactement comme elle les avait imaginés. Jusque-là, tout ce qu'elle avait conçu – la maison que Denton lui avait achetée à Cadogan Square, *Les Ambassadeurs* – lui appartenait. C'était la première fois qu'elle avait créé, pour autrui, un cadre où vivre et aimer.

Elle pensa à Stéphanie. Comme elle serait fière d'elle; dans l'après-midi, elle lui avait envoyé des photos de chaque pièce. Un gros plan montrait une petite touche personnelle, elle n'y avait pas résisté. Dans un coin sombre du salon, au premier étage, elle avait ôté cinq minuscules pièces de marqueterie du parquet, et les avait disposées de façon qu'elles forment un « S » bien visible, le seul dans la maison. Personne ne le remarquerait.

Mais son empreinte était gravée à jamais.

Sabrina eut le dimanche pour se remettre. Le lundi matin, elle époussetait le mobilier, lorsque retentit le petit carillon oriental annonçant l'arrivée d'un client. Elle leva les yeux, et s'avança, le sourire aux lèvres, pour accueillir lady Olivia Chasson, aux *Ambassadeurs*.

8

Sabrina et Stéphanie se trouvaient à Cadogan Square, en ce froid matin d'octobre, presque à l'extrémité d'une longue série de demeures victoriennes à cinq étages. De l'autre côté de la rue, s'étendait un jardin privé auquel seuls avaient accès les riverains. Sabrina habitait l'une de ces résidences, embellie comme les autres de tourelles gothiques, de balcons, de combles en pavillon et de vitraux en ogive.

Mme Thirkell monta les valises de Stéphanie.

– Veux-tu tout visiter maintenant? dit Sabrina.

Stéphanie acquiesça; cette élégance sobre la subjuguait. Elles commencèrent par le rez-de-chaussée, avec la salle de réception, la salle à manger et la cuisine.

Le salon prenait tout le second étage; au troisième, un bureau était séparé d'une salle de billard par un mur de bibliothèque qui pivotait, formant ainsi une vaste pièce; les chambres se trouvaient au quatrième étage. Stéphanie s'attardait dans chaque pièce; elle admirait l'équilibre harmonieux entre l'ombre et la lumière, les couleurs vives ou assourdies, les tissages souples, les soieries chatoyantes et les velours profonds, les bois vernis, les tapisseries aux tons fondus, et l'éclat du marbre veiné.

– Que j'aimerais vivre ici! C'est la maison de mes rêves, soupira-t-elle.

Au quatrième étage, elle pénétra dans la suite de Sabrina, brun et or du temps de Denton, et maintenant ivoire; puis elle visita les deux chambres d'hôte.

– Choisis la tienne, dit Sabrina. (Stéphanie, sans hésiter, choisit celle qui n'était que symphonie printanière de rose pâle et de vert.) Au cinquième étage, ce sont les appartements de Mme Thirkell et le grenier.

Sabrina aida Stéphanie à défaire ses valises.

– Si on allait déjeuner? Je suis heureuse qu'enfin tu sois là... mais, que se passe-t-il? Quelque chose ne va pas?

Stéphanie restait plantée devant le trumeau; le simple spectacle de Sabrina évoluant avec aisance la consternait. Autrefois, elles se ressemblaient. Mais plus maintenant.

– Je n'ai même pas de rondeurs harmonieuses, dit-elle dans un accès de sincérité déchirante. Toute boulotte. Les épaules tombantes. A l'institut Juliette, on disait que je ne ressemblais pas à une lady. Ils avaient raison. Mais comment avoir une allure de reine, quand on passe son temps à frotter les parquets, à ramasser les craies qui traînent, et les palets de hockey qui ne manqueraient pas de me tuer si par hasard, je marchais dessus. Et puis, mes cheveux, mes ongles, mes mains... Tu vois, je n'ai plus le temps de me prélasser dans un salon de beauté.

Ce n'était pas juste, Stéphanie le savait. Depuis trois ans, époque à laquelle elle avait refait la maison d'Alexandra Martova, Sabrina avait travaillé d'arrache-pied; elle dirigeait *Les Ambassadeurs*, parcourait l'Europe à la recherche d'objets d'art, visitait des demeures pour en repenser la décoration. Elle s'envola même pour New York, où Stéphanie l'avait vue à deux reprises, lors de brefs séjours où elle venait, mandatée par des clients. Et malgré toutes ses activités, elle gardait sa joie de vivre et sa beauté éclatante. Stéphanie, elle, à Evanston, se fanait, usée par la monotonie de sa vie.

Sabrina la prit par le cou.

– Tu ne peux pas te distraire? Tu ne joues plus au tennis avec Garth?

– On ne joue plus depuis longtemps. Au début, il me demandait, mais j'avais toujours à faire à la maison, avec les enfants; petit à petit, il s'est organisé autrement.

Elles se taisaient.

– Il a changé brusquement?

– Non. Depuis notre dernière rencontre, l'année dernière, tout a empiré.

– Mais tu ne m'as rien dit!

– A quoi bon?

Son univers lui avait paru si précaire, elle avait craint que tout ne s'effondrât, si elle venait à en parler. Penny et Cliff grandissaient, elle les voyait à peine; Garth était plongé dans son travail. De son côté, elle s'était occupée de ventes immobilières, dans les faubourgs du Rivage nord. Pendant un certain temps, cela prit une telle extension qu'il lui fut pratiquement impossible de faire face; le rythme, alors, ralentit, Dieu sait pourquoi.

– Comment marche l'immobilier? demanda Sabrina.

Stéphanie sursauta.

– J'ai une idée... Pas aussi bien qu'avant.

Elle continua à défaire ses valises. Sabrina était assise sur le bras d'un fauteuil.

– Mais, enfin, tu es à la hauteur. Tu sais ce que tu fais.

– Oui, pour ce qui est de la maison, mais en ce qui concerne les autres... Je ne peux m'empêcher d'admirer ton talent. Tu racontes à Mme Trucmuche que la louche n'est pas de style géorgien, mais de l'Uniprix, première manière, et tu la fourgues à 125 *cents*, au lieu de 1 dollar 25. Ai-je le temps de me changer avant le déjeuner?

– Oui.

– Tu sais, je n'ai pas assez d'aisance pour raconter aux gens qu'ils se trompent sur la valeur de ce qu'ils possèdent. J'évite de me compromettre et leur dis que je dois réfléchir; ils pensent alors que je ne m'y connais pas beaucoup. Puis-je mettre cette jupe et ce pull? Je suis si mal fagotée!

– Tu es belle. On ne sort pas avant ce soir.

– Ce soir?

– On donne une pièce de théâtre. Et après, il y a

130

une soirée, pour faire connaissance de l'auteur et des acteurs.

– Sabrina, je ne peux pas y aller, je n'ai rien à me mettre.

– Prends une de mes...

– Ce n'est plus comme autrefois. Maintenant, j'ai deux tailles de plus que toi.

– On va bien trouver quelque chose. Je pensais que cela te ferait plaisir de faire la connaissance de mes amis et de visiter Londres.

– Bien sûr, je serais ravie. Mais...

– Stéphanie, nous ferons ce que tu voudras. Déjeunons, ensuite nous déciderons. Mais d'abord, parlemoi de l'année dernière; que t'est-il encore arrivé?

– Ce fut une année étrange. Rien n'allait, j'ai capitulé. Ce soir, je me rends compte à quel stade de dégradation je suis parvenue.

Sabrina marqua un temps d'hésitation.

– Et Garth?

– Oh! lui! il passe son temps dans son laboratoire, il fait partie d'un conseil universitaire, il s'occupe des étudiants, et le soir, il retourne à son laboratoire.

Dans la salle à manger, sur une table ronde, près d'une fenêtre, Mme Thirkell avait disposé de la bisque d'huîtres et de la salade, du vin blanc et des poires d'hiver.

– Tu n'as pas besoin de Garth pour jouer au tennis, ni pour aller chez le coiffeur ni pour organiser tes loisirs. Ne peux-tu penser un peu plus à toi?

– Qu'est-ce que ça change? Bien sûr, je ne m'aime pas, en ce moment. Mais nous ne sortons jamais. Parfois, nous allons chez des amis ou au cinéma. Et si tu veux savoir la vérité, je ne me rappelle pas quand Garth m'a regardée pour la dernière fois. Et Penny et Cliff, à dix et onze ans, ont leur vie. Pour eux, je suis un meuble qu'ils contournent quand ils se ruent dehors, pour aller retrouver leurs amis. Ils se moquent bien de mon apparence physique. Excuse-moi, je ne devrais pas me plaindre; j'ai une famille que j'aime, un foyer qui en vaut bien d'autres. Nous ne nous disputons jamais. Malheureusement, Sabrina, la vérité, c'est qu'ils ne me regardent même pas. Alors, à quoi me servirait de suivre un régime, de faire de l'exercice ou de soigner ma tenue?

— Fais-le pour moi. Tu n'es pas juste envers toi-même. Si Garth est assez fou pour ne te montrer qu'indifférence, ne devrais-tu pas t'occuper doublement de toi?

— J'ai tellement de travail à la maison, que j'en oublie le bonheur d'être auprès de toi. Pourquoi ai-je donc attendu si longtemps pour venir à Londres?

— Tu m'as dit que c'était une question d'argent, et tu ne me laisses pas t'offrir le voyage.

— Non, je m'y habituerais vite, et ce ne serait pas une bonne chose. Mais si Garth voulait bien accepter plus d'invitations à des conférences en Europe, je le suivrais partout, en voyageant à demi-tarif. En fait, pourquoi ne pas venir m'installer ici? Je t'ai déjà dit que tu avais réalisé la maison de mes rêves.

— Excuse-moi, dit Sabrina à Michel Bernard. (Brian lui tendit une liste de messages. Elle la parcourut rapidement.) Oui à Olivia Chasson, non à Peter et Rose Raddisson, oui à la duchesse, mais dites-lui que je ne peux pas commencer avant le mois prochain, probablement pas avant août; non à Nicholas et Amelia Blackford, mais dites-leur que j'aimerais venir passer un week-end, le mois prochain, quand ce sera plus calme. Et Antonio dit huit heures au lieu de huit heures trente? Très bien. Dès que vous aurez terminé, pourquoi ne pas rentrer chez vous? Je fermerai le magasin. (Elle se tourna vers Michel.) Où en étions-nous?

– On parlait de mon article. A côté de toi, j'ai l'impression d'être oisif. Fais-tu toujours dix choses à la fois?

– Ces temps-ci, c'est incroyable.

– C'est toi qui es incroyable, tu sais. On a parcouru l'Europe pour faire cet article, où que nous soyons, nous entendions parler de toi et des *Ambassadeurs*.

Sabrina respira profondément. Cher Michel, lui dire tout cela! Un ami sincère, du temps où ils étaient étudiants. Il vivait avec Jolie Fantome; tous deux l'accueillaient, chaque fois qu'elle avait le cafard. Maintenant, ils étaient journalistes et passaient voir Sabrina, lorsqu'ils voyageaient de par le monde, à la recherche d'articles insolites. Elle n'avait pas eu de nouvelles depuis des mois. Puis, un jour, Michel avait téléphoné. Il faisait une enquête sur un réseau international de faussaires, qui alimentaient même les petites galeries de peinture.

Jolie et Michel étaient les seuls amis de Sabrina qui gagnaient leur vie, comme elle. Auprès d'eux, elle était détendue, enthousiaste. Ce n'était pas le cas avec les clients et amis fortunés, qui manifestaient un mépris total vis-à-vis de l'argent et s'attendaient également à la voir détachée de ces contingences.

– Tu as vraiment entendu parler des *Ambassadeurs* à l'étranger? Etonnant! La semaine dernière, on m'a appelée de Paris et de Bruxelles. Oh! Michel, que fais-tu quand tous tes rêves se réalisent à la fois?

– Je me réjouis. Tu l'as bien mérité. Tu es arrivée à la force du poignet.

– Mais parfois, j'ai peur. Tout va trop vite. Connais-tu cette vieille superstition chinoise qui dit que si tu regardes une belle chose en face, elle disparaît? On peut jeter un coup d'œil, mais pas la fixer; les belles choses sont fragiles et éphémères et un regard prolongé pourrait les détruire. Je ressens la même impression dans la vie. Si je parle de moi, on me regarde avec trop de complaisance, tout risque de s'écrouler.

Michel haussa les épaules. La superstition n'avait aucune place dans le journalisme moderne.

— Tu es devenue la femme la plus en vogue de Londres. Ce n'est pas près de s'écrouler. Qui est Antonio?

— Qui?

— Antonio. Huit heures au lieu de huit heures trente. Je suis peut-être indiscret?

— Oh! Un ami.

— Décidément, je manque de discrétion. Bon, à part l'amour, tu as la réussite, la gloire et, sans aucun doute, un revenu confortable. Que pourrais-tu désirer d'autre?

— Du travail. Et j'en ai également. Un travail que j'aime et que je connais bien. C'est ce que je peux espérer de mieux.

— Ce qu'il y a de plus appréciable, dit Jolie, qui entrait au même moment dans le bureau, c'est l'indépendance. Surtout après avoir été menée par ce petit dictateur que tu avais épousé.

— La meilleure chose au monde, c'est l'argent, dit Michel. Essaie d'acheter quoi que ce soit avec l'indépendance.

— Grand Dieu, c'est parti...

— Continue, dit Sabrina, se levant en entendant le carillon de la porte sonner. Attends le départ de mon client.

Dans la pénombre du magasin, Rory Carr admirait une pendule de cheminée triangulaire, au cadran entouré d'angelots en porcelaine.

— Très beau, madame, dit-il, s'inclinant pour lui

baiser la main. Sans doute cela provient-il du domaine de la comtesse du Verne?

Sabrina sourit.

– Vous m'impressionnez toujours, monsieur Carr. Je ne vous ai pas vu à la vente.

– Je connais la famille depuis des années, madame. En fait, je les ai vus la semaine dernière à Paris, et le jeune comte vous envoie ses amitiés respectueuses. Mais aujourd'hui, je suis là pour affaires, pour vous montrer quelque chose de tout à fait spécial. Si vous le permettez.

Il posa une mallette de cuir sur la table, et l'ouvrit. Sortant un grand paquet, il le défit, avec des gestes lents et étudiés. Sabrina admirait son sens de la mise en scène. Admirablement vêtu, les cheveux grisonnants, de légères poches sous les yeux, il avait le goût des effets. C'était aussi un connaisseur, et les années précédentes, il lui avait vendu six porcelaines superbes du XVIIIe. Contrairement à certains objets, qui mirent du temps à trouver des acquéreurs, les siens se vendirent immédiatement.

Avec précaution, Carr posa sur la table plusieurs objets d'art chinois : une petite maison en forme de pagode, avec un escalier en colimaçon et quatre adolescents ayant sur la tête des chapeaux de paille; ils portaient des filets à papillons et des paniers remplis de baies. Les jeunes garçons étaient vêtus de blanc et de jaune; la pagode, avec un treillis de perles sur le toit, brillait de mille couleurs.

– Lück, murmura Sabrina. (Des années auparavant, dans un musée de Berlin, Laura leur avait montré des figurines signées Lück, et d'autres objets de la fabrique de porcelaine de Frankenthal, datant de 1750. Sabrina souleva les figurines pour voir si elles étaient signées; elles portaient bien les marques caractéristiques de Frankenthal, une couronne au-dessus d'un « F » en

gothique.) A qui appartiennent ces objets? demanda-
t-elle.

Carr lui tendit un parchemin; elle le parcourut.

– Il n'y en a eu que trois?

– Oui, madame. J'imagine que tout a été vendu
dans ces circonstances désastreuses. Comme vous pouvez le voir, c'est d'une finesse extrême.

Sabrina examinait les figurines.

– Combien?

– C'est un peu cher. 4 000 livres.

Le visage de Sabrina resta impassible.

– 3 000.

– Oh! madame, vraiment, je... bon, pour vous,
3 500.

– Je vous enverrai un chèque demain.

Il s'inclina.

– Admirable lady Longworth. Si seulement les décisions étaient toujours aussi rapides! Je vous souhaite
une bonne journée.

La porte se referma derrière Carr. Michel se tourna
vers Sabrina.

– Dis-moi, fais-tu souvent des affaires avec lui?

– L'année dernière, ça m'est arrivé plusieurs fois.

– Rory Carr, n'est-ce pas?

– Tu le connais?

– On l'a rencontré.

– Récemment?

– Oui.

Un frisson de joie parcourut Sabrina.

Elle effleura la froide porcelaine. Quelle teinte! Quel
raffinement!

– En quelle circonstance l'as-tu rencontré?

– Dans sa société, Westbridge Imports. Très grosse
affaire, des antennes dans le monde entier, du matériel
neuf et des antiquités, vendus à de petites boutiques

d'art, comme *Les Ambassadeurs*. Malheureusement, il y a eu de gros problèmes.

– Des faux?

– Sept, jusqu'à présent. On a pu remonter la piste jusqu'à Westbridge. Au fait, c'est confidentiel.

– Et Rory Carr?

– Il aurait pu se faire prendre. Mais il n'est pas bête. Il joue les intermédiaires auprès des galeries d'art. On en saura davantage quand on saura qui finance Westbridge et d'autres firmes d'import-export que nous surveillons en Amérique et en Europe. Tout ce que nous savons, c'est qu'officiellement, un certain Ivan Lazlo est le propriétaire de Westbridge.

Sabrina répéta le nom.

– Ce nom me dit quelque chose. Où en ai-je entendu parler? En France? En Italie? Je ne me rappelle pas.

– Si cela te revient, fais-le-nous savoir. Et fais attention à ce que t'apporte Carr. Tu n'as eu aucun ennui avec lui, jusque-là?

Elle ferma les yeux.

– Ses objets avaient des certificats de garantie. Les griffes étaient authentiques. Je regarde toujours de près ce qu'il apporte. Ce serait désastreux si mes clients doutaient de moi.

Brian entra dans le bureau.

– M. Molena est au téléphone.

– L'ami. (Michel embrassa Sabrina sur la joue.) On s'en va.

Antonio Molena lui téléphonait une douzaine de fois par jour – du Brésil où il dirigeait ses affaires, ou de Londres où il envoyait des ordres au Brésil, ou organisait des rendez-vous en Europe avec des financiers, des amis ou des maîtresses. Milliardaire autodidacte, possédant la rudesse d'un père portugais et le mysticisme d'une mère indienne, il avait attendu cinquante et un ans pour trouver la femme qui ferait honneur à son empire. Lorsqu'il fit la connaissance de Sabrina, à une soirée du Nouvel An, dans la maison de campagne d'Olivia Chasson, il décida, en dix minutes, qu'en cette année nouvelle il allait se marier et avoir un fils.

Il répudia ses maîtresses, avec dons à l'appui, et fondit sur Sabrina, tel un oiseau de proie; il la poursuivit pendant cinq mois de ses assiduités; il n'avait qu'une idée en tête : Sabrina, et il parvenait toujours à ses fins. Du reste, cette manière d'agir avait fait de lui le maître de vastes plantations de café, dans la province de Bahia et de ranchs dans la province de Serro de Amambai. Il avait espéré épouser Sabrina et la voir diriger leur maison à Rio de Janeiro, en attendant la naissance de leur fils. Au lieu de cela, il était contraint de demeurer à Londres, et d'attendre son bon vouloir jusqu'à ce qu'il puisse la forcer à accepter.

Parce qu'elle n'arrivait pas à se décider.

Ses amis lui disaient qu'il avait tout ce qu'une femme pouvait désirer : richesse et puissance; un prince des temps modernes, qui pilotait son propre avion, et paradoxalement relatait parfois de vieux contes de la tribu de sa mère et de sa grand-mère.

– Il vaut mieux que vous ne m'aimiez pas encore, dit-il à Sabrina. Les dieux guaranis disent que l'amour vient après, non d'abord. Il vient petit à petit, quand on partage et que l'on crée ensemble. Lorsqu'on vit à deux, qu'on fonde une famille, l'amour naît.

La société attendait le remariage de Sabrina. A chaque soirée, on lui prêtait une liaison sérieuse, qui devait mener à cet événement. Antonio remportait la palme, avec sa cour assidue, sa certitude quant à leur avenir, sa personnalité très marquée, à la fois mystique et pratique, d'homme d'affaires et de play-boy.

On le voyait avec Sabrina dans presque tous les lieux de distraction, où Denton l'avait présentée avec fierté; seulement, Antonio, lui, travaillait autant qu'il se divertissait. Entre les festivals cinématographiques, les courses automobiles, les bals, les derbys, les chasses et les week-ends à la campagne, il s'envolait au Brésil pour travailler vingt heures par jour, ou il s'enfermait dans son appartement de Londres pour passer des coups de téléphone interminables, et dicter de longs documents à ses secrétaires de Rio.

Et chaque jour, il appelait Sabrina pour lui rappeler qu'il l'attendait.

Mais elle se montrait prudente.

– Quand j'ai épousé Denton, je pensais que c'était une bonne idée, confia-t-elle à Alexandra.

– Vous étiez jeune et innocente. Dépendante aussi. Maintenant vous êtes seule, vous dirigez une affaire et je suis auprès de vous pour vous conseiller.

– Alors, pourquoi épouserais-je Antonio?

– Parce que vous n'échappez pas à la règle. On est tout de même plus heureuse auprès d'un homme.

– N'importe quel homme?

– Ma chérie, Sabrina Longworth n'a pas besoin de choisir n'importe quel homme. Votre Antonio est un oiseau rare.

Il travaillait à un plan de construction de villages, d'hôpitaux, d'écoles pour les paysans des provinces du Brésil où il avait la mainmise sur tout. Son but était de les empêcher de s'allier contre lui et les autres propriétaires, mais, en public, il parlait seulement de son souhait d'apporter aux pauvres dignité et confort. C'était là une tâche importante que Sabrina partagerait. En plus de l'éducation des enfants et de son rôle d'hôtesse, elle devrait l'aider à améliorer la vie de milliers de gens.

– Le roi Antonio Ier, plaisantait Sabrina. (Avec

Antonio, elle ne plaisantait pas. Il était si sérieux, et pourquoi ces milliers de paysans vivraient-ils mieux, s'il prenait en main leurs vies?) Je n'ai aucune envie qu'il dispose de la mienne, dit-elle à Alexandra.

La première fois qu'ils firent l'amour, dans son appartement de Londres, il la surprit par la douceur de ses caresses, sa sensualité à fleur de peau, aussi lancinante que sa cour assidue. Quand elle fut très excitée, c'est elle qui l'attira à elle. Il la laissa guider son corps, au lieu de lui imposer sa façon de faire l'amour, comme l'avait fait Denton. Elle connut enfin le plaisir. Pour la première fois, Sabrina comprit ce que signifiait la gratitude sexuelle.

– Mais si je me remarie, dit-elle à Alexandra, ce ne sera pas par gratitude, mais par amour.

Elle savait ce que voulait dire aimer : c'était partager. Elle l'avait appris avec Stéphanie. Durant ces années de solitude, elle aurait désiré un compagnon qui l'eût aimée pour ce qu'elle était, non pour ce qu'elle représentait, qui eût apaisé ses craintes et n'aurait pas simplement été béat devant ses talents; qui aurait eu besoin d'affection, non de son statut social et de son équilibre, qui l'aurait chérie en lui laissant sa propre identité. Elle savait ce que signifiait partager, et cela ne s'appliquait pas à Antonio.

Au moment où Michel la mettait en garde contre Rory Carr, la sonnerie du téléphone retentit : c'était Antonio. Après tout, peut-être y avait-il quelque chose de vrai dans les croyances des indiens guaranis. Si c'était un présage? Comment pouvait-elle savoir si Antonio ne partagerait pas ses problèmes et même ne l'aiderait pas à les résoudre? Il était temps de savoir la vérité. Elle se dirigea vers le téléphone.

Garth ouvrit la fenêtre de son bureau et respira la brise du lac. Le soleil matinal s'élevait dans le ciel. Il faisait déjà une chaleur inaccoutumée pour une fin mai, et quelques étudiants, pieds nus, sautaient de rocher en rocher, le long du rivage, poussant de petits cris aigus lorsque leurs orteils effleuraient l'eau glacée.

Des papillons voltigeaient au-dessus de groupes d'étudiants qui préparaient leurs examens de fin d'année; des amoureux flânaient sous les arbres. L'air fleurait bon l'été, un temps à rester dehors. Mais Garth avait un rendez-vous. Il cherchait partout son dossier sur Vivian Goodman. Avec un peu de chance, il pourrait faire une petite promenade avant son cours de quatorze heures. Il était sur le point de sortir, lorsque le téléphone sonna.

– Garth, dit Stéphanie, j'ai besoin de te parler de Cliff.

– J'ai un rendez-vous avec le doyen. Je te rappellerai...

– Non, maintenant, je suis seule au bureau, tout le monde est allé déjeuner. Je t'en prie, Garth.

– Bon, si ça ne peut pas attendre ce soir. De quoi s'agit-il?

– J'ai trouvé une radio et deux calculatrices dans son placard, ce matin, sous une pile de vêtements. J'allais les laver, quand...

– Sous ses vêtements?

– Oui. Encore dans leurs boîtes. Elles n'ont jamais été ouvertes.

– Je n'arrive pas à croire... Il ne les a pas volées?

– Alors, que faisaient-elles là?

– Elles appartiennent peut-être à ses amis.

– Garth, il les a cachées.

– Bon, qu'en penses-tu?

– Quelqu'un, au bureau, dit que des gosses volent et revendent.

– Pourquoi? On lui donne de l'argent, et il en a

gagné toute l'année en faisant le nettoyage des caves et des greniers. Et puis, pourquoi un élève de 6ᵉ aurait-il besoin d'argent? Je pensais que même ses amis les plus riches devaient attendre la terminale pour avoir leur première Mercedes!

– Garth, ne plaisante pas, ce n'est pas drôle.

– Ce n'est pas de l'humour, Stéphanie. Cliff est solide, honnête; ce n'est pas un voleur, mais peut-être envie-t-il tous ces gosses de riches de son école? Ou peut-être a-t-il honte? Si certains de ses camarades se sont mis à voler par jeu, sans doute l'ont-ils entraîné. Lui as-tu demandé ce qu'il ressentait lorsqu'il voyait ses camarades acheter tout ce qui leur passait par la tête?

– Et toi, l'as-tu fait?

– Non, évidemment. Stéphanie, excuse-moi, je suis en retard. On en reparlera ce soir.

– Je veux que tu rentres de bonne heure, ce soir, et que tu aies une conversation avec Cliff. Tu viens seulement de te demander s'il pouvait être envieux. Mais il y a longtemps, moi, que je me suis posé la question. Jamais tu ne lui parles, tu ne sais même pas ce qu'il pense.

– Pas toujours. Mais il faut bien qu'à son âge, il ait ses petits secrets; j'ai toujours pensé que les parents se mêlaient trop des affaires de leurs enfants. Cliff sait-il que tu fouilles dans sa chambre?

– Non, et ne le lui dis pas. Il m'a demandé de ne pas toucher à ses affaires.

– Alors, comment vais-je aborder le sujet?

– Tu trouveras bien quelque chose. Il fallait que tu sois au courant, Garth. A quelle heure rentres-tu?

– A six heures.

Il monta quatre à quatre les marches. William Webster, le doyen de la faculté des sciences, l'attendait, assis à son bureau, dans un nuage de fumée. Garth ouvrit son dossier et s'assit.

— Bill, je vous demande d'aller à l'encontre de la décision du conseil, dans l'affaire Vivian Goodman.

— Je m'en doutais.

Webster se pencha en arrière; le fauteuil craqua. C'était un être content de lui, au ventre proéminent et au crâne chauve; il exécrait les discussions. Toute une semaine, il avait essayé de faire fléchir Garth, mais après onze ans d'université, Garth connaissait les ficelles du métier. Devant l'écran protecteur de la fumée, il attendait que le doyen aborde, le premier, le cas Vivian Goodman.

— Il y a déjà eu deux réunions à son sujet. Vous avez lu son rapport et son livre sur les techniques de recherche? Etes-vous au courant de l'opinion des autres biochimistes?

— Oui.

— Vous savez la suite. Par onze voix contre neuf, le comité a rejeté sa titularisation, prononçant ainsi son renvoi de la faculté. Garth, vous le savez, cette titularisation représente un véritable contrat d'association, on accorde à un professeur un travail à temps plein, l'intégrant à jamais au sein de notre famille professionnelle. Il faut être vraiment sûr de la valeur du candidat, pour accepter.

— De la candidate.

Ne prêtant pas attention à cette rectification, Webster poursuivit :

— On m'a dit que les publications de Mme Goodman manquent de structure et que son livre n'ouvre pas d'horizons nouveaux. Ses supporters les plus enthousiastes semblent être ses étudiants. Ce qui, bien entendu, n'a aucune valeur, vous connaissez le problème; vous avez eu le soutien inconditionnel des étudiants, mon cher, mais vous n'auriez jamais obtenu

143

de titularisation, si vos recherches et votre thèse n'avaient pas été excellentes. Nous sommes fiers de vous avoir parmi nous. Les étudiants vous aiment toujours, tout comme la faculté. Voyez-vous, si vous étiez ambitieux, vous feriez tout pour me déloger. (Il rit de bon cœur.) J'ai de la chance que vous préfériez votre laboratoire. Je suis heureux que nous ayons eu cette conversation; il est regrettable que Mme Goodman doive partir, mais elle trouvera autre chose et nous nous débrouillerons sans elle. Heureux de votre visite, Garth.

Garth, pensif, ne broncha pas. Webster, dans son nuage de fumée, s'était levé pour le raccompagner.

— Asseyez-vous, je vous prie, Bill.

Webster, étonné, hésita, puis se rassit.

— Vivian est une biochimiste qui vaut n'importe lequel d'entre nous. Son travail est bien structuré et méticuleux. Il est vrai qu'elle n'innove rien, mais dites-moi qui, parmi nous, est un innovateur? D'après vous, je fais partie de ces universitaires dont j'ai épousé la cause d'une façon assez mystérieuse mais que font-ils, sinon passer leur temps à rejeter les idées établies, sans jamais chercher à créer? En vérité, on rejette Vivian parce que c'est une femme!

— Allons donc! n'avez-vous pas honte? Vous savez que je ne tolère pas les préjugés; je ne laisserai personne me faire ce reproche. Mme Goodman a été traitée comme n'importe lequel d'entre nous, et le vote lui a été défavorable. Je ne vais pas lui accorder une titularisation simplement parce que c'est une femme, sans tenir compte de son travail.

— Je vous ai dit qu'il était tout à fait satisfaisant.

— C'est ce que vous pensez. Mais d'autres...

— Les avis des autres universités concordent.

— Mais enfin, Garth, votre propre comité a voté. Comment pourrais-je passer outre? Je n'ai pas, pour

144

ma part, lu la thèse de Mme Goodman, mais je sais, par expérience, qu'avec une maison à tenir, un mari et deux enfants, elle ne peut fournir autant de travail qu'un homme. Ce n'est pas une critique; je connais Mme Goodman, elle est belle et semble intelligente. Mais il nous faut tenir compte des réalités. Nous avons une responsabilité envers la science.

– Bill, onze hommes ont voté contre la promotion d'une seule femme qui a autant de connaissances scientifiques qu'eux et est probablement meilleure pédagogue. Je ne peux admettre cette procédure routinière. Je viens vous demander officiellement d'annuler cette décision. (Il lui tend le dossier.) Voici le rapport des neuf qui ont voté en sa faveur. Il est rédigé par moi et signé par tous. Vous y trouverez une liste de femmes à qui l'on a refusé une titularisation ces douze dernières années, avec le détail de leurs travaux. Je vous le laisse. Dans une semaine, je reviendrai en parler avec vous.

– Garth, je suis vraiment désolé. Il m'est impossible de le lire. Je pars demain en voyage d'affaires.

Après un temps d'hésitation, Garth retira le dossier.

– Il va me falloir remettre cela au vice-président, Bill, vous le comprenez.

– Garth, quelle mouche vous pique? Pourquoi jouez-vous les Don Quichotte? Ne me dites pas que vous avez un penchant pour cette femme? Vous allez vous ridiculiser, en passant outre à ma décision. Si vraiment vous voulez la guerre, sachez que je vous écraserai.

Garth, debout, dominait le doyen. Il était hors de lui, mais il n'éleva pas la voix.

– En moins d'une minute, vous m'avez traité de cow-boy, d'imbécile, de menteur, et vous m'avez accusé de tromper ma femme. Un record, non? Bon voyage, Bill!

Webster interloqué, l'appela :

– Mon ami...

Mais Garth était loin. Il s'était engouffré dans le couloir, avait dévalé l'escalier, traversé un autre couloir, puis pénétré dans son bureau. Dans un coin, se trouvait sa raquette de tennis. Il la prit, tapa dans une balle imaginaire avec fureur.

– Sale con! Idiot...

– Oh! excusez-moi, dit une voix hésitante.

Il se retourna. Il aperçut alors Rita MacMillan, une de ses étudiantes du cours de génétique qui rougissait de l'avoir surpris.

Il laissa tomber sa raquette, et dit d'un ton sarcastique :

– Ça sent le roussi. En quoi puis-je vous être utile, Rita? Asseyez-vous, n'ayez pas peur.

Elle s'assit sur le bord de la chaise.

– C'est... c'est pour le dernier partiel...

– Ah! Vous avez préféré le partiel à l'examen?

– Euh... J'ai pensé qu'il vaudrait mieux, parce que je... enfin... je perds tous mes moyens dans les examens.

– Bon.

Il se demandait pourquoi les étudiants transformaient toujours leurs affirmations en questions, comme s'ils quêtaient une approbation.

– Seulement voilà... maintenant, j'ai des problèmes avec les partiels.

– Eh bien, passez l'examen. Vous pouvez encore changer d'avis.

Ses grands yeux se remplirent de larmes.

– Je crois que je ne peux passer ni l'un ni l'autre.

– Vous voulez dire que vous ne passerez que quelques matières, pour terminer cet été?

146

– Non, je ne pourrai pas passer mon diplôme, et mes parents...

Des larmes coulaient; de son minuscule mouchoir, elle les essuya.

Garth, perplexe, lui demanda :

– Qu'allez-vous faire, alors?

Elle leva vers lui un regard noyé.

– Vous souvenez-vous, quand on prenait le café ensemble et qu'on parlait de mon projet de recherches? Combien de fois y ai-je pensé! j'ai passé, là, je crois, les soirées les plus merveilleuses de ma vie. Et la fois où nous avons pris le thé au syndicat. Nous avons bavardé de longues heures, et je me suis rendu compte que je ne vous déplaisais pas... et... enfin, des étudiantes m'ont dit... pas dans cette section, bien sûr... mais, euh... leurs professeurs... Vous me comprenez, n'est-ce pas. Peut-être pourrions-nous prendre encore le café ensemble, chez moi, cette fois... et puis, euh... je pourrais vous montrer ce que j'ai fait. Enfin, ce n'est pas terminé, mais peut-être pourriez-vous me mettre la moyenne. Oh! vous savez, comme ça, je pourrais être reçue... Oh! ne me regardez pas ainsi!

Garth s'était jusque-là contenu. Soudain, il explosa.

– Idiote. Petite putain...

Il fit les cent pas dans la pièce.

– Vous vendre pour un examen, alors qu'il y a des femmes qui se crèvent pour un diplôme, un travail, un bon salaire, un contrat... Et vous laisser avilir par les hommes. Mais vous savez comment obtenir ce que vous désirez, non? Vous n'avez guère besoin de cervelle, quelques larmes, un coup de queue... Bon Dieu! (Il prit son élan, et se rua vers la porte.) Sortez! Vous aurez la note que vous méritez! Allez, dehors!

Elle passa devant lui, les yeux grands ouverts d'étonnement, mais non de crainte. Elle s'attendait à une autre réaction. Lui avait-il vraiment donné une raison de penser que...

La sonnerie du téléphone retentit; il décrocha prestement.

– Andersen! aboya-t-il.

– Professeur Andersen? Un instant, s'il vous plaît. M. Kallen.

Kallen? Qui diable était-ce?

– Professeur Andersen, ici Horace Kallen, président des laboratoires Foster, à Stamford, Connecticut. Vous avez participé à un séminaire que nous avons organisé l'année dernière, à Chicago.

– Monsieur Kallen, j'ai cours dans cinq minutes.

– Je ne vais pas vous retenir plus longtemps. La semaine prochaine, je serai à Chicago, pourrions-nous déjeuner ensemble?

Garth était intrigué. En général, les présidents de multinationales ne téléphonent pas à des professeurs pour les inviter à déjeuner; leurs secrétaires s'en chargent.

– Bien sûr, répondit-il; mais, si c'est pour un autre séminaire...

– Oh! non! (Il perçut un petit rire.) On aimerait vous demander de devenir le directeur de notre nouveau département de la recherche, ici à Stamford. Nous avons interviewé plusieurs candidats, mais, en fait, c'est à vous que revient la palme.

La sonnerie du bâtiment administratif retentit à deux reprises.

– Quand serez-vous là?

– Mardi. Disons treize heures au Ritz Carlton?

– Entendu.

Ce soir-là, assis dans la cuisine, tandis que Stéphanie préparait le dîner, il lui parla.

– Il y a un an, j'aurais à peine pris en considération cette proposition. Mais après la menace de Bill...

– Ils te paieront combien? demanda Stéphanie.

Elle épluchait des légumes, le dos tourné.

– Je ne sais pas. Aimerais-tu vraiment t'installer dans le Connecticut?

– Je partirais dès demain, s'il le fallait.

Il fut surpris par son ton véhément.

– Mais tu aimes Evanston, nos amis, l'école des gosses, ton travail...

– Mon travail est monotone, on se fera de nouveaux amis, je suis sûre qu'il y a de bonnes écoles à Stamford.

Elle ouvrit le réfrigérateur et en sortit une laitue, un oignon rouge, des tomates. Elle se tourna vers lui.

– Ce serait merveilleux d'avoir de l'argent! Et d'habiter près de New York! Quelle joie de changer!

Garth commençait à se sentir mal à l'aise. Ce rendez-vous, il l'avait accepté parce qu'il était monté contre Webster, et furieux de sa rencontre avec Rita MacMillan; il n'avait aucune raison de quitter l'université. Mais Stéphanie avait sauté sur l'occasion. Il ne savait rien de ce nouveau poste, mais déjà, elle trouvait mille raisons d'accepter; Garth, lui, refroidi par l'attitude de Webster, ne trouvait plus d'intérêt à rien, même à l'invitation à déjeuner. Mais il irait tout de même, ne serait-ce que pour faire plaisir à Stéphanie.

– On verra ce que propose Kallen, dit-il. Au fait, je ne t'ai pas parlé de Rita MacMillan; sale histoire...

– Vas-tu accepter le poste?

– Il ne m'a pas encore été offert.

– Et si on te l'offre?

– Je ne sais pas. Attendons de voir ce que Kallen va proposer. J'ai commencé à te parler de Rita...

– Maman! (Penny entra en criant.) On meurt de faim!

– As-tu mis la table?

– C'est le tour de Cliff.

– Bon, Cliff l'a-t-il mise?

– Il est en train de le faire.

– Qu'il n'oublie pas les serviettes. Tous les deux, allez vous laver les mains.

Stéphanie sortit les pommes de terre du four. Le silence régnait dans la cuisine. Garth attendit un moment, puis haussa les épaules et prit le journal.

– Maman! dit Penny.

– J'arrive, Penny. Garth, à table.

– Stéphanie...

– Sabrina! Je t'ai téléphoné je ne sais combien de fois.

– J'étais à la campagne : j'ai donné à Mme Thirkell tout le mois de juillet pour ses vacances.

– J'étais inquiète. J'avais peur que tu aies des ennuis.

– Mes cauchemars sont-ils donc parvenus jusqu'à Evanston?

– Ça ne va pas?

– Si, mais j'ai eu peur. Il y a quelques semaines, j'ai eu peur de m'être fait avoir. Après vérification, l'objet en question est authentique. Finis les cauchemars. Comment marche ton affaire immobilière? M'as-tu trouvé des objets d'art?

– Depuis quelque temps, je... enfin, je m'en suis désintéressée.

– Oh! Stéphanie, pourquoi? Tu adores ça!

– Oui, mais je manquais de fonds. En ce moment, je travaille à l'université. Ce n'est pas aussi plaisant, mais il faut bien payer nos traites. Si nous déménageons, je me relancerai peut-être dans l'immobilier. Sabrina, on a offert à Garth un poste de directeur de la recherche d'un laboratoire pharmaceutique dans le Connecticut.

150

– Garth quitte l'université?

– Je voudrais bien. Il gagnerait 90 000 dollars par an.

– Oh! Stéphanie, je suis contente pour toi! Finis les soucis d'argent, tu pourras t'organiser. Pourquoi n'ouvres-tu pas l'équivalent des *Ambassadeurs* en Amérique? On pourrait échanger nos clients et se voir plus souvent! A tour de rôle, on se rendrait visite. Pour la première fois, on aurait, toutes les deux, suffisamment d'argent. Garth est-il content?

– Je pense qu'il va refuser.

– Mais... pourquoi?

– Je ne sais pas. Il a déjeuné avec le P.-D.G. du laboratoire, il y a quelques semaines et il dit qu'il doit réfléchir, qu'on en parlera plus tard. Il n'est pas très enthousiaste. Ils veulent qu'on aille à Stamford – moi aussi, on doit me tester –, mais Garth prétend qu'il a trop de travail.

– Ce n'est pas un engagement?

– Non. Il s'agit de rendre visite aux gens, de leur parler, et d'y passer un week-end. Peut-être aurait-il le temps ainsi de se rendre compte que j'existe et de remarquer que j'ai maigri.

– Ah bon?

– Tu serais fière de moi. Après ton sermon à Londres, j'ai tourné une nouvelle page. Régime, exercice. Bains dans Michigan Avenue, à un endroit qui ressemble à un bordel. Ils m'ont mis sur le visage toute la boue du Mississippi, et m'ont coiffée à merveille. Personne n'a remarqué quoi que ce soit, à la maison, mais peu importe, j'y ai pris un tel plaisir! Si on se regardait dans ton miroir maintenant, tu ne saurais pas distinguer la décoratrice la plus célèbre d'Europe de la pauvre femme usée d'un professeur d'université.

– Ne dis pas cela, ce n'est pas juste. Ne te moque

pas de la vie que tu mènes; tu ne sais pas combien de fois je t'ai enviée.

– Si tu savais...

– Stéphanie, qu'est-ce qui ne va pas?

– Oh! des problèmes avec Cliff et Garth évite de les aborder avec lui. Et puis Penny voudrait suivre des cours de dessin, elle est très bonne et elle le mérite. Mais ils sont horriblement chers; cela me ramène toujours à l'offre de Garth, et je me sens si... inutile. Je suis bloquée et j'essaie de m'en sortir. Sais-tu ce que j'ai fait?

– Quoi?

– Ne ris pas. J'ai fait faire un visa pour la Chine. Il y a un voyage organisé en septembre, parrainé par les antiquaires du monde entier, et j'ai pensé...

– Mais moi aussi! La Chine semblait si loin que...

– Tu as fait une demande de visa?

– Il le fallait. Cela prend...

– Soixante jours pour l'obtenir.

– Oh! c'est merveilleux; on ira ensemble! Tu as assez d'argent? Je voulais te demander de venir avec moi, mais...

– Bien sûr, je n'en ai pas. Enfin, nous avons de l'argent à la Caisse d'Epargne, mais pas assez pour un voyage en Chine. Je n'en ai pas parlé à Garth.

– Alors, tu ne penses pas partir.

– Probablement pas; en remplissant le formulaire, j'ai senti le souffle de l'aventure; rien que d'y penser me remplit de joie.

– Je ne suis pas sûre d'y aller, non plus. Septembre est un mois chargé. Mais si nous pouvions trouver un moyen...

– Mon Dieu... Quel rêve insensé, mais si merveilleux!

Après avoir raccroché, Sabrina, dans le calme de la nuit, se blottit dans les coussins moelleux du canapé;

elle songeait à sa vie et à celle de Stéphanie. Elles étaient diamétralement opposées. Pourtant, comme par miracle, elles n'avaient jamais été aussi proches. Alexandra et quelques autres étaient de bonnes amies, mais Stéphanie était la seule qui fût au diapason.

Le téléphone sonna.

– Ma Sabrina, pardonnez-moi, dit Antonio. Je savais que vous ne dormiez pas, car c'était occupé.

Elle ne put cacher sa déception.

– Je croyais que vous partiez pour le Brésil, aujourd'hui?

– Oui. Je suis à New York. Je serai à Rio dans deux jours. Je voulais simplement vous souhaiter de beaux rêves. A mon retour, le 15 août, vous me donnerez une réponse, il faut organiser notre avenir.

Elle poussa un soupir de soulagement. Il était bien parti. Elle avait quatre semaines devant elle, sans sa présence étouffante.

Les jours passèrent. Sabrina commençait à peine à s'habituer à sa liberté, quand il lui téléphona, pour lui annoncer son arrivée, deux jours plus tard. Elle regardait tristement le calendrier, lorsque Michel et Jolie arrivèrent. Ils étaient venus lui dire au revoir.

– Nous allons à Berlin et à New York. L'affaire prend de l'ampleur. On est venus t'avertir pour Rory Carr, dit Jolie.

Sabrina hocha la tête.

– Les figurines de Lück étaient authentiques. Je sais que tu agis pour mon bien, mais essaie de comprendre. Il pourrait faire ses offres à Adams ou à une autre grande maison de porcelaines, et sans doute obtenir un meilleur prix, mais il aime aider les petites galeries d'art et je lui suis reconnaissante. Je ne pense pas qu'il me vendrait un faux, il n'a jamais essayé. Ça m'étonnerait qu'il soit impliqué dans une telle affaire.

– Il est impliqué jusqu'au cou, dit Michel, agacé. Combien d'objets lui as-tu achetés?

– Sept. Je les ai tous vendus, sauf ces petites figurines.

– Sabrina, dit Jolie, nous devons prendre un avion. Nous n'avons pas beaucoup de temps, mais je t'en prie, écoute – nous essayons de t'aider. La piste est remontée jusqu'à Carr, Lazlo et Westbridge Imports; on a découvert cinq faux, tous vendus à de petites galeries d'art, comme *Les Ambassadeurs*.

– Cinq? Tu es sûre?

– Oui. En outre, certaines galeries collaborent avec Westbridge pour en tirer un profit incroyable. Les objets sont achetés à un bon prix, parce qu'ils sont faux, mais ils les revendent au prix fort, comme s'ils étaient authentiques. L'enquête en est là, mais c'est une sale histoire. Puisque tu as traité avec Carr, vérifie ce qu'il t'a vendu. Peux-tu le faire, s'il te plaît? Bon, il faut qu'on se dépêche. Voilà notre numéro à Paris. Peux-tu nous appeler ce soir, Sabrina?

– Quoi? Excuse-moi, je n'écoutais pas.

Elle était lasse et souhaitait leur départ. Ses clients les plus riches et les plus influents avaient acheté les porcelaines acquises par l'intermédiaire de Carr. Elle avait la migraine.

– Que dis-tu?

– Nous t'appellerons ce soir pour voir comment tu vas. Et surtout, Sabrina, n'oublie pas de vérifier et de nous dire le résultat de tes recherches.

Elle les raccompagna à la porte.

– J'essaierai, mais je ne suis pas sûre de pouvoir.

Sur le trottoir, Jolie héla un taxi. Michel, soudain, se retourna :

– Au fait, tu ne t'es pas rappelé comment tu as connu Ivan Lazlo?

– Si, il y a des années, sept ans, je crois. C'était le

secrétaire de Max Stuyvesant. Je l'ai rencontré en croisière, sur le yacht de Max.

– Stuyvesant, dit Michel, perplexe.

– C'est une vieille histoire, dit Jolie, au moment où un taxi s'arrêtait. Son secrétaire est Dennis... J'ai fait sa connaissance lorsque j'ai photographié la collection de sculptures de Max, pour *Monde des Arts*.

– Bien, dit Michel d'un ton détaché. Ça ne doit pas être bien important. On t'appelle ce soir.

Ils redirent adieu, sous un soleil aveuglant. Puis Sabrina pénétra dans l'obscurité de son magasin, où régnait une fraîcheur agréable. Encore des problèmes en perspective, ces porcelaines, et Antonio qui allait revenir. Elle jeta un coup d'œil au calendrier. Dîners, pique-niques, concerts, soirées. Août était censé être le mois le plus creux, tout le monde était parti. Comment réfléchir, si on ne la laissait jamais tranquille?

Elle alla s'asseoir à son bureau de merisier. Le téléphone sonna. Brian vint annoncer :

– Señor Molena, madame.

– Oh! non! dit-elle. Pas Antonio.

Elle préférait le voir en personne, plutôt que de lui parler au téléphone.

– Ne me passez personne. Prenez le message, je vous prie, Brian.

Le regard fixe, les mains crispées, elle attendit son retour.

– Le señor Molena regrette, mais il est obligé de retarder son voyage, madame. Il ne viendra que dans une semaine, aux alentours du 22 ou 23 août; mais il vous retéléphonera ce soir.

Un répit.

– Merci, Brian.

Comment pouvait-elle envisager d'épouser un homme, alors que son plus vif désir était de le savoir loin?

Mais elle n'avait pas le temps de penser à Antonio; elle allait enfin pouvoir vérifier l'authenticité des porcelaines. Seulement, elle ne savait pas comment s'y prendre. Elle ne pouvait se rendre chez Olivia Chasson et lui emprunter sans explication les figurines de porcelaine qu'elle lui avait vendues. A Alexandra, elle pouvait tout raconter, mais il restait les cinq autres.

– Brian, fermons. On est en été; c'est vendredi et vos vacances commencent demain. On se reverra dans deux semaines.

Elle rentra chez elle à pied. La chaleur était écrasante. Ses tempes battaient; elle essaya de se protéger du soleil. En temps normal, elle aimait cette promenade, mais aujourd'hui, elle ne discernait rien. Les petits magasins et les boutiques élégantes de Beauchamps Place, engourdis dans la chaleur de la journée, ne la tentaient pas, et même les étals de fruits et de légumes qu'elle adorait ne la faisaient même pas ralentir. La tête lui tournait à cause de la chaleur; soudain, elle se sentit très lasse, elle hâta le pas et parvint à Cadogan Square; enfin de l'ombre! Quelques minutes plus tard, elle arrivait chez elle.

Mme Thirkell ouvrit la porte, avant qu'elle ne sortît ses clés.

– Madame! Vous n'êtes pas venue à pied, par cette chaleur!

Mais Sabrina l'entendait à peine. Elle regardait le heurtoir de bronze poli, en forme de main tenant un parchemin. Les certificats. Elle possédait des certificats d'authenticité que Rory Carr lui avait fournis pour chaque porcelaine; elle pouvait les vérifier. Elle avait une semaine entière, puisque Brian n'était pas là.

– Madame, vous devriez vous reposer.

Elle sourit à Mme Thirkell.

– Je crois que je vais prendre un bain. Et puis dîner légèrement. Je vais travailler ce soir.

Mme Thirkell adressa un message pour excuser Sabrina qui devait se rendre à un dîner. Sabrina, pendant ce temps, repartit aux *Ambassadeurs*, prendre les certificats. Elle passa la soirée à chercher des numéros de téléphone à Paris, Bonn, Genève, Milan et Bruxelles, et le matin suivant, elle les appela.

Cela prit du temps; tout le monde semblait parti. Pour Sabrina, l'Europe en août était un gigantesque échiquier dont les populations se déplaçaient. Mais les serviteurs et les secrétaires lui donnèrent d'autres numéros, et très vite, elle parvint à joindre tout le monde.

En cinq jours, elle put vérifier la provenance de quatre porcelaines. Le mercredi, elle eut confirmation de la provenance de la cinquième figurine, qui avait appartenu à six familles successives. Et le jeudi matin, elle se pencha sur le dernier certificat, concernant un objet rare, une cigogne en porcelaine de Meissen; les noms des personnes qui figuraient sur le certificat n'existaient pas.

Les trois jours qui suivirent, dans le silence de son bureau, elle donna des douzaines de coups de fil, le cœur battant, mais il n'y avait pas d'erreurs d'orthographe, pas d'erreurs dans les adresses. Tous les noms étaient faux.

La cigogne en porcelaine l'était donc également.

Elle était anéantie. Elle s'était montrée totalement inconséquente. Cinq merveilleuses figurines de porcelaine, un Rory Carr parfait avec ses amis parmi les plus titrés d'Europe, l'exigence de ses clients pour de beaux objets. Comment, avec tout cela, avait-elle pu faire preuve d'autant de légèreté? Sa réussite dépendait de ses compétences et de ses conseils avisés; toujours est-il qu'elle avait acheté et vendu une porcelaine sans l'examiner correctement.

Quand l'affaire serait connue, son image de marque

en serait ternie. Les clients, qui lui donnaient des commissions fabuleuses, se tourneraient vers d'autres décorateurs. Certains lui accorderaient une nouvelle chance, mais la plupart, même s'ils reconnaissaient que la faute est humaine, lui tourneraient le dos. L'échec est rarement toléré par ceux qui peuvent s'offrir le luxe d'un choix illimité.

Sabrina frissonna. Il lui faudrait racheter la cigogne au cours du jour. Si elle n'avait pas assez d'argent liquide, Alexandra l'aiderait. Mais le problème n'était pas là. En fait, il ne fallait pas que cela s'ébruite. Il était impossible de racheter l'objet à son propriétaire sans lui dire la vérité. Qui était-ce?

Elle lut la facture jointe au certificat : lady Olivia Chasson. « Pourquoi pas? murmura-t-elle. Elle est capable du meilleur comme du pire. » Lady Olivia était sa meilleure cliente; elle dépensait cinquante mille livres par an à redécorer ses résidences, à offrir des présents somptueux. Elle envoyait souvent de nouveaux clients aux *Ambassadeurs*, certains étrangers achetaient même par correspondance ou par téléphone. C'était une inconditionnelle de Sabrina.

Elle pouvait ruiner une réputation en un jour si elle pensait qu'on l'avait dupée.

« Et nous nous connaissons si bien, pensa Sabrina. Je peux lui parler. C'est l'une des rares personnes suffisamment consciente de la gravité de l'affaire pour se taire. Si je lui rachète la cigogne ou si je la lui remplace, je crois que ça se passera bien. »

Lorsque le téléphone sonna, elle répondit sans réfléchir.

C'était Antonio, de retour avec trois jours d'avance; il lui annonça qu'il l'invitait à dîner et viendrait la prendre à huit heures.

« Dire que certains mènent une vie simple! pensat-elle. Mais je n'ai pas voulu une vie simple. Je désirais les plaisirs, les tourbillons, les aventures. Maintenant, il me faut faire face. »

D'abord Antonio. Ensuite, Olivia. Elle pouvait à la rigueur attendre, avant de donner une réponse à Antonio, en ce qui concernait Olivia, c'était différent. Tout le monde connaissait maintenant Sabrina et avait confiance en elle, elle s'était fait une place dans la société – non pas grâce à Denton, mais par elle-même. Quelles que fussent les circonstances, c'était à elle de s'en sortir.

Pour cette soirée d'août elle choisit une robe suffisamment décolletée, mais pas trop sexy. A son grand étonnement, elle se rendit compte qu'elle avait envie de voir Antonio. Il était si envahissant qu'il laissait toujours un vide quand il s'en allait.

Seulement voilà : jamais il ne lui apportait ce qu'elle recherchait. Quelques mois auparavant, elle avait essayé de lui parler des soupçons de Michel, à propos de Rory Carr. Délibérément, il avait fait dévier la conversation. Sabrina avait alors capitulé, et depuis elle ne lui avait plus fait de confidences.

Mais, ce soir, elle était décidée à lui en faire.

– Partager mes problèmes, murmura-t-elle, en s'adressant à la photo d'Antonio, sur sa coiffeuse.

Il connaissait Olivia, il aurait une idée sur la façon de l'aborder. « Quelle joie de le voir, ce soir! Je suis peut-être en train de tomber amoureuse de lui », songea-t-elle.

Ils se retrouvèrent l'un en face de l'autre, à la table préférée d'Antonio, au *Gavroche* : Sabrina l'écouta parler d. ses problèmes avec les banquiers, les employés, le service postal de huit pays différents, la récolte du café au Brésil, les dockers de La Nouvelle-Orléans et les lois du gouvernement américain sur l'importation du bœuf; lasse, elle n'avait plus qu'un seul désir, parler de la pluie et du beau temps.

159

– Oui, oui, sans doute va-t-il pleuvoir, ma Sabrina, mais... il ne pleut presque jamais à Rio. (Cette réflexion la fit rire; elle se sentit mieux.) Ah! vous êtes merveilleuse, une vraie reine. Je suis venu chercher une réponse, Sabrina; je veux que vous soyez ma reine, pour étendre l'univers à vos pieds...

Un souvenir traversa son esprit : Denton lui avait dit, un jour qu'il lui achèterait une parcelle de l'univers à chaque anniversaire. Pourquoi donc les hommes qu'elle connaissait lui offraient-ils l'impossible et jamais leur cœur?

Sabrina piqua un morceau de veau et le plongea dans trois sauces différentes. Antonio remarqua qu'elle fronçait les sourcils. Il posa sa fourchette.

– Ne feignez pas la surprise. Vous savez que j'attends une réponse, ce soir.

– Antonio, il faut que je vous parle. (Rapidement, pour l'empêcher de l'arrêter, elle lui parla des soupçons de Jolie et de Michel au sujet de Rory Carr et de sa découverte de la supercherie. Elle feignit de ne pas voir son air renfrogné.) Bien entendu, je vais le racheter à Olivia, et lui dire la vérité. Je suis sûre qu'elle n'ébruitera rien. Pourquoi le ferait-elle? Si vous pouviez me conseiller sur la façon de lui expliquer...

– Sabrina, vos amis disent qu'il y a eu cinq faux? Et il semble que certaines galeries collaborent avec cette société...Westbridge? Et vos amis publieront leur article dans le journal. Dénonçant Westbridge et sa comptabilité.

Autour d'elle, la pièce aux lumières tamisées s'obscurcit, les craintes qu'elle avait éprouvées, la semaine précédente, rejaillirent.

– Bien sûr, la description de tous les objets vendus paraîtra dans les journaux!

– Vous êtes vraiment une enfant, vous pensez que vous allez demander à Olivia de garder le silence; mais qu'exigez-vous d'elle, sinon un mensonge ? Tous ses amis vont reconnaître sa cigogne de Meissen. Pourquoi se tairait-elle ? (Sabrina contemplait cette foule discrète, dans ce restaurant réputé pour son veau, son canard et ses commérages. « Ils sont capables de mentir pour se protéger, mais peu mentiraient pour protéger quelqu'un d'autre. Rares sont les amis qui le feraient pour moi, songea-t-elle : Alexandra, Antonio, quelques autres. Non, ajouta-t-elle, avec ironie ; même avec Alexandra, il y a des limites. ») Ma Sabrina (il fit signe aux garçons de débarrasser et d'apporter le café), je suis heureux que vous m'ayez enfin parlé de ces problèmes. J'admire votre force et votre esprit, mais il y a des limites à ce que peut faire une femme seule, dans un monde mercantile. Je ne vous laisserai pas souffrir. Je vais demander à mes avocats de s'occuper de cette affaire, je vous aiderai à fermer votre petite boutique, et je vous emmènerai loin, là où vous n'aurez plus aucun problème.

– Où vous achèterez les nuages, pour qu'il ne pleuve pas.

– Pardon ? Est-ce un de vos bons mots, ma Sabrina ?

– Non, excusez-moi.

Bien sûr, tout cela était possible ; elle pouvait l'épouser et le laisser l'emmener au loin vivre avec lui, elle aurait une vie de reine, dépourvue de problèmes. Mais toujours dans son ombre étouffante, et sans sa « petite boutique ».

Ce n'était pas suffisant. Elle leva son verre de cognac à la lumière et examina sa couleur ambre. « J'ai envie d'autre chose que d'une ombre protectrice. J'ai besoin de quelqu'un qui comprenne que cette " petite boutique " tient une grande place dans ma vie. J'ai besoin de quelqu'un qui mette ses bras autour de moi, dans le silence de la nuit, quand je m'éveille effrayée par les jours, les semaines ou l'année à venir, quelqu'un qui me dise que je ne suis pas seule. Je ne suis pas sûre qu'Antonio comprenne mes craintes, lorsque je serai sous sa protection. »

Elle posa son verre. Elle ne pouvait pas se décider sur l'heure; elle se refusait à s'engager, alors qu'elle était tiraillée. Antonio devrait patienter encore un peu. S'il refusait, elle affronterait seule ses problèmes.

Il attendait. Elle changea de sujet, finissant son dîner avec calme, tout en conversant allégrement; dans bien des affaires compliquées, cette tactique lui avait réussi. Puis, doucement, elle lui dit qu'elle était fatiguée et désirait rentrer.

Il se leva d'un bond, saisit le châle qu'elle portait autour des épaules; les garçons, surpris, se précipitèrent à la rescousse.

– Vous me mettez des bâtons dans les roues, ma Sabrina. Je ne désire qu'une chose : vous aider. (Quand ils arrivèrent devant chez elle, il dit brusquement :) Je vous téléphone demain.

Dans le silence de son élégant salon, assise près d'une fenêtre, elle revécut cette longue journée, depuis le moment où elle avait découvert que la porcelaine était une copie, jusqu'à celui où elle avait refusé de répondre à Antonio, malgré un avenir des plus sombres. Elle croisa les jambes et appuya sa tête contre la chaise.

Tout arrivait en même temps. Elle n'arrêtait pas de courir, comme elle l'avait dit à Michel, la vie passait trop vite, elle s'en rendait compte. Son affaire lui prenait tout son temps et son énergie. Il fallait faire marcher de front toutes les invitations de ses amis, qui étaient aussi ses clients, s'habiller selon les convenances, aller en croisière. Elle adorait cette vie brillante, fascinante, celle de Sabrina Longworth, photographiée dans les magazines du monde entier, ses amis aristocrates, leurs maisons luxueuses, les mets exotiques, les

162

voyages, les parures, sa célèbre boutique – *Les Ambassadeurs* –, tout un univers enivrant, qu'elle pouvait maîtriser dans la mesure où elle avait une certaine distance vis-à-vis des événements. Mais ce n'était plus le cas.

Elle était si éreintée qu'elle avait mal partout. Elle se sentait vide et si seule! Le carillon sur le palier sonna dix heures trente. Jamais, depuis des mois, elle n'était rentrée si tôt. Maintenant qu'elle avait le temps de réfléchir, elle était trop fatiguée. En fait, elle ne désirait qu'une chose : pleurer.

Mais, cela encore, c'était pour plus tard. Si elle en éprouvait encore le besoin. Parce qu'elle n'était pas seule. Elle fit un calcul rapide : vingt-deux heures trente à Londres, seize heures trente à Evanston. Stéphanie devait être rentrée de son travail, Penny et Cliff devaient jouer dehors. C'était le moment idéal pour téléphoner.

En se rendant à son travail, Stéphanie s'arrêta devant le panneau des informations. Une notice du 18 août disait que le bureau fonctionnait à temps plein tout le mois de septembre, bien que les cours ne commencent qu'à la fin du mois. Encore une raison pour ne pas se rendre en Chine. Comme si les problèmes des gosses, de la maison, de l'argent, ne suffisaient pas. Si elle était professeur, l'université lui paierait le voyage. Elle pénétra dans son bureau qu'elle partageait avec deux autres employées. Elle entra dans une colère noire. Comme d'habitude, lorsqu'elle pensait que Garth allait passer un mois à Berkeley et à San Francisco.

Lui partait en vacances, tandis qu'elle devait rester chez elle, à travailler. Il allait passer un mois au bord de l'océan, dans une ville fascinante. Elle, qu'avait-elle, sinon le lac Michigan, Evanston, deux enfants, une maison, un travail?

— Ce ne sont pas des vacances, prétendait-il, je passerai mon temps à l'université. Je n'aurai pas le temps de me balader en ville, et d'aller m'encanailler dans les boîtes de nuit.

Il plaisantait, mais s'envola pour San Francisco, la laissant seule, une fois de plus. A la fin de l'été, épuisée par son travail et la chaleur humide d'août, Stéphanie ne s'apprêtait pas à l'accueillir à bras ouverts. Comment aurait-elle pu contenir son ressentiment? Elle sentit qu'elle allait tout gâcher. Aussi décida-t-elle de se taire.

— Stéphanie, du café? dit l'une des secrétaires.

— Non, merci, il faut que je termine, je dois partir tôt.

Elle rangeait ses dossiers, tandis que les langues allaient bon train, sur les derniers scandales du campus. Il y en avait un, plus ennuyeux que les autres. Des étudiantes débauchaient des professeurs pour obtenir leurs diplômes. Des rumeurs avaient couru tout l'été, mais récemment le nombre des accusations malveillantes s'était accru et Stéphanie avait entendu murmurer des noms dans les couloirs. L'un d'eux était leur ami, Martin Talvia. Elle en parlerait à Garth, dès son retour.

Stéphanie se mit à taper des notes prises par les conseillers d'éducation, au cours de sessions avec les étudiants. Mais elle s'arrêta; les secrétaires la regardaient d'un drôle d'air.

— Qu'y a-t-il?

— Stéphanie, dit la secrétaire de William Webster, quelqu'un vous veut-il du mal, à toi et à Garth?

— Non... pourquoi?

La secrétaire lui tendit un morceau de papier.

– C'était sur mon bureau ce matin. Avec le courrier du doyen Webster.

Stéphanie le prit, c'était une lettre rose, tapée à la machine. « Si vous désirez vraiment savoir qui donne les diplômes contre une petite sauterie, adressez-vous au célèbre professeur Garth Andersen, qui parle comme un moine, mais copule comme un singe. »

Elle lut et relut la lettre. Puérile, mais insidieuse. La gorge lui brûlait. Non, pas Garth. Nul n'était plus correct et plus intègre que Garth.

Mais Garth n'était presque jamais là, le soir. Il « travaillait », et ces nuits-là, il les passait dans son bureau, « pour éviter de la déranger ». Il ne prêtait plus attention à elle. Il n'avait même pas remarqué qu'elle avait minci, changé de coiffure, et acheté de nouvelles robes. Il ne voulait pas l'emmener à Stamford. Depuis combien de temps n'avaient-ils pas vraiment formé un couple?

Stéphanie plia la lettre soigneusement, la mit dans sa poche.

– Stéphanie, ce n'est pas vrai. Tout le monde connaît Garth.

– Merci, dit-elle, et elle retourna, la tête vide, à sa machine.

Elle avait l'estomac noué. Elle attendit un instant et se remit au travail jusqu'à quinze heures.

Penny et Cliff étaient chez des amis, à Highland Park; elle devait aller les chercher le lendemain, avant de se rendre à l'aéroport. Seule dans le silence de la maison, elle songea à la dispute qui s'annonçait. Elle ne lui épargnerait rien : leur rencontre, leurs bons et leurs mauvais moments au cours des douze dernières années.

Mais tout s'effaça le lendemain lorsqu'ils se trouvèrent face à face, dans la chambre. Ils étaient seuls, Penny et Cliff jouaient dehors.

Garth était debout devant la fenêtre qui donnait sur la cour, un pied posé sur le radiateur.

– Inutile de cacher ta colère. Tu arrives mal à la dissimuler. Mais n'aurais-je pas le droit, moi aussi, d'être furieux?

– Non, répondit Stéphanie, assise sur le bord d'une chaise, près de la fenêtre. Tu vas t'amuser avec tes amis et tu t'attends à un accueil chaleureux, comme Alexandre le Grand, après avoir conquis la moitié de l'univers.

– Mon succès a dépassé tout ce que je pouvais imaginer, mais cela ne t'intéresse pas.

– Et pourquoi donc? T'intéresses-tu à nous? Fais-tu attention à ce qui se passe ici? Participes-tu à nos joies, nos peines?

– Quelles peines, Grand Dieu?

– Si tu me poses la question, après douze ans de mariage, ce n'est pas maintenant que je vais t'expliquer.

– Bon sang, mais c'est absurde! (Il se mit à arpenter la pièce.) Stéphanie, je t'aime. J'étais impatient d'arriver pour te parler de...

– Garth, j'ai décidé de partir quelque temps.

Il marqua un temps d'arrêt.

– Quoi?

– Il y a un voyage en Chine organisé par des antiquaires dans quelques semaines. J'ai décidé d'y aller. J'ai mon visa et j'ai déposé une caution.

– Et tout cela sans un mot?

– Tu ne m'aurais pas écoutée. Tu aurais hoché la tête et dit « très bien ».

– Je ne te parle pas comme ça.

– Essaye de t'écouter pour une fois.

– C'est à peine croyable. Si tu dis vrai, je suis désolé; mais toi, quand m'as-tu écouté pour la dernière fois?

— Pour entendre quoi? Parler de l'université? Il ne t'est jamais venu à l'idée que j'en ai marre de ton université? C'est la seule chose qui t'intéresse. Moi, je ne t'intéresse pas. Quand me regardes-tu? Nous bavardons dans la cuisine, nous partageons nos repas, nous nous habillons pour sortir, mais tes pensées sont toujours ailleurs. Si tu fermais les yeux, saurais-tu seulement à quoi je ressemble? A quoi tes enfants ressemblent? Ce que nous pensons? Te rappelles-tu comment nous faisions l'amour, avant que cela ne devienne une routine, un devoir conjugal que tu accomplis pour m'accorder une faveur; tu passes tes nuits dans ton bureau. Une seule chose t'intéresse, l'université, ou Dieu sait quoi, là-bas!

— Mais tu sais ce que j'y fais. Je te raconte tout.

— Ou Dieu sait qui!

— Qu'est-ce que cela signifie?

— Tu le sais très bien.

— Non, et puis zut! Tout ce que je sais, c'est que tu me reproches de ne pas m'intéresser à toi, mais toi, tu ne m'as pas posé une seule question sur Berkeley et, lorsque j'essaie de te tenir au courant, de te faire partager ces instants cruciaux pour moi, tu ne me laisses pas parler.

— Comment pouvais-je savoir que c'était si important? Tu ne m'as jamais rien dit...

— Je t'en ai parlé une centaine de fois, cette année, rappelle-toi tous ces coups de téléphone de Berkeley...

— Oui, tu parles toujours de toi, jamais de Cliff.

— Cliff?

— Tu devais lui parler, tu te rappelles? Il y a plusieurs semaines, quand je t'ai dit que j'avais découvert une radio, entre autres, dans sa chambre.

— J'en avais l'intention. Stéphanie, pardonne-moi,

mais ces dernières semaines passées à préparer ce séminaire...

– On dirait que c'est la première fois que ça t'arrive.

– Je me suis évertué à te dire que cette fois, c'est différent. Stéphanie, je t'en prie, écoute-moi. Je travaille pour cela depuis deux ans. Je sais que je vous ai délaissés, mais il y avait tant à faire pour affronter ce groupe – les généticiens les plus éminents du monde, Stéphanie – et faire la communication la plus importante du séminaire. J'ai fait un bilan de mes travaux de ces douze dernières années puis j'ai fait une projection et préconisé un programme pour les années qui viennent. Ces hommes de science ont disséqué mes paroles. On aurait pu passer le reste du mois à parler des conclusions de ma communication. Je marmonnais mes formules moléculaires comme des incantations pour calmer ma nervosité, voilà ce qui me permettait de tenir. Le personnel de l'hôtel pensait qu'ils étaient envahis par des mathématiciens de Krishna.

Elle rit malgré elle.

– Eh bien? Tout a marché, alors?

– Mieux que ça. En fait, ce fut un triomphe. Tout ce que j'ai jamais espéré pour...

– Merveilleux. Ta tâche, ici, est donc terminée. Tu peux accepter le poste à Stamford.

Garth la regarda, droit dans les yeux :

– Tu ne penses donc qu'à ça?

– Pour moi, c'est important. Ça le serait pour toi, également, si tu tenais compte de mes désirs.

Il se dirigea vers le fauteuil confortable où Stéphanie se blottissait, le soir, pour lire. Il posa les mains sur le dossier.

– J'en tiens compte. Mais je ne peux faire abstraction de mes désirs, même pour t'être agréable. Je suis tiraillé, Stéphanie : ce n'est pas une chose facile. Il y a le problème de l'argent. Je sais ce qu'il représente pour toi, pour moi aussi, c'est primordial; tu ignores le budget attribué à la recherche et au personnel. Mais il y a aussi un côté positif – la liberté à l'université et l'enseignement que j'aime.

– Tout cela, tu en parlais déjà avant notre mariage. Ne crois-tu pas qu'il est grand temps de mûrir et d'évoluer?

– Mon Dieu, bien sûr. Mais je serais comblé si j'avais une femme qui marque une parcelle d'intérêt pour moi et m'aide quand...

– Tu oses m'accuser de ne pas me préoccuper de toi! Je passe ma vie – quand je ne gagne pas d'argent pour aider à payer ta maison – à repasser tes chemises, à préparer tes repas, à nettoyer ta salle de bains, m'assurant que tu as le savon qui convient à ta peau de bébé...

– Fichtre, ce n'est pas ça, de l'aide, c'est du boulot de femme de ménage. Stéphanie, auparavant, on parlait de mes rêves, et tu m'encourageais à m'accrocher.

– C'était voilà longtemps, je t'ai donné douze années de ma vie, maintenant, tu pourrais m'en accorder quelques-unes. Je veux quitter le Middle West, rencontrer des gens nouveaux, vivre la vie intense de New York.

– Ah! toi, tu as dû téléphoner à ta sœur!

– Quoi?

– Lady Sabrina, qui dîne dans des châteaux et danse jusqu'à l'aube. Chaque fois qu'elle téléphone, elle te sape le moral. Sabrina a épousé un riche lord et maintenant, tu me harcèles pour que je devienne ce que je ne suis pas, simplement pour avoir la même vie luxueuse que ce parasite.

– Elle n'est pas comme ça. Tu n'as pas le droit. Tu ne la connais pas!

– Alors, la faute à qui? Elle ne vient pratiquement jamais ici. Toi, tu te précipites à New York ou à Londres... Bon sang, cette idée farfelue d'aller en Chine vient d'elle, non? C'est elle qui t'a mis ça dans la tête?

– Non, non, non! (Stéphanie, tendue, arpentait la pièce.) C'est moi qui en ai eu l'idée la première. Sabrina n'en sait rien. C'est à cause de Cliff et...

– Je me suis déjà excusé pour cela. Je vais lui parler, je te le promets.

– Oh! toi et tes promesses. Enfin, tu lui demanderas aussi d'où sortent les boutons de manchettes, les épingles de cravate et les stylos.

– Mon Dieu! Tout cela dans sa chambre?

– Oui, sous ses vêtements sales. Je suppose que je devrais me réjouir; un criminel confirmé penserait à d'autres cachettes.

– Stéphanie, pardonne-moi. Demain, je lui parlerai. On dirait qu'il veut être pris; il sait très bien que tu finiras par tout trouver. En as-tu parlé à quelqu'un d'autre?

–. Tu plaisantes! J'ai essayé de lui en parler, mais il s'est montré hostile, et je n'ai aucune envie qu'on le sache, avant que nous ayons pris une décision.

– Alors, tu as tout envisagé seule.

– Pas possible, tu t'en rends enfin compte? Ton cerveau de biologiste a donc parfois des lueurs de lucidité?

– Dis donc, tu as des amis intimes qui...

– Je ne parle pas d'amis. Je parle de celui qui peut m'étreindre, la nuit, lorsque je me réveille avec la crainte du lendemain, des mois ou des années à venir. Je parle de celui qui pourrait me soutenir et me dire que je ne suis pas seule.

Garth la dévisagea.

– Et si, moi aussi, j'avais le même désir? Te l'es-tu

seulement demandé? Au lit, tu me tournes le dos. Lorsque je passe mon bras autour de ton cou, que j'essaie de t'embrasser, tu détournes la tête.

– Quand as-tu tenté tout cela?

– Il n'y a pas longtemps, et cela me manque. J'en ai assez de me voir rejeté.

– Eh bien, je suppose que tu t'es consolé ailleurs. Les grands savants ne restent pas seuls longtemps. Ils savent où aller pour s'amuser et prendre du plaisir, n'est-ce pas, professeur?

– Bon sang, mais de quoi parles-tu?

– De ces douces créatures à qui tu fais l'amour. Tes étudiantes! (Le mot était lancé.) Tu pensais garder ton secret longtemps? Toi et tous tes collègues, qui n'avez pas besoin de payer cash, comme ces pauvres malheureux qui trouvent des prostituées dans la rue; tu n'as qu'à promettre un diplôme...

– Boucle-la!

– Comment oses-tu me parler ainsi?

– Je te parle comme il me plaît. Nous vivons ensemble depuis douze ans, et tu crois vraiment que... et puis, merde!

Il tremblait, haletait. Il croisa les bras, se retourna et sortit. Stéphanie recula, effrayée par l'expression de son visage. Elle l'entendit hésiter dans l'entrée, devant la porte de la chambre; elle attendait qu'il revienne, pour connaître enfin la vérité. Tout se mêlait dans son esprit. Leur conversation n'avait mené à rien. Soudain, elle l'entendit dévaler l'escalier, puis, après un court silence, la porte d'entrée s'ouvrit et se referma brutalement.

Elle jeta un regard éperdu autour d'elle. C'était impossible, elle rêvait; ils ne pouvaient se déchirer ainsi. Ils n'avaient pris aucune décision, le couperet était tombé; c'était terrifiant.

Mais elle savait au moins une chose. Elle allait

faire son voyage. Il fallait qu'elle s'éloigne; elle avait dit à Garth qu'elle partait. Il prendrait soin des enfants, elle pouvait compter sur lui pour cela, même si, dans d'autres domaines, il n'était plus qu'un étranger. A son retour, tout se réglerait. Elle regarda sa montre : quatre heures trente, dix heures trente à Londres. Elle allait décrocher le téléphone quand il sonna.

9

Près de leur hôtel, à Shanghai, en face de la pâtisserie, elles rencontrèrent Nicholas Blackford, les bras chargés de gâteaux. Il esquissa un sourire coupable.

– Il est si difficile de faire du régime, quand on est loin de chez soi. J'aurais dû amener Amelia. Il faut me gronder, Sabrina, comme du temps où vous surveilliez ma ligne. Mais êtes-vous Stéphanie? J'ai honte d'avouer que je ne sais toujours pas vous reconnaître.

Tandis que Nicholas Blackford s'agitait, Sabrina et Stéphanie se lançaient un regard complice. Les yeux rieurs, Sabrina fit une longue révérence à Stéphanie.

– Lady Longworth, dit-elle d'une voix claire. Bienvenue à Shanghai.

Stéphanie tendit la main pour l'aider à se relever.

– Madame Andersen, comme je suis heureuse d'être là!

Nicholas écarquilla les yeux pour mieux voir ce qui se passait. Hélas! tous les paquets tombèrent!

– Oh! dit Stéphanie, se sentant quelque peu fautive, aidons-le.

Elles ramassèrent le tout et le raccompagnèrent

172

jusqu'à l'hôtel; il insista pour qu'elles emportent quelques gâteaux, pour « avoir été de bons Samaritains ».

Stéphanie refusa, mais Sabrina accepta.

– Les Indiens guaranis diraient que c'est un bon
présage, ou quelque chose comme ça. Merci, Nicholas.

– Qui sont les Indiens guaranis? demanda Stéphanie
en traversant le hall pour se rendre à leur
chambre.

– Une tribu du Brésil. Les ancêtres d'Antonio. C'est
lui qui le dit. Il est plus vraisemblable qu'il descend de
pirates portugais, mais il aime citer les Indiens, cela
donne un certain piquant aux week-ends à la campagne, dans le Derbyshire. Tu ne vas pas faire sa
connaissance, parce qu'il est au Brésil ce mois-ci, mais
il vaut mieux que tu t'informes sur les Guaranis.

À peine rentrées, elles retrouvèrent leur complicité.
Le regard de l'une reflétait les pensées de l'autre.

– Va-t-on réellement échanger nos vies? demanda
Stéphanie.

– Le désires-tu vraiment?

– Oh! plus que toi, j'en ai peur. Cesser d'être moi
quelque temps, jouer à être toi, mener ta vie comme
une sorte de rêve. Je ne peux le croire.

– Alors, il faut se lancer. Si tu ne réagis pas comme
les trois ours, en grommelant : « Quelqu'un a dormi
dans mon lit! »

– Il n'y aurait aucune raison de grommeler.
L'amour, il y a longtemps qu'on ne le fait plus.
Autrement, il ne me viendrait même pas à l'idée de...
enfin, je sais que tu ne feras pas l'amour avec Garth;
c'est mon mari, et il n'est pas ton genre. Garth est
l'opposé de ton milliardaire brésilien, mais, de ce
côté-là, il n'y aura aucun problème.

– Même après deux semaines de séparation?

– Cela ne changera probablement rien, et puis, s'il voulait, tu n'aurais qu'à dire que tu as tes règles.

– Et ça l'arrête?

– Oui, bien sûr. Mais je t'ai déjà dit que Garth, habituellement, dort dans son bureau.

– Stéphanie, « habituellement » ne signifie pas « toujours ».

– Alors, tu n'as qu'à lui tourner le dos!

– C'est ce que tu fais?

Il y eut un silence; Stéphanie fit le tour des lits d'époque XIXᵉ siècle, et s'arrêta devant la fenêtre. Elle contempla le clapotis de la rivière.

– Je suis furieuse lorsqu'il ne m'approche pas pendant deux ou trois semaines, après quoi s'il pénètre dans la chambre, je ne pense qu'à une chose : il n'a aucun droit d'être là. Encore moins de faire l'amour avec moi. Il me l'a reproché quand...

Elle s'arrêta.

– Quand quoi?

– Oh! on s'est disputés, il y a quelques semaines, juste à son retour de Californie, mais cela n'a pas duré. Tout s'est arrangé. Cela n'avait rien de particulier, une simple querelle : avec Denton, tu as dû connaître cela.

– Oui, parfois, dit Sabrina d'un ton sec.

Stéphanie avait sans arrêt les mains crispées. Sabrina la savait nerveuse parce qu'elle ne disait pas toute la vérité. Elle craignait, si elle disait tout, que Sabrina ne refuse l'échange. Sa dispute avec Garth ne semblait pas vraiment sérieuse, au moins du point de vue de l'observateur; en fait, voilà ce qu'allait être Sabrina, pendant quelques jours : un observateur. Ensuite, elle s'en irait.

– Je n'ai pas le droit de te demander d'abandonner ta vie de rêve pour vivre la mienne. Je ne sais pas pourquoi je me suis tellement emballée... oublions ce projet. Il était insensé, depuis le début.

Sabrina s'avança prestement vers elle et lui passa un bras autour de la taille.

– Ne dis pas cela; ne sois pas si triste. Bien sûr, c'est insensé, mais que n'a-t-on pas fait, ensemble, et puis, c'est une blague!

– Mais enfin, Sabrina, tu ne peux désirer une chose pareille. Tu vis un véritable conte de fées; moi, ce que je peux t'offrir est bien banal. Et puis je ne t'ai pas tout dit.

– Ne me dis rien. A moins qu'il ne me faille absolument le savoir, pour passer une semaine sans être démasquée; c'est vrai, tu sais. Je t'ai dit que je désirais seulement goûter à ta vie. Vue de l'extérieur, la mienne semble un conte de fées, mais elle a aussi ses dragons.

– Qui crachent du feu?

– Oui.

– Oh, eh bien je préfère ne pas en entendre parler. A moins que ce ne soit nécessaire.

– Je pense que non. J'ai fermé *Les Ambassadeurs* et donné à Brian quelques jours de congé supplémentaires pendant mon absence : nous pouvons prendre une semaine. Antonio est parti pour le Brésil ce mois-ci pour me donner l'occasion de le regretter, parce que je ne désirais pas qu'il organise ma vie à sa façon; je ne voulais pas non plus m'engager définitivement. Il m'a dit qu'il ne me téléphonerait même pas. Ce qui, lorsqu'on connaît Antonio, tient du miracle. Mon programme est clair; je désirais avoir un peu de temps libre, pour récupérer après le voyage en Chine. Mme Thirkell est à la maison, mais elle lève à peine les yeux de ses fourneaux. Ce sera une semaine paisible pour toi.

— Et j'aurai une montagne de vêtements? Ça t'est égal?

— Bien sûr. Je porterai les tiens.

— Chemises et jeans.

— Tout à fait nouveau pour moi. Je n'ai pas porté de jeans depuis des années. Stéphanie, cesse d'avoir honte de ta vie. Ne t'inquiète pas pour moi. Il s'agit d'une escapade.

— Si vraiment tu y tiens... Je ne veux pas que tu me racontes des mensonges.

— Je ne mens pas, Stéphanie, ne crois-tu pas qu'au fond, je désire les mêmes choses que toi? Cesser d'être moi, quelque temps? Avoir une maison, une famille, une communauté où tout le monde se connaît, une occasion de ralentir mon rythme, d'être seule, de réfléchir, je n'ai jamais connu cela, et l'expérience me tente. Toi et moi, nous sommes si proches que je peux avoir tout cela avec ta famille! C'est une idée fantastique. En fait, c'est probablement le désir caché de chacun. Durant une semaine, nous laisserons tout derrière nous pour découvrir l'insolite et le merveilleux, en faisant l'expérience d'une vie complètement différente. A la fin de cette semaine, nous relèverons le col de nos manteaux, nous nous éclipserons vers un mystérieux rendez-vous, pour murmurer le mot de passe, nous referons l'échange, et tout rentrera dans l'ordre. Tu te retrouveras chez toi et je m'envolerai pour Londres. *Personne, sauf nous, ne saura.* Quoi de plus simple? De plus amusant?

— Oh Sabrina! (Stéphanie se jeta au cou de sa sœur et l'étreignit.) Merci, je t'aime.

Une fois de plus, Sabrina sentit l'ombre d'un secret se profiler dans le regard de Stéphanie, mais elle se tut. Stéphanie désirait si ardemment faire cette expérience, elle pouvait bien la tenter pour sa sœur. Et puis, ce serait drôle. Ce défi avait enflammé son imagination,

176

elle se voyait déjà dans l'univers de sa sœur, se mêlant à sa famille, s'installant dans cette vieille maison, pleine de recoins.

– As-tu changé les meubles?

– Commençons par là. Nous n'avons qu'une semaine.

Elles quittèrent Shanghai le matin suivant pour Sian où leur petit groupe admira le grand tombeau du premier empereur de Chine, mort deux mille ans plus tôt. Ce tombeau venait d'être découvert, et on creusait encore, centimètre par centimètre; les fouilles avaient mis au jour une armée de plus de sept mille guerriers et chevaux, grandeur nature. C'étaient des terres-cuites que l'empereur avait commandées, pour l'accompagner dans l'au-delà.

Au musée de Sian, elles virent de près ces géants qui sortaient du tombeau : pleins de noblesse et de sérénité.

– Vision grandiose que celle de cet empereur, murmura Stéphanie. Je ne connais personne qui puisse en avoir une aussi vaste. Sauf peut-être Garth.

Elle sembla surprise par ses propres paroles.

Sabrina ne lui laissa pas le temps de réfléchir.

– Mais c'est merveilleux!

– Je suppose, mais c'est dur de vivre auprès d'un tel être.

Le jour suivant, elles traversèrent la campagne autour de Guilin. Des montagnes calcaires se dressaient au-dessus des plaines verdoyantes, leur sommet masqué par des tourbillons de brume, leurs flancs érodés par l'eau truffés de grottes. Des buffles paissaient dans des champs de canne à sucre; sur le Li, fleuve aux reflets bleu-vert, flottaient des centaines d'embarcations, du minuscule rafiot, avec un pêcheur, utilisant du riz comme appât, jusqu'aux bateaux bondés, se balançant sous d'énormes voiles carrées.

Sabrina éprouvait une étrange sensation. Il lui semblait violer les secrets d'un parchemin, mais elle était fascinée par cet univers onirique de beauté paisible et de scènes campagnardes.

– Crois-tu que ces gens soient plus heureux, entourés de ces belles choses?

– S'ils ont de quoi se nourrir, répondit en souriant le guide, puis il mena le groupe vers une manufacture de porcelaines.

Sabrina et Stéphanie se tenaient à l'écart.

– C'est la quatorzième ou quinzième visite depuis le début du voyage, on va s'esquiver, dit Sabrina.

Elles bifurquèrent et se promenèrent le long du fleuve.

– Je crois qu'on a tout passé en revue, dit Stéphanie, les amis, l'emploi du temps, les magasins d'alimentation, le bureau – tu vas rentrer et prétexter une maladie quelconque?

– Ça vaudrait mieux. Je ne sais pas taper à la machine.

– Mais cela n'a aucune importance. Travailler dans le bureau du doyen d'une université du Middle West n'est en rien une grande aventure. Demande Ted Morrow, c'est le doyen, et dis-lui ce qui te passe par la tête. Il ne sera pas content, mais ne fais pas attention; il est plus charmant qu'il ne paraît. Si Penny te pose des questions sur ses cours de dessin, dis-lui que nous n'avons pas encore pris de décision. Je crois que Cliff a un match de football, cette semaine, mais peu lui importe que tu y ailles.

– Pourquoi n'irais-je pas? Je n'ai jamais vu Cliff jouer. J'aimerais bien.

– En fait, il apprécierait, Garth ou moi, on s'arrange toujours pour y aller à tour de rôle. Je ne sais pas dans quel état tu trouveras la maison parce que j'imagine mal Garth et les gosses faisant le ménage, mais si tu peux t'en accommoder, ne t'inquiète pas pour le reste. Je m'occuperai de tout à mon retour.

– Je peux faire le ménage, tu ne crois pas?

– Tu as dû perdre l'habitude. Je suppose que tu ne l'as pas fait souvent.

– Dans l'année, une fois. Mais c'est comme la bicyclette, on n'oublie jamais.

Stéphanie se mit à rire.

– Je ne veux pas dire que tu ne sais pas tenir une maison, seulement ce n'est pas de ton ressort.

– Stéphanie, je veux faire tout ce qui semble normal. Autrement, comment pourrais-je avoir l'impression de vivre ta vie?

– Excuse-moi. Bien sûr, tu fais ce que tu veux. Il le faut d'ailleurs. Je ne sais pas pourquoi je suis si idiote. Je crois que je suis un peu nerveuse. Encore deux jours...

– Oui, moi aussi, j'ai l'estomac noué.

Cet après-midi-là, elles se promenèrent dans la cité commerçante grouillante de Canton, et le jour suivant, elles allèrent visiter son fameux zoo. Dans ce paradis tropical, véritable oasis au cœur de cette cité insalubre, Sabrina eut la sensation d'être coupée de tout. Elle traîna le pas et alla s'asseoir sur un banc, dans le jardin de fleurs exotiques. Depuis deux semaines, elle vivait au sein d'un pays et d'une société inconnus. Depuis deux semaines, elle ne voyait rien de familier; même les fleurs étaient autres. A présent, au lieu de rentrer chez elle, elle allait vivre une aventure insolite dans un pays différent, une maison différente, avec des gens différents. Elle vivrait avec des inconnus – en effet, que savait-elle au juste de Garth et des enfants? Elle ne pourrait se raccrocher à rien. « C'est stupide d'être soudain angoissée, se dit-elle. Je ne prolonge mon absence que d'une semaine, ensuite, je reviendrai chez moi. Je me suis déjà absentée bien plus long-temps. »

Stéphanie, qui la cherchait, l'aperçut. Elles visitè-rent le reste du zoo, admirant les rares pandas géants. Le matin suivant, elles prirent le train pour Hong Kong. Le voyage en Chine était terminé.

Plus tard, Sabrina regretta de s'être sentie d'avance si nerveuse, ce qui l'avait empêchée d'apprécier la noblesse victorienne du train démodé, avec ses énor-mes roues rouges et son chasse-corps rouge également, roulant sur des rails si lisses que leur thé ne frissonnait même pas à la surface de la tasse. Sur les sièges, de gros coussins confortables, derrière leur tête un tissu brodé, à leurs pieds un tapis, aux fenêtres des rideaux de velours. Le train filait à travers une végétation tropicale luxuriante aux arbres imposants. Mais elles n'y prêtèrent pas grande attention. Elles étaient absor-bées par leur futur rôle. Stéphanie était tendue. Tout comme Sabrina.

– Ah! l'argent, dit Sabrina. (Elle ouvrit son porte-monnaie.) Voilà ma carte de crédit, tu peux te procu-rer de l'argent où tu veux avec. Voici mon chéquier, mon compte est largement créditeur. Si tu as le moindre problème, téléphone à M. Eccles, à la ban-que. Ecris mon nom.

– Quoi?

– Ecris mon nom. Comme si tu signais un chè-que.

– Sabrina, je ne vais pas dépenser ton argent.

– Mais il le faut. Je n'ai que cinquante livres en liquide; tu en auras besoin avant la fin de la semaine. Que feras-tu alors? J'ai tous les dollars.

– Il n'y en a pas beaucoup.

– On fera les comptes plus tard. Stéphanie, ne t'inquiète pas pour l'argent, sinon tu ne pourras pas vivre pleinement cette expérience. Je te promets que

180

j'exigerai que tu me rembourses jusqu'au dernier penny, à notre retour. Maintenant, signe mon nom.

Stéphanie s'exécuta, en se mordant les lèvres, signe de concentration.

– Qu'en penses-tu?

– Magnifique. Allonge un peu ton « L » et la fin du « H », et ce sera parfait. A moi, maintenant. Je peux tirer des chèques?

– Oui, chez l'épicier. Je le fais en général. J'ai environ trente dollars sur moi. Si tu as besoin d'espèces, va à la banque. (Elle fouilla dans son portefeuille.) Voici la carte pour la boutique *Dominick*. Je note tout sur mon chéquier.

Sabrina, d'une écriture assurée, écrivit le nom de Stéphanie; le train longeait un fleuve à travers un paysage vallonné. Elles parlèrent du bureau de poste d'Evanston, de la pharmacie, de la quincaillerie, de la laverie automatique et de la maison de Stéphanie : une plaque endommagée à la cuisinière, des sacs de vêtements, des sandwiches à la saucisse, de la poignée tordue de la machine à laver, et des livres qu'elle avait oublié de rendre à la bibliothèque à la date prévue.

Le train approchait de Hong Kong. Elles parlèrent de Londres : restaurants, pubs dans les quartiers de Belgravia et de Knightsbridge, magasins et boutiques de Chelsea, Tate Gallery, l'abbaye de Westminster, Portobello Road, du jour de congé de Mme Thirkell, des numéros de téléphone en cas d'urgence. Sabrina écrivit un nom et un numéro et elle tendit la feuille à Stéphanie.

– Si tu as un problème urgent et que tu aies absolument besoin de me joindre à Evanston, appelle ce numéro. (Stéphanie jeta un coup d'œil : Alexandra Martova.) Tu n'as pas fait sa connaissance lorsque tu étais à Londres, parce qu'elle était en voyage mais je t'ai déjà parlé d'elle. En cas de nécessité, tu peux lui dire la vérité.

– Merci. Je pensais être horriblement seule.

– Oh! pas avec Alexandra.

Une fois descendues du train, elles continuèrent à échanger en toute quiétude leurs vies, dans le chaos et le vacarme de Hong Kong : des rues si grouillantes de monde qu'elles avaient du mal à s'y frayer un chemin, des bâtiments à flanc de montagne, en dalles de ciment verticales, et dont les embarcations, entassées dans le port, se reflétaient sur les vitres, leurs mâts formant une forêt enchevêtrée, oscillant à la brise. En sortant du restaurant *Les Jardins de Jade*, juste après dîner, Sabrina et Stéphanie regagnèrent leur hôtel.

Elles passèrent devant des diseuses de bonne aventure, des cordonniers, des étals de plats cuisinés, des valises ouvertes, pleines de jeans, des tables recouvertes de sculptures de jade et de bijoux.

– Garth, dit Sabrina.

– Eh bien? demanda Stéphanie.

– Lui as-tu acheté quelque chose?

– Oh, non!

– Ecoute, pour avoir la paix...

Sabrina jeta un coup d'œil aux bijoux étalés devant elle.

– Excellente qualité! cria le marchand exubérant, dans un anglais approximatif. (Elle hocha la tête, sceptique.) Tout à fait excellente, dit-il avec insistance. (Elle haussa les épaules et fit mine de s'en aller.) Attendez, dit-il. (Se penchant vers une boîte posée à ses pieds, il sortit un petit plateau.) Et ça?

Elle examina les objets avec attention et montra du doigt une épingle de cravate ronde, aux reflets changeants à la lueur des réverbères. Pendant dix minutes, ils marchandèrent, faisant monter et descendre les prix, comme s'il s'agissait d'échanges de balle de tennis. Ils se mirent finalement d'accord, et Sabrina paya. La foule applaudit.

– Tu te rappelles, maman faisait la même chose, dit Stéphanie.

– Oui, de temps en temps, c'est amusant.

– J'aurais dû penser à acheter un cadeau pour Garth.

Sabrina était pensive. « N'est-ce pas étrange? On dirait qu'on a déjà échangé nos vies. »

Cette nuit-là, elles dormirent bien, mais se réveillèrent encore fatiguées.

– Mon cœur fait des bonds, dit Stéphanie.

– Le mien aussi.

Elles échangèrent leurs vêtements : Stéphanie revêtit le tailleur de Sabrina, bleu foncé bordé de rouge et Sabrina, le tailleur marron et le chemisier blanc de Stéphanie. Elle laissa les deux boutons du haut ouverts, mais Stéphanie, avec un pâle sourire, les boutonna.

Elles fouillèrent de nouveau les sacs et les porte-monnaie, vérifiant les passeports et les billets d'avion. Elles jetèrent un dernier regard à la glace.

– Je me sens bizarre, fit Stéphanie.

Sabrina ne put qu'approuver, prise entre son impatience et l'étrange sensation de perte d'identité qu'elle avait ressentie dans le jardin d'orchidées, à Canton.

Elles se tournèrent pour ramasser leurs valises.

– Oh! s'exclama Stéphanie, j'oubliais. (Elle tendit son alliance à Sabrina. Sa main tremblait.) C'est la première fois que je l'enlève.

Sabrina effleura ses doigts, en prenant l'alliance.

– J'en prendrai soin. (Elle la mit, se demandant depuis combien d'années elle n'avait pas porté la sienne. On frappa à la porte. Le porteur entra. Elles mirent leurs sacs en bandoulière.) Une dernière chose, dit Sabrina. Je l'ai gardée pour la fin.

Elle fouilla dans sa poche et tendit quelque chose à Stéphanie qui sourit.

– Moi aussi.

Et dans une chambre, au sixième étage de l'hôtel Furama Inter-Continental, à Hong Kong, Sabrina Longworth et Stéphanie Andersen se tendirent les clés de leurs portes d'entrée, respectivement en Angleterre et en Amérique.

L'heure du départ avait sonné.

LIVRE II

10

Blottie dans la tiédeur de son lit, Sabrina entendit une porte s'ouvrir dans un bruissement, et, lentement, se refermer. Elle fronça les sourcils, sortant de son sommeil profond : pourquoi donc Mme Thirkell entrait-elle si tôt dans sa chambre? Quelqu'un ouvrit un tiroir, lentement, sans bruit. Sabrina ouvrit les yeux et prise de panique, se retint pour ne pas crier. Un homme, torse nu, lui tournait le dos. Il avait les cheveux en bataille, portait un pantalon et tenait une chemise pliée.

Garth.

Elle referma les yeux. Non, ce n'était pas Mme Thirkell. Pas sa chambre, pas son lit. Mais la maison de sa sœur, à cinq mille kilomètres de Londres, toute une vie de...

— Il n'y a pas de saucisses!

Ces paroles coléreuses ébranlèrent la quiétude de la chambre.

Garth se dirigea rapidement vers la porte. A voix basse, il appela Cliff qui se trouvait au rez-de-chaussée.

— Cliff, je t'ai dit de ne pas réveiller ta mère. Je vais t'aider à préparer le déjeuner.

Ta mère...

Sabrina se sentait emprisonnée dans le lit. Quel

185

mensonge! C'était censé être une aventure mais ce n'était qu'une imposture. Elle eut honte et peur, tout à la fois. « *Je n'ai aucun droit d'être ici. Je suis une étrangère. Ces gens-là sont sincères, et moi, je suis un imposteur.* »

Le soir précédent, tout n'avait été qu'un jeu, amusant, tout au plus, depuis le moment où, à sa descente d'avion, elle l'avait aperçu...

Le tiroir de la commode se referma. Un silence. Puis le bruit sourd des pieds nus sur le tapis, une ombre qui effleura ses paupières, la douceur d'un baiser sur sa joue. Devant cette situation, elle fut prise de panique mais refoula sa peur; elle n'avait qu'un désir : surtout ne pas bouger et respirer lentement et profondément. Il avait passé la nuit dans son bureau, mais maintenant...

L'ombre s'éloigna de son visage. La porte de la salle de bains s'ouvrit et se referma, le déclic de l'interrupteur se fit entendre, l'eau jaillit de la douche. Sabrina se terra au fond de son lit. « *Je ne vais pas me lever. De toute la semaine. Jusqu'au retour de Stéphanie. C'est sa vie, pas la mienne. Que suis-je donc venue faire ici?* »

Le soir précédent, elle avait été si tendue, si crispée, observant le moindre détail, que pas un instant elle ne s'était posé de questions. Tout avait marché comme sur des roulettes. Seulement voilà, c'était presque trop facile, un petit tour qu'on leur jouait à tous; mais ce matin, Garth, le mari, s'était approché du lit. Son lit, sa maison, sa vie.

Ils l'avaient attendue à l'aéroport. A Chicago, c'était l'heure du dîner, dix-huit heures quinze; ils étaient tous là, derrière la vitre de la salle d'attente, quand elle fit la queue pour passer la douane. Penny et Cliff ne tenaient pas en place et faisaient des signes exubérants, tandis que Garth, très calme, l'observait. On aurait dit un public attendant la représentation. Sabrina fit un petit signe de la main, tout en avançant lentement.

« J'ai le trac », avait-elle pensé.

Mais lorsque enfin elle passa la douane et se retrouva entourée de sa famille, ce trac disparut. Penny passa les bras autour de sa taille, et même Cliff, grand pour ses douze ans, les cheveux rouge feu, un nez de boxeur, qui, d'habitude, arborait un air froid et dédaigneux, ne cessait de lui palper le bras, comme pour s'assurer qu'elle était bien là. Derrière, Garth se pencha pour l'embrasser mais elle se tourna vers Penny et ses lèvres ne firent qu'effleurer les siennes.

– Bienvenue à la maison, dit-il.

Il cherchait son regard, mais elle se tourna vers Cliff et Penny, qui avaient les yeux fixés sur le paquet qu'elle tenait à la main.

– Est-ce un cadeau? demanda Penny.

Elle leva vers Sabrina ses yeux bleus; le regard de Stéphanie, celui de Sabrina. Son petit visage, entouré de boucles noires, comme son père, avait déjà l'éclatante beauté de Sabrina et Stéphanie à onze ans. Sabrina avait l'impression de se regarder dans un miroir qui effaçait le temps.

– C'est pour la maison. Une magnifique lampe de bronze, que j'ai achetée à Shanghai, à un certain M. Su, qui, autrefois, a habité à Chicago.

– Pour la maison, dit Penny, déçue.

– Et M. Su avait un étonnant bonheur-du-jour dans sa boutique remplie de gadgets magiques. Toujours est-il, probablement par magie, que deux d'entre eux ont atterri dans ma valise.

Les yeux de Cliff s'illuminèrent.

– De la magie chinoise?

– Oui. Elle fait disparaître les petits garçons curieux, dit-elle en se penchant pour embrasser son front. Ce ne serait plus une surprise, si je te livrais tous les secrets maintenant! Attends qu'on soit à la maison.

Dans la voiture, les enfants s'assirent à l'arrière sur le bord du siège et la bombardèrent de questions sur la Chine. Garth ne disait mot; suivait-il leur conversation? Sabrina se le demanda. Mais, dans l'atmosphère calfeutrée de la voiture, la joie l'envahit; c'était bon d'avoir une famille qui l'attendait, c'était bon d'être avec eux maintenant, de parler, de rire. Et personne n'avait remarqué quoi que ce soit. Le plan marchait.

— On voulait te commander un repas chinois, dit Cliff, tandis que Garth sortait les valises, mais on a pensé que, peut-être, tu en avais assez, alors on t'a fait une pizza.

— Et c'est moi qui vais la réchauffer! annonça Penny, en allumant le four. (Elle tira deux boîtes du congélateur.) Et comme c'est moi qui fais la cuisine, Cliff fera la vaisselle.

— Mais tu ne fais pas la cuisine, tu mets seulement les plats au four. C'est moi qui ai préparé la salade, cet après-midi; j'en ai fait plus que toi, alors, c'est à toi de faire la vaisselle!

— Non! je veux parler avec maman.

— Tu le feras plus tard.

— Non!

— Vous allez faire la vaisselle, tous les deux, dit Garth, avec fermeté. Je veux parler à votre mère. La table est-elle mise?

— Oui, grommela Cliff.

Sabrina s'apprêtait à ouvrir la valise.

— Et si on découvrait les cadeaux, avant de dîner?

On aurait pu croire qu'ils étaient une douzaine, à entendre leur vacarme. Sabrina retira les cadeaux bien enveloppés dans les tricots, comme le faisait Stéphanie. Elle offrit les leurs à Penny et à Cliff, puis elle se leva et tendit le troisième à Garth. Il regardait sa main tendue.

– Pour moi? murmura-t-il, comme s'il se parlait, et son regard croisa celui de Sabrina. Merci.

– Prends-le, dit-elle, intriguée par le ton étrange de sa voix.

Il prit le petit coffret et l'ouvrit. Tandis que Penny et Cliff étaient absorbés par leurs cadeaux, lisant les instructions que Stéphanie avait écrites à l'hôtel de Hong Kong, Sabrina observait Garth. Il avait vieilli, ces trois dernières années, les rides, au coin des yeux, étaient plus marquées, son visage était plus mince et des mèches grisonnantes se mêlaient à ses cheveux noirs. Mais son regard avait une vivacité puérile, comme Cliff, en défaisant son cadeau, puis il devint pensif et un peu triste devant la sphère de jade dans le creux de sa main.

– Quelle merveille! (Il s'avança vers elle.) Je ne pensais pas que tu...

Surprise par l'expression de son regard, Sabrina ressentit une pointe d'inquiétude.

– La pizza! dit-elle rapidement, et elle se sauva avant qu'il n'ait pu l'embrasser.

Ouvrant le four d'une main, elle tenta, de l'autre, d'ouvrir un tiroir. Papier ciré et feuilles d'aluminium. Elle tira celui du bas : des serviettes. Elle ouvrit le troisième.

– Que cherches-tu? demanda Garth.

– Où mets-tu les dessous-de-plat? dit-elle, distraitement.

Il y eut un instant de silence. Sabrina retint son souffle. « *Idiote! Idiote!* »

– Là où tu les mets d'habitude.

– Ah! tu n'as pas tout changé, pendant que j'avais le dos tourné, en Asie? demanda-t-elle, gaiement.

Et, en priant le ciel, elle ouvrit le tiroir du bas : ils s'y trouvaient!

– Tous ces nœuds doivent se défaire en même temps, non? Ensuite, ils se remettent, d'un coup? Mais je n'y arrive pas. M. Su t'a-t-il donné la solution?

– Moi, je n'arrive pas à faire disparaître mon petit bonhomme, dit Penny. J'ai appuyé là où il faut, mais rien ne se passe.

– Maman, tu peux tenir la corde à cette extrémité? dit Cliff.

– Non, d'abord, montre-moi où il faut appuyer sur la boîte, fit Penny.

Se sentant cernée et ébranlée par sa gaffe, Sabrina appuya sur le bord du fourneau.

– Ça penche à droite, dit-elle, essayant de parler d'un ton détaché. Mais je vous aiderai après le dîner. Je ne dirai plus rien tant que je n'aurai pas eu ma pizza.

La bouche ouverte, le regard braqué sur elle, Cliff et Penny se lancèrent un regard complice. Qu'avait-elle fait?

Sabrina pensait dire quelque chose, quand Garth, après un rapide coup d'œil, dit d'un ton détaché :

– Allons, les enfants, pourquoi n'y avons-nous pas pensé? Votre mère, épuisée, meurt de faim, après un voyage de dix-huit heures, pour revenir vers nous, de ces déserts d'Asie, et nous ne la laissons même pas se restaurer! (Poussant légèrement Sabrina, il sortit la pizza du four.) Penny, mets la salade sur la table; Cliff, verse du lait ou du cidre pour vous deux. Je vais ouvrir une bouteille de vin, pour célébrer le retour de notre voyageuse. Allez! après, je vous aiderai à faire marcher ces gadgets magiques.

Mais ce qu'il y avait de plus magique, d'après Sabrina, c'était l'attitude de Garth, qui prenait tout en main. Il les fit tous passer dans la salle à manger et tous participer à la conversation.

Lorsque Sabrina décrivit les hommes et les femmes, en rangs interminables, faisant de la gymnastique, dans les rues ou les cours des usines, avant de se rendre à leur travail, Garth demanda à Cliff et Penny de comparer avec leurs propres cours de gymnastique. Lorsque Sabrina parla des cours que la plupart des gens suivaient, après leur travail, pour le plaisir d'étudier ou d'améliorer leur comportement, Garth observa qu'il connaissait quelques professeurs qu'il aimerait envoyer là-bas, et Cliff expliqua que c'était ainsi qu'ils révisaient leurs fautes, après un entraînement de football. Lorsque Sabrina leur parla d'une famille, à Canton, qui vivait dans deux pièces – un grand-père, une mère, un père et trois enfants –, Garth demanda à Penny et Cliff d'imaginer leur maison de dix pièces coupée en deux; on amènerait le grand-père de Washington, une sœur ou un frère, on jetterait toutes les affaires pour faire de la place, et puis ce serait la routine quotidienne.

Sabrina lui était reconnaissante; il facilitait la conversation et en faisait presque un jeu. Ils étaient assis aux quatre coins de la table, écoutant, parlant, partageant les plaisanteries et le caractère insolite de tout ce qu'elle racontait; d'une certaine façon, elle enjolivait son voyage, et lui donnait plus d'ampleur. D'habitude, elle rentrait chez elle dans une maison vide, et ne partageait que des parcelles de ses expériences avec ses amis. Elle poussa un soupir. C'était bien mieux ainsi.

Puis, en l'espace d'une minute, la fatigue l'envahit.

– Je suis désolée, dit-elle après le dixième bâillement, je crois que le voyage m'a épuisée. J'ai envie d'aller me coucher.

– Bien sûr, vas-y, dit Garth en se levant. Demain, tout ira mieux. Tu seras toi-même de nouveau.

« Mais, ce *toi-même*, qu'est-ce, au juste? » se demanda Sabrina en grimaçant, tandis qu'il portait ses deux valises. Elle dit bonsoir à Penny et à Cliff.

– Demain, on passera beaucoup de temps ensemble, c'est promis.

Puis, avec Garth, ils gagnèrent leur chambre. Il posa les sacs devant la porte.

– Je suppose... dit-il, avec un étrange manque d'assurance, que tu préfères que je dorme dans mon bureau, vu ta fatigue. A moins que tu n'aies changé d'avis...

A propos de quoi? Qu'il vienne dormir avec elle? Perplexe, elle essayait de se rappeler les paroles de Stéphanie : « Nous nous sommes disputés, mais le lendemain, nous nous sommes réconciliés. » L'avaient-ils fait réellement? ou n'était-ce qu'une trêve? de la courtoisie, mais pas de l'amour. Cela lui faciliterait la tâche, elle n'aurait qu'à lui dire qu'elle n'avait pas changé d'avis. Mais elle n'eut même pas à le faire. Garth la vit froncer les sourcils, et s'éloigna.

– J'aimerais qu'on parle de tout cela demain, tu sais. On n'a jamais reparlé de notre querelle, avant ton départ pour la Chine. Ce n'est pas encore terminé. Demain, quand tu te seras reposée...

« Oh, non! songea-t-elle. Je ne peux mettre un terme à cette querelle. Il faut que je trouve un moyen d'éviter cela. »

– Bonsoir, Garth, merci pour la pizza.

Il semblait ébranlé.

– Nous sommes heureux que tu sois revenue. (Il l'embrassa furtivement.) Oui, plus qu'heureux. Tu nous as manqué. Dors bien.

Dès qu'il fut parti, elle laissa tomber à terre ses

vêtements et se glissa dans le lit. Elle eut à peine le temps de se tourner qu'elle s'endormit.

Le lendemain matin, elle écouta les bruits habituels d'une famille qui se prépare : l'eau qui coule, le cliquetis des plats et des couverts, Cliff et Penny, alternativement amis ou ennemis, la voix grave de Garth, leur rire. Puis une porte qui claque, un tour de clé et le silence. Ils étaient partis.

Sabrina restait allongée, écoutant le silence. Par la fenêtre ouverte, elle entendit un chien aboyer, une femme appeler son enfant pour le petit déjeuner, un klaxon résonner au loin. Mais dans la maison, rien ne bougeait. Elle l'avait pour elle toute seule.

Ses craintes s'évanouirent, son assurance refit surface. Pourquoi s'inquiéter ? Garth s'était comporté comme prévu. Et la veille, elle s'était insinuée dans la famille avec une aisance déconcertante. Pendant une semaine, elle jouerait son rôle, puis elle disparaîtrait, en douceur, en silence, sans laisser la moindre trace. Cette perspective lui donna des ailes. Il était temps de se lancer.

D'abord, une douche. Puis le petit déjeuner. Elle mourait de faim; la veille, épuisée, elle n'avait pris qu'un repas léger. Puis l'exploration de la maison, pour s'assurer qu'elle ne commettrait plus de gaffe. Il lui fallait téléphoner au bureau de Stéphanie, arroser les plantes, ramasser les tomates mûres dans le jardin et penser au dîner, ce qui impliquait des courses chez l'épicier. Elle bondit du lit, elle ne pouvait pas se permettre de perdre du temps, avec tout ce qu'elle avait à apprendre.

Elle prit sa douche avec délices, puis se sécha avec une serviette en velours-éponge qu'elle avait achetée chez *Harrods* et envoyée à Stéphanie pour Noël. Tout en brossant ses cheveux mouillés, elle jeta un coup d'œil rapide au linge de toilette et à la salle de bains;

son regard s'arrêta sur un petit flacon de somnifères prescrits à Stéphanie. « *Les prend-elle le soir quand Garth est là, ou quand il n'est pas là?* » Puis elle se dirigea vers l'armoire de la chambre.

Des couleurs sobres, des vêtements de tous les jours. Jeans, pantalons de coton, ensembles, jupes, tuniques, chemises en laine. La robe que Stéphanie avait portée, lors de la barbecue-party, en l'honneur de Sabrina et de Denton, sept ans auparavant, le tailleur qu'elle avait mis deux ans avant, lors d'un week-end avec Sabrina à New York. Rien n'avait été jeté ou donné; chaque année, Stéphanie ajoutait à sa garde-robe une chemise ou deux, soigneusement choisies, une robe ou un pull, parfois un ensemble. Toujours simple et toujours de bonne qualité; Laura leur avait appris à acheter, avec le budget limité d'un diplomate.

Tirant un jean et une chemisette de coton blanc, Sabrina imaginait Stéphanie, à Cadogan Square, fouillant dans son armoire et ses placards remplis de vêtements excentriques, aux teintes éclatantes, dessinés par les grands couturiers. Elle sourit. Quelle semaine différente elles allaient passer!

En bas, tout en prenant son thé avec un cracker, elle explora la grande cuisine, mémorisant le contenu des placards et des tiroirs : mixer, pots en fonte émaillée, casseroles de France, ustensiles du Portugal, plats à rôtir d'Allemagne, carafes, porcelaines anglaises, couverts en inox de Suède, et petits gadgets que Sabrina n'avait jamais vus de sa vie, et dont elle ignorait l'usage. Son inspection était terminée. Si elle ne savait pas à quoi ces derniers servaient, elle n'en avait pas besoin. Elle remplit de nouveau sa tasse et la garda en continuant à explorer le reste de la maison.

C'était une bicoque grinçante et minable, datant du siècle précédent; Stéphanie râlait souvent devant les réparations nécessaires mais impossibles à entreprendre, faute d'argent. Les murs lézardés avaient l'apparence de vieilles porcelaines craquelées, parfois une fissure, ressemblant au zigzag de l'éclair, traversait une pièce, du plancher au plafond. Les parquets en chêne étaient ternes et tout abîmés. Les murs et les chambranles des fenêtres avaient besoin d'être repeints, dans les salles de bains le carrelage était ébréché, les moulures sculptées, au plafond et sur les murs, à hauteur des chaises, avaient besoin d'être restaurées et il fallait recouvrir les fauteuils.

Pourtant, c'était une maison chaleureuse et accueillante. Plus elle s'y mouvait, de pièce en pièce, d'étage en étage, plus Sabrina s'y sentait bien.

Stéphanie avait tout meublé, dans des tons d'automne, presque totalement fanés maintenant, comme si le soleil de fin d'après-midi avait effleuré le tout de ses rayons obliques. Elle avait trouvé des lampes anciennes au marché aux Puces, et après les avoir nettoyées et restaurées, les avait posées çà et là – à l'extrémité d'une table, suspendues au plafond, par terre, entre une chaise et un divan; ainsi, des cercles de lumière étaient projetés sur les tapis d'Orient anciens, donnant un éclat particulier aux fleurs et aux motifs.

Cela n'avait rien à voir avec Cadogan Square, cependant Stéphanie en avait fait une sorte de retraite douillette, sereine et confortable.

– Un foyer, murmura Sabrina, debout à côté du radiateur dans la chambre de Garth et Stéphanie.

Elle jeta un coup d'œil à travers la large baie vitrée qui donnait sur la cour de devant; des parterres de chrysanthèmes bronze et or fleurissaient à l'ombre d'énormes chênes. C'était tout de même étrange : elle se sentait bien dans cette maison délabrée, alors qu'elle était habituée à l'ordre et l'élégance raffinés de sa demeure victorienne de Londres.

La sonnerie du téléphone retentit.

Elle n'était pas préparée aux coups de téléphone; elle n'avait guère eu le temps d'y songer. Il était neuf heures trente : qui donc appelait si tôt?

– Allô? (Silence. Elle éclaircit sa voix.) Allô?

– Est-ce bien la maîtresse de maison? Lady Long-worth, de Londres. J'aimerais parler à...

– Stéphanie! (Devant la voix mélodieuse et espiègle de sa sœur, Sabrina, soulagée et heureuse, se mit à rire.) C'est merveilleux de t'entendre! J'étais si occupée à visiter tous les recoins de la maison que j'ai oublié que tu devais téléphoner, ce matin. Tout va bien?

– Oh! Je ne peux pas tout te raconter. Ce serait trop long. Mais c'est à la fois étrange et merveilleux. Incroyable. Un rêve! Et toi? Garth a-t-il des soupçons?

– Non, aucun. Mais on a très peu parlé... et il a dormi dans son bureau. Penny et Cliff vont bien. Ils débordent d'énergie. Ils ont beaucoup aimé les gadgets. Oh! J'ai dit que la lampe de bronze était un cadeau d'anniversaire, de toi. Bon anniversaire, pour demain, Stéphanie.

Stéphanie rit de bon cœur.

– Joyeux anniversaire, Sabrina. Quelle drôle de façon de le fêter! Tu n'as vraiment eu aucun ennui?

– Non, pas le moindre. Ils se sont rendu compte que j'étais éreintée, et quand j'ai fait une gaffe...

– Une gaffe?

– J'ai demandé à Garth où on rangeait les dessous-de-plat.

– Oh non!

– Ne t'inquiète pas, je m'en suis sortie avec une pirouette. Tu sais, ce n'est vraiment pas difficile. Ils n'ont aucune raison de se douter de quoi que ce soit. Je me débrouille très bien. A ton retour, tout sera exactement comme avant, comme si rien ne s'était passé.

– Et Garth... Je veux dire... est-ce qu'il semble... Qu'a-t-il dit de l'épingle de cravate?

– Il l'a beaucoup aimée.

– Et au bureau? Tu n'as pas eu de problèmes?

– Le bureau. Bon sang, j'avais oublié! Je m'en occupe immédiatement. Je vais dire que j'ai attrapé le hoquet asiatique.

– Où es-tu?

– Quoi?

– Où es-tu assise?

– Oh! dans ta chambre. J'ai tout exploré, et là, je vais aller faire des courses, chez l'épicier. Ta famille a mangé tout ce qu'il y avait dans la maison et n'a pas songé à remplacer quoi que ce soit.

– Oh! ça ne risque pas. Surtout, achète...

– Stéphanie.

– Oui?

– Ne te fais aucun souci. Amuse-toi bien. Profites-en. Maintenant dis-moi ce que tu as fait. Es-tu allée aux *Ambassadeurs* ou as-tu appelé Brian pour voir s'il y avait des messages?

Sabrina écoutait Stéphanie. Elle n'avait pratiquement fait que se balader dans Londres, elle avait rencontré Gabrielle et Brooks, ils allaient vivre ensemble; Mme Thirkell était ennuyée... Sabrina s'impatienta; tout cela semblait si lointain, et elle avait tant à faire. A la fin, Stéphanie dit :

– A moins d'une affaire urgente, je ne te rappellerai pas. A lundi, donc, à l'aéroport de Chicago.

– Passe une bonne semaine, répondit Sabrina.

Puis elle se précipita au second étage finir son inspection. Mais elle revint. Cela pouvait attendre, il fallait faire la liste des commissions et appeler le bureau. Elle descendit et se dirigeait vers la cuisine lorsque le téléphone sonna de nouveau.

Elle pouvait ne pas répondre, mais c'était reculer pour mieux sauter. « Et après tout, si je peux tromper la famille, je peux tromper les amis », se dit-elle. A la cinquième sonnerie, elle répondit :

– Allô?

– Allô! Bienvenue au pays. Je te réveille? Si tu es encore sous le charme de ton voyage, tu peux me rappeler. (Silence. « *Des amies intimes ne disent pas leurs noms. Bon. Que faire?* ») Stéphanie? Tu es là?

« *Au diable. C'est le premier appel d'une longue série.* »

– Oui, désolée. Je terminais un gâteau au chocolat. Comment vas-tu?

– On va tous bien. Tu prends ton petit déjeuner si tard? La Chine t'a-t-elle transformée en femme oisive?

– Oh! Tout le monde m'a laissée dormir, ce matin. Ça ne durera pas.

– Probablement. Alors? C'était fantastique?

Il était presque dix heures. Il fallait appeler le bureau.

– Quoi?

– Je t'ai demandé si c'était fantastique? Tu dors, ou quoi?

– Non. Je viens de me rappeler que je n'ai pas téléphoné au bureau pour leur dire que je ne viendrai pas aujourd'hui.

– Bon. Fais-le et rappelle-moi.

– Non! (« *Comment puis-je la rappeler alors que je ne sais même pas qui c'est?* ») Ecoute, ils peuvent bien attendre. Raconte-moi ce qui s'est passé pendant mon absence.

– Pas grand-chose. L'école a repris, alors la maison est calme; Nat est à une conférence à Minneapolis

198

jusqu'à demain, et j'ai décidé de donner ma démission au conseil municipal d'Evanston parce qu'ils n'ont pas mis de feux au coin de la rue. Ce sont des vétilles, comparées à la Chine.

Sabrina se mit à rire. Nat était Nat Goldner; ainsi parlait-elle à Dolorès Goldner. Ouf!

– Oh! Demain soir, vous venez dîner. J'espère que Garth t'a prévenue.

– Non. Tu ne donnes pas une soirée...? Au milieu de la semaine?

– Oui. On est simplement tous les six. Pour célébrer ton anniversaire et avoir un public pour tes récits exotiques. Six heures et demie.

– D'accord. Je suis ravie.

Il y eut un bref silence.

– J'espère bien. A demain.

Encore un faux pas. Elle n'avait pas été assez naturelle. Mais ce n'était pas vraiment sérieux. Elle s'en tirerait bien.

Ah! le bureau! Elle fit le numéro et laissa un message disant qu'elle était malade. Puis, jetant un coup d'œil dans le cellier et le réfrigérateur, elle dressa une liste des commissions; elle prenait de plus en plus confiance en elle. Elle débordait d'énergie et d'audace, comme si elle s'était lancée dans une aventure où elle trouvait tout ce qu'elle désirait – foyer, famille, amis, comme s'ils étaient siens.

Pour quelque temps.

Son assurance fut un peu ébranlée lorsqu'elle prit la voiture – pourquoi les gouvernements ne se mettaient-ils pas d'accord sur le côté à adopter pour la conduite? – pour se rendre au supermarché, véritable labyrinthe, dix fois plus grand que les marchés qu'elle fréquentait à Londres. Elle n'avait jamais fait de courses pour quatre, et, craignant d'acheter trop peu, acheta quatre fois trop. Dans son caddie, il y avait du ravitaillement pour un an.

Elle allait en voiture d'un magasin à l'autre, la liste de Stéphanie lui servant de guide pour faire les achats. Sabrina Longworth portant des sacs de provisions, de la nourriture pour la tortue, du papier pour les toilettes, du détergent, un insecticide pour roses. Elle se surprit à sourire. Que penserait d'elle Olivia, maintenant?

Les rues étaient pleines de voitures conduites par des femmes qui faisaient les mêmes courses. Peu importait si les magasins étaient à côté les uns des autres, ou éloignés de trois ou quatre kilomètres! Tout le monde avait une voiture et accumulait les marchandises. En Europe, les gens avaient des filets à provisions, qui contenaient ce qui était nécessaire pour la journée. Ici, ils semblaient faire des courses pour un mois. « Eh bien, je fais comme eux », songea-t-elle. Mais, de toute évidence, les autres ne revenaient pas d'un voyage de deux semaines en Chine! Non. « La différence, c'est que ces femmes ont des congélateurs. Elles peuvent tout acheter, en double ou en triple, sans s'inquiéter du gaspillage. »

La voiture était pleine de sacs. Sabrina ressentait l'excitation de la victoire. Personne n'avait mis en doute sa signature sur un chèque, le boucher lui sourit lorsqu'elle lui demanda de couper les steaks, le teinturier lui donna, sans hésitation, la veste de sport de Garth, l'employé, dans le magasin de photos l'accueillit par son nom, quand elle lui remit la pellicule, et lui dit que les photos seraient prêtes le lendemain car elle devait avoir hâte de les avoir, ce n'est pas tous les jours qu'on allait en Chine. Jusqu'à présent, tout lui avait réussi.

A trois heures, Garth téléphona.

— Je voulais m'assurer que tu allais bien.

– Tu as eu peur?

– Je crois que tu étais tendue, hier soir, comme si tu ne savais pas très bien comment te conduire.

Elle perdit un peu de son assurance. « *Stéphanie ne m'a pas dit qu'il lisait dans les esprits.* »

– Je me suis vraiment conduite bizarrement?

– Un peu. As-tu bien dormi?

– Oui, je me sens mieux. J'ai encore l'impression d'être une touriste, mais ça va passer. A quelle heure rentres-tu?

– A cinq heures et demie. Tu vas bien?

– Oui, bien sûr. A tout à l'heure.

Cliff rentra en courant de l'école. Sabrina s'assit, prête à l'écouter raconter sa journée.

– Salut, maman, dit-il ouvrant un sac de chips. Penny te fait dire qu'elle a gym et qu'elle rentrera à cinq heures et demie. J'arriverai plus tard.

Il avait déjà passé la porte avant que Sabrina ait pu dire un mot.

– Attends! (De toute évidence, les petites discussions amicales avec les enfants, après la classe, ne faisaient pas partie de la routine.) Cinq heures et demie pour toi aussi, dit-elle.

Cliff acquiesça, et partit en claquant la porte derrière lui.

Mais c'était mieux ainsi; au moins serait-elle seule, sans aucun témoin, pour préparer son premier repas pour une famille, dans une cuisine inconnue.

Garth rentra de bonne heure et la trouva en train de poivrer les steaks. Il avait pénétré dans la maison, doucement, et l'observait, de la porte de la salle à manger. Aussi mince qu'une jeune fille, en jeans et pull ajusté, elle était devant sa planche de travail, le dos tourné, marmonnant :

– Pilon et mortier. Il doit y en avoir un quelque part.

Garth était intrigué. La voilà qui jouait de nouveau : comme si son absence avait duré bien plus de deux semaines et qu'elle découvrait sa maison et sa famille pour la première fois. Comme si plus rien ne lui était familier.

– Pas de mortier ni de pilon, murmura-t-elle. Alors, où est le moulin?

Garth s'avança. Sabrina, l'apercevant, fit demi-tour.

– Je ne t'ai pas entendu.

– Je viens d'entrer. Pourquoi désires-tu un mortier et un pilon?

– Pour le poivre en grains, mais je peux le moudre.

– J'en ai au labo, tu sais.

– Du poivre?

– Non, des mortiers et des pilons.

– A quoi te servent-ils?

– A moudre le poivre, bien sûr.

– Pour étudier ses gènes?

– Pour les modifier, ainsi, il poussera sur l'arbre, dans de petites boîtes métalliques, munies de couvercles de plastique.

– Ah! un arbre à poivre...

– Oui, c'est un projet délicat.

Tous deux se mirent à rire. « Qu'elle est belle! » pensa Garth. A-t-elle toujours été aussi belle? A-t-elle changé? Il soutenait son regard, le rire était encore sur leurs lèvres. Il s'avança vers elle. Sabrina se retourna prestement vers sa planche de travail.

– As-tu passé une bonne journée?

Abasourdi, il marqua un temps d'arrêt.

– Quoi?

— Je t'ai demandé si tu as passé une bonne journée.

« Un éclat de rire et, la minute suivante, elle me tourne le dos, sans rime ni raison. » Il la regarda, mais elle était occupée à poivrer les steaks. Il haussa les épaules, et alla s'asseoir sur le divan pour lire le journal.

— As-tu acheté du vin aujourd'hui?

— Oui, je vais le chercher. Attends une minute.

Elle mit les steaks dans un plat et les recouvrit d'un papier d'aluminium. Puis elle alla chercher dans le cellier une bouteille de vin rouge, un tire-bouchon et deux verres. Garth regarda les verres, fronça les sourcils, mais Sabrina ne remarqua rien.

— Tu ne m'as rien dit de ta journée.

— Toi non plus, tu ne m'as pas raconté la tienne. Cette routine doit te paraître monotone après ton voyage?

— Non, paisible et agréable. J'ai fait le tour de la maison, eh bien! vois-tu, rien n'est plus merveilleux. Si on allait bavarder dans le patio, la soirée est merveilleuse et je ne suis pratiquement pas sortie de la journée.

Garth posa son journal.

— Bonne idée. Moi aussi, je suis resté enfermé. (Dehors il ouvrit la bouteille.) Il y a longtemps que nous n'avons pas bavardé avant le dîner.

Il lui sourit. Même si elle lui en voulait encore de leur querelle, elle essayait tout de même de changer leur routine. Lui aussi, mais elle ne semblait pas avoir remarqué qu'il était rentré plus tôt que d'habitude et qu'il n'avait pas parlé de repartir au labo, après le dîner.

Sabrina regardait la cour. Le soleil couchant, bas dans le ciel, dardait ses rayons sur les haies de chèvrefeuille, tout au fond du jardin, avivant l'or des chrysanthèmes, le rouge sombre des roses Mirandies, et le jaune des roses thé.

Dans le potager, des tomates vermeilles se mêlaient aux framboisiers et aux concombres jaunissants. Personne ne les avait cueillis pendant l'absence de Stéphanie.

Il régnait une fraîcheur d'une douceur infinie; le soleil caressait le visage de Sabrina et elle se sentit apaisée.

– Je suis la seule à parler. J'ai raconté mon voyage. Mais toi, tu ne m'as rien dit. Que s'est-il passé pendant mon absence?

– Tu nous as manqué. (Il versa du vin et examina la bouteille.) La maison était au bord du chaos. C'est un nouveau vin, fais-tu un test?

« *Il n'y en avait pas dans la maison et Stéphanie a dit que tu aimais le vin rouge, aussi ai-je acheté l'un de mes vins préférés.* »

– Pendant le voyage, quelqu'un l'a recommandé. Ça t'ennuie de goûter quelque chose de nouveau?

– Bien sûr que non. (Il le dégusta et regarda de nouveau l'étiquette.) Il est très bon. Qu'as-tu acheté d'autre?

– Juste de l'alimentation. Et j'ai mis de l'essence dans la voiture. Le réservoir était presque vide. (Sabrina serra fortement son verre.) A Hong Kong il y avait un Anglais, un antiquaire du nom de Nicholas Blackford; on a beaucoup bavardé et je me suis mise à utiliser des mots anglais. A Hong Kong, j'ai appelé l'ascenseur l'élévateur, et Nicholas m'a dit qu'il me nommait citoyenne anglaise d'honneur. Je ne sais pas pourquoi j'ai retenu ses phrases, car lui n'a pas retenu les miennes... (« *Arrête de bafouiller. Tu rends les choses encore plus difficiles.* ») Enfin, je me rends compte que ça m'arrive encore.

– Maman!

Penny, de l'intérieur de la maison, appelait sa mère. (« *Les enfants sont une bénédiction.* »)

— On est dehors!

Penny alla se jeter sur une chaise, près de Sabrina.

— Barbara dit que c'est elle qui va faire les marionnettes.

— Oh! dit Sabrina, avec prudence. Comment cela se fait-il?

— Mme Casey lui a donné la permission. (Le regard de Penny se remplit de larmes.) Ce n'est pas juste! protesta-t-elle.

— Pourquoi Mme Casey lui a-t-elle dit cela?

— Je ne sais pas! Tu lui as parlé, l'année dernière, à la fin de l'année scolaire — ne t'avait-elle pas dit que c'est moi qui devais les confectionner?

— Oui, bien sûr. A-t-elle dit à Barbara qu'elle avait changé d'avis?

— D'après Barbara, elle lui a simplement demandé de se mettre au travail. Mais j'ai déjà commencé, et la représentation doit avoir lieu à Noël, aussi n'a-t-on pas beaucoup de temps, j'ai de si bonnes idées et puis c'est mon projet!

Elle éclata en sanglots, et Sabrina se pencha vers elle.

— Peut-être Mme Casey a-t-elle simplement dit à Barbara de t'aider, parce qu'elle pensait qu'une seule personne ne pouvait pas tout faire?

— On est déjà trois — tu le sais! Je te l'ai déjà dit. Iras-tu lui parler?

— Bon... Mme Casey ne t'a vraiment jamais dit qu'elle avait changé d'avis?

— Non!

— Bon, je vais réfléchir. Effectivement, ce n'est pas juste, quelles que soient ses raisons, elle aurait dû t'en faire part.

— Qu'est-ce que vous faites, dehors? demanda Cliff, sortant de la cuisine.

— On prend l'apéritif avant le dîner, dit Garth sèchement.

— Je peux prendre du cidre?

— Sers-en aussi à ta sœur, nous allons bientôt dîner, dit Sabrina.

— Il est presque six heures trente, je meurs de faim.

— Six heures trente? Mais, je ne vous avais pas dit de rentrer à cinq heures trente, tous les deux?

— J'étais avec Barbara, dit Penny, en reniflant.

— Et moi, avec Hal. C'était très important. Je voulais appeler, mais...

— Vous avez une notion du temps assez floue. Il faudrait tout de même l'améliorer, à l'avenir. En commençant dès demain. Maintenant, si vous mettiez la table? On dînera à sept heures.

Cliff et Penny se regardèrent et partirent en courant dans la maison. Sabrina les entendit marmonner de rage.

— Pas de sermon? demanda Garth.

— Oh! il fait trop bon, ce soir. (« *Je ne suis pas une bonne mère. Pas assez d'autorité.* ») T'ai-je parlé du temps en Chine? On avait l'impression d'être dans trois pays différents, de passer de la fraîcheur des Highlands à la chaleur des Tropiques. (Elle s'exprimait rapidement, faisant de nombreux gestes et racontant les histoires de leur guide chinois, ce qui déclencha l'hilarité de Garth. Puis elle se leva.) On dîne dans cinq minutes. On finit le vin avec le steak?

— D'accord.

Elle se rendit à la cuisine et respira profondément. « *Pas si mal.* »

A table, la bouche pleine, Cliff fit une grimace.

— Qu'est-ce que c'est, ce steak?

206

Sabrina se sentit défaillir.

– Tu n'aimes pas?

– C'est une nouvelle recette? Tout comme le vin? demanda Garth.

– Je suis désolée, je l'ai trouvée dans le livre de cuisine...

– Pourquoi es-tu désolée? C'est excellent. Cliff, lance-toi, et prends une autre bouchée. La vie est pleine d'imprévus. Penny, ne te laisse pas impressionner, essaie.

Il se tourna vers Sabrina.

– A-t-il un nom?

– C'est un steak au poivre.

– C'est tout?

– J'ai ajouté du beurre et du madère. C'est tout. En fait c'est très simple.

– Ça pique, c'est bon, dit Penny.

– Bien, je préfère un hamburger, mais tant pis, dit Cliff. (Le téléphone sonna. Il bondit de sa chaise. Une seconde plus tard, il appela de la cuisine :) Papa, c'est pour toi!

Garth se leva, puis revint, ennuyé.

– Il faut que j'assiste au séminaire de ce soir pour remplacer un de nos bactériologistes qui a la grippe.

– Le pauvre; il a ramené ses microbes chez lui.

Garth esquissa un sourire, mais il était ennuyé.

– Je ne voulais pas sortir ce soir. (Comment saurait-elle qu'il s'efforçait d'être différent, ce soir, tout comme elle, s'il ressortait encore?) Si je peux trouver quelqu'un d'autre...

– Non, ils ont besoin de toi.

Encore une soirée de sauvée, et le lendemain, ils étaient invités chez les Goldner.

– Tu rentreras tard?

– Probablement vers onze heures. Tu ne seras pas couchée, n'est-ce pas?

– En principe.

Mais à onze heures elle était couchée. Elle avait joué au scrabble avec Penny et Cliff et regardé la télévision dans le salon pendant qu'ils travaillaient.

A dix heures, elle vérifia la porte d'entrée et celle du patio, pour s'assurer qu'elles étaient fermées. En haut, après s'être déshabillée et avoir fait sa toilette, elle se glissa dans l'une des robes de chambre pliées dans le tiroir du haut de la commode, prit une chemise de nuit en coton gratté, pendue dans le placard. Puis, blottie dans le fauteuil confortable, près de la baie vitrée, dans la chambre, elle prit un livre sur la table et se mit à lire.

A la troisième page, elle s'arrêta soudain. Qu'avait-elle fait? Elle avait vérifié les portes, personne ne lui avait dit de le faire. Elle avait enfilé une chemise de nuit, alors qu'elle n'en avait pas porté depuis vingt ans; elle dormait toujours nue. Sans y penser, elle avait décroché cette chemise de coton gratté mais elle ne se rappelait pas l'avoir remarquée quand elle avait fait l'inspection de l'armoire. Et sans réfléchir, elle était venue directement dans ce fauteuil, pour lire.

Stéphanie avait dû lui décrire ses habitudes. Durant leur voyage en Chine, elles avaient passé en revue tant de choses qu'elle avait dû lui en parler. Ou alors, après vingt-quatre heures passées à jouer le rôle de Stéphanie, chez elle, « eh bien! je deviens – un tout petit peu – ma sœur », songea-t-elle.

Une vague de sommeil l'envahit. « Je penserai à ce " double je ", demain. » Elle défit le lit et se glissa sous les couvertures, en souriant avant de se laisser gagner par le sommeil.

« *Le double je, quelle idée extraordinaire!* »

Puis elle s'endormit.

Elle se réveilla à sept heures. Le silence régnait. La pièce était baignée de soleil. Sabrina tourna la tête vers l'oreiller à côté. Garth était-il venu l'embrasser, la veille, comme il l'avait fait ce matin pendant qu'elle dormait? Elle n'avait rien entendu, rien senti. Elle ne se rappelait même pas si elle avait rêvé!

Mais c'était un jour de gagné – mercredi, son anniversaire! – à Londres, elle aurait eu le cafard : trente-deux ans, seule et quel avenir? Mais aujourd'hui, lancée dans une telle aventure, entourée d'une famille, elle était toute à sa joie et débordait de vitalité. Elle sauta du lit, prit une douche et alla à la cuisine. Elle lisait la liste de Stéphanie quand elle entendit la famille bouger.

En un clin d'œil, ils se retrouvèrent tous dans la cuisine et ses beaux plans tombèrent à l'eau. Il fallait tout faire à la fois : préparer le petit déjeuner, leurs sandwiches de midi, trouver les livres et les crayons perdus, poser à Cliff des questions sur l'orthographe des mots pour son test quotidien, aider Penny à coudre un bouton.

Sabrina crut qu'elle allait flancher. Il lui fallait chercher les assiettes, les couverts et les tasses, elle oublia la confiture et les serviettes.

– Le journal n'est pas arrivé? demanda Garth.

– Je ne sais pas, répondit Sabrina, en étalant de la moutarde sur le sandwich de Penny.

– Maman, tu sais bien que je n'aime pas la moutarde! Je ne le mangerai pas!

– Tu n'as pas regardé dehors? demanda Garth.

– Non.

« *Je n'étais pas au courant pour le journal. Stéphanie m'a prévenue pour la moutarde, mais j'ai oublié.* »

Garth alla chercher le journal et se mit à lire. Sabrina pensa qu'il était en colère parce qu'elle ne l'avait pas attendu la veille; mais ils n'avaient plus le temps de se parler dans l'intimité. Au bout d'une demi-heure de remue-ménage, ils s'en allèrent tous, Garth avec son sac, Penny et Cliff avec leurs livres et leurs sandwiches. La maison parut soupirer et se replongea dans une douce quiétude.

Sabrina se sentit triomphante. Tout avait marché : elle leur avait préparé le petit déjeuner, avait tout organisé, tout le monde était à l'heure et cela sans éveiller le moindre soupçon. Elle mourait d'envie de confier son secret, de crier : regardez ce que j'ai fait; j'ai pris soin d'une famille, sans jamais l'avoir fait auparavant. Mais elle ne pouvait le dire à personne, pas même à Stéphanie.

« Tu es fière de *quoi*? demanderait Stéphanie, c'est ce que je fais, chaque matin, par routine. »

Mais, cependant, Sabrina était fière. Même si personne, dans la famille, ne s'inquiétait de ce qu'elle faisait. Ils ne s'étaient même pas rappelé son anniversaire. Comment trois personnes pouvaient-elles oublier un anniversaire? « Peu importe, pensa-t-elle. Je le fêterai seule. Je vais aller à Chicago faire du tourisme. Et je m'achèterai un cadeau. »

Elle nettoya la cuisine, jeta un coup d'œil aux pièces du bas et décida de remettre le ménage au lendemain. Elle fit les lits. Garth avait replié le canapé-lit. Sabrina l'ouvrit. Draps et couverture étaient bien pliés. « Il projette de dormir encore ici », pensa-t-elle, et elle se sentit vexée. Ne la désirait-il pas? Elle sourit. Non, bien sûr. Pour une raison inconnue – peut-être cette querelle dont Stéphanie avait parlé? Pourtant elle avait assuré que c'était terminé – elle ne l'attirait plus. Encore heureux!

Ignorant le désordre qui régnait dans la chambre de Cliff, elle s'habilla pour sortir. Elle revêtit une jupe de lin bleu marine, choisit une blouse de soie d'un jaune

210

éclatant et, de la boîte à bijoux de Stéphanie, retira un étonnant collier d'ambre mordoré, si différent des autres bijoux qu'elle se demanda d'où il sortait. C'était le style de collier qu'elle s'achèterait; sur la blouse de soie, il y avait les chauds reflets de l'automne. Enfilant un blazer de lin, couleur crème, elle sortit de la maison.

Dans la boîte à gants de la voiture, elle trouva une carte. Elle se dirigea vers Lake Shore Drive puis vers le sud de Chicago. Elle conduisait doucement, admirant les jardins de Lincoln Park à sa droite, les plages immenses et l'eau bleu-vert du lac Michigan à sa gauche.

Les gratte-ciel de la ville se dressèrent soudain devant elle, sur un fond de ciel bleu; quand elle pénétra dans un parking, elle se sentit écrasée par ces masses gigantesques, dont les façades sculptées du passé se mêlaient au verre et à l'acier poli contemporain.

Née mille ans après Londres, Chicago était une ville bruyante et tapageuse où tout pouvait s'acheter. Sabrina eut le mal du pays, elle regrettait l'intimité de Londres, ses vitrines paisibles, ses rues secrètes où chacun gardait ses distances.

Mais elle aimait Chicago pour son caractère agressif qui s'imposait aux visiteurs, et semblait dire : « Si vous ne m'aimez pas encore, je vous obligerai à m'aimer. »

Londres accueillait les visiteurs avec civilité et amitié mais disait clairement : « Si vous m'aimez, tant mieux, sinon, je survivrai. Merci. »

« J'aime les deux villes, sóngea Sabrina. Je me sens bien ici. Je vis à Evanston. » Elle poursuivit sa promenade, jusqu'à Grant Park et l'Art Institute dont elle grimpa le large escalier encadré de deux lions imposants pour aller visiter l'exposition que Stéphanie lui avait conseillé d'aller voir.

– Stéphanie! Quelle chance de te rencontrer ici! Je ne savais pas que tu étais revenue de Chine!

C'était une grande femme, les épaules rentrées, probablement à force de vouloir paraître plus petite, les cheveux châtains, de grands yeux noisette, derrière des lunettes rondes aux montures d'écaille, des lèvres pâles. Elle portait un tailleur marron sobre et des chaussures assorties en lézard. « Trop de marron, pensa Sabrina. Elle devrait porter du rouge. Au moins, une pointe. » Elle lui adressa un petit sourire amical.

– Je suis rentrée lundi soir.

– Tu as l'air en pleine forme. Et ton voyage?

– Extraordinaire. Et toi, comment vas-tu?

– Mieux que la dernière fois. J'ai eu un sursis. (Elle vit Sabrina blêmir.) Désolée, c'est de l'humour noir. Je plaisante pour chasser le désespoir. Je suis toujours à la faculté. Garth ne t'a rien dit? Après qu'il eut passé outre à la décision de Webster, le vice-président a décidé que mon cas devait être étudié avec plus de soin, aussi puis-je rester une année de plus.

– Je suis heureuse, dit Sabrina.

Une autre année? Pourquoi la mettraient-ils dehors? Pourquoi Garth avait-il passé outre à la décision de Webster?

– Heureuse, c'est une chose. Délirante en est une autre. Hans vient de perdre son emploi, ce qui signifie que je suis seule à gagner notre vie. Cependant, par mesure de sécurité, je demande d'autres postes, pour la rentrée prochaine. (Sa voix soudain se brisa à la fin de la phrase.) Je n'ai aucune envie de partir, tu comprends. On vient d'acheter la maison, les enfants sont bien dans leur école et je suis si heureuse d'enseigner ici...

212

Spontanément, Sabrina prit le bras de la jeune femme.

– Pourquoi ne pas déjeuner ensemble? Tu pourras me raconter...

– Oh! mais j'essaie de ne pas trop en parler. J'ennuierais tout le monde et mes amis me fuiraient. De toute façon, j'ai une réunion à quatre heures. Je te téléphonerai, ça ne t'ennuie pas? Si tu veux, nous irons déjeuner ensemble. J'ai toujours désiré mieux te connaître.

– Moi aussi.

– Alors d'accord. (Elle allait partir lorsqu'elle se retourna :) Il y a une chose que je voulais te dire, mais que tu sais déjà : Garth est un homme merveilleux. Il m'a encouragée et soutenue, il écoute de telle façon qu'on a l'impression d'exister. Je ne sais pas où j'en serais sans lui. Peux-tu lui dire combien je lui suis reconnaissante? Chaque fois que j'essaie de le remercier, il m'arrête net. Je t'appellerai pour qu'on déjeune ensemble. Tu ressembles beaucoup à Garth, tu sais écouter.

Flânant de salle en salle, Sabrina songeait à Garth. « *Il écoute de telle façon que les autres ont l'impression d'exister.* »

Au rez-de-chaussée, elle trouva une salle de tissages de l'époque des pionniers; certains portaient, dans le coin, une initiale, petite mais distincte. Elle sourit, se rappelant le « S » sur le parquet de la maison d'Alexandra et pensa à Garth. « Il encourage les gens et les soutient », avait dit la jeune femme.

A la boutique de l'Art Institute, elle s'offrit en cadeau d'anniversaire un bel ouvrage sur Venise. Puis, pensant toujours à Garth, elle rentra, s'arrêtant en route pour prendre les photos de son voyage en Chine.

Garth. Il y avait trois Garth : l'époux indifférent

décrit par Stéphanie, le professionnel, contestataire par amitié pour un collègue, et le compagnon chaleureux, plein d'humour, avec lequel Sabrina vivait depuis lundi soir. Lequel était le vrai Garth? Elle l'ignorait. Elle n'aurait pas le temps de le découvrir.

A la maison, Penny et Cliff semblaient conspirer, tandis qu'elle leur préparait des hamburgers et des frites. Garth rentra avec une boîte blanche mystérieuse, qu'il plaça au centre de la table. Lorsqu'il embrassa Sabrina sur la joue, il effleura son collier, tout souriant.

Ils s'assirent avec Penny et Cliff.

– Tu n'as pas parlé à Mme Casey, dit Penny à Sabrina.

– Je vais prendre rendez-vous, promit Sabrina.

Garth fit signe à tout le monde de se taire et, en chœur avec Penny et Cliff, ils entonnèrent un *Joyeux Anniversaire*, particulièrement faux. Sabrina ressentit un élan de bonheur, ils n'avaient donc pas oublié!

Pour la première fois, elle connut les joies d'une famille unie.

Dans son adolescence, la carrière de son père avait dispersé toute la famille; plus tard, Denton avait refusé d'en fonder une. A Cadogan Square, elle vivait seule, dans le luxe, certes, mais sans l'affection d'une famille qui ferait partie d'elle-même. Elle rougit en souriant. Jusqu'à ce qu'une voix intérieure vienne lui rappeler : « Ils chantent pour Stéphanie, pas pour toi. »

– Ouvre la boîte, cria Penny, impatiente.

Défaisant le ruban, Sabrina trouva deux boîtes à l'intérieur. Dans la plus grosse, il y avait un gâteau, avec un cœur très joliment dessiné, qui entourait un « S » rose. La seconde boîte, enveloppée maladroitement, contenait deux petites pierres lisses et rondes, l'une avec son portrait, l'autre avec un clown au pantalon flottant.

Elle prit dans ses mains les pierres. Le portrait était remarquablement fin; quant au clown, caricature grossière mais peinte avec amour, il était enveloppé dans du papier de soie et attaché avec un ruban doré. « Comme je souhaiterais qu'ils me soient destinés », pensa-t-elle.

– Ce sont des presse-papiers, dit Cliff, inquiet. Tu ne les aimes pas?

Sabrina attira vers elle les deux enfants et les serra contre elle.

– Ils sont merveilleux et je vous remercie. Je vais les montrer à tout le monde.

Penny était radieuse.

– Je pourrai en faire d'autres, si les gens en veulent. A ton bureau, par exemple.

– Moi aussi, dit Cliff, mais Penny est meilleure.

– C'est plus artistique, mais le tien serait un cadeau idéal pour les lords et les ladies gonflés d'orgueil, qui ne savent pas que, pour nous, ce sont eux qui ressemblent à de pauvres clowns.

Penny et Cliff éclatèrent de rire.

– Les lords et les ladies? demanda Garth.

– Tu n'ouvres pas le cadeau de papa?

Tout en défaisant le coffret, Sabrina essaya de rattraper sa gaffe :

– Certaines personnes riches dont j'ai fait la connaissance lorsque je m'occupais d'immobilier m'ont rappelé les lords et les ladies rencontrés en Angleterre au mariage de Sabrina. Pas tous : simplement ceux qui pensent que l'argent les rend supérieurs aux autres.

De la boîte, elle sortit un bleu de Chine de dix centimètres de haut. Elle l'admira, ébahie. Meissen. Mais comment Garth avait-il pu faire une telle folie? Elle retourna l'objet, et vit la signature : une vraie porcelaine de Dresde du XVIIIᵉ siècle, sortie tout droit de la manufacture de Meissen.

– C'est pour compléter ta collection, tu peux l'ajouter à ceux que tante Sabrina t'a envoyés, dit Penny. N'est-il pas merveilleux? Nous avons aidé papa à le choisir.

– C'est vraiment magnifique, dit Sabrina à Garth. Et très original. Merci.

Personne ne savait que cet oiseau de porcelaine lui rappelait les problèmes qui l'attendaient au retour : ceux de Sabrina Longworth, pas de Stéphanie Andersen. Pour Stéphanie, Garth et les enfants avaient choisi un présent avec amour. « Comme ce serait bon, si c'était pour moi! »

Il fallut alors partir chez les Goldner.

Sur le divan de cuir blanc du salon des Goldner, Sabrina tendit les photos de son voyage en Chine, en les commentant. Elle essayait de paraître détendue.

Les Goldner et les Talvia étaient des amis de Stéphanie et de Garth depuis leur mariage. Tous l'avaient accueillie chaleureusement à son retour, en lui souhaitant un joyeux anniversaire. C'étaient des intimes. Elle avait offert à Dolorès et Linda les foulards de soie que Stéphanie leur avait achetés à Shanghai, elle s'observait lorsqu'elle parlait et étudiait la réaction des autres. Comme si elle était en représentation.

En fait, c'était exactement cela; elle s'écoutait décrire les fabriques de porcelaine, les montagnes de Guilin perdues dans la brume. Depuis son arrivée à l'aéroport, elle avait l'impression de jouer un rôle et elle avait le trac. Maintenant, au contraire, c'était étrange. Elle était toujours en scène et pourtant elle faisait aussi partie du public.

Elle était à la fois Stéphanie et Sabrina. L'une, assise avec son mari et des amis, dans le salon ultramoderne de cuir, de chrome et de verre des Goldner; l'autre, observant d'un œil froid et critique les gestes de la première.

– Les photos sont magnifiques, dit Martin Talvia, en se penchant en avant. (Grand et élancé, il ressemblait à un échassier fumant la pipe. Elle en avait déjà fait la remarque, des années auparavant, lors de la barbecue-party.) Les as-tu prises toute seule?

– On les a prises à tour de rôle, murmura-t-elle, jetant un coup d'œil distrait à celles qu'elle tenait à la main.

– A tour de rôle? demanda Linda.

– Oui. On était plusieurs, dit Sabrina rapidement. Soudain elle se figea, en tombant sur trois photos que Nicholas Blackford avait prises à Hong Kong, d'elle et de Stéphanie, vêtues de robes de soie assorties, achetées à Shanghai. Visages identiques, silhouettes identiques. Si Garth se rendait compte qu'elles y étaient allées ensemble, combien de temps lui faudrait-il pour se poser des questions sur les erreurs qu'elle avait commises et en venir à une conclusion évidente?

– Il y en a d'autres? dit Linda gaiement. (Elle saisit les photos. Sabrina les lui arracha.) Eh! fit-elle. (Gênée, elle rit jaune :) Qu'ai-je donc fait?

Sabrina avait les doigts tout rouges tant ils s'étaient crispés sur les photos. Embarrassée, elle rougit.

– Je suis désolée. Ces photos... euh... enfin... elles ne sont pas très réussies. J'en ai honte.

– Tu es trop sensible, Stéphanie, dit Dolorès. On peut te pardonner une ou deux photos ratées.

– Mais il y en avait trois, dit Sabrina d'un ton léger. Linda, excuse-moi. Le jour où je me sentirai moins susceptible, je te les montrerai. « Tu n'en as vu qu'une », pensa-t-elle. Elle tremblait. Il lui fallait avoir l'esprit plus vif, être mieux préparée, ne jamais se laisser aller; elle avait tellement d'occasions de commettre des impairs et de tout gâcher.

– Si on dînait? fit Dolorès, entraînant les invités vers le salon resplendissant des fleurs du jardin.

Sabrina resta sur le seuil, ébahie par la magnificence du décor; il n'y avait là que de véritables chefs-d'œuvre, depuis le motif central délicat, représentant un sorbier sauvage aux branches fragiles, couvertes de baies orange, jusqu'aux énormes paniers, posés au sol, et au buffet qui disparaissait sous les chrysanthèmes, les gueules-de-loup tardives et les gerbes de feuilles d'érable vermeilles.

« Olivia Chasson a toujours vanté les mérites de son fleuriste, elle ne ferait plus jamais appel à ses services et viendrait cambrioler Dolorès si elle voyait un jour un tel spectacle. » Sabrina se tourna vers elle.

– C'est extraordinaire...

– Elle a gagné un autre prix de décoration, l'interrompit Nathan Goldner. Pendant que vous étiez en Chine. Elle est trop modeste pour le dire elle-même.

Sabrina enchaîna :

– C'est encore plus extraordinaire que d'habitude. Quel prix as-tu gagné?

– Le premier prix au concours d'Automne du Middle West, dit Dolorès, tout en servant du poulet au riz. Je croyais t'avoir dit que j'y participais.

– Merveilleux passe-temps, dit Martin Talvia.

Il se tourna vers sa femme, assise près de lui; c'était une petite femme, très sobrement habillée, aux cheveux bruns coupés court, la bouche en avant, et le nez écrasé.

– Tu devrais t'y intéresser. Tu as l'esprit créateur, quand tu veux.

Linda le regarda froidement.

– Et quand je ne veux pas?

– Alors, la maison s'écroule, dit-il gentiment.

– Faire le ménage ne développe pas la créativité. Cela m'ennuie.

– Comme le mariage, sans doute?

Elle haussa les épaules.

– Un peu plus de vin? demanda Nathan.

– S'il vous plaît, dit Sabrina.

Elle se sentait mal à l'aise.

Il fit le tour de la table, et remplit les verres.

– T'ai-je dit...

– Combien je t'ennuyais, insista Martin.

Linda haussa de nouveau les épaules.

– C'est agréable, quelqu'un qui écrit des livres sur les comités d'entreprise?

– Comment peux-tu le savoir? Tu ne m'écoutes jamais lorsque j'en parle.

– Les comités d'entreprise ne m'intéressent pas.

– Ah! Pourtant, si tu écoutais... Aujourd'hui, par exemple, j'ai rassemblé les résultats de mon étude sur le problème de l'adultère parmi les femmes de P.-D.G. Cela t'intéresse directement, non? C'est vraiment ton domaine.

– Toi et tes remarques insidieuses! Pourquoi ne m'accuses-tu pas directement, au lieu de te cacher derrière tes textes?

– Tu veux vraiment? Tu aimerais que je mette les points sur les *i*?

– Eh! dit Nathan. Vous nous embarrassez. Surtout Stéphanie, qui a oublié toutes vos histoires après deux semaines de vacances. Changeons de sujet. On ne va pas parler d'orthopédie, je suppose que cela ne fascine que moi. Si je racontais mes dernières folies? Une promenade dans les forêts traîtresses du sud du Wisconsin, ou le dernier gobelet vénitien que j'ai ajouté à ma collection de verres?

– Le gobelet, dit Sabrina rapidement.

Elle lui était reconnaissante d'avoir mis un terme à cette épouvantable dispute, bien que les autres, habitués sans doute à ce genre d'histoires, n'y prêtassent guère attention.

– Choix judicieux, répondit Nathan, en observant son merveilleux collier. Je ne l'avais jamais vu auparavant. D'où vient-il?

Sabrina ouvrit de grands yeux.

– Je ne sais pas...

– De Suède, dit Garth d'une voix douce.

« *Oh! un présent de Garth. Dieu sait pour quelle raison, Stéphanie ne l'a jamais porté. Garth est heureux. Pense-t-il que je l'ai mis pour lui?* »

– Où l'as-tu trouvé, Garth? demanda Nathan.

– A Stockholm, lors d'un congrès de génétique, il y a quelques années.

« *Deux ans. Pourquoi Stéphanie ne l'avait-elle jamais mis?* » Tous la regardaient.

– Je ne me suis jamais rendu compte qu'il était si beau. Mais ce matin, on aurait dit des fragments de soleil aux reflets d'automne, aussi éclatants que le jour, et sa beauté m'a remplie de joie... aussi ai-je décidé de le porter.

Le visage de Garth se radoucit. Il l'observait. Elle détourna son regard. Dolorès et Linda débarrassaient; Sabrina poussa sa chaise pour venir les aider.

– Non, dit Dolorès. C'est ton anniversaire. Ce soir, tu restes assise.

Ils entonnèrent un *Joyeux Anniversaire*, tout en présentant un cadeau : un robot de cuisine.

– A utiliser avec précaution, ou tout devient de la purée de bébé. Si tu savais ce que sont devenus les oignons, la première fois! dit Linda.

– Au départ, il s'agissait de les hacher grossièrement, ajouta Martin. Ce qui prit deux secondes. Une de plus, et ils étaient coupés en petits dés. En un éclair, ils furent émincés, écrasés, puis, c'est devenu de la purée, et enfin du jus dont les effluves ont rempli toute la maison. Nous avons pleuré une semaine.

Tout le monde éclata de rire, même Linda. L'orage était passé. Sabrina coupa le gâteau d'anniversaire. Dolorès versa du café, et la conversation dévia sur la querelle du voisinage pour l'installation d'un feu rouge près de l'école.

Sabrina observait les invités. C'était une soirée paisible entre amis, avec un repas simple, même leurs petites querelles leur semblaient familières. Rien d'inhabituel. Nul n'avait le moindre soupçon, ni le mari ni les amis de longue date. Personne n'imaginait qu'elle ne pût être Stéphanie Andersen. Et pourtant... elle faisait des lapsus, elle ne pouvait pas toujours répondre aux questions posées, elle n'était pas au point. Personne ne se rendait compte qu'il y avait quelque chose d'anormal.

« *Les gens ne voient que ce qu'ils veulent voir. Ils n'ont aucune raison de penser que je ne suis pas Stéphanie. Quand on est persuadé d'une chose, tout semble logique.* »

– Tu n'as rien dit pendant qu'on buvait le café, lui dit Garth, le soir, sur le chemin du retour. Tu avais des soucis?

– Oh! non. J'étais bien. La soirée était agréable.

Il la regarda d'un air étrange, mais ne dit plus rien. Devant l'entrée, il posa la main sur son bras.

– Je voulais te dire...

Elle se raidit et il ôta immédiatement sa main, mais elle sentit qu'il faisait des efforts pour se contenir.

– Je suis désolée. Je ne suis pas encore dans mon assiette. Dans quelques jours...

Il effleura son collier.

– J'ai été très touché que tu portes ce collier, ce soir. Stéphanie, je souhaiterais te comprendre. Si tu ne peux parler maintenant, j'attendrai. Je ne te pousserai pas, je ne m'approcherai pas de ton lit si tu as besoin d'être seule. Mais il faudra bien un jour faire le point : savoir où on en est et où on va. Il y a trop de questions, trop de colères rentrées... Mais tu pleures?

– Non. (Elle avait les larmes aux yeux.) Je suis désolée, accorde-moi quelques jours...

Il lui baisa le front.

– Je vais rester là un moment. Pourquoi ne montes-tu pas? Je fermerai la maison.

Elle accepta.

– Bonsoir, Garth. (Elle effleura sa main.) Merci pour ce merveilleux anniversaire.

Le jeudi matin, quand tout le monde fut parti, Sabrina alla explorer le troisième étage. Il y avait trois pièces mansardées, sous un toit en pente. L'une servait de grenier; dans la seconde se trouvaient seulement des lits jumeaux et une coiffeuse; cette pièce devait sans doute servir de chambre de service ou de chambre d'appoint lorsque des amis de Penny ou de Cliff venaient passer la nuit. Elle se sentit soudain attirée vers la troisième pièce et y pénétra.

Quelle tristesse en émanait! Il n'y avait qu'une chaise, un petit bureau et quelques cartons recouverts de poussière. On avait dû y faire autrefois le ménage, mais toute trace de vie avait disparu. Sabrina s'assit au bureau et ouvrit le tiroir du haut. Des piles de dossiers bien rangés étaient entassées, côte à côte, sur chacune était inscrit : « Faubourg Rivage nord »; c'étaient des rapports détaillés des ventes immobilières de Stéphanie pendant deux ans. Il y avait là l'inventaire des maisons de ses clients, depuis les séries de couteaux jusqu'aux lits, leur évaluation, le prix réel de la vente et de la commission.

Dans le tiroir suivant, Sabrina découvrit des photos en couleurs de l'intérieur et de l'extérieur de chaque maison, prises par Stéphanie, des couverts de valeur, des verres en cristal, et des objets anciens vendus. Feuilletant tous ces dossiers, Sabrina se rendait compte qu'elle aurait pu trouver des acquéreurs parmi ses clients en Angleterre et en Europe. Quelle équipe fantastique elles auraient pu former! Mais lorsqu'au téléphone elle l'avait suggéré à Stéphanie, cette dernière avait changé de sujet. Sans doute voyait-elle que ses affaires périclitaient et était-elle prête à tout abandonner?

Sabrina passa délicatement la main sur les tiroirs ouverts. Un ordre parfait y régnait. Combien tout cela semblait compter pour Stéphanie!

« *A cette époque, de mon côté, le mauvais touchait à sa fin et je commençais à goûter les joies de la réussite. Stéphanie, pourquoi ne m'as-tu rien dit? On aurait pu collaborer et remonter ton affaire. Au lieu de cela, tu posais des questions sur* Les Ambassadeurs. *Je continuais à te parler de mes triomphes. Comme tu as dû souffrir de m'entendre déballer mes succès alors que ta propre affaire périclitait. J'aurais dû en prendre conscience. J'aurais dû insister pour que tu me fasses des confidences. Je t'ai laissée tomber.* »

Soudain, en bas, on sonna à la porte. Elle sursauta et se rendit compte qu'elle pleurait. Elle sécha ses larmes, d'un revers de main. « *Dès que tout rentrera dans l'ordre, on mettra au point cette collaboration. On a besoin l'une de l'autre* ».

Elle dévala l'escalier. Elle ouvrit la porte. C'était Dolorès Goldner. Tout à fait naturellement, celle-ci se dirigea vers la cuisine; Sabrina la suivit, étonnée de cette intrusion. Mais était-ce une intrusion? Dolorès agissait en habituée. Stéphanie devait faire la même chose, chez elle.

En Angleterre, même les intimes attendent d'être invités pour entrer. En Amérique, où même des inconnus s'appellent par leurs prénoms, les amis pénètrent chez vous sans y être conviés.

— Il faut qu'on parle de Linda, dit Dolorès, assise dans la pièce où, habituellement, se prenait le petit déjeuner.

Elle jeta un regard alentour, cherchant quelque chose.

— J'allais faire du café, dit Sabrina.

— Les Chinois t'ont-ils convertie au thé? Voilà pourquoi je ne trouve pas de cafetière!

Le café du matin! Sabrina se rappela. Elle esquissa un petit sourire malicieux, tout en jouant au jeu de la vérité.

— Si tu savais comme ça me semble étrange de prendre du café. J'ai l'impression de n'avoir toujours bu que du thé.

— Enfin, heureusement que tu n'es pas revenue avec des pantalons et une veste bleus ou Dieu sait quoi.

— C'est étrange. J'ai l'impression de porter mes vêtements pour la première fois.

— Tu es trop impressionnable. Si tu voyageais davantage, ça te passerait. Regarde les effets d'un seul voyage sur toi : tu bois du thé, tu caches des photos... tout le monde te trouve différente. As-tu changé ta coiffure?

— Non, pourquoi? tu ne la trouves pas comme d'habitude? C'est ce que je t'ai dit : je me sens autre.

— Oui, bon, parlons de Linda. Le couple Linda-Martin a des ennuis. Il faut faire quelque chose.

Sabrina servit le café et s'assit.

— Quoi, par exemple?

— Pas de crème? Grand Dieu, Stéphanie, ne crois-tu pas que tu exagères?

— Excuse-moi, je pensais à Linda.

Devant le réfrigérateur, elle hésita, se demanda si

elle versait la crème dans un pot, puis elle apporta le carton sur la table.

Tandis que Dolorès parlait de Linda, l'autre moitié de Sabrina assistait à la scène, en observateur froid : deux femmes, dans une pièce baignée de lumière, autour d'une tasse de café, parlant des malheurs de leur amie. L'observateur eut honte de jouer si hardiment à être Sabrina, alors que Dolorès ne s'intéressait qu'à Linda. Sabrina haïssait les gens qui essayaient d'organiser la vie des autres – elle songea à Antonio –, mais il était difficile de haïr Dolorès; elle s'intéressait réellement à ses amis. Si elle essayait de s'en occuper, c'était pour les rendre heureux.

– Stéphanie? Es-tu avec moi? On dirait que tu es à des millions de kilomètres.

– Non, je t'ai entendue. Je pensais simplement que c'est bon, la solidarité.

Dolorès sembla surprise.

– Oui, c'est mon avis. Bon, écoute. On déjeune la semaine prochaine avec Linda, puis on ira à une exposition à Palmer House. Elle a besoin de nous. Tu peux obtenir une journée de congé?

« *Je ne serai pas là. Mais Stéphanie aimerait sans doute les accompagner.* »

– Oui, je crois. Puis-je te donner une réponse lundi?

– Bien sûr. Nous n'irons pas sans toi. (Elle se leva et pénétra, une fois de plus, dans la maison.) Viens-tu au football, cet après-midi?

– Oui.

Sabrina avait promis à Cliff qu'elle irait le voir jouer. Elle arriva au terrain de sport de l'école quelques minutes avant le début du match. Cliff traînait nonchalamment avec son équipe, mais son visage s'éclaira quand il la vit, et il accourut.

– Nous jouons contre Lakeside. Ils sont troisièmes.

On va gagner. Le seul dont il faille se méfier est le grand type, c'est leur meilleur avant.

Derrière Sabrina, quarante femmes environ et quelques hommes regardaient le match, les femmes tendues et silencieuses, les hommes hurlant des instructions ou des critiques à leurs fils. Dolorès vint s'asseoir près d'elle, mais Sabrina la remarqua à peine. Stéphanie et elle avaient assisté à des matchs de football en Europe dès leur plus tendre enfance, et elle-même l'avait pratiqué ces dix dernières années; certains hommes, dans leur cercle d'amis, étaient des amateurs de tout premier plan. Elle connaissait les règles du jeu aussi bien qu'un Américain connaît celles du baseball; en moins d'une minute, elle fut prise par l'action.

Cliff jouait bien, il était alerte et rapide, les joueurs avaient confiance en lui. « Vas-y », criait-elle, quand un autre avant lui passait le ballon et qu'il se déplaçait avec habileté, par petites foulées, vers le but, esquivant et contournant les défenseurs de Lakeside. Sabrina parfois bondissait comme si elle allait courir avec lui, ressentant la joie et le plaisir de la poursuite. Quelques secondes plus tard, d'un shoot extraordinaire, Cliff envoya le ballon dans le but et marqua pour son équipe qui l'acclama.

— Il n'y a pas de parents plus fiers! fit Garth, à côté d'elle.

Elle se retourna aussitôt.

— Je ne savais pas que tu venais.

— Moi non plus. Mais je me suis rappelé tes reproches fondés à propos des matchs que j'ai manqués. Quel est le score?

— Un à zéro. C'est Cliff qui a marqué le but.

— J'aurais pu le deviner en te regardant.

Une mère, toute fière. Voilà ce qu'elle était.

— Je suis heureuse que tu sois venu, dit-elle à Garth. Cliff va être content.

Certes, il l'était; Sabrina remarqua son sourire quand il traversa le terrain, à la mi-temps, pour venir les rejoindre. Il avait marqué un second but.

– A la seconde mi-temps, je ferai encore mieux, dit-il. Tu as vu Pat Ryan? Le grand type. Il est complètement fou. Il a parié avec son équipe qu'il marquerait plus de buts que moi.

Pat Ryan marqua trois buts pendant la deuxième mi-temps. L'un des équipiers de Cliff en marqua un également, mais Cliff avait été mis sous l'éteignoir et n'avait plus eu l'occasion d'approcher du but. A quelques minutes de la fin, les deux équipiers étaient à trois partout. Cliff se sentait frustré, furieux. Lisant le désespoir dans son regard, Sabrina secoua la tête.

– Il est découragé.

Garth allait répondre lorsqu'un cri s'éleva du terrain.

– Cliff! ici! lui hurlait, furieux, un avant de son équipe.

Mais Cliff, traversant le terrain le long de la ligne de touche avec le ballon, ne l'écouta pas. L'avant s'était démarqué des défenseurs de Lakeside, et était tout seul devant les buts.

– Passe! Passe! hurla-t-il.

Il n'y avait personne entre eux, le jeu était parfait. Cliff leva les yeux, vit le trou, mais il aperçut également une ouverture vers les buts.

– Passe!

Cette fois, c'était un ordre de l'entraîneur. Cliff grommela, hésita, puis, gardant le ballon, fit une feinte à gauche pour s'engager dans le trou.

– Qu'il joue bien! dit Sabrina. Admire comme il contrôle le ballon. Mais... il va le perdre.

Les défenseurs de Lakeside marquèrent Cliff de plus près pour lui couper l'accès du but; l'un d'eux le tacla en glissant.

– Il l'a eu! cria un joueur, et il fit une passe à Pat Ryan qui traversa le terrain.

Il n'avait pas l'allure féline de Cliff, mais il avait la détermination un peu maladroite d'un garçon de onze ans qui veut gagner son pari. Dans les dernières secondes du match, dans un cri triomphant, il envoya le ballon dans les buts, marquant pour son équipe le but de la victoire.

Au début, Cliff ne voulut pas en parler.

– L'entraîneur m'a sorti de l'équipe, dit-il une fois rentré chez lui.

Il alla bouder dans sa chambre, tandis que Penny dressait la table. Sabrina fit une salade et sortit le ragoût qui avait mijoté au four tout l'après-midi. Garth songea à lui demander depuis quand elle considérait le football comme un jeu et non comme un devoir, mais il savait qu'elle lui répondrait sèchement, comme par le passé, que s'il consacrait un peu de temps à sa famille, il pourrait remarquer des changements. Aussi, il se tut.

La mauvaise humeur de Cliff jeta un froid pendant le dîner.

– C'est une punition ou une réprimande? demanda Garth, prêt à partager sa peine.

– Mêle-toi de tes affaires, dit Cliff, d'un air triste, les yeux fixés sur son assiette.

– Clifford! dit Sabrina, outragée. Tu n'as pas honte! Regarde-moi. Regarde-moi, je t'ai dit! (Eberlué, il leva les yeux.) A qui crois-tu que tu t'adresses? Je pensais qu'on pouvait parler du match. Voilà ce qui arrive quand tu oublies que tu fais partie d'une équipe, mais on n'en parlera plus tant que tu ne te seras pas excusé. Et tout de suite!

– Je n'ai pas oublié! J'essayais...

– J'attends tes excuses.

– Regarde, maman, il y avait une ouverture...

– Cliff!

Elle le fit céder. Elle s'aperçut que Garth l'observait. Apparemment, elle était allée trop loin, Stéphanie ne se conduisait pas ainsi. Mais, sur le moment, elle s'en moqua. Garth avait flanché devant la grossièreté de Cliff et elle avait réagi immédiatement. Elle ne voulait pas le blesser, surtout après l'incident de la veille, sous le porche de l'entrée; il s'était montré si compréhensif, si affectueux, si proche d'elle – et il lui avait accordé tout son temps.

– Excuse-moi, marmonna Cliff.

– Je ne pouvais pas laisser passer ça, dit-elle, d'un ton calme.

– Je m'excuse! hurla Cliff. On m'a mis sur la touche, je ne jouerai pas le match suivant.

– Non? C'est trop dur, dit Garth. Une mi-temps aurait suffi.

– Oui, c'est sûr, dis-le à l'entraîneur.

– Peut-être.

– Non, merci papa. Tu sais, il me sanctionnerait davantage si tu t'en mêlais. Avec lui, c'est la merde.

– Cliff! dit Sabrina.

Garth retint un sourire.

– Certaines paroles méritent une claque. Tu n'es pas digne de rester à table avec nous.

– Bon, d'ac., excuse-moi. (Il se tourna vers Sabrina.) J'ai oublié que je faisais partie d'une équipe? C'est bien ce que tu m'as dit, n'est-ce pas? Qu'as-tu voulu dire par là?

– Tu as voulu que Pat Ryan perde son pari, aussi as-tu sorti le grand jeu sans t'occuper des autres, ce qu'on ne doit pas faire, lorsqu'on joue en équipe.

– Je ne voulais pas...

– Tu avais un équipier, totalement démarqué et bien placé pour marquer. Mais tu ne pensais qu'à une chose, marquer toi-même le but de la victoire.

– Mais c'était possible, il y avait une ouverture...

– Avec toute l'équipe adverse autour de toi. Et tu le savais.

– J'avais une occasion.

– Qui tenait du miracle.

– Et alors? C'était tout de même une occasion. Je ne suis donc pas censé la saisir quand elle se présente?

– Bien sûr, il le faut. (Sabrina esquissa un sourire, presque imperceptible.) Saisir l'occasion peut être merveilleux. Mais il faut évaluer les risques, savoir où tu t'engages. Autrement, c'est comme si tu ne pensais qu'à toi. (Elle le regarda, pensive.) Tu es un bon joueur, Cliff. Tu te déplaces bien, et tu distribues remarquablement le jeu. Mais si tu es personnel, ça ne te mènera à rien, si bon que tu sois.

Cliff semblait intrigué.

– Comment se fait-il que tu connaisses si bien le football? Je croyais que ce sport ne t'intéressait pas!

– J'ai lu un livre. Je me trouvais idiote de ne rien comprendre.

Rapidement, Sabrina se tourna vers Penny et lui posa des questions sur l'interrogation écrite d'histoire qu'elle lui avait fait réviser au petit déjeuner.

Garth observait sa femme.

« Quelle gaieté! Quelle joie de vivre! » La veille chez les Goldner elle s'était montrée agréable. En fait, elle l'était avec tout le monde, sauf avec lui. Cette situation existait sans doute depuis longtemps, mais, jamais auparavant, elle ne lui avait paru aussi évidente. Il se sentit penaud, pas à la hauteur de sa gaieté. Avec lui, elle ne faisait même plus l'effort de paraître gaie.

Sabrina, tout en versant le café, lui jeta un coup d'œil. Pourquoi faisait-il grise mine? Quelle erreur avait-elle encore commise?

– Qu'as-tu fait aujourd'hui? demanda-t-il.

230

– Oh! Dolorès est venue prendre le café.

– Il y a du nouveau? ou était-ce simplement pour bavarder?

– Elle projette une campagne pour rendre Linda heureuse. N'est-ce pas curieux? Dolorès tente de disposer de nous comme elle dispose de ses fleurs. Penses-tu qu'un jour elle nous fera participer au concours d'automne? Mais cette fois, il ne s'agira plus de fleurs mais des couples du Middle West.

Il se mit à rire.

– Sortirais-tu victorieuse?

– Arrive-t-il à Dolorès de perdre? Aujourd'hui, vois-tu, j'ai fait quelque chose d'insolite. J'ai passé un moment dans mon ancien bureau.

– Et qu'y as-tu trouvé?

– De la poussière. Des souvenirs. Mais c'était passionnant de se replonger dans tous ces dossiers. Si je me relançais dans l'immobilier? J'ai lu l'*Evanston Review*, il y a beaucoup d'affaires à réaliser dans le quartier du Rivage nord. Il est évident qu'on est en période d'inflation; les gens reviennent vers la ville ou vers des banlieues relativement importantes quand leurs enfants entrent à l'université...

Elle avait une voix chaude, et Garth, le regard perdu dans le vide, semblait différent. Il avait remarqué l'éclat de ses yeux et le ton passionné de sa voix. Elle montrait plus d'enthousiasme pour ses affaires que pour lui.

– Si c'est là ton désir... C'est un peu risqué, il me semble, mais enfin si tu analyses ainsi les raisons de ton précédent échec... (Une vague de rage déferla sur Sabrina. A cause de lui, elle avait failli se démasquer quand Cliff lui avait parlé aussi crûment, mais dès qu'elle avait abordé le problème de l'immobilier, il s'était rétracté. Il ne l'avait pas encouragée, n'avait pas proposé son aide. Il lui rappelait Antonio, quand il

231

parlait de sa « petite boutique ». Maintenant, elle comprenait pourquoi Stéphanie lui en voulait; une seule chose l'intéressait : lui-même. Elle fut surprise de sa propre réaction; elle se sentait déçue et blessée.) Je vais au labo, dit-il en repoussant sa chaise. Si tu n'es pas couchée, je viendrai te dire bonsoir.

— Entendu.

Exactement ce qu'elle désirait : une soirée tranquille, chez elle. Mais elle ressentit un sentiment de solitude lorsque la porte se referma; la maison se resserra autour d'elle, elle se sentit perdue.

Au petit déjeuner, l'atmosphère était tendue, même Penny et Cliff étaient déprimés. Sabrina interrogea Cliff sur son test d'orthographe quotidien plus longuement que d'habitude, parce que, le vendredi, il fallait revoir le vocabulaire de toute la semaine. Penny parla encore de Mme Casey et Sabrina promit d'aller la voir la semaine suivante.

— Maman, on peut dîner de bonne heure, Penny et moi? On est invités.

Ils quittèrent la maison, elle se retrouva seule avec Garth. Il ouvrit puis referma son attaché-case.

— Excuse-moi pour hier soir. Je n'ai pas le droit de critiquer ton manque d'intérêt pour mon travail si j'agis de même.

De quoi parlait-il? Bien sûr, Stéphanie s'intéressait à ce qu'il faisait. Mais elle ne désirait pas de querelle, le réconfort du sourire de Garth lui manquait.

— Merci, dit-elle.

— Si tu veux qu'on ait une conversation, maintenant...

— Ça peut attendre. (Elle jeta un coup d'œil à son attaché-case.) Tu pars?

Il l'embrassa sur la joue.

232

– Il y a une réunion de la section dans une demi-heure. A ce soir.

Au dîner, Garth était agité. Penny et Cliff ne faisaient qu'aller et venir, excités à l'idée de sortir, chacun de leur côté. Dès qu'ils furent partis, il se leva et se dirigea vers la fenêtre.

– Si on allait se promener? Je suis resté assis toute la journée dans mon bureau à regarder les étudiants s'ébattre, près du lac. Te souviens-tu de l'époque où j'ai décidé de passer mes diplômes, au lieu de rester éternel étudiant? Il y a combien d'années? J'ai oublié.

– Pour pouvoir « donner » des examens aux autres, au lieu d'avoir à les passer.

– Voilà. J'avais l'esprit pratique. Au fait, j'ai quelque chose pour toi. (Il sortit de la pièce, et revint avec un sac en papier.) Avec les compliments de l'université. Qui exige simplement que tu refasses souvent tes excellents steaks.

Elle sortit un mortier et un pilon en porcelaine.

– Magnifique; c'est promis. A quoi a-t-il servi?

– Je n'en ai pas la moindre idée. Je l'ai piqué aux chimistes. Tu ferais mieux de le faire bouillir deux ou trois jours avant de t'en servir.

En riant, elle le porta dans la cuisine. Garth la suivit, avec les tasses et la cafetière.

– Alors, on va se promener?

– Je vais faire la vaisselle, Penny et Cliff sont partis si vite...

– Ecoute, ça peut attendre. Je t'en prie.

– Tu ne retournes pas au labo?

– Non. Pourquoi? Tu le souhaitais? As-tu d'autres projets, cet après-midi?

– Non, bien sûr. J'aimerais faire cette promenade.

Le soleil était bas sur l'horizon. La douceur de l'air se mêlait à la fraîcheur du lac et au parfum crépusculaire des fleurs d'automne. Ils traversèrent le parc. Devant eux s'étendait le lac Michigan, d'un bleu apaisant, sous un ciel pâlissant. Tout au loin, des voiliers d'une blancheur éclatante se distinguaient sur les vagues obscures. Des joggers silencieux dépassèrent des étudiants qui se faisaient des passes de football, un petit chien traversa un buisson à la poursuite d'écureuils. Sous les arbres, des amoureux flânaient.

Garth prit la main de Sabrina lorsqu'ils bifurquèrent, pour suivre le rivage. Le soleil déclinant reflétait leurs ombres qui s'entrelaçaient puis se séparaient. Sabrina se pencha pour attacher sa chaussure, en se relevant, elle s'écarta légèrement de Garth. Ils se promenèrent ainsi, sans même s'effleurer.

— Vivian me dit qu'elle t'a rencontrée, l'autre jour.

— Qui?

— Vivian Goodman. Elle m'a dit qu'elle t'a rencontrée à l'Art Institute.

— Ah, oui! Vivian. J'ai oublié de t'en parler. Elle m'a dit que tu as été extraordinaire mais elle est encore ennuyée. Peux-tu faire quelque chose de plus ou est-ce au vice-président de décider maintenant?

Il ralentit et la regarda.

— Vivian t'a-t-elle raconté l'histoire?

— Eh bien... (*Stéphanie était-elle au courant? Pourquoi pas?...*) Elle a pu te dire que je lui ai porté de l'intérêt...

— Tu en avais l'air.

— Mais c'est vrai. J'étais vivement intéressée. (Elle avait les mains glacées.) Elle est très forte mais tout lui tombe dessus en même temps : elle va probablement déménager, ses enfants devront changer d'école, et... (*Quel était le prénom de son mari?...*) et... Hans vient de quitter son travail. J'ai beaucoup d'admiration pour elle, et même de l'affection. C'est vrai, son histoire m'a

234

intéressée. (Elle se risqua :) Si auparavant je n'avais pas l'air de m'y intéresser, peut-être était-ce parce que sa version était différente de la tienne.

– La mienne, tu ne la connais pas. Indifférente comme tu l'étais, tu ne risquais pas de m'écouter.

– C'est ça.

Elle savait que tout cela était grotesque, mais Garth changea de sujet.

– Je n'ai pas encore parlé au vice-président. La semaine prochaine, je m'en occuperai.

Il se mit à décrire les membres du comité qu'il présidait. Sabrina l'écoutait, et en même temps réfléchissait au mariage de sa sœur.

La veille, elle s'était emportée contre Garth, à cause de son manque d'intérêt pour ce qui la préoccupait : l'immobilier. Mais Stéphanie, elle, s'intéressait-elle au travail de Garth? De toute façon, elle devait avoir ses raisons. « Mais je n'ai pas besoin de les connaître. Cela ne regarde que Stéphanie et Garth. Mieux vaut même ne rien savoir. » Elle concentra son attention sur les paroles de Garth devant sa description piquante de William Webster, elle éclata de rire et comprit l'admiration que lui portait Vivian.

Le soir tomba. Ils flânèrent, nonchalants, à la pâle lueur des réverbères de style victorien qui bordaient le chemin, le long du lac. Ils se taisaient, et leur silence était apaisant.

Sabrina sentait la force réconfortante qui émanait de cet homme, près d'elle, une force qui n'exigeait rien en retour. C'était un véritable compagnon. Elle n'était pas seule, néanmoins, elle gardait son identité.

Mais quelle était-elle au juste? Elle sourit, dans l'obscurité. *Pour un temps très court, ils étaient encore deux.*

– Papa dit oui, si toi, tu es d'accord, dit Penny, le samedi matin. Il s'agit d'une promenade à bicyclette et d'un pique-nique. S'il te plaît, maman, on peut y aller? Je pourrai ramasser des feuilles pour le cours de sciences nat, et Cliff veut trouver un crapaud.

« Pourquoi pas? Ce serait amusant. Je n'ai pas fait de vélo depuis des années, pensa-t-elle. Mais c'est une chose qu'on n'oublie pas. » Ils enveloppèrent du pain, de la viande froide, du fromage et des pommes, et prirent des bouteilles de limonade.

– Et le dessert? demanda Penny.

– On achètera des beignets sur la route.

– Ah! tu n'as pas oublié! Cliff a dit que tu n'y penserais plus, mais tu n'as pas oublié!

Oublié quoi?

– Pourquoi donc n'y aurais-je pas pensé?

– Parce que, ces temps-ci, tu es bizarre, et Cliff a dit que tu oublierais qu'on achète toujours des beignets en pique-nique, mais j'ai parié que non et j'avais raison. On peut partir?

– Oui. (Sabrina lui tendit les paniers.) Pouvez-vous aider votre père à les fixer sur les bicyclettes?

– Tu ne viens pas?

– Dès que j'aurai fini la vaisselle.

Tout en débarrassant les restes et en essuyant sa table de travail, Sabrina pensa aux beignets. Stéphanie lui en avait-elle parlé? Ou était-ce simplement encore une chose inexplicable?

– Maman! mugit Cliff.

Elle les rejoignit tous trois, et s'élança à bicyclette, pour la première fois depuis quinze ans. Elle n'avait pas oublié. Très vite, elle s'aperçut qu'elle marchait aussi vite que les autres. Roulant derrière, elle offrait son visage au soleil; elle laissa son corps trouver son propre rythme, les muscles en harmonie, tandis que son esprit s'évadait.

Personne ne lui avait parlé des beignets, ni de la chemise de nuit, de la sortie de bain, du fauteuil dans la chambre où elle se plaisait à lire. Certitudes étranges. Etait-ce parce qu'elles étaient jumelles? Avec Stéphanie, elle lisait toujours de nouvelles études et des rapports sur les jumeaux, certains les faisaient rire, par leur outrance, dans d'autres elles se reconnaissaient. Mais des jumeaux n'avaient jamais tenté l'expérience d'échanger leurs vies. S'ils l'avaient fait, un des jumeaux aurait-il dit soudain, comme elle, le second jour : « Demain, je penserai à mon " double je "? »

Elle se demandait si Stéphanie ressentait la même chose, à Londres. « Nous en parlerons, à l'aéroport, lundi. »

Lundi. Dans deux jours. La semaine touchait à sa fin. Ce n'était pas suffisant. Elle avait à peine eu le temps de connaître Penny et Cliff, et de se sentir de la famille. Elle n'avait pas eu une minute pour songer de loin à sa propre vie, à Londres, et essayer d'y voir clair. N'était-ce pas là la véritable raison pour laquelle elle avait accepté l'échange? Pour ralentir le rythme infernal de sa vie...

— Stéphanie! Attention!
— Maman y a...
— Maman!

Sabrina entendit leurs cris, le crissement des pneus; elle tourna la tête vers la droite : un camion de ramassage fonçait sur elle. Elle fit un écart, braquant à gauche si brusquement qu'elle dérapa dans la poussière sèche de la route. Elle essaya de se redresser, mais le camion toucha sa roue arrière, envoyant le vélo contre le trottoir. Sabrina fut projetée contre un arbre, la main gauche tordue sous son poids. Elle entendit un déclic, puis la voix de Garth qui prononçait son nom. Le jour radieux plongea dans l'obscurité.

Du fond de sa douleur et sous le choc, elle perçut une parole, une question, des pleurs. Elle essaya de dire quelques mots, de leur demander de ralentir, de l'attendre, mais tout se précipitait. Garth la soutenait, murmurait son nom – pas le sien, celui de sa sœur –, mais elle frissonnait et ne pouvait lui dire qu'il se trompait. Des inconnus disaient à Garth d'attendre à côté – mais elle avait besoin de lui, ne s'en rendaient-ils pas compte? Elle était étendue sur un chariot qui roulait sur un plancher lisse, quelqu'un palpa son poignet gauche, une douleur violente parcourut tout son corps.

– Arrêtez! hurla-t-elle.

– Une seconde, Stéphanie, tenez bon.

La voix de Nat Goldner puis son visage souriant. Des lumières aveuglantes, son bras sous une boîte noire carrée. *Une radio*. Nat se trompait de nom, tout comme Garth.

– Attendez, prononça une voix lointaine. (Elle s'éclaircit la gorge.) Il faut que je vous dise...

– Tenez bon, Stéphanie, dit Nat. Il vaut mieux que vous ne parliez pas, détendez-vous.

Elle sentit une aiguille pénétrer dans son bras droit; en un instant, les frissons cessèrent.

Dans sa demi-inconscience, elle percevait à peine les voix.

– Commotion légère, dit Nat à Garth, quand Sabrina émergea de nouveau.

Elle était allongée sur un chariot, dans une petite salle aux rideaux vert pâle, une sensation étrange dans le bras gauche. De sa main droite, elle effleura un plâtre.

– Réveillée? demanda Nat.

Garth et lui étaient penchés sur elle, Nat souriait, Garth avait un regard sombre, inquiet. Où étaient les enfants?

— Penny... Cliff? demanda-t-elle, les lèvres sèches.

— Dans la salle d'attente. Vous pourrez les voir dans un instant. En fait vous pourrez rentrer chez vous très vite si vous suivez à la lettre mes instructions. Buvez cela.

Il passa un bras sous ses épaules et la souleva légèrement pour l'aider à boire. Elle avait mal à la tête.

— Bon, écoutez, Stéphanie, j'ai dit à Garth ce que vous devez faire... (Mais... pourquoi donc continuaient-ils à l'appeler par le nom de sa sœur?) Écoutez. Vous avez une fracture du poignet et une légère commotion. Vous n'aurez pas de séquelles, pas même une cicatrice. Maintenant, j'ai fait quelques recommandations à Garth, mais à vous aussi je dis : reposez-vous pendant quelques jours. Pas de travail – ni chez vous ni au bureau, laissez les autres faire la cuisine et le ménage. Vous pouvez prendre une douche, si vous ne mouillez pas le plâtre, enveloppez-le dans un sac en plastique. Parlez le moins possible pendant vingt-quatre heures. Buvez six verres d'eau par jour et grignotez entre les repas. Ce n'est pas une thérapeutique très orthodoxe, mais cela vous occupera et soulagera vos maux de tête. Nous ferons une nouvelle radio du poignet dans quatre semaines; si tout va bien, on vous enlèvera le plâtre. Des questions?

— Pourquoi m'appelez-vous Stéphanie?

— Parce que je vous ai toujours appelée Stéphanie. Devrais-je vous appeler Mme Andersen, simplement parce que vous êtes ma malade? Je vais vous prescrire quelques tranquillisants pour la semaine. Vous allez vite vous rétablir; peut-être serez-vous un peu désorientée mais rien de sérieux. Ne vous inquiétez pas. Maintenant, reposez-vous quelques instants. On revient tout de suite.

Elle reposait au calme, les yeux fixés aux fissures du plafond. Mme Andersen. Garth. Elle leva la tête et aperçut les blue-jeans et la chemise qu'elle portait.

Les vêtements de Stéphanie.

Stéphanie à Londres. Sans fracture du poignet.

« *Oh! mon Dieu! Il faut que je lui téléphone.* »

11

L'avion de Stéphanie atterrit à l'aéroport de Heathrow. Elle prit un taxi pour Cadogan Square. Il était presque dix heures du soir. Elle avait traversé des continents, des fuseaux horaires et son imagination était prise dans un tourbillon à l'idée de vivre une telle aventure.

Une fois la douane passée, elle alla prendre un taxi. Posant la tête contre le siège arrière, elle crut qu'elle allait défaillir. Des lumières défilaient. De l'avion, elle les avait aperçues : une vaste mosaïque qui s'amplifiait, au fur et à mesure que l'avion se rapprochait de la terre. Maintenant, elle distinguait des boutiques, des réverbères, les fenêtres des appartements. Les lumières de Londres.

L'année précédente, elle avait passé quelques jours chez sa sœur. Sabrina était venue la chercher à l'aéroport et l'avait emmenée à Cadogan Square où elle lui avait fait les honneurs de la maison, lui faisant découvrir tous ses trésors. Dans le taxi obscur, Stéphanie ouvrit son portefeuille de cuir souple et sortit un trousseau de clés. Cette fois, elle ne venait pas en

240

invitée. C'est elle qui ouvrirait la porte. Elle rentrait chez elle.

Mais la porte s'ouvrit brusquement au moment même où elle arrivait.

– Soyez la bienvenue, milady! dit Mme Thirkell, radieuse. Vous nous avez manqué à tous!

Elle avait préparé de la monnaie, et alla donner un pourboire au chauffeur de taxi avant de prendre les bagages qu'il avait déposés devant la porte.

– Vous trouverez une légère collation dans la salle à manger; je vous ai préparé vos petits plats favoris. Après cette cuisine étrangère, tout va vous sembler exquis. Chez nous, c'est tout de même autre chose. Je suis sûre que vous n'avez plus que la peau sur les os, mais je dois avouer que vous avez bonne mine. Oh! milady! comme je suis heureuse que vous soyez de retour. Voulez-vous d'abord monter dans votre chambre ou aller directement dans la salle à manger?

Milady! Malgré son intense fatigue, Stéphanie vibrait de bonheur devant tout ce que cela impliquait. Une maison organisée autour de son confort, tout prêt, tout en ordre. Mais elle était si lasse. Le lendemain, elle pourrait apprécier tout cela.

– Je vais monter, je suis trop fatiguée pour dîner.

Elle alla dire bonsoir à Mme Thirkell, mais s'arrêta devant son regard consterné. Elle y lut une telle déception après les heures qu'elle avait dû passer à préparer sa « légère collation », son affection pour Sabrina, son bonheur de voir la gratitude de milady devant la bonne cuisine anglaise après ce périple en terre étrangère. Stéphanie n'avait jamais eu de femme de chambre. Sabrina aurait compris immédiatement que le visage rayonnant de Mme Thirkell avait plus d'importance que sa propre fatigue.

– J'ai réfléchi, dit-elle doucement, en se dirigeant vers la salle à manger, cette petite collation me tente.

Les Chinois n'ont rien de comparable. Je vais dîner légèrement, madame Thirkell, et peut-être, demain matin, si cela ne vous dérange pas, je prendrai mon petit déjeuner dans ma chambre.

– Oh! milady! Exactement ce que j'avais prévu. Venez. Tout est prêt. Je vais simplement monter les valises.

La crème anglaise glissa dans ses rêves, cette nuit-là, entre les gâteaux de Nicholas Blackford étalés par terre, dans une rue de Shanghai, et le rôti qu'elle avait préparé pour sa famille, la veille de son départ pour la Chine. Au-dessus des mets, flottaient le visage rosé de Mme Thirkell, les lumières étincelantes de Londres et le heurtoir de bronze en forme de main tenant un parchemin, qui invitait les amis de Sabrina à entrer.

Ces images étaient fixées dans sa mémoire, mais dès son réveil, la réalité lui apparut. Elle se réveilla lentement, s'étirant comme une chatte, dans la douceur des draps de coton égyptien satiné. Elle n'avait pu trouver de chemise de nuit, mais dans la fraîcheur des draps qui lui caressaient la peau, elle prit conscience de la nudité de son corps, comme si elle le découvrait. Elle s'étira de nouveau et ouvrit les yeux.

La chambre était vaste et formait un L. Les murs étaient recouverts de soie à rayures bleu pâle et ivoire. Sur le sol, un tapis bleu persan. Le lit surélevé, de style Louis XIV, et les tables de nuit se trouvaient dans un coin de la pièce, un salon occupait la majeure partie de l'ensemble, avec une causeuse et un fauteuil devant la cheminée, deux commodes françaises le long d'un mur. Une table ronde recouverte d'une soie damassée qui tombait jusqu'au sol et deux chaises capitonnées étaient placées près de hautes fenêtres qui donnaient sur les murs de la cour et la terrasse, quatre étages au-dessous. C'était une pièce raffinée, spacieuse et intime, aux teintes mêlées.

Stéphanie, toute nue, fit le tour de la pièce, se surprenant elle-même. Tout semblait si facile, elle se sentait si libre et si confiante. Effleurant de ses doigts les soieries et les bois polis, la cheminée de marbre et le fauteuil de velours, elle s'approcha du haut miroir qui surmontait la coiffeuse, et sur la pointe des pieds, se regarda s'étirer.

– Milady, chuchota-t-elle, et elle sourit devant l'éclat de son regard.

Un sentiment de joie intense la pénétra, telle une fleur s'épanouissant. Elle admirait cette pièce luxueuse, écoutant le silence. Personne n'appelait pour le petit déjeuner ou pour recoudre un bouton; pas de vêtements sales empilés derrière la porte, personne ne l'attendait au bureau. Elle était seule. Elle était libre. Elle était lady Sabrina Longworth.

Elle sonna Mme Thirkell et demanda le petit déjeuner une demi-heure plus tard. Quelle heure était-il? Peu importait.

Dans le cabinet de toilette moquetté, elle ouvrit le robinet de la douche et grimpa dans une baignoire triangulaire jaune pâle, bordée d'un côté par des plantes vertes grimpantes et de l'autre par une étagère encastrée, où étaient posés des huiles, des savons, des brosses et des shampooings. Intriguée par toutes ces nouveautés, elle choisit une huile de bain au hasard. Une vapeur parfumée l'enveloppa; elle songea avec délices qu'elle avait une semaine entière pour les essayer toutes.

Elle s'assit à la petite table, près de la fenêtre, dans sa robe de soie à fleurs, ses cheveux séchant au soleil. Elle regardait Mme Thirkell servir le petit déjeuner et déposer le journal du matin devant elle. Soudain, il y eut un brusque changement. Comme si on avait ouvert une porte et qu'un vent glacial pénétrait la tiédeur de la pièce.

– Que désirez-vous faire cette semaine, milady? demanda Mme Thirkell. Je peux dire à Doris de venir si vous voulez vous distraire et je pense que Frank devrait nous accorder une journée de plus, la dernière fois, il n'a pas bien réparé les fenêtres. La princesse Alexandra a téléphoné, hier soir, juste après que vous êtes montée vous coucher, elle a dit qu'elle vous rappellerait aujourd'hui ou que vous la rappeliez. Ce matin, je vais aller au marché. Pouvez-vous me dire ce que vous avez prévu?

Stéphanie regarda par la fenêtre, avec un sentiment d'impuissance. Elle n'était pas Sabrina Longworth, comment pourrait-elle jouer le jeu? Mme Thirkell en savait plus qu'elle. Elle n'avait pas la confiance et l'assurance de sa sœur, elle était mal à l'aise dans cet univers opulent. Elle était exactement ce qu'elle avait dit dans le magasin d'antiquités de M. Su, « la ménagère d'Evanston ». Elle se tournait, alors, en dérision.

Mme Thirkell attendait. Stéphanie frissonnait dans ce vent glacial qui avait ébranlé sa joie. Que pouvait-elle faire de sa semaine de liberté, sinon se cacher dans la maison, où personne ne viendrait la montrer du doigt d'un air méprisant?

– Milady, êtes-vous malade? Dois-je fermer la fenêtre?

– Non. (Stéphanie se secoua.) Tout va bien, madame Thirkell; il fait bon. Mais je crois que j'ai attrapé un microbe en Chine, peut-être la grippe orientale, aussi vais-je rester ici quelques jours. Pas de sorties. Je vous confie la maison, les courses, comme d'habitude.

Des rides d'inquiétude apparurent sur le front de Mme Thirkell.

– Le Dr Farr pourrait venir ce matin, milady...

– Non, non... je l'appellerai si je ne me sens pas

mieux. Mais je suis sûre que tout ira bien. Dans quelques jours, peut-être une semaine, tout rentrera dans l'ordre.

– Vous n'allez pas vous rendre aux *Ambassadeurs*, milady?

– Pas pendant quelques jours.

– Bon, si vous ne manquez de rien...

– Non. Merci, madame Thirkell, tout est pour le mieux.

– Alors, je vous laisse prendre votre petit déjeuner. Mais il doit être froid, je peux vous le réchauffer...

– Madame Thirkell, ne vous tracassez pas.

– Bon, milady. Je m'en vais, alors.

Stéphanie saisit sa cuillère. Après tout, elle était dans une prison dorée, servie avec beaucoup de tendresse. Avec un sourire en coin, elle savoura une tranche de melon et des fraises. Les œufs et les croissants étaient froids, mais elle avait si faim qu'elle mangea tout. Quand elle finit son thé encore chaud, elle se sentit mieux. « Je peux aller faire un tour dans Londres. Je m'y sentirai en sécurité. »

Mais d'abord, il y avait les placards et les deux commodes. Le soir précédent, elle avait jeté un coup d'œil aux vêtements qui s'y trouvaient et dont une bouffée de parfum émanait. Elle projeta de les essayer tous, à tour de rôle, mais elle ne put s'arrêter en chemin. Elle avait l'impression d'avoir à sa disposition une boutique de grand couturier; sous-vêtements de dentelle et de soie, pull-overs en cachemire, chemisiers de soie, tailleurs, robes du soir, châles et chaussures. Sans oublier les bijoux enfouis dans un coffret russe bordé de velours.

Une fois de plus, son humeur s'assombrit. Elle avait revêtu une robe de soie lilas ajustée, qui suivait la ligne de son corps depuis les minces bretelles jusqu'à la bordure scintillante qui laissait entrevoir ses chevilles.

Tenant à la main la veste sombre bordée d'un galon pourpre, Stéphanie s'avança devant le miroir.

Elle y vit Sabrina qui la contemplait.

Que s'était-il produit? Elle avait le maintien de reine de Sabrina, la tête haute, le regard radieux, les lèvres incurvées dans l'expectative. Enfilant des chaussures noires à talons hauts et retenant d'un doigt sa veste jetée sur l'épaule, elle inclina la tête, un sourire comblé, et fit une longue révérence à lady Sabrina Longworth.

Débordant d'énergie, elle jeta un coup d'œil à la liste de sa sœur et appela *Les Ambassadeurs.*

— Je vais venir vérifier le courrier, Brian, mais rien de plus. Je suis un peu fatiguée. S'il n'y a rien d'urgent, je resterai chez moi quelques jours. Quel jour de congé choisissez-vous?

— Jeudi, si cela ne vous ennuie pas.

— Non, c'est parfait.

Elle écoutait sa voix. Douce et contrôlée. Elle n'avait jamais eu d'employés, jamais appris à leur parler. Mais sa voix était familière à Brian. Jeudi, elle irait prendre le courrier de Sabrina.

Mme Thirkell rentra, inquiète; Stéphanie s'apprêtait à sortir.

— Je vais aller me promener, madame Thirkell. Votre petit déjeuner succulent m'a presque remise d'aplomb. Je veux me reposer cette semaine, alors vous pouvez être sûre que je dînerai ici tous les soirs. N'avez-vous pas vu ma montre? Je ne la trouve nulle part.

— Ne l'avez-vous pas mise à sa place habituelle, milady?

Stéphanie réfléchit.

— Je n'en ai aucune idée. J'étais si éreintée hier soir que je me rappelais à peine mon nom. Je me souviens de cette excellente collation, mais...

246

– Ah! la voilà, dit Mme Thirkell, triomphante, vous étiez, certes, fatiguée, mais vous l'avez remise à sa place.

Stéphanie regarda la montre posée délicatement dans un petit coffret sur la coiffeuse.

– Etonnant, murmura-t-elle.

– Oh! l'habitude est une très bonne chose. Tenez, milady.

Stéphanie mit la montre et regarda l'heure. Presque trois heures et demie. Elle n'en revenait pas. Le temps passait si vite. Penny et Cliff allaient rentrer – mais non, bien sûr – à Evanston, pas ici. Sabrina devait les attendre – Sabrina! Elle devait appeler à – mais quelle heure était-il à Evanston? – neuf heures trente du matin. Elle avait encore le temps : elle téléphonerait plus tard.

Mais elle avait presque oublié. Un sentiment de culpabilité l'envahit. Comment pouvait-elle oublier sa famille? Laisser passer une journée entière sans avoir la moindre pensée pour elle?

– A quelle heure aimeriez-vous dîner, milady?

– Oh... comme d'habitude. Je ne m'absenterai pas longtemps.

Elle ferma la porte de la chambre. Assise dans le fauteuil, serrant le téléphone contre elle, elle ferma les yeux. Elle vit sa maison, tachetée d'ombre, à travers les chênes de la cour. La cuisine, couleur de miel à la lumière du soleil, ses enfants, attrapant leurs livres et leurs sandwiches avant de se rendre à l'école et son mari, de dos, partant pour le campus. Où était Sabrina? Seule, à cette heure-ci, elle devait explorer la maison. Sans doute serait-ce son premier coup de téléphone. Stéphanie esquissa un sourire espiègle, en composant le numéro d'Evanston.

– Est-ce bien la maîtresse de maison? Je suis lady Longworth de Londres, et je désire parler à...

– Stéphanie! comme c'est merveilleux! cria Sabrina.

Un océan les séparait.

Stéphanie replia ses jambes, comme elle le faisait quand elles avaient de longues conversations; elle lui posa mille questions sur Garth et les enfants et répondit aux questions de Sabrina.

– Sabrina, m'as-tu parlé du coffret sur la coiffeuse, où tu mets ta montre, le soir?

– C'est possible. Je ne me rappelle pas. Pourquoi?

– Tu me l'as probablement dit, je l'y ai mise hier soir, presque machinalement après être rentrée, éreintée et repue par la collation de Mme Thirkell.

Sabrina éclata de rire.

– Elle est si fière de sa cuisine et elle sait que je l'apprécie. Elle te préparera sans doute une charlotte pour ton anniversaire.

– Veux-tu que je t'appelle? Tu le fais toujours, et Garth pourrait te demander...

– Pourquoi ne pas lui dire que nous avons bavardé quand tu m'as appelée à mon retour de Chine? Allez, amuse-toi bien, ne t'inquiète pas pour les coups de fil.

Stéphanie perçut une note d'impatience dans la voix de Sabrina.

– Oui, c'est ce qu'il croira. Es-tu pressée?

– Non, pas vraiment. Mais j'ai tant de choses à faire... la maison, les commissions...

Stéphanie savait : les courses, les corvées, la routine quotidienne; elle imagina Sabrina vaquant dans sa maison, préparant les repas dans sa cuisine, parlant à sa famille, prenant le petit déjeuner avec Garth, assise en face de lui...

Elle eut envie de la rappeler pour bavarder davantage, mais Sabrina s'était montrée nerveuse. « Après tout, songea Stéphanie, pour le moment, c'est sa maison. Je ne dois pas m'en mêler. Elle ne se mêle pas de mes affaires. » Elle se leva d'un bond et dévala les trois étages qui menaient à la porte d'entrée. La semaine ne passerait que trop vite; il était temps de se familiariser avec le voisinage.

Longeant le parc, elle alla jusqu'à Sloan Square, souriant devant tous les monuments si différents : l'ancien Royal Court Theater face au grand magasin *Peter Jones*, au centre, une fontaine sculptée, représentant Charles II et sa maîtresse, Nell Gwynn, devisant agréablement.

Oh! Londres respectable! Londres merveilleuse! Indifférente à l'opinion du visiteur. Chicago fait plus d'efforts pour l'impressionner.

Elle recherchait les différences pour que sa semaine ait tout d'une aventure. Remontant l'autre côté de Sloan Street, elle admira les vitrines sobres des boutiques : objets d'art, vêtements à la mode, chaussures, bijoux et livres se succédaient.

« Pas de shopping aujourd'hui », se dit-elle, décidée à ne pas être prodigue, puis, incapable de résister, elle acheta tout un assortiment de sucres d'orge chez Bendicks et un petit flacon de parfum chez *Taylor of London*.

Suçant un sucre d'orge, Stéphanie flânait nonchalamment. Elle se sentait légère, libre, comme si elle flottait. Quelle étrange sensation! En passant devant le bazar pour enfants, elle comprit. *Personne ne savait où elle était*. Personne ne l'attendait. Elle était seule, anonyme, elle était libre.

Elle marchait au milieu d'inconnus : certains aux visages fermés, secrets, d'autres admirant ouvertement sa beauté, mais la plupart étaient simplement absorbés par leurs problèmes. Personne ne la regardait comme une intruse et soudain elle se sentit chez elle. Elle acheta un magazine. Elle avait des points de repère et trouva aisément le chemin du retour. La clé tourna facilement dans la serrure de la porte d'entrée.

Mme Thirkell lui dit que son courrier était posé sur le bureau. Elle scruta son regard pour vérifier l'évolution de la grippe, elle semblait n'avoir aucun soupçon.

Stéphanie jubilait. Elle monta dans son bureau, au troisième étage. « L'univers m'appartient », songea-t-elle, de nouveau. En silence, elle remercia Sabrina.

– Milady, j'ai oublié de vous dire. Maintenant que vous êtes de retour, les fleurs reviennent.

– Les fleurs... dit-elle, prudente.

– Je les ai mises dans le salon, comme d'habitude.

– Ah! merci.

Stéphanie descendit.

Là, attirant le regard, irrésistibles, absurdes, magnifiques, trois douzaines de roses trônaient dans un vase de cristal. Lovées parmi elles, une douzaine d'orchidées blanches.

Elle n'avait rien vu de semblable. Le parfum du bouquet envahissait la pièce. Elle s'avança vers lui. « C'est ridicule de faire les choses à une telle échelle. Quel gaspillage! Mais c'est tout de même impressionnant! » Elle lut la carte.

« Bienvenue au pays, ma belle Sabrina. Vous m'avez demandé de ne pas téléphoner, je me plie à vos désirs. Mais je serai à Londres la semaine prochaine et je compte sur votre bonté et les heures agréables que nous avons passées ensemble pour vous inciter à m'accorder une soirée, puis votre main pour la vie,

Antonio. »

– Milady, dit Mme Thirkell, au moment où Stéphanie remettait la carte entre les fleurs, la princesse Alexandra.

Alexandra entra derrière elle. C'était une grande femme blonde, étonnante. Stéphanie ne l'avait pas vue l'année précédente, Alexandra se trouvant en France. Mais, en la voyant entrer, Stéphanie la reconnut, d'après les lettres de Sabrina; fille d'un grand acteur d'Hollywood, qui réalisa tous les rêves de sa mère en épousant un prince et en évoluant, avec aisance, au sein de l'aristocratie européenne. Elle fit une révérence moqueuse à Stéphanie.

– Je n'ai pu résister au plaisir d'accueillir la grande voyageuse. Ça a marché?

– Marché?

– Oui, tu as trouvé le moyen de résoudre tes problèmes? N'était-ce pas la véritable raison de ta fuite en Chine?

– J'essaie autre chose; je ne suis pas sûre que cela réussisse.

– Bon, en attendant, tu peux venir à la maison demain soir. Un petit dîner en ton honneur.

– Un petit...

– Pour ton anniversaire. Chérie, je suis désolée. Je t'ai écrit, je te le jure, mais la lettre n'est jamais partie. Je ne sais pas comment cela peut arriver dans une maison pleine de domestiques. Ça ne t'arrive jamais, n'est-ce pas? De toute façon, aucune importance, puisque tu m'as dit que tu étais libre toute la semaine. Par conséquent, tu peux venir, tu sais que je ne laisserais jamais passer ton anniversaire sans le célébrer. J'ai invité seize de tes amis; appelons cela une fête de bienvenue au pays, pour ne pas avoir à compter tes printemps, alors ne discute pas. Viens, la soirée n'est pas habillée. Je compte sur toi.

– Je crois que j'ai la grippe; je ne devrais pas...

– Le meilleur remède, c'est de sortir. Demande l'avis de n'importe quel médecin sensé.

– Bon... écoute, je t'appellerai.

Alexandra lui adressa un baiser.

– A demain, dit-elle, et elle disparut.

Avant même qu'elle eût le temps de penser à la soirée, les coups de téléphone se succédèrent, chacun annoncé par Mme Thirkell, sur un ton désapprobateur, quand elle sentait qu'on forçait milady à parler alors qu'elle avait la grippe. Michel Bernard appela de Paris pour demander si la soirée d'Alexandra tenait toujours. Il pensait venir avec Jolie. Andréa Vernon frémissait de joie à l'idée que sa salle de réception, redécorée par Sabrina avec une centaine de nouvelles lampes, avait paru dans un hebdomadaire italien, et le rédacteur désirait prendre des photos de Sabrina dans deux semaines.

– Je vous donnerai une réponse bientôt, fit Stéphanie.

Amelia Blackford téléphona pour demander à Sabrina si elle voulait accompagner Nicholas à la vente de Chilton, la semaine suivante.

– Je vous appellerai, dit Stéphanie.

Entre les appels, elle ouvrit le courrier, une montagne d'invitations. Des soirées, des tournois de tennis, des dîners, une chasse au renard dans le Derbyshire, un déjeuner en honneur de la comtesse de Paris, une douzaine de bals de charité, entre octobre et mai. Pour Stéphanie, c'était aussi époustouflant que les fleurs d'Antonio : excessif, mais merveilleux. Comme elle s'était laissé envahir par le parfum des roses qui venaient de si loin, elle imaginait ce que ces invitations sur parchemin supposaient de faste et de gaieté.

Elle les rangea soigneusement. Elle se rendit compte, avec regret, que le programme de Sabrina pour les mois à venir était beaucoup plus chargé que le sien cette semaine. Elle feuilleta son agenda : rendez-vous chez le coiffeur, essayage chez la couturière, soirée chez Alexandra. Rien de plus.

Mais allait-elle se rendre à ce dîner? L'idée même la terrorisait et l'attirait à la fois. Elle ne voulait pas se ridiculiser. Mais elle désirait connaître la maison d'Alexandra, dont Sabrina lui avait montré les photos. Quelle joie d'être l'hôte d'honneur de l'une de ces soirées!

Après dîner, recroquevillée dans le fauteuil de la chambre, avec des livres sur Londres pris dans la bibliothèque de Sabrina, Stéphanie songea à la soirée d'Alexandra. Puis elle s'endormit. Le lendemain, elle se réveilla avec cette idée en tête. « Je prendrai une décision plus tard, pensa-t-elle. Pour le moment, je vais faire un peu de tourisme. »

Tout d'abord, à contrecœur, elle téléphona au coiffeur de Sabrina pour annuler le rendez-vous. Il se rendrait compte immédiatement que ses cheveux avaient une coupe différente. On peut, à la rigueur, duper un mari, mais pas un coiffeur! « Par contre, j'irai chez la couturière, j'ai toujours rêvé d'en avoir une, c'est l'occasion ou jamais.

» Après tout, l'invitation d'Alexandra est mon unique chance d'assister à une soirée, cette semaine. Une seule soirée. Pour compenser toutes les autres. Pourquoi pas? » Grimpant les marches qui menaient à l'appartement de Mme Pemberley, par une agréable matinée de septembre, Stéphanie releva la tête. « Je célébrerai l'anniversaire de lady Sabrina Longworth comme il convient, et personne ne s'apercevra que je célèbre, en fait, l'anniversaire d'une femme au foyer qui n'a jamais eu de couturière. »

Mme Pemberley déploya le miroir à trois faces.

– Madame a dû prendre un kilo durant son voyage en Chine, dit-elle, des épingles entre les dents. (Elle penchait la tête. Stéphanie ne dit mot.) Mais bien sûr, la silhouette de Madame est si parfaite que cela n'a aucune importance. (Elle épinglait la robe de daim, mais ses doigts tremblaient. « Elle a peur, pensa Stéphanie, peur que je ne m'offense au point de la remplacer. » C'était la première fois qu'elle se sentait le pouvoir que les riches ont sur ceux qui les servent.) Si Madame veut bien regarder, fit Mme Pemberley, se redressant. J'ai apporté une légère modification à l'épaule, pour laisser plus d'ampleur à la manche, mais que Madame me dise si cela lui convient. Vous voyez...

Elle ouvrit un journal de mode français, à une page représentant un modèle en daim. Stéphanie comprit soudain le secret de sa sœur : dans son placard, il n'y avait que des copies de modèles de grands couturiers. Ce qui était censé valoir des milliers de dollars n'avait, en fait, que peu de valeur. Le modèle était reproduit fidèlement jusqu'à la moindre couture.

Stéphanie regarda le magazine, puis se vit dans le miroir.

– Merveilleux, murmura-t-elle.

Le visage de Mme Pemberley se détendit, un sourire se dessina sur ses lèvres. Elle apporta une robe, puis une autre, une robe longue, deux tailleurs assez habillés pour être portés le soir, après une journée de travail, une longue jupe de laine avec une cape de velours, un pantalon et une veste. Pendant que Stéphanie les essayait, Mme Pemberley les rectifiait, tout en parlant des clients envoyés par Sabrina.

– ... et la princesse Alexandra m'a dit qu'aujourd'hui, c'était votre anniversaire, madame; je vous souhaite beaucoup de bonheur. On vous a préparé une grande fête, je crois.

– Pardon ?

Stéphanie était stupéfaite. Si elle commettait la moindre erreur, ce soir, elle serait vite démasquée!

Les craintes de Mme Pemberley resurgirent; elle se mordit les lèvres, pour ne plus laisser filtrer de remarques personnelles. Stéphanie était désolée et l'essayage se termina dans le silence.

– Tout sera prêt dans une semaine, madame, dit Mme Pemberley en partant.

– Je vous remercie, ils me plaisent beaucoup, répondit Stéphanie qui partit rapidement.

L'attitude hautaine de Sabrina et de ses amis la gênait.

Dès qu'elle eut quitté Mme Pemberley, Stéphanie retomba dans l'anonymat. En autobus puis dans un métro aux wagons propres et aux sièges de velours, elle explora Londres, de Kensington Church Street à Bond Street. Les bâtiments n'étaient pas aussi élevés que les gratte-ciel américains, les boutiques étaient plus petites mais plus nombreuses. On aurait dit les salles d'un vaste musée rempli d'objets fabuleux – meubles anciens, porcelaines, chandeliers, cristal taillé, réveils, poupées, bijoux et tableaux. Le regard admiratif et rêveur, elle se remémora le passé quand, petite fille, elle allait faire des courses avec Sabrina et sa mère dans l'univers enchanté des marchés de plein air et des petites boutiques poussiéreuses. Comme tout était simple alors! Pas de mariage compliqué, pas d'ennuis d'argent, pas de désir d'un mode de vie différent.

Pourtant elles avaient échappé à la surveillance du chauffeur! Pour être libres! Elle sourit à cette idée.

Elle passa devant la statue de George Ier, à Grosvenor Square. Quel regard vide! Cela lui rappela Athènes. « Une fois de plus, songea-t-elle, j'ai fui pour être libre. » De l'autre côté de la place se trouvait l'immense bâtiment de l'ambassade américaine, où elles étaient venues, parfois, avec leur père. Elle prit cette

direction. « D'abord, j'ai fui mon père, puis Garth. »
Elle dépassa l'ambassade. « Mais, bien entendu, je
reviendrai vers Garth. » Elle se mêla à la foule qui
flânait dans Park Lane, le long des espaces verdoyants
de Hyde Park; des gouvernantes poussant des landaus,
de vieilles dames mal fagotées, des jeunes filles parlant
disco, des hommes d'affaires en chapeau melon, des
femmes d'affaires en tailleur et blouse blanche s'y
côtoyaient.

— « Je vais d'abord chez *Harrods* et je rentre à la
maison », décida-t-elle. Elle hâta le pas. Puis elle
aperçut les auvents arrondis aux bordures festonnées
caractéristiques et le nom du magasin, en lettres
audacieuses – le plus grand magasin d'Europe, l'un des
plus luxueux du monde, se glorifiant même de son
portier en uniforme.

Elle déambulait, joyeuse, dans les rayons, cherchant
un présent pour Sabrina. Elle se trouvait au milieu de
la porcelaine Wedgwood, lorsque, derrière elle, un cri
s'éleva :

— Sabrina! Sabrina, n'est-ce pas extraordinaire?

Elle fut étreinte et embrassée sur la joue par une
délicieuse jeune femme, petite et raffinée, aux cheveux
blonds légèrement cendrés et aux grands yeux gris.

— On doit te voir ce soir, et voilà que je te rencontre,
maintenant. Joyeux anniversaire!

Stéphanie fut tout étonnée.

— Gabrielle! Tu n'as pas du tout changé!

— En deux semaines? Heureusement, à moins que...
mais es-tu déjà au courant? Par qui? Nous voulions
que tu sois la première à le savoir.

— Au courant de quoi?

Stéphanie avait le cœur battant; quelle idiotie avait-
elle encore dite? Mais elle avait été si surprise de
rencontrer Gabrielle de Martel, la compagne de chambre de Sabrina à l'institut Juliette, au beau milieu de

chez Harrods. Stéphanie ne l'avait pas vue depuis quinze ans mais elle n'avait pas changé. Pourtant Sabrina lui avait écrit qu'elle avait divorcé et travaillait à Londres pour une maison de cosmétiques. Sa voix aussi était la même, gaie, un peu saccadée.

– Ah! tant mieux, si tu ne sais rien. Je vais t'apprendre une grande nouvelle.

Stéphanie leva les yeux et vit Gabrielle tirer par le bras un homme d'une stature élevée, beau, large d'épaules, musclé, blond, des yeux marron très vifs. Il était tel que Sabrina l'avait décrit. Brooks Westermark, président de Westermark Cosmetics, riche, travailleur acharné, il était la cible préférée des reporters et des photographes, car accompagné de belles femmes, toujours différentes.

– Bienvenue au pays, Sabrina, m'avez-vous rapporté mon petit danseur chinois?

Un danseur? Stéphanie se sentait perdue. Impossible de continuer; il y avait trop... Soudain, elle se rappela les petites figurines de jade sculpté que Sabrina avait achetées à Pékin. Laquelle était le danseur de Brooks? Elle l'ignorait.

– Bien sûr, dit-elle d'un ton détaché. (Elle pouvait attendre une semaine, avant de le lui remettre.) Mais quelle est la nouvelle?

– On vit ensemble, dit Gabrielle. Tu ne me l'aurais pas conseillé, aussi ai-je pris la décision seule. Maintenant, dis-moi la vérité, que m'aurais-tu suggéré?

– De vivre avec Brooks, répondit Stéphanie, du tac au tac.

Brooks éclata de rire.

– Femme avisée! Voulez-vous dîner avec nous demain soir, Sabrina?

– Pour fêter l'événement, ajouta Gabrielle. Chez *Annabel*. Brooks est membre du club depuis des

257

années mais je n'y suis jamais allée. Viens, je t'en prie.

— Oh! pas cette semaine, j'ai vraiment projeté de rester à la maison, toute la...

— Parce qu'Antonio n'est pas là? Il n'y verrait pas d'inconvénient; nous sommes des gens respectables et j'ai attendu ton retour pour fêter ça. Sois gentille, viens.

— Qu'y a-t-il de plus important que les désirs de Gaby? dit Brooks.

« Après tout, pourquoi pas? pensa Stéphanie. Si Sabrina peut avoir un programme chargé, pourquoi pas moi? »

— Bon, c'est entendu, merci. Mais puisque c'est votre fête, c'est vous qui animerez la soirée.

— Quel tact, lady Longworth, dit Brooks, amusé. Gaby sera la plus heureuse des femmes, chez *Annabel.*

« La lune de miel! pensa Stéphanie avec amertume. C'est le début. Autrefois, Garth et moi, nous avons connu cela. Ce visage rayonnant de bonheur, comme si nous partagions un merveilleux secret. Nous étions épris l'un de l'autre. Comme tout cela semble loin! Je ne me rappelle même pas ce que l'on ressent. »

Elle rentra. Mme Thirkell lui servit le thé dans son bureau, où elle parcourut le courrier et les messages téléphonés. Puis elle se prépara pour la soirée d'Alexandra. Elle était dans son bain moussant, lorsque la sonnerie du téléphone retentit. Mme Thirkell, à travers la porte, lui dit :

— La princesse Alexandra a appelé, milady. Son chauffeur viendra vous chercher à huit heures. Quelle robe dois-je sortir?

— Je vais m'en occuper, madame Thirkell, dit Stéphanie.

Pouvait-elle lui demander conseil? Mieux valait s'en

258

abstenir. Sabrina ne le ferait pas. Elle déciderait seule. Son choix serait le bon. Personne ne vient vous contester une lady Sabrina.

Quand elle pénétra dans le salon d'Alexandra, elle sut qu'elle avait eu raison. Elancée, aussi simple et élégante qu'un joyau, dans sa jupe longue de taffetas vert émeraude et son chemisier de satin blanc, aux minuscules boutons en pierres du Rhin, elle avait une prestance incontestable. Les invités, dans une atmosphère chaleureuse, l'embrassaient en lui souhaitant un bon anniversaire. Elle aperçut Gabrielle et Brooks, essaya de mettre un nom sur les autres visages, d'après les descriptions de Sabrina, lorsqu'une voix joviale domina les autres.

– Savez-vous qu'elles ont acheté des robes chinoises identiques, et qu'il m'a été impossible de les distinguer? Vous ne pouvez imaginer combien j'étais confus! Mais dites-moi la vérité! dit Nicholas Blackford à Sabrina, avec malice. (Les autres invités avaient le regard braqué sur eux.) Laquelle êtes-vous réellement? Avouez! Vous êtes Stéphanie, venue pour vous moquer de nous, n'est-ce pas vrai?

Stéphanie était abasourdie : elle était le point de mire de toute l'assemblée. Elle se sentit défaillir. Sabrina réussissait à duper un mari et des enfants, elle n'arrivait même pas à jouer le jeu auprès de simples amis. Elle baissa les yeux, son regard fut attiré par l'éclat de ses boutons en pierres du Rhin. Immédiatement, elle releva la tête. Elle savait qu'elle ressemblait, trait pour trait, à Sabrina, on ne soupçonnait rien. « Pour Nicholas, c'est un jeu. Pour moi aussi », se dit-elle.

Mais elle ne marqua qu'un temps d'hésitation très court. Elle parut inquiète.

– Nicholas, vous avez semé la perturbation dans mon esprit à tel point que je doute de moi! Mais j'ai une telle confiance en votre jugement que je m'en remets à vous. Dites-moi qui je suis et je serai celle-là.

Tout le monde éclata de rire et applaudit.

– Elle vous a eu, Nicky, dit Alexandra. Qui est-elle ?

Nicholas se pencha vers Stéphanie et lui baisa la main.

– Qui d'autre que notre merveilleuse Sabrina ? Je n'ai jamais eu un instant de doute, ma chère. En Chine, j'étais perturbé à cause de cet horrible régime que je suivais. Vous savez, je mourais littéralement de faim.

Stéphanie, soulagée, esquissa un sourire narquois.

– Je crois me rappeler que les employés de la pâtisserie ont souvent entendu parler de votre régime !

Au milieu des rires, Alexandra les invita à se rendre devant un buffet de hors-d'œuvre.

Stéphanie retrouva son calme. Tout allait rentrer dans l'ordre.

– J'aurais tant aimé connaître ta sœur, l'année dernière, dit Alexandra. Est-elle vraiment ton double ?

– Non, bien sûr. Nous avons surpris Nicholas les bras chargés de pâtisseries, il était si ennuyé qu'il a inventé la première excuse qui lui est passée par la tête.

Stéphanie s'écoutait parler avec étonnement. Avec quelle facilité elle mentait ! Mais elle savait pourquoi c'était facile. Ces gens-là n'écoutaient que ce qu'ils désiraient entendre. Et encore ? La regardaient-ils réellement ? Dans une certaine mesure, seulement.

Alexandra et Stéphanie se mirent à rire ; elle sentait que, peu à peu, elle se glissait dans son rôle. La semaine lui appartenait enfin.

– Nicholas et ses plaisanteries! fit Alexandra.

Stéphanie, enviant sa beauté sculpturale et sa robe de gitane extravagante, s'était efforcée de ne pas trop avoir les yeux fixés sur elle; maintenant, d'un regard assuré, elle la fixa hardiment.

– Tu es ravissante! La beauté du diable.

– C'est toi qui en as eu l'idée, ma chère. Une fois de plus, tu avais raison. Mais tu ne goûtes à rien, et la fête est en ton honneur. Remplis ton assiette : raisins, feuilles de vigne, épinards, saganaki. Où donc est Arnold avec les allumettes?

– Arnold?

– Le traiteur, chérie. Pourquoi ne peux-tu jamais te rappeler son nom?

– Je n'aime sans doute pas sa coiffure, dit Stéphanie.

« Incroyable, pensa-t-elle. Avoir un traiteur pour seulement seize convives. » Elle avait donné des dîners pour vingt personnes et plus et il n'y avait que Garth pour l'aider.

Arnold sortit de la cuisine avec une longue allumette et alluma le réchaud sous les carrés de fromage de saganaki, frits au beurre et flambés au brandy. Stéphanie regarda sa coiffure; il portait les cheveux en avant, comme un chien de berger. Comment l'avait-elle deviné? Sabrina avait-elle parlé d'un traiteur, du nom d'Arnold, à l'allure d'un chien de berger?

– Sabrina, tu as l'air en pleine forme, dit quelqu'un à voix basse. Vous n'avez eu aucun ennui, en Chine?

Elle se retourna et aperçut un homme au regard vif et plaisant, il était petit, sans signe caractéristique; elle ne le remarquerait pas dans la foule. C'était exactement ainsi que Sabrina l'avait décrit; Michel Bernard.

– Quelle sorte d'ennuis aurais-je pu avoir en Chine? demanda-t-elle.

– Aucun, tu as raison. Mais quand on a reçu ta lettre, on a eu peur que les nouvelles que tu venais d'apprendre ne viennent gâcher ton voyage.

– Oh! tu sais, on n'avait pas le temps de penser; le guide ne nous laissait pas une minute de libre...

Elle s'exprimait prudemment, ne sachant pas de quoi il parlait.

– Qu'as-tu pensé de ma lettre?

– Extraordinaire, bien sûr. Surtout le courage que tu as eu d'écrire. (Il parla plus bas.) Il n'y a pas beaucoup d'experts qui admettent qu'ils se sont trompés. Mais je dois te dire que ça nous a aidés. Paradoxalement, ce n'est ni la cigogne ni les noms qui figuraient sur les certificats d'authenticité que tu nous as envoyés qui ont été le plus utiles. Certains noms ont été utilisés plus d'une fois, incroyable, non?

– Curieux.

– C'est là leur première erreur. On aurait pu penser qu'ils étaient suffisamment futés pour utiliser des noms différents pour chaque faux certificat.

Il se tut quelques instants, attendant la réaction de Stéphanie.

– C'est vrai, dit-elle.

– Mais on repousse la publication de l'article, avec cette information nouvelle. On ne sera pas prêts à le publier avant novembre, vers le milieu ou la fin du mois. Cela pourrait te rendre service, non?

– Certainement...

– Surtout si tu essaies de récupérer la cigogne. As-tu pris une décision? Ou crois-tu que notre Olivia gardera ton secret?

– Je ne sais pas.

– Si on peut t'aider...

Stéphanie avait le vertige.

– Donne-moi d'abord le résultat de ton enquête, dit-elle, un peu perdue.

– Depuis notre dernière conversation, il n'y a pas grand-chose de nouveau; la simple confirmation de ce que nous t'avons dit. Mais ce n'est pas une mauvaise chose de tout reprendre à la base; si on se voyait lundi? On n'est pas là avant.

– Pas lundi. (Lundi matin, elle serait en route vers Chicago, pour rencontrer Sabrina. Lundi après-midi, Sabrina prendrait l'avion pour Londres.) Ce week-end, es-tu libre?

– Peut-être. On t'appellera de Paris, jeudi ou vendredi, quand on aura notre programme. Tiens, qu'est-ce qu'on entend?

Stéphanie perçut également une mélodie douce qui, peu à peu, s'intensifia; c'était une berceuse grecque jouée sur un bouzouki. Les hôtes se turent, attentifs. Alexandra tira un rideau, à l'autre extrémité de la salle. Soudain apparut un petit orchestre avec le joueur de bouzouki au premier plan, assis en tailleur. Il entama les premières mesures, au rythme du mouvement rapide de ses doigts sur l'instrument.

Les lumières s'éteignirent. Telles des ombres silencieuses, des garçons dressèrent une table basse, autour de laquelle étaient jetés de grands coussins garnis de glands. Ils posèrent des assiettes et des verres cerclés d'or, des corbeilles de petits pains, des plats fumants de chiche-kebab, de crevettes à la sauce au vin, de morue à la tomate et aux raisins secs, de poulet au citron, des coupes de salade de fruits, du vin blanc et du vin rouge de l'île de Rhodes, le tout à la lueur vacillante de bougies plantées dans des coupes où baignaient des camélias.

Alexandra prit Stéphanie par la main et lui désigna le coussin à l'extrémité de la table.

– L'hôte d'honneur.

Les yeux écarquillés, Stéphanie avait l'impression d'être une jeune campagnarde timorée. Comment Sabrina se conduirait-elle? Elle trouverait sans doute cela bien naturel, c'était son univers. Elle arbora un visage radieux et se tourna vers Alexandra, qui se tenait à sa gauche.

– C'est merveilleux. La Grèce n'a plus de secret pour toi.

– Ce n'est pas moi. La femme d'Arnold est grecque. J'ai pris ses idées et j'ai ajouté une note personnelle.

– Mais où est la fressure d'agneau sautée? demanda Stéphanie en inspectant la table.

– Je n'en ai pas voulu. Mais comment sais-tu cela?

– Il y a bien longtemps, nous avons vécu à Athènes...

Stéphanie raconta comment un jour, avec Sabrina, elles s'étaient sauvées de la limousine conduite par le chauffeur de l'ambassade et avaient été mêlées aux combats de rue provoqués par l'affaire de Chypre. Tout le monde se tut, écoutant avec attention son récit. L'espace d'une minute, elle imagina, comme derrière un voile lointain, les pâles fantômes de deux sœurs blotties l'une contre l'autre dans une cave, tandis que résonnait, au-dessus de leur tête, le pas de lourdes bottes. A cet instant, elle se dédoubla : c'était Stéphanie vivant la vie de Sabrina; Sabrina décrivant l'époque où, avec sa sœur Stéphanie, elles étaient deux petites filles apeurées, agrippées l'une à l'autre, en quête de protection.

– Les pauvres! dit Amelia Blackford. Vous deviez être terrorisées?

– Sabrina me donnait du courage, dit Stéphanie doucement. Elle a toujours...

– Qui? s'exclamèrent Jolie et Michel, de concert.

Stéphanie se mit à rire.

264

– On s'encourageait mutuellement.

– Eh bien! dit Amelia. Rien d'aussi passionnant et dangereux ne m'est arrivé.

Le charme était rompu. Les conversations reprirent, une fois les baklavas et le café noir épais servis, Alexandra annonça l'heure des cadeaux.

Tout le monde avait apporté quelque chose : Nicholas et Amelia un petit miroir à main de Saint-Gobain du XIXe siècle, avec une poignée en ivoire sculpté, Michel et Jolie un livre d'art grec, Gabrielle et Brooks un châle en cachemire des Indes, Alexandra une paire de chandeliers en cristal. Les autres convives présentèrent des livres, des barrettes montées de rubis, des gravures et une miniature en porcelaine représentant un danseur.

– Tiens. Il y a encore cela, dit Alexandra, lui tendant un long coffret enveloppé de papier argenté.

– Antonio l'a fait remettre. Préfères-tu l'ouvrir maintenant ou chez toi?

– Oh! maintenant, dit Gabrielle. Ouvre-le tout de suite. (Stéphanie hésita.) Peut-être ferais-je mieux de...

Mais tous étaient au courant du cadeau. Elle déchira le papier et, en silence, tira du coffret une rangée étincelante de saphirs et de diamants. Quelques mots étaient inscrits au fond de la boîte. Elle n'y prêta pas attention. Quelle grossièreté de la part d'Antonio, d'adresser le présent chez Alexandra, sachant qu'il serait vraisemblablement ouvert devant tous! C'était un peu comme s'il l'avait jeté au visage de Sabrina, la défiant de nier en public qu'il avait le droit de la couvrir de bijoux. Stéphanie reposa le collier dans le coffret. Les autres sentirent son embarras et ne dirent rien.

Alexandra frappa dans ses mains, une fois. Des danseurs apparurent, les lumières s'allumèrent et des

265

garçons firent le tour de la table avec les liqueurs. Stéphanie s'excusa auprès d'Alexandra. Elle désirait être seule et visiter la maison.

– Je ne serai pas longue.

– Prends tout ton temps, chérie. Tu connais les lieux.

C'était faux, mais elle se rappela les photos de Sabrina. Tandis que les invités admiraient une danse du ventre spectaculaire, elle s'esquiva et monta au premier étage.

Elle passa de pièce en pièce, subjuguée et fière tout à la fois. Sabrina avait insufflé un air de gaieté et de fantaisie que la plupart des décorateurs, au style lourd et pompeux, étaient incapables de communiquer. Maintenant, Stéphanie comprenait pourquoi on photographiait encore la maison pour des magasins de décoration, en Amérique et en Europe.

« Quelle chance extraordinaire, pensa-t-elle avec une pointe de jalousie, d'avoir une telle occasion : prendre une maison vide, créer une demeure, une atmosphère, un lieu de réception, d'intimité et d'amour... Oh! quelle merveille! »

Elle observait une toile de Miró pleine de fantaisie, avec ses coups de pinceau en apparence naïfs mais symboliques. « Que ne donnerais-je pas pour avoir une telle occasion », pensa-t-elle.

– Chérie, tu vas bien?

Elle se retourna.

– Oui. Excuse-moi, j'exagère.

– La soirée est donnée en ton honneur, et c'est ta maison. Si tu as besoin d'être seule, ne t'excuse pas. A quoi ressemble-t-il, ton Antonio?

– Parfois grossier.

– Ça, je sais. On vient de s'en rendre compte. Et puis?

– Parfois agréable.

– Il a sans doute autre chose pour que tu t'y sois intéressée depuis presque un an? Tu préfères ne pas en parler? Veux-tu que je te montre ma dernière découverte? Tu vas la reconnaître. (Elle descendit, suivie de Stéphanie, et lui montra, dans un coin sombre du salon, le parquet.) N'est-ce pas étonnant? qui, à ton avis, a pu y penser?

Stéphanie se pencha et regarda le petit « S » distinct dans le dessin du parquet.

– Futé, murmura-t-elle, en souriant.

Sabrina lui avait envoyé une photo, pensant que personne ne s'en rendrait jamais compte.

– Futé, c'est vrai. Tu sais, chérie, je suis si enthousiasmée par ton œuvre, que tu aurais pu le sculpter à six pieds de haut, au-dessus de la porte d'entrée. Il ne fallait pas le cacher.

Souriant toujours, rouge de fierté et du sentiment de propriété que Sabrina avait ressenti, en créant cette maison, Stéphanie effleura du bout du pied la petite lettre.

– Elle se voit assez, dit-elle, d'une voix douce. Il me suffisait de savoir que j'avais laissé mon empreinte.

Le matin suivant, hantée par l'empreinte de sa sœur sur le sol, Stéphanie se rendit aux *Ambassadeurs*. C'était le jour de congé de Brian, et la boutique était fermée. Elle essaya toutes les clés jusqu'à ce que l'une d'elles ouvre la porte.

Elle était déjà venue avec Sabrina. Elle leva les auvents de la vitrine et parcourut la longue et étroite salle d'exposition, réplique d'un salon du XVIIIe siècle. Il était d'un raffinement extrême, peu chargé; quelques beaux objets, disposés par deux ou trois, étaient mis en valeur par l'éclat du soleil ou la lumière diffuse des lampes. Derrière la salle, séparé par une porte, se trouvait le bureau de Sabrina, avec la table de merisier qui lui servait de table de travail.

Stéphanie s'assit, embrassant du regard les longues étagères bourrées de livres, les fenêtres tendues de velours à l'ancienne, les tapis d'Orient et les fauteuils confortables destinés aux visiteurs. Tout respirait le luxe, la réussite, de même qu'un goût sûr, l'argent et une certaine puissance. Son visage se refléta sur la théière en argent posée sur une petite table, dans un coin. Elle s'y vit toute petite. Quel contraste avec ce qu'elle avait éprouvé, la veille : un sentiment intense d'orgueil, de jalousie, de propriété.

« Il faut que tu fasses quelque chose, se dit-elle. En fait, tu n'as réussi qu'une chose : être femme d'intérieur. Depuis douze ans, tu as eu une maison, une ffaire ratée, un homme... Pense à l'avenir, si tu remontais ta propre affaire, par exemple. Bon, ça suffit! (Le carillon de la porte d'entrée la fit tressaillir.) J'ai oublié de la fermer », pensa-t-elle; elle se dirigea vers la salle d'exposition, pour expliquer que le magasin était fermé.

— Ah! ah! Il y a enfin quelqu'un, dit une sorte de rustre, appuyé au dossier d'un fauteuil Regency. (Il enleva ses chaussures et se massa les pieds.) Vous avez de la chance, vous avez failli rater une vente. Vous travaillez ici? Bien entendu, quelle question! Vous êtes très belle. Vous avez ce que Betty – ma femme – appelle un teint anglais. Elle pense que je reconnais un étranger avant même qu'il ouvre la bouche, et je sais que vous êtes anglaise. Je vois que vous cherchez votre petite chaise. Il fallait que je m'asseye, ma femme m'a traîné toute la journée chez les antiquaires. Je n'ai même pas pu voir la relève de la Garde à Buckingham Palace, j'étais prêt à m'effondrer. Je ne sais pas où elle est, je suis rentré, votre porte était ouverte. N'ayez pas peur, je ne vais rien casser.

– Et que puis-je vous montrer? demanda Stéphanie, le regard baissé pour ne pas rire. Vous pourriez faire une surprise à votre femme, en lui offrant un petit objet tout à fait remarquable. Par exemple... (Elle se dirigea vers une étagère du fond, et revint avec un sac du soir en perles français et une loupe.) Cela date de 1690, environ, une pièce étonnante. Regardez à travers la loupe. Distinguez-vous chaque perle? Et les nœuds?

Il regarda de près. Les perles n'étaient pas plus grosses que des grains de sable, les nœuds encore plus minuscules. Sans la loupe, le motif floral ressemblait à un tableau; à travers elle, il devenait une mosaïque d'un raffinement extrême.

– Pas mal, dit l'homme, admiratif. Bon sang, mais comment y arrivaient-ils?

– C'était sans doute fait par des enfants. Cela devait fatiguer les yeux, mais il fallait bien que les dames de la Cour aient leur sac du soir.

– Pas mal, répéta-t-il. Betty aimerait être une grande dame. Combien?

– 600 livres, dit Stéphanie, disant un prix au hasard, d'après les sacs français qu'elle avait vus à Bond Street.

– En dollars, ça fait combien?

– 1 200 dollars.

Il émit un sifflement.

– Quel culot, ma petite dame! 200, et c'est probablement trop!

Stéphanie était furieuse. Comment osait-il marchander, comme si *Les Ambassadeurs* était un étal du marché aux Puces? Soudain, elle sentit comme une nécessité de conclure cette vente, mais elle le ferait à ses conditions et non à celles d'un grossier marchandeur. Elle eut un sourire suave.

– D'où venez-vous, monsieur...?

– Pullem. Omaha. Je suis dans la boucherie.

Stéphanie l'imagina plongé jusqu'au cou dans une carcasse de bœuf.

– Et vous allez à Chicago parfois? San Francisco? New York? La Nouvelle-Orléans? (Il acquiesçait chaque fois.) Et vous emmenez Betty?

– Bien sûr. Les gosses sont grands, elle n'a rien à faire à la maison.

– Savez-vous, monsieur Pullem, que dans toutes ces villes et partout en Amérique, Betty sera la seule femme à porter un sac du soir comme celui-là? Tout le monde demandera à le voir. Toutes les femmes vont l'envier. Il n'y en a pas de semblable au monde.

Il y eut un instant de silence. Il tournait le sac dans ses mains.

– 600.

– En livres sterling?

– En dollars! en dollars! Les livres, c'est du menu fretin, pas de l'argent.

Doucement Stéphanie lui retira le sac.

– Je suis désolée, monsieur Pullem. J'aurais aimé vous aider à faire de votre Betty une grande dame.

Elle se dirigea vers le fond du magasin.

– 700, dit-il. Vous me le faites à 750, et je le prends.

Stéphanie se retourna.

– Monsieur Pullem, on ne marchande pas aux *Ambassadeurs*.

Elle remettait le sac sur l'étagère, lorsqu'elle l'entendit se lever.

– Vous êtes dure en affaires. Vous devez être américaine. (Il déposa 1 200 dollars sur la table :) Si Betty ne l'aime pas, je peux le rapporter, n'est-ce pas?

Stéphanie enveloppa le sac dans une housse et une boîte qu'elle trouva dans le bureau de Brian.

– Bien sûr. Mais ne vous inquiétez pas.

Il remit ses chaussures et alla chercher le coffret. Stéphanie le lui tendit avec un reçu. Il garda sa main dans la sienne.

– Vous êtes une fille extraordinaire, vous savez. Fortiche en affaires, en plus. Dans quelques jours, j'amènerai ma femme. Quand je ferai fortune de nouveau.

En sortant il lui fit un clin d'œil.

Stéphanie poussa un profond soupir de soulagement. « J'y suis arrivée, j'y suis arrivée, criait-elle, le cœur chantant. Maintenant, je sais que je peux réussir. » Elle verrouilla la porte d'entrée, mit l'argent avec une note dans le bureau de Brian et, d'une pirouette, se retrouva devant la table de merisier. Debout dans la pièce, elle jeta un regard nouveau sur les objets qui se trouvaient là et dans la salle d'exposition. Maintenant, elle sentait qu'une partie d'elle-même était attachée à ces lieux. Comme sa sœur, elle avait laissé son empreinte.

Le restaurant *Annabel* ne semblait bruyant qu'à ceux qui cherchaient à passer une soirée calme. Pour la plupart des gens, musique et conversations signifient une ambiance : là, des mariages se faisaient ou se défaisaient, des liaisons s'épanouissaient ou se fanaient, des accords étaient conclus, des gens faisaient connaissance. La clientèle d'*Annabel* était chic comme le menu. En toute saison, on pouvait commander des framboises, des asperges, des truffes ou des escargots, dont la provenance était secrète, et qui étaient toujours servis par un personnel stylé. Chez *Annabel*, on pouvait dîner et danser, mais, surtout, c'était le lieu de rendez-vous de la *jet society*.

Pour Maxime Stuyvesant, l'endroit était privilégié. Les conversations à voix basse et les lumières tamisées donnaient un ton plus intime à ses rendez-vous d'affaires, il avait sa table réservée à l'année. Dans les villes du monde entier où il dirigeait des affaires et où il était en quête de plaisirs, Max recherchait ce style d'établissement. *Annabel*, à Berkeley Square, était son favori.

Le jeudi soir, il arriva à neuf heures avec son invité, un petit homme barbu aux yeux perçants agrandis par des lunettes rondes et à l'air blasé. Ils s'installèrent à la table de Max, le garçon lui apporta, d'une cave spéciale, une bouteille de chardonnay et l'ouvrit. Max flaira le bouchon.

– Vous avez du poisson, aujourd'hui?

– De la daurade aux oursins. Très raffiné. Succulent.

Il se tourna vers son hôte, qui acquiesça.

– Deux, dit Max. Laissons Louis choisir le reste. Servez-nous le potage dans une demi-heure.

– Louis? demanda l'invité.

– C'est le chef. Il choisit toujours ce qu'il y a de meilleur.

– Il dispose d'une demi-heure?

– Il nous laisse une demi-heure pour converser agréablement et nous mettre de bonne humeur avant le dîner. Nos affaires ne nous prendront pas plus de quelques minutes. (Il remplit leurs verres.) A la gloire du passé.

Ronald Dowling leva son verre, but quelques gorgées de vin, et tout en le savourant, leva les yeux au ciel devant sa qualité.

– Vous n'avez réclamé que le vase. Je suis étonné. Même dans votre entrepôt crasseux...

– Pas le mien. Westbridge Imports.

– Ce sont eux qui l'ont ramené? Il a traversé la Méditerranée, jusqu'où? En France? Ou directement en Grande-Bretagne?

Max sourit.

272

– Il y a du bruit, ce soir, chez *Annabel*, je ne vous ai pas entendu. Le vase étrusque que vous avez vu provient de la collection d'une famille de nobles anglais forcés d'emprunter de l'argent sur une terre. Westbridge Imports s'est occupé de la vente des biens; quand ils ont vu ce vase, ils m'ont appelé, sachant que mes clients sont intéressés par ces antiquités et peuvent se permettre de les acheter.

Dowling esquissa un sourire.

– J'ai vu la liste dans le catalogue que vous m'avez adressé. Allez raconter cette histoire à d'autres! Stuyvesant, j'arrive spécialement par avion de Toronto pour voir ce vase. Je vous donne un million et demi de dollars, mais en retour, je suis en droit d'espérer la vérité, pas un conte de fées.

– En matière d'art et de sexe, on n'est jamais sûr de la vérité.

– Je ne plaisante pas, Stuyvesant.

– Ronald, si je vous disais qu'un objet est arrivé en fraude de Turquie et a été répertorié parmi les biens d'un pair; que ce pair a été payé 20 000 livres, pour jurer, si on l'interrogeait, que l'objet appartenait à sa famille depuis des générations et que l'objet passera en fraude dans le pays de son acheteur, là, vous pourriez vous demander si ce n'est pas un conte de fées.

Dowling avait le regard étincelant.

– Je dirais que c'est une vaste plaisanterie, mais plutôt dangereuse.

Max haussa les épaules.

– La vie est pleine de dangers. Essayez de traverser la Cinquième Avenue, à New York. Ou la via Veneto, à Rome.

Ils ricanèrent.

– Très bien, dit Dowling. Demain, je déposerai à votre compte en Suisse dix pour cent du prix d'achat en or. Lorsque vous remettrez le vase, chez moi, à Toronto, vous recevrez le solde.

– Non, Ronald. Quand le vase sera au Canada, quatre semaines environ après la caution en or, vous serez avisé. Vous examinerez l'objet. Si vous êtes satisfait, vous paierez le solde. Puis l'objet sera à vous.

– D'accord. On m'a dit que vous étiez un homme prudent. Ça me plaît. J'appellerai mon agent, demain matin.

Max fit signe au garçon.

– Une autre bouteille, dit-il.

Puis il se cala au fond du fauteuil et parcourut la clientèle du regard. Soudain, son regard s'arrêta sur un groupe de trois personnes qui se dirigeaient vers une table, de l'autre côté de la salle et s'attarda sur l'une d'entre elles.

– ... vos autres activités, disait Dowling. Des biens immobiliers, n'est-ce pas? Et des galeries d'art? Avec tant de légitimes...

Max se leva.

– Excusez-moi un instant, je dois saluer quelqu'un.

Il se faufila entre les tables et les piliers recouverts de bronze, et s'approcha du groupe.

– Mon cher Brooks, heureux de vous revoir, après tant d'années. Sabrina. (Il lui fit un baisemain.) On m'avait dit que vous étiez en Amérique du Sud. Une de ces rumeurs insidieuses!

Levant les yeux, Stéphanie ne vit que lui. Il masquait toute la salle. Son costume sombre était d'une coupe parfaite, il avait beaucoup d'assurance, de l'arrogance même. Des cheveux roux, frisés, parsemés de mèches grisonnantes formaient une sorte de halo autour de sa tête. Son regard refléta l'image de Sabrina, ne révélant rien de lui-même. Il tenait fermement la main de Stéphanie dans la sienne. Elle était consciente du pouvoir qu'il exerçait sur elle; un grand bonheur, soudain, l'envahit. Elle baissa les yeux pour cacher ses sentiments mais il changea imperceptiblement d'expression; elle se rendit compte qu'il avait tout remarqué. Elle ne savait pas qui il était, et lançait des regards à Brooks, qui présentait Gabrielle.

– Max Stuyvesant, Gaby. Max, Gabrielle de Martel.

Max, habilement, lâcha la main de Stéphanie et prit celle de Gabrielle, mais son baisemain était purement formel.

– Je crois que nous nous sommes croisés; vous veniez à Londres, au moment où je partais pour New York.

– Il y a trois ans, dit Gabrielle, l'examinant avec une curiosité non dissimulée. J'ai tellement entendu parler de vous!

Il sourit avec complaisance et se retourna vers Stéphanie.

– Alors, le Brésil? Etait-ce vraiment une rumeur insidieuse?

– Malicieuse ou pleine d'espoir, dit-elle. Tout dépend de celui qui l'a lancée.

– Vous avez toujours autant d'esprit, dit-il en riant. Après le dîner, m'accorderez-vous une danse?

– Je n'ai pas... (Elle s'arrêta. Elle n'avait pas dansé depuis des années, mais Sabrina?) Je suis désolée, je ne crois pas.

– Je vous demande cette faveur; j'espère que vous serez indulgente; je manque d'entraînement.

Elle le regarda, vit un pâle sourire sur ses lèvres, ses yeux gris qui l'observaient.

– Bon, avec plaisir.

– A tout à l'heure. Brooks, Gabrielle. Bonne soirée.

Il s'inclina légèrement, et retourna s'asseoir.

– C'est étrange, dit Gabrielle, tandis que le garçon versait du vin. On entend tellement parler de quelqu'un qu'on a l'impression de le connaître; et quand on fait sa connaissance, il est différent. Tu le connais depuis une éternité, non, Sabrina? Du temps où tu étais mariée avec Denton?

– Oui, dit Stéphanie, prudente. (Sabrina avait-elle eu pour lui de l'amitié, de l'amour? Jamais elle n'avait prononcé son nom.) Des rumeurs courent-elles à son sujet?

– Rien de plus que tu ne saches. Il a l'air plus civilisé qu'on ne le dit. Mais Brooks ne l'aime pas.

Brooks la dévisagea.

– Tu ne manques jamais de m'étonner, Gabrielle. Ai-je été impoli?

– Non, impassible. Comme chaque fois que tu désapprouves ce que je dis ou ce que je fais; tu attends qu'on soit seuls, pour me faire des reproches.

– L'ai-je vraiment fait?

– C'est arrivé.

Il y eut un silence. Brooks prit la main de Gabrielle.

– Je m'excuse. Jamais ce ne fut mon intention. Et je promets de ne plus désapprouver Max Stuyvesant en public ou en privé.

– J'espère que non. Il pourrait renvoyer la balle! rétorqua Gabrielle en riant.

– Annabel a-t-elle vraiment existé? demanda Stéphanie.

Ils la mettaient mal à l'aise – la puérile Gabrielle, qui, de toute évidence, avait plus de maturité, autrefois à l'institut Juliette, et Brooks qui jouait le rôle du professeur amusé, critique, surpris quand son élève émettait une idée intelligente.

– Je n'ai jamais rencontré Annabel, dit Brooks,

tandis que le garçon servait le potage. Si vous désirez connaître l'histoire du club...

– D'où sort-il l'argent? demanda Gabrielle.

Brooks soupira.

– Fascinant, Max Stuyvesant. Il possède des galeries d'art en Europe, en Amérique du Nord et du Sud, peut-être est-il un intermédiaire, mais rien n'explique sa fortune considérable. On le voit dans les ventes et sa collection privée est considérée comme l'une des plus belles du monde. En dehors de cela, tout n'est que rumeurs. Il ne parle de rien. Il avait disparu depuis trois ans, aussi les rumeurs sont-elles encore moins fiables que d'habitude.

– Je t'en prie, Sabrina! Brian peut s'occuper des *Ambassadeurs* un jour de plus, non? Il l'a fait quand tu étais en Chine. Nous serons de retour dimanche soir. Sabrina? Tu m'écoutes?

– Non, excuse-moi, je crois que...

– Ton esprit était ailleurs. Bon, écoute. Veux-tu nous accompagner en Suisse?

– En Suisse?

– Je répète, puisque tu n'écoutais pas. Demain, Brooks part à Berne pour affaires, je l'accompagne. Je vais m'ennuyer à mourir pendant qu'il travaillera. Aussi serais-je heureuse si tu nous accompagnais. Il y a de la place dans l'avion, et Brooks s'occupera de ta chambre d'hôtel. On sera de retour dimanche. D'accord?

Stéphanie répondit sans hésitation :

– D'accord.

Gabrielle fit un signe. Un garçon enleva les assiettes, un autre versa du café, un troisième distribua le soufflé au Grand Marnier, tandis qu'elles conversaient, telles des amies de longue date. Stéphanie sourit de plaisir.

Max Stuyvesant, qui revenait vers leur table, lui sourit à son tour.

La piste de danse était bondée, aussi n'avaient-ils que peu d'espace. Stéphanie se laissa envahir par le rythme lent, mais cadencé, de la musique. Son corps se balançait, tout en se laissant guider par Max.

– Comment se fait-il que nous n'ayons jamais dansé ensemble? demanda-t-il.

– Comment se fait-il que nous n'ayons jamais bavardé? répondit-elle, avec hardiesse.

Elle se sentait jeune et libre et elle lut dans son sourire qu'il la trouvait belle et qu'il la désirait.

– Bavardé, répéta-t-il. J'ai eu souvent l'impression que vous auriez détesté avoir avec moi des conversations intimes.

– Ce qui explique que nous n'ayons jamais dansé ensemble.

– Etait-ce une impression fausse, ou me détestiez-vous vraiment?

– Les deux.

– Vous êtes rapide, Sabrina. Accepteriez-vous de dîner avec moi, demain soir?

– Non.

– C'est catégorique. Sans même une excuse? Le Sud-Américain, par exemple?

– Je suis désolée. Je m'absente jusqu'à dimanche.

– Dimanche soir, alors.

– Je ne reviens que très tard, dimanche.

– Je suis libre lundi.

– Lundi, euh... je ne serai pas là de la journée, le soir non plus d'ailleurs.

La danse se termina. Il la tenait encore contre lui.

– On trouvera bien une soirée. Puis-je vous téléphoner la semaine prochaine?

Stéphanie accepta, et ils repartirent s'asseoir. Elle redoutait ses pensées. Elle le désirait. Lui, un inconnu

278

mystérieux, arrogant, le regard froid et un air d'assurance absolue. Si différent de Garth qui se contentait de remplir le rôle qui lui était assigné en ce bas monde, sans en exiger un plus important. Comment pouvait-elle avoir envie de lui? Elle n'avait jamais désiré que Garth; et encore... depuis des années, elle ne s'était jamais sentie aussi fébrile. Elle remercia le ciel d'avoir à s'absenter les trois jours suivants.

Ce qui signifiait qu'elle ne reverrait jamais Max Stuyvesant.

Ils rejoignirent leur table. Gaby et Brooks dansaient. Stéphanie hésita. Tant pis, elle ne le reverrait plus. C'était le seul moyen de maîtriser les sentiments qui l'assaillaient.

— Au revoir, dit-elle, incapable de cacher une pointe de regret.

Il lui baisa la main.

— A la semaine prochaine.

Stéphanie le regarda s'éloigner et alla retrouver ses amis. Elle leva son verre et un garçon se précipita pour le remplir. « Le meilleur moyen », se dit-elle. Elle savoura le vin aux reflets d'or pâle. Demain, ils partiraient pour Berne.

Le *Lear Jet* était meublé d'un divan de cuir arrondi, de deux fauteuils et d'une longue table en teck, utilisée comme bureau et table où étaient servis les déjeuners préparés par Fortnam and Mason et que Brooks commandait pour ses voyages. Le voyage jusqu'à Berne durait une heure et demie. Gabrielle et Stéphanie firent un festin de fromages français, de pain et de fruits, tandis que Brooks lisait les rapports de ses directeurs à Berne.

— Ils présentent une nouvelle gamme de cosmétiques, dit Gabrielle. Oh! sans doute une vieille gamme avec une appellation différente. Brooks refuse d'en parler; tu ne peux pas imaginer cet univers de rouges à lèvres, de crèmes... Ils ont des mots de passe, des codes, des formules secrètes, des espions. C'est vraiment une très, très grosse affaire.

Stéphanie allongea son bras sur le dossier du divan de cuir souple et, par le hublot, aperçut les champs, bien délimités, si différents des vastes espaces américains. « Mais tout est différent des Etats-Unis, pensat-elle. Voici Stéphanie Andersen, partie pour un bref séjour en Suisse, dans le jet privé d'un ami, tandis que sa gouvernante s'occupe de sa maison à cinq étages et prévoit un repas léger alléchant pour le dimanche soir, au retour de milady. »

— Bien agréable, dit-elle.

— Quoi? la vue? Je préfère les Alpes. Tu sais à quoi j'ai pensé? Nous pourrions aller faire un tour à l'institut Juliette. Je n'y suis pas revenue depuis que j'ai passé mon diplôme, c'est à moins d'une heure de train. Qu'en penses-tu?

— Ça me plairait beaucoup.

Quand elles se trouvèrent dans le parc de l'institut, elles parcoururent du regard les balcons de l'école et le toit de tuiles rouges; quelle stupéfaction! Rien n'avait changé... mais... que tout semblait petit! Le château du professeur Bossard n'était qu'une belle et grande bâtisse entourée d'un parc agréable, mais rien n'était aussi terrifiant ni aussi grandiose qu'elles l'avaient vu, avec les yeux de l'adolescence.

— Regarde comme elles sont jeunes, dit Gabrielle, ahurie. Pas aussi distinguées que nous cependant.

Stéphanie sourit.

— Peut-être ne l'étions-nous pas?

— Oh! que si!

— Je ne sais pas. On était installées au quatrième étage et on rêvait de grandir...

– Au troisième.

– Quoi?

– On habitait au troisième. Ta sœur habitait au quatrième, rappelle-toi, avec cette fille, comment s'appelait-elle déjà? Elle venait de New York.

– Dena Cardozo. Tu as raison. (Elles firent le tour du bâtiment.) Que cette époque me paraît loin! dit Stéphanie.

Le professeur Bossard était mort, remplacé par un certain Santa, petit homme rond, à la barbe blanche, qu'elles trouvèrent au gymnase, en pleine conversation avec le moniteur d'escrime.

Stéphanie s'avança vers le centre de la salle; elle se revoyait le fleuret à la main, Sabrina près d'elle, lui murmurant :

« Tu es vraiment la meilleure. »

– Gaby, dit-elle soudain, je meurs de faim. Allons au village manger quelque chose.

Elles descendirent la colline, à travers les vignobles.

– J'ai eu du bon temps, ici, dit Gabrielle. Mais je décevais toujours car on attendait trop de moi. Toi, tu savais déjà que plus tard, tu te lancerais dans l'art et les antiquités, moi, je ne désirais qu'une chose : trouver quelqu'un qui s'occupe de moi; qui me protège et me chérisse. Tu sais ce que je veux dire?

– Oui, dit Stéphanie, le regard perdu dans le bleu houleux du lac de Genève et les arêtes vives des Alpes. (N'était-ce pas exactement ce qu'elle avait désiré avec Garth?) Et maintenant, tu as Brooks.

– Oui, j'ai Brooks. Tant que je sais le rendre heureux.

Au village, elles retrouvèrent le petit café où elles avaient coutume d'aller. Elles choisirent une table au soleil pour déjeuner.

– Qu'as-tu voulu dire, tout à l'heure?

– Rien de plus que ce que tu m'avais dit.

Elles se taisaient.

– Et avais-je raison?

– Tu ne t'es jamais trompée sur Brooks. Il veut une femme-enfant, béate devant lui, malléable à merci et dont il soit fier. Il désire aussi quelqu'un qui fasse l'amour comme une professionnelle et se conduise comme une femme du monde.

Stupéfaite, Stéphanie lui demanda :

– T'ai-je vraiment dit tout cela?

– Pas exactement. Mais à peu de chose près, oui. Je ne te croyais pas. Maintenant, oui. Alors je joue le jeu : je suis la petite fille, puis la demi-mondaine qui a une centaine d'amants, et soudain je deviens la femme intuitive qui se rend compte, par exemple, qu'il n'aime pas Max Stuyvesant même s'il essaie de le cacher.

– Ce n'est pas facile.

– Non. Je ne sais même pas qui je trompe – lui ou moi? Mais Sabrina, que puis-je faire? Je l'aime tant que je ne peux l'oublier, ne serait-ce qu'une minute, je ne désire qu'une chose : me fondre en lui et vivre à jamais, là. Je ferais tout pour garder ma place.

De ses doigts, Stéphanie suivait le dessin des carrés rouges de la nappe, elle songeait à Garth, se rappelant New York, avant qu'ils ne se marient et leurs premières années. Tout nouveau, tout beau. Il l'avait aimée pour ce qu'elle était, non pour ce qu'elle prétendait être. Ils devraient être capables de retrouver cet amour, il ne pouvait être totalement mort. Si elle allait lui dire qu'elle désirait tout reprendre de zéro... Mais elle ne pouvait rentrer chez elle. Pas tout de suite. Pas aujourd'hui. Comment pourrait-elle arriver, lancer à la ronde : « Salut, tout le monde, je suis de retour! » et se retrouver face à face avec Sabrina, préparant le dîner? « Plus que trois jours! Je serai de nouveau auprès de Garth et des enfants. Même pas trois jours entiers, un simple week-end, et je serai chez moi. Pour trouver quoi? Une sale lettre anonyme sur mon mari, des ennuis d'argent, Penny et ses cours de dessin, Cliff et le vol à l'étalage et mon désir de remonter une affaire. Voilà ce qui m'attend. Mais je préfère ne pas y songer, je n'y peux rien, cela me gâcherait le reste de la semaine. J'aurai tout le temps d'y penser à mon retour et d'y remédier. »

Gabrielle lui fit des confidences pendant leur retour vers Berne. Stéphanie découvrit, à travers ses propos, des aspects inconnus de la personnalité de sa sœur. « Dommage que je m'en aille, se dit-elle, avec une pointe de tristesse. Maintenant que je sais tout cela, je pourrais jouer le rôle de Sabrina pendant des semaines. »

Cependant, elle se sentit nerveuse quand Brooks les conduisit au *Kursaal* après dîner : elle n'était jamais entrée dans une salle de jeu et ne désirait pas jouer avec l'argent de Sabrina. Mais Brooks et Gabrielle trouvèrent normal qu'il aille acheter des jetons pour les trois. « Je n'ai qu'une chose à faire, pensa Stéphanie, faire semblant de savoir jouer à la boule. »

Au bout de quelques minutes, elle comprit le mécanisme de cette forme simplifiée de roulette. Elle paria prudemment avec les jetons que Brooks avait amoncelés devant elle. Gabrielle se pencha :

– Brooks pense que tu joues peu parce que ce n'est pas toi qui as acheté les jetons. Si tu ne joues pas gros, il va se vexer et être de fort méchante humeur.

– Non, dit Stéphanie, c'est simplement parce que c'est idiot de...

Brooks l'interrompit.

– Bien sûr, vous avez raison, ça ne se compare pas à Monte-Carlo, mais c'est ce que Berne peut offrir de mieux. On va jouer environ une heure, ensuite Gaby veut aller danser. Pariez suffisamment pour rendre le jeu intéressant, tous les gains iront à ce nouveau musée pour lequel vous essayez de trouver des fonds.

« Des gains, pensa Stéphanie. Alors que je n'ai jamais joué de ma vie. » Elle se mit à gagner. Elle trouvait idiot, cependant, de parier de l'argent sur une minuscule balle bondissante qui irait se fourrer dans un trou. Entourée de joueurs sérieux, elle joua, au hasard, le premier chiffre de son numéro de téléphone à Evanston et gagna. Puis elle joua le numéro de sa rue, les dates des anniversaires de Penny et Cliff et gagna trois fois.

Gabrielle la regarda, ébahie.

– Quel est ton système?

– Les anniversaires, les adresses, les numéros de téléphone.

– De qui?

– Peu importe.

– Sabrina, ce n'est pas un système, c'est de la magie!

– Tu as probablement raison. Au prochain coup de baguette, c'est moi qui me transformerai en quelqu'un d'autre.

Elle joua le numéro de sa rue à Londres. Elle perdit.

– Les systèmes, ça ne marche pas toujours, dit Brooks. C'est comme la magie.

Gabrielle qui avait gagné une fois et perdu deux fois, selon le système de Stéphanie, se leva et ramassa tous ses jetons.

– Voilà pour ton musée, Sabrina. J'ai envie d'aller danser.

Lorsqu'ils eurent monnayé leurs jetons, Stéphanie s'aperçut qu'elle avait gagné un peu plus de 1 000 dollars.

– Voilà toujours pour le musée, dit-elle d'un ton

badin, et elle suivit Brooks et Gabrielle à leur table, près de l'orchestre.

Tout en dansant avec Brooks, elle fut frappée par ses propres paroles. « Voilà toujours pour le musée! »

Une semaine auparavant, mille dollars auraient été une aubaine fabuleuse. Elle aurait pu payer des factures, offrir à Penny ses cours de dessin, peut-être s'acheter une nouvelle robe. « Je m'identifie à Sabrina, pensa-t-elle. Dans cet univers de conte de fées, je pense comme eux. »

— Sabrina, dit Gabrielle, en rentrant à l'hôtel, dommage que notre séjour tire à sa fin. C'était merveilleux!

— Oui.

Le lendemain c'était dimanche. Son dernier jour.

— Rentrez avec moi, suggéra-t-elle. Je vais téléphoner à Mme Thirkell et lui dire qu'on sera trois. J'ai été seule toute la semaine et elle est au comble de la joie quand elle peut montrer ses talents culinaires à des hôtes avertis.

Etait-ce vrai? Stéphanie n'en doutait pas. Ils reprirent l'avion, le dimanche soir. Une fois arrivés à Cadogan Square, Stéphanie invita Gabrielle et Brooks à passer dans le salon.

Mme Thirkell arbora un sourire réjoui, elle avait préparé un buffet succulent; Stéphanie savait que c'était là la meilleure façon de terminer sa semaine : recevoir des invités, chez elle, à Cadogan Square, avant de quitter, à jamais, cet univers.

12

Dès que Garth l'eut ramenée de l'hôpital, Sabrina n'eut plus un moment de solitude. Elle ne pensait qu'à une chose : téléphoner à Stéphanie, mais Garth ne la quittait pas, Penny et Cliff rôdaient autour d'elle, essayant de se rendre utiles, le regard fixé sur son bras plâtré de la main au coude. On lui apportait du thé, des glaces, des petits pains grillés. Mais elle ne désirait qu'une chose, être seule cinq minutes pour téléphoner. Allongée sur le divan, elle se sentait prise au piège; une famille, impuissante devant ses maux de tête lancinants, s'empressait autour d'elle.

Dans la soirée, elle se sentit très lasse. Elle faisait des efforts pour rester éveillée, mais ses migraines et les médicaments qu'elle avait absorbés lui faisaient l'effet d'une lourde chape, elle eut une sorte d'étourdissement et sombra dans un profond sommeil.

– On va te mettre au lit, fit Garth.

Il la prit dans ses bras et l'emmena dans sa chambre, où il la posa délicatement sur le lit.

– Laisse-moi faire.

Il déboutonna sa chemise, tira la manche droite, puis glissa l'autre, le long du plâtre. A moitié endormie, Sabrina avait les yeux fermés.

« *Je ne pourrais l'arrêter, même si je savais comment. De toute façon, aucune importance maintenant.* »

La soutenant d'un bras, Garth lui enleva son jean et son slip, puis défit son soutien-gorge. Il s'arrêta net lorsqu'il vit son corps couvert de bleus.

– Mon pauvre amour, tu dois avoir l'impression que le camion t'est passé dessus. (Elle ouvrit les yeux, mais il était allé chercher une chemise de nuit propre, dans la commode.) Je vais te lever le bras, dis-moi si je te fais mal. (Il lui enfila la chemise de nuit par la tête. Telle une enfant, elle passa son autre bras à travers la courroie qu'il soutenait.) Maintenant, lève-toi une seconde. (Il tira le drap et la couverture, l'aida à se mettre au lit et la couvrit. Il resta quelques instants à la regarder.) Si tu as mal ou si tu as besoin de quoi que ce soit cette nuit, n'hésite pas. Secoue-moi, je me réveillerai.

Contre toute attente, des larmes coulèrent le long de ses joues.

« Tu es si bon et je te veux près de moi. J'ai mal partout, je voudrais que tu me prennes dans tes bras et que tu me réconfortes. Mais tu es le mari de Stéphanie. Je ne peux même pas te dire que je suis heureuse de te savoir près de moi. »

– Bonsoir, dit-elle, et elle s'endormit.

Garth était déjà debout et habillé quand elle se réveilla, le dimanche matin. Elle ne l'avait pas entendu se glisser dans le lit la veille, mais lorsqu'elle ouvrit les yeux, il était près d'elle, pour l'aider à s'habiller. Tout le reste de la journée, Garth et les enfants ne la quittèrent pas. Sabrina pensait que vivre l'expérience d'une famille avait été son souhait le plus cher. Elle avait confié son secret à Stéphanie. Maintenant, cette famille, elle l'avait. Mais elle souhaitait ardemment quelques minutes de solitude.

Dans l'après-midi, Garth l'aida à remonter dans sa chambre faire sa sieste. Dès qu'il eut quitté la pièce, elle se précipita sur le téléphone, mais il sonna au même moment. Quelqu'un répondit, en bas, et avant même d'essayer de rappeler Stéphanie, elle s'endormit.

– Dolorès a appelé, dit Garth, en entrant au moment où elle se réveillait. Elle t'apportera le dîner à six heures. Linda s'est portée volontaire pour lundi. Si je vais en ville avec mon petit carnet, je crois que j'aurai suffisamment d'aide pour un an. (Il se tut, mais elle ne fit que sourire.) Veux-tu voir Dolorès?

– Pas ce soir. Peut-être demain.

Elle se sentait vaincue, faisant des plans pour le lendemain. Lundi. Le jour où elle était censée retrouver Stéphanie à l'aéroport et repartir pour Londres reprendre sa vie. « Notre aventure est terminée, pensa-t-elle. Mais comment m'y prendre? »

A table, elle ne dit mot. Garth servit du ragoût et une tarte au potiron et bavarda avec ses enfants. L'attitude de sa femme l'intriguait. D'habitude, elle ne laissait rien entrevoir de sa souffrance ou de sa fatigue. Mais aujourd'hui elle s'abandonnait; sur son visage se lisait une certaine inquiétude, voire une sorte de peur. Que craignait-elle donc?

Il le lui demanda, elle se déroba en secouant la tête, aussi n'insista-t-il pas. Il se sentait impuissant et furieux. Pourquoi ne le laissait-elle pas l'aider, en se confiant à lui?

Après dîner, il lui proposa un bain moussant, voulut l'aider à monter l'escalier. Mais elle refusa.

– Je te remercie, je peux me débrouiller.

Peu importait maintenant ce que pensait Garth, il saurait vite la vérité. Le problème, c'était Stéphanie. Dans quelques heures, elle partirait pour l'aéroport. « *Il me faut la prévenir, lui donner le temps de trouver une solution.* »

Elle s'était allongée sur son lit; tout tournait dans sa tête. Elle s'assoupit puis se réveilla quand Garth vint se coucher près d'elle. Elle se força à rester éveillée, en surveillant l'heure. Une heure du matin, une heure et demie, deux heures. Huit heures du matin, à Londres. La respiration de Garth devint régulière. Elle se glissa hors du lit, descendit subrepticement jusqu'à la cuisine, où elle trouva le téléphone dans l'obscurité, puis, à voix basse, donna à l'opérateur son propre numéro.

Le téléphone sonna à Londres; Sabrina imagina Mme Thirkell accourant pour répondre, mais ce fut Stéphanie.

– Sabrina. Je m'apprêtais à partir. Quelque chose ne va pas? (Rapidement, Sabrina raconta son accident.) Es-tu gravement blessée?

– Non, pas vraiment. J'ai des bleus partout, j'ai des migraines épouvantables. Une commotion légère, d'après Nat. Mais le plus ennuyeux, c'est que j'ai une fracture du poignet. On a dû me plâtrer.

Stéphanie se tut. Sabrina, très lasse, ferma les yeux.

– Il fallait que je t'avertisse pour que tu puisses réfléchir dans l'avion. (La voix de Stéphanie était faible. « Réfléchir? ») Comment parler à Garth? Stéphanie, je suis désolée, c'est ma faute. J'ai pensé d'abord lui avouer la vérité pour tout arranger avant ton retour, mais impossible, Stéphanie; j'aurais tout gâché. (Aucune réponse.) Stéphanie, ne crois-tu pas que si tu lui disais tout, maintenant, si vous en parliez tous les deux pour ne pas qu'il ressasse, seul, tout pourrait s'arranger?

Des parasites grésillèrent. Dans la chambre ivoire, Stéphanie restait à l'écoute, appuyée au dossier du fauteuil.

– Sabrina, tu as vécu avec lui une semaine : crois-tu réellement qu'il continuerait comme si rien ne s'était passé?

– Non, les choses pourraient être différentes, mais pas nécessairement pires. Si vous vous aimez...

– L'amour n'a rien à voir. Il va dire qu'on s'est moquées de lui. C'est vrai, non? Ce n'est pas un imbécile et on l'a ridiculisé!

– Tu l'as tourné en ridicule. Comment puis-je

redresser la situation? Ce n'est pas une simple querelle... (« Non. Dans une querelle, pensa Sabrina, deux personnes sont égales. Dans une tromperie, il y en a une qui sait la vérité, et l'autre qui ne sait rien. Quand Garth va découvrir qu'il a abordé tous les problèmes de son couple avec une autre femme que la sienne, que sa femme et sa belle-sœur lui ont joué un tel tour... » Elle se laissa tomber sur sa chaise.) Je pensais t'offrir un cadeau. Une semaine de liberté. Mais je ne t'ai apporté que la destruction.

— Non, c'est de ma faute. Garth est mon mari. Je n'ai même pas imaginé qu'il pourrait découvrir la vérité.

Stéphanie ferma les yeux. « Il ne pourra pas comprendre pourquoi j'ai agi ainsi, pensa-t-elle, jamais il ne me le pardonnera. Ce sera la ruine de notre ménage. »

— Je ne peux rien lui dire, fit-elle.

— Et si moi...

— Non, ce serait pire. Oh! Je ne sais que faire. Si seulement nous pouvions... Sabrina! Pourquoi ne pas tourner la difficulté?

— Tourner...?

— Si on disait à Nat la vérité? Je porterais un plâtre, il pourrait prétendre qu'il me soigne et personne ne verrait la différence.

— J'y ai pensé. Mais si tu me voyais... Stéphanie, j'ai tout un côté noir et bleu, j'ai une entaille au front...

— Oh! (Stéphanie, soudain, se sentit lasse. Elle ne désirait qu'une chose, le silence, et faire le vide dans son esprit.) Une minute, dit-elle à Sabrina. Serrant le téléphone contre sa poitrine, elle s'essuya les yeux de ses poings, comme un enfant qui retient ses larmes. (« Garth, excuse-moi, dit-elle doucement, je ne me suis pas rendu compte de ce que je faisais. J'ai peur. Je ne sais pas ce qui va arriver. » Elle regarda, posé sur son sein, le téléphone qui la reliait à Sabrina et à travers elle à Garth. Que faire d'autre? Elle le souleva.) Seras-tu à l'aéroport?

Sabrina hésita.

– Oui, bien sûr.

– Qu'y a-t-il? Tu ne peux pas conduire?

– Nat m'a conseillé de ne pas le faire, mais il n'y a aucune raison...

– Bon, cela n'a aucune importance, j'irai directement à la maison. Mais... et Penny et Cliff?

– Cliff a un entraînement de football et Penny peut aller chez Barbara Goodman. Je m'en occupe.

– Bon, à très bientôt.

Stéphanie raccrocha, avant qu'elles aient pu prononcer une autre parole. Sabrina se couvrit le visage de ses mains. Dans l'obscurité les minutes s'écoulèrent. « *Garth, tu ne me laisses pas indifférente. Pardonne-moi, Stéphanie, je t'aime, je désirais t'offrir...* »

Le téléphone sonna, elle décrocha.

– Stéphanie?

– Sabrina, non, je ne peux pas, je ne peux pas. Je t'en prie, aide-moi; je ne peux l'affronter. Je ne peux avouer. C'est impossible!

– Bon. (Sabrina poussa un profond soupir.) Je vais lui parler ce matin, dès que Penny et Cliff...

– Non!

– Mais que veux-tu que je fasse, alors?

– Reste où tu es. Est-ce possible? Te serait-il trop pénible de prolonger ton séjour jusqu'à ce qu'on t'enlève ton plâtre ou jusqu'à ce qu'il arrive Dieu sait quoi? Serait-ce trop long? Quelques semaines? Combien de temps, à ton avis?

– Nat a dit quatre semaines.

Sabrina se redressa, ses pensées défilaient. « *Rester ici. Mais comment est-ce possible? J'ai* Les Ambassadeurs, *ma maison, mes amis, un avenir auquel je dois penser. Cette vie-là n'est pas la mienne.* »

– Et dans quatre semaines, que se passera-t-il? demanda Stéphanie.

– Des radios de contrôle. Si la fracture est consolidée, Nat enlèvera le plâtre.

– Là, je pourrai revenir. Personne ne saura. Sabrina...

La voix de Stéphanie prenait de plus en plus d'assurance, elle avait un ton implorant mais qui révélait une joie intense.

– Ici, tout va bien, je peux même te remplacer aux *Ambassadeurs*. J'ai vendu le sac en perles français, je t'en parlerai plus tard. Toi, tu peux te débrouiller, je le sais. Il nous suffit de continuer exactement de la même manière. Est-ce que ça te semble insensé, Sabrina? Quatre semaines de plus, c'est tout? Ainsi, on ne fera de mal à personne.

– Attends, dit Sabrina. (Ses maux de tête étaient de plus en plus violents, elle essayait de penser. Sans doute le pouvait-elle encore. En fait, elle se trouvait bien là. En outre, c'était Stéphanie qui avait pris la décision.) Mais... Stéphanie, je ne sais pas si... avec Garth... enfin... si je vais pouvoir le repousser, pendant quatre semaines...

Stéphanie respira profondément. La chambre s'obscurcit, tandis que des volutes de nuages passaient devant les hautes baies vitrées, interrompues çà et là par de pâles reflets d'argent du soleil.

– Il a tenu plus longtemps que quatre semaines sans me faire l'amour.

– Stéphanie, deux semaines en Chine. Une qui vient de se terminer. Quatre de plus. Cela fait sept semaines. Penses-tu réellement...

– Arrange-toi, je sais que tu le peux. C'est si important pour moi, pour mon ménage.

– Et après?

– Oui, et alors?

– Si Garth découvre la vérité plus tard, que lui diras-tu? Plus ça durera, plus ça sera impossible à défendre. Stéphanie, tu pourrais expliquer à la rigueur une semaine et à partir de là repartir de zéro; mais s'il découvrait qu'on s'est moquées de lui pendant cinq semaines, sauverais-tu ton ménage?

Les nuages défilaient devant la fenêtre, jouant à cache-cache avec le soleil.

– Que signifie le couple, pour moi? Même si je rentrais cet après-midi et lui avouais la vérité, cela ne changerait rien à nos rapports. Ils sont inexistants. Alors, où est la différence? Sabrina, je t'en supplie...

Sabrina ressentit un soulagement, une pensée fulgurante traversa son esprit. « *Je vais avoir une famille quelque temps de plus.* »

– D'accord, mais il faut qu'on en parle. *Les Ambassadeurs*, Antonio... peux-tu m'appeler plus tard, quand je serai seule?

– Bien sûr, quand tu voudras. Sabrina, je ne sais comment te remercier. Je sais que ce n'est pas ton style de vie, c'est triste et...

– Stéphanie?

La voix de Garth.

Sabrina mit la main sur l'appareil.

– Il faut que je parte; Garth s'est réveillé. Téléphone-moi plus tard, vers dix heures.

– D'accord, Stéphanie, merci...

Elle raccrocha. Quand Garth pénétra dans la cuisine, elle se trouvait devant le réfrigérateur.

– Quelque chose ne va pas? demanda-t-il.

– J'ai eu soudain une faim de loup. Ce qui veut probablement dire que je vais mieux.

– Pourquoi ne m'as-tu pas réveillé?

293

Elle sourit pour effacer l'inquiétude qui se lisait dans son regard.

– Je voulais te laisser dormir. Mais, puisque tu es là, si on finissait la tarte de Dolorès?

– Il faudra affronter Cliff et les foudres de sa colère, dit-il avec un petit rire narquois.

Et dans la salle vert tilleul où ils prenaient leur petit déjeuner, dans le silence de la nuit, ils se mirent à table pour savourer une tarte, dans une seule assiette.

13

Lundi matin, Garth donnait son cours de génétique.

Il se tourna vers ses étudiants : le visage endormi de Stéphanie s'imposa à lui. Une peau d'une blancheur d'albâtre teintée de rose, une chevelure auburn en bataille sur un oreiller blanc, des paupières agitées quand elle rêvait.

Un étudiant posa une question compliquée, il y répondit brièvement. « Smartass, pensa-t-il, essaie d'impressionner le professeur avec une question qui nécessiterait tout un ouvrage pour y répondre. Le professeur n'est pas impressionné. De toute façon, il est groggy, à cause d'une tarte au potiron savourée à trois heures du matin avec sa femme. »

Il termina son cours de bonne heure.

Il allait téléphoner pour avoir de ses nouvelles, puis terminerait son travail, afin de se rendre au labo avant le cours suivant. Il grimpa l'escalier deux à deux jusqu'à son bureau. Sur la porte était inscrit un nom en lettres d'or : *Garth Andersen, agrégé, directeur de la section*. Il ouvrit la porte pour dire à sa secrétaire d'enlever l'inscription puis se ravisa. Elle l'avait fait pour lui. Depuis un an, il avait refusé de se faire valoir tandis qu'elle tentait de lui prouver qu'il était important que les étudiants et les visiteurs sachent qu'il était le directeur de la section de biologie moléculaire. Aujourd'hui, semblait-il, elle avait mis un terme à la polémique en ordonnant de sa propre initiative qu'on inscrive son nom en grosses lettres. Il haussa les épaules. Peut-être ce titre lui conférait-il plus d'importance? Pour lui, cela signifiait simplement plus de travail administratif et moins de temps au labo. Il composa le numéro de son domicile, mais la ligne était occupée. Près du téléphone, il y avait un pense-bête : « Appeler Ted demain. » Zut, il avait oublié.

Il appela, raconta l'accident et dit que Stéphanie ne pourrait se rendre à son travail avant une semaine.

– Elle ne pourra pas taper à la machine avant quatre semaines, si vous faites appel aux services de quelqu'un d'autre, elle le comprendra très bien.

– Ne vous inquiétez pas, Garth, nous l'attendrons.

Garth fit de nouveau son numéro, la ligne était encore occupée. Il feuilleta son courrier. Une note pour des livres de la bibliothèque, non remis en temps voulu, des lettres de biologistes d'Amsterdam et de Stockholm, une publicité pour un équipement de laboratoire, la date d'une réunion avec le vice-président pour discuter du cas Vivian Goodman. S'ils continuaient à cette allure d'escargot, Vivian serait titularisée le jour de ses quatre-vingt-dix ans. Tout au fond de la pile, un billet d'avion pour San Francisco, avec le programme de ses conférences à Berkeley du 6 au 13 octobre. Moins de deux semaines. Encore une chose qu'il avait oubliée.

Il refit le numéro de Stéphanie. Sans doute appelait-on pour savoir comment elle allait. Il parcourut le programme de ses conférences. Rien ne s'opposait à son départ pour la Californie. Dans deux semaines, Stéphanie pourrait se débrouiller sans lui. Cependant, il ne devrait pas s'en aller si longtemps, leurs relations étant précaires. Il reprit le téléphone et essaya de nouveau de l'appeler. Encore occupé. Pour la première fois, l'idée que, peut-être, elle n'allait pas bien, lui traversa l'esprit. Il regarda sa montre. Il avait le temps de rentrer chez lui et de revenir pour son cours de treize heures trente.

Il trouva Stéphanie dans le coin-repas, bavardant au téléphone.

— Je t'appellerai si j'ai besoin de toi, disait-elle, et toi, appelle quand tu voudras. Je crois qu'on a fait le tour des problèmes importants...

Elle se raidit. Elle avait l'air d'un écureuil sur le qui-vive, prêt à fuir, au moindre mouvement alentour. Il s'approcha et lui posa la main sur l'épaule, sentant, sous ses doigts, ses muscles tendus.

— Termine, dit-il gentiment. J'étais inquiet, car je n'arrivais pas à t'avoir.

— ... et si un autre événement se produit, nous en parlerons, fit-elle, finissant sa phrase, comme s'il n'y avait eu aucune coupure dans la conversation. Prends bien soin de toi et ne t'inquiète pas pour moi, je me débrouillerai. (Elle raccrocha et, lentement, se retourna. Elle avait les yeux dans l'obscurité.) Je suis désolée, je ne pensais pas que tu essaierais de m'appeler.

— Il ne t'est pas venu à l'idée que je pouvais m'inquiéter? (Il se tut.) Peu importe. A qui parlais-tu?

— A ma sœur.

— Toute la matinée? T'a-t-elle invitée à Londres, pour récupérer?

— Non, elle...

— Alors, elle va sans aucun doute t'envoyer sa domestique pour s'occuper de la maison.

296

– Non, Dolorès l'a devancée.

– Quoi?

– Dolorès envoie Juanita, sa domestique, pour quelques jours cette semaine. Tout est payé. Pourquoi en veux-tu à Sabrina?

– Je ne lui en veux pas. Je n'aurais pas dû en parler, bien sûr, tu devais avoir envie de te confier à elle. Te sens-tu mieux, maintenant?

– Oui. Vas-tu faire l'école buissonnière?

– Cela n'arrive jamais à de dignes professeurs. Ils sont parfois appelés à des tâches urgentes : une partie de golf, un rendez-vous chez le dentiste, une aventure amoureuse ou une épouse qui a besoin d'aide. Dolorès t'envoie-t-elle vraiment sa domestique? Pourquoi n'y ai-je pas pensé?

– Tu n'as pas de domestique à m'envoyer.

– J'aurais pu kidnapper Juanita et te l'amener enveloppée avec un ruban rouge. Quand vient-elle?

– Demain.

– Comment puis-je t'être utile, aujourd'hui? Veux-tu que j'aille faire les commissions?

Elle se remit à rire et ouvrit le réfrigérateur.

– Regarde. (Il était archiplein.) Dons de Dolorès, de Linda, et de quelques autres Samaritains. Même la femme de Ted Morrow. Comment les nouvelles se propagent-elles si vite?

– C'est un petit village.

Il fouilla dans le réfrigérateur, sortant des boîtes, soulevant des couvercles et y plongeant son nez.

– Salade de saumon, fromage de Cheddar, olives. Ils n'ont pas oublié le pain? Ah! non. Et on a du beurre. Pourquoi ne t'assieds-tu pas? Je vais te servir. Ensuite, tu devrais te reposer, tu es un peu pâle.

– Bonne idée.

Garth remplit une assiette et mit le couvert.

– Quels problèmes importants as-tu abordés avec ta sœur?

Caressant son plâtre d'un air absent, Sabrina le regardait remplir les assiettes.

– Oh! on a parlé! De tout... et de rien. Des *Ambassadeurs*. On pense que de fausses porcelaines ont été vendues à de petites galeries d'art. Il faut en vérifier l'authenticité.

– En fait, elle a dû en acheter une et découvrir la supercherie après l'avoir vendue, c'est ça?

Elle lui lança un regard furtif.

– Oui. Si elle te demandait ton avis, que lui suggérerais-tu?

– Dire la vérité au client et racheter l'objet le plus vite possible. Plus elle attendra, plus il sera difficile de faire croire aux gens qu'elle désirait vraiment réparer son erreur.

Elle se mordit les lèvres.

– C'est vrai. Ce saumon est délicieux. Il en reste?

« Voilà deux fois, pensa Garth, qu'elle change de sujet quand on parle de sa sœur. » D'habitude, elle relatait chaque détail de sa vie trépidante qui exerçait, sur son esprit, une fascination sans bornes. Maintenant, au lieu de Londres, elle parlait de toutes ces femmes qui avaient défilé chez eux, dans la matinée, pour lui apporter des vivres.

– ... et Vivian n'était pas là depuis dix minutes que Dolorès s'est transformée en pélican hautain, avec un cou qui s'allongeait à chaque seconde. Vivian était éberluée, elle n'avait fait que parler d'amis que Dolorès ne connaît pas. Dès qu'elle est partie, Dolorès s'est détendue et est redevenue elle-même, autoritaire mais affectueuse. C'est étonnant de voir qu'elle dresse un mur dès qu'elle se sent mal à l'aise.

– Qui d'autre est venu?

– Linda, avec une sorte de ragoût à l'italienne, rose

et bouillonnant. Il y avait une telle ressemblance entre elle et son ragoût que je n'ai pu les distinguer, mais pour Linda, ce qui bouillonnait, c'étaient les commérages, pas les tomates, ainsi j'ai pu savoir à qui je m'adressais...

Garth pouffait de rire tout en débarrassant. Dolorès comparée à un pélican hautain et Linda à l'un de ses ragoûts. Il n'avait jamais remarqué chez Stéphanie un esprit aussi vif, observant leurs amis d'un œil nouveau, spirituel, mais pas cruel. Ce matin, elle semblait différente – plus alerte et plus joyeuse. Plus belle aussi. Combien de fois l'avait-elle accusé, dans le passé, de ne jamais la regarder? Ils étaient devenus des étrangers.

Une idée traversa son esprit : si elle jouait pour lui cacher quelque chose? Ce coup de téléphone. Y avait-il autre chose qu'elle voulait lui cacher? Son changement d'attitude, qui expliquait sa tension, son inquiétude, parfois ses craintes mystérieuses, son comportement imprévisible aussi. « Attends quelques jours », lui avait-elle dit, après leur soirée chez les Goldner. Mais elle avait eu son accident. Eh bien, il attendrait qu'elle soit prête à parler; pendant ce temps, elle essayait de rompre leur routine – l'apéritif ensemble avant le dîner, son intérêt pour Vivian et l'université, elle cuisinait même différemment.

Il se pencha et l'embrassa sur le front.

– Repose-toi. Tu auras besoin de toutes tes forces pour le dîner de ce soir; Penny et Cliff insistent pour faire la cuisine.

Elle parut inquiète.

– Ne peuvent-ils pas réchauffer le ragoût de Linda?

– Je vais le leur suggérer. Appelle-moi si tu as besoin de quoi que ce soit.

– A quelle heure rentreras-tu?

– Le plus tôt possible. Quatre heures, quatre heures et demie. J'espère.

Les deux jours suivants, il eut des réunions avec les étudiants. Mais jamais sa femme n'avait autant occupé ses pensées. Jamais non plus elle ne l'avait autant intrigué. Il se rendit compte à quel point il était pressé de rentrer chez lui, à la fin de la journée, pour être près d'elle, mais il ne pouvait s'empêcher de l'observer. Elle le sentait, se retournait, captait son regard posé sur elle, il lui demandait alors, rapidement, comment elle allait.

– Je vais beaucoup mieux, dit-elle, un peu agacée, lorsqu'ils se mirent à table, le mercredi soir. Je n'ai pas besoin de tant de sollicitude. Le rôti est excellent. Quel est le nom du donateur?

– Vivian l'a apporté au bureau, cet après-midi. Elle m'a dit qu'elle t'avait eue au bout du fil.

– Oui, on a pris rendez-vous pour déjeuner ensemble, la semaine prochaine. Elle m'a apporté le dernier numéro de *Newsweek*. Pourquoi ne nous as-tu pas dit qu'on parlait de toi?

– Quelques paragraphes dans un long article.

– Papa est dans *Newsweek*? hurla Cliff. (Il bondit de sa chaise.) Où est le journal?

– Dans le salon, cria Sabrina. Même quelques paragraphes, dit-elle à Garth, cela fait partie d'un tout qui a une telle importance! Et puis, c'est incroyable!

Il la regarda, étonné.

– Tu as lu tout l'article?

– Bien entendu. On parlait de toi. Il y a même ta photo. Je l'aurais lu de toute façon, c'est une histoire fantastique.

Cliff revint, le magazine ouvert à une page où se trouvaient les photos de trois chercheurs en génétique : une femme blonde de Harvard, un professeur anglais aux cheveux gris et Garth en manches de chemise dans son laboratoire.

— Que tu as l'air austère! dit Sabrina, jetant un coup d'œil par-dessus l'épaule de Cliff. Comme si tu allais coller tous tes étudiants.

Penny et Cliff se mirent à rire.

— De quoi ça parle, papa? demanda Cliff.

— Lis-le. Ce n'est pas très compliqué.

— D'accord, mais de quoi ça parle?

Garth prit le magazine des mains de Cliff et parcourut l'article. Sabrina le dévisageait. Autrefois, il y avait très longtemps, elle l'avait trouvé las et triste. Maintenant, soudain, il la fascinait. Lorsqu'elle lut l'article qui le décrivait comme l'un des hommes de science les plus éminents en matière de recherche génétique, lorsqu'elle l'imagina au centre de découvertes miraculeuses, il lui sembla venir d'une autre planète, mystérieuse et puissante. Il savait et faisait des choses qu'elle n'avait même jamais imaginées. « Nous sommes des étrangers l'un pour l'autre », pensa-t-elle. Sans savoir pourquoi, elle sentit qu'il était d'une importance capitale qu'elle le comprenne.

— Oui, raconte-nous. Ce n'est pas si simple. C'est comme un mystère, avec un nouvel indice, chaque fois que tu tournes la page.

— Bien joué. (Ils échangèrent un sourire.) Il y a bien longtemps que je ne t'ai vue dans un tel état d'esprit.

Son sourire s'évanouit mais Garth ne remarqua rien; il versait du café. Il leva les yeux vers sa famille et se mit à expliquer son travail.

Quand Garth avait commencé à enseigner, les savants ne connaissaient pas grand-chose en dehors de la structure et du fonctionnement de l'ADN. Mais, dans les années 1960, il y eut une explosion de découvertes dans le domaine de la génétique et il se trouva au centre de ces recherches. Son calme et son sérieux, mêlés à l'audace qu'il prodiguait dans ses articles, le firent remarquer. On l'invita à participer au séminaire international de Berkeley, qui devait durer un mois, le mois d'août précédant le voyage de Stéphanie en Chine. Il avait ainsi rejoint les rangs des généticiens les plus éminents sur le plan mondial.

Il savait comment séparer la macromolécule d'ADN et remplacer un segment manquant ou endommagé par un autre en bon état, provenant d'une autre molécule d'ADN.

Manipulations génétiques. Mécanismes génétiques. Recombinaison de l'acide nucléique. Toutes ces phrases étaient sèches et austères, mais la voix de Garth trahissait sa joie devant les merveilles qu'elles cachaient.

Sa famille écoutait, figée, prise par ses paroles. Il les regarda, tous assis autour de la table, son sang s'accéléra dans ses veines, il ressentit une énergie soudaine, une puissance inaccoutumée, un immense bonheur. Un homme a besoin de parler de son travail, de le partager avec les siens. Sinon, qu'importe si les autres accordent une grande valeur à ce travail, à ses yeux, il devient insignifiant, parce qu'il ne suscite aucun intérêt chez ceux qui comptent le plus dans sa vie.

Garth prit la main de Sabrina et lui sourit, plein de reconnaissance. Il savait qu'elle avait fait cela pour lui. Puis il raconta ce qui se passait dans les laboratoires du monde entier, le thème des conférences auxquelles il assistait et les séminaires où il enseignait. D'abord, il y avait la recherche en matière de malformation génétique. Dans le cas de l'hémophilie, par exemple, le code pour la fabrication des substances hémostatiques est inexistant ou incomplet dans l'ADN. Les savants isolaient une cellule contenant l'ADN anormal et une autre cellule provenant d'un être sain, ils ôtaient la partie de l'ADN saine, porteuse du code génétique pour la coagulation et l'introduisaient dans la molécule malade. Ensuite, ils replongeaient la cellule réparée dans une culture pour qu'elle se reproduise jusqu'à ce qu'il y ait suffisamment de cellules à injecter à l'hémophile, chez qui elles continueraient à se reproduire. En cas de blessure, le malade ne serait plus en danger de mort.

Ils apprenaient, en même temps, comment on fabriquait les vaccins. Les savants enlevaient d'une cellule certains gènes qui avaient pour fonction de fabriquer des anticorps contre une maladie particulière et ils introduisaient ces gènes dans des bactéries. Dans une culture, ce nouveau type de bactéries se multipliait par milliards, devenant une véritable usine pour la production des anticorps. Ces derniers pourraient alors être utilisés pour la fabrication de vaccins contre ce type de maladie. Par exemple : l'interféron se trouvait prêt à subir les tests pour combattre les infections virales et certains cancers.

Ou bien, les biologistes injectaient des gènes qui contrôlent la fabrication des hormones dans les bactéries. Quand celles-ci se multipliaient et qu'on enlevait les hormones, elles étaient utilisées pour combattre la maladie. Un autre exemple, l'insuline, produite contre le diabète.

Sabrina sembla intriguée.

— Je n'ai lu nulle part que l'hémophilie et le diabète pouvaient être guéris.

— C'est vrai. J'ai simplement dit que ce sera bientôt possible, quand nous trouverons une réponse aux dernières questions que nous nous posons.

Sabrina observait le regard de Garth, brûlant, intense, dans sa voix, elle perçut la perspective d'horizons infinis.

— Ce n'est pas facile de rentrer chez soi, dit-elle

gaiement, de tondre la pelouse, ou de changer une ampoule grillée, après avoir fragmenté des molécules d'ADN et changé des formes de vie.

Il lui adressa un regard profond.

– Merci. (Sa voix était altérée par l'émotion.) Cela a plus d'importance, à mes yeux, que tout ce que tu aurais pu dire. (Il se tut et jeta un coup d'œil à la table.) Mais, à mon grand étonnement, je remarque qu'on n'a pas fait la vaisselle.

– Nous t'écoutions, dit Cliff, indigné. Devons-nous encore faire la vaisselle?

– As-tu créé une nouvelle bactérie dans ce but?

– Tu sais bien que non.

– Alors, j'ai le regret de te dire qu'il ne reste plus que Penny et toi. Allez, maintenant, tous les deux. Il est tard.

« Il est tard, pensa-t-il, se penchant en arrière avec un soupir de plaisir. Quand donc nous sommes-nous tous retrouvés bavardant autour d'une table? Je ne me rappelle pas. Mais que d'efforts ai-je fournis récemment pour que cela arrive! »

Il sourit à sa femme. C'est grâce à elle que tout avait été possible.

– Tout est clair dans ton esprit, maintenant?

– J'ai envie de m'informer davantage, mais ça fait peur.

– C'est terrifiant, tu veux dire. L'aspect merveilleux, le bond en avant, l'espoir pour des gens sans avenir auparavant... Mais, pour l'instant, ce qui me ravit, c'est que tu aies lu l'article, entretenu la conversation, partagé mon but pour une fois, ainsi, tu as pu comprendre pourquoi j'étais si absorbé et pourquoi j'ai parfois paru délaisser ma famille. Quoique en cet instant, il me semble impossible que ç'ait été le cas.

Il s'avança. Debout, derrière elle, il posa les mains sur ses épaules, et les glissa le long de sa poitrine.

Penché vers elle, il effleura de ses lèvres ses cheveux.

– Je crois...

– Non, dit-elle sèchement. (Elle brisa le cercle de ses bras et se dressa, à quelques mètres de lui. Elle était très pâle; elle détourna le regard, le visage fermé et figé.) Pas maintenant, pas encore, au moins pas... (Garth, abasourdi, était furieux. Elle l'avait séduit puis rejeté. Au gré de ses caprices. Il se dirigea vers la porte pour s'éloigner d'elle, mais sa voix le retint.)

– Je suis navrée, navrée. (Elle baissait les yeux.) Quand je bouge ça me fait mal... mes contusions... Je pensais que tu te rendais compte à quel point je souffre.

– Merde! (Il se tenait devant l'entrée du salon.) Dolorès n'est pas la seule qui érige des barrières quand la situation devient inconfortable, n'est-ce pas? Tu pourrais lui donner des leçons! (Il prit un ton cinglant :) Ne t'inquiète pas, je ne t'ennuierai plus. Te prendre de force, ça ne m'amuse pas, ça ne m'excite pas non plus. Je veillerai à ce que toi, de ton côté, tu ne m'excites plus.

Il claqua la porte et alla jusqu'au lac, respirant fort, maudissant sa femme et lui-même pour s'être laissé tourner en ridicule. Que voulait-elle, au juste? Si elle ne le désirait plus, pourquoi ne pas le dire?

Il marcha des kilomètres et ne revint que tard le soir, dans une maison endormie; seuls, le salon et la cuisine étaient allumés. Quelqu'un avait laissé pour lui des galettes. Il n'y toucha pas, épuisé par sa colère, il alla directement à son bureau. Il se coucha sur le canapé-lit sans même le défaire.

Sa colère était toujours aussi vive quand il se réveilla, au petit matin, bien avant les autres. Il partit sans prendre son petit déjeuner et alla à la cafétéria des étudiants.

– Toi, tu as besoin d'une bonne partie de tennis, dit Nat Goldner, le faisant brusquement sortir de ses pensées. Un regard aussi noir et menaçant engendre de bien sombres pensées qui ne peuvent être exorcisées qu'en démolissant une balle ou un adversaire. Je m'offre. A moins que tu ne préfères parler.

– Non. Je préférerais écrabouiller quelque chose. Bonne idée.

Ils étaient de la même force. Le jeu était rapide. Au bout d'une heure, Garth commença à se détendre. Nat était admiratif.

– Bien joué. Très bien même. Tu imagines si j'avais été aussi furieux que toi? As-tu le temps de prendre un second petit déjeuner?

– Largement; pas de cours, aujourd'hui. Mais je veux être au labo à dix heures.

Au club de la faculté, une maison en bois de style victorien, ils trouvèrent une table près d'une baie vitrée qui donnait sur le lac. Un navire passait à l'horizon. On ne distinguait plus la ligne de flottaison.

– Il semble chargé, dit Garth, attaquant ses œufs au bacon.

– Il transporte du charbon pour l'hiver. Difficile d'imaginer l'hiver par une telle journée. Comment va Stéphanie?

Garth étalait du beurre sur son toast de seigle.

– Elle va bien.

– Pas de douleurs ou de migraines?

Garth leva les yeux.

– Voilà un terme bien désuet pour un médecin moderne.

– Je l'aime. Comment décrire, en un seul mot, la déprime, l'irritation, et parfois une attitude extravagante?

– Simplement avec une fracture du poignet?

– Il y a eu traumatisme, choc. Stéphanie t'a-t-elle parlé de la domestique que Dolorès lui a envoyée? Juanita.

– Elle m'a seulement dit qu'elle avait fait du bon travail – quand était-ce? Avant-hier, mardi –, c'est très gentil de la part de Dolorès de nous la laisser. Avais-tu autre chose à dire, à son sujet?

– D'après Dolorès, qui cite Juanita, « cette dame sait exactement ce qu'elle veut : elle donne des ordres comme si c'était une princesse ».

– Stéphanie? C'est absurde. Elle est mal à l'aise dès qu'elle doit donner un ordre.

– Je ne fais que citer Dolorès.

– Qui cite Juanita, qui probablement exagère.

– Garth, détends-toi. Personne n'attaque Stéphanie.

– Y a-t-il autre chose que notre Juanita, tout à fait digne de confiance, ait dit, par la bouche de Dolorès?

– Stéphanie a déjeuné dans le patio et Juanita, dans la cuisine.

– Et alors?

– Ici, les femmes déjeunent avec leur domestique. Je ne le savais pas, mais il est vrai que je ne suis jamais à la maison.

– Pourquoi faut-il qu'elles déjeunent ensemble?

– Comment le saurais-je? Peut-être les femmes désirent-elles que leurs domestiques se sentent aimées. Enfin, toujours est-il que Stéphanie ne l'a pas fait.

– Elle n'a pas l'habitude d'avoir de domestique.

– D'accord, je t'ai déjà dit que mon but n'était pas de l'attaquer. Mais en tant que médecin, j'ai besoin de savoir si son comportement est normal. Elle a subi un très gros traumatisme crânien, Garth, et elle a eu très peur. Parfois, la peur traîne; les malades pensent qu'ils sont gravement atteints, que le médecin leur ment et qu'il partage ce secret avec leur famille. Tout cela réuni fait que, parfois, ils ont une attitude bizarre, imprévisible. Si l'on n'est pas prévenu, on ne sait pas comment réagir. Alors, qu'en dis-tu?

Garth posa son toast et se servit une seconde tasse de thé.

– Non, elle dit que ses contusions lui font mal, c'est tout.

Nat soupira :

– Si elle a un comportement curieux, il disparaîtra, en principe, dans très peu de temps, quand elle commencera à aller mieux.

– Bien, merci.

– Si tu as besoin de parler, tu sais où me trouver.

– Nat, si j'avais un problème, c'est vers toi que je viendrais. J'ai confiance en ta perspicacité et ta sincérité. Surtout, en ton amitié. Sans oublier le tennis. Quand nos fils ont-ils leur prochain match de football? J'ai oublié de demander à Cliff, ce matin.

– Demain. Mardi prochain clôt la saison. Je n'aime pas beaucoup la façon dont l'entraîneur s'y prend, mais on ne peut pas faire grand-chose, n'est-ce pas?

Tout en parlant de leurs fils et de football, ils terminèrent leur café et se quittèrent, songea Garth, comme deux respectables citoyens aux familles modèles, à la réputation solide, dont tout problème pouvait être résolu par un set de tennis et une conversation amicale, autour d'un café.

Il se regarda dans la porte de verre de son laboratoire. « Suis-je bien cet homme-là, avec cette famille? Comment le pourrais-je, si je ne comprends pas ma femme et si elle-même ne sait que faire : rester ensemble ou se séparer? Peut-être quelque chose nous arrive-t-il à tous les deux, peut-être que nous changeons – comme si nous étions devenus différents. »

Cliff flâna le long des rues avant de rentrer. « Si Penny est arrivée la première, peut-être aura-t-elle lavé les tasses du petit déjeuner », pensa-t-il. Il souhaitait qu'on enlevât son plâtre à sa mère, pour qu'elle reprît ses activités normales. Pourtant, il avait la sensation étrange qu'elle ne redeviendrait jamais comme avant.

Il y avait un mystère; auparavant elle s'occupait de tout. Maintenant, elle était imprévisible : on ne savait jamais ce qu'elle allait dire, leur demander de faire ou tout simplement ce qu'elle allait oublier. Elle ne se fâchait plus comme avant. En fait, elle ne prêtait plus autant d'attention à ses enfants. Parfois, il souhaitait qu'elle s'intéressât à lui. Mais sans doute son poignet lui faisait-il mal.

Au moins s'était-elle mise de nouveau à faire la cuisine, avec l'aide de papa, ce qui prouvait qu'elle était capable de faire autre chose. Ce n'était pas juste qu'après l'école et l'entraînement de football, il ait tout à faire chez lui. Il faudrait en parler à maman; ces jours-ci, elle s'adressait à lui presque comme à un adulte.

— Maman! cria-t-il, claquant la porte et jetant ses livres dans le salon.

Il la trouva dans la cuisine, assise, avec Penny à ses côtés.

— Va-t'en! Nous avons une conversation intime! dit Penny.

— Tu n'as pas fait la vaisselle! grommela-t-il, en jetant un coup d'œil écœuré à l'évier.

— Tu es censé la faire, également.

— Je veux parler à maman.

— Pour le moment, elle est avec moi.

— Maman... dit Cliff.

– Je pourrais vous vendre des tickets, suggéra-t-elle.

Cliff était confus, il s'attendait à une réprimande pour s'être disputé avec Penny, mais leur mère ne semblait pas du tout en colère : en fait, elle semblait heureuse.

– Cliff, si tu apportais quelques galettes et du lait dans le jardin? Ce sera ton tour, dans quelques minutes.

Penny attendit qu'il ait passé la porte, avec les galettes, le lait et une boîte de bretzels, puis se tourna vers Sabrina.

– Le problème, c'est que je me sens maladroite... et plutôt effrayée.

– Effrayée de quoi? demanda Sabrina.

– Des problèmes dont on parle. A la récréation. Enfin, tu vois.

– Non, pas vraiment. De quoi parle-t-on?

– Eh bien, oh... tu vois... de sexe, d'enculade, de masturbation, etc.

– Penny!

Elle se reprit.

– Je savais que tu serais furieuse. Tout le monde dit qu'on ne peut pas se confier à sa mère. Mais je ne savais pas à qui parler. A Barbara, c'est inutile, elle n'en sait pas plus que moi. Je ne peux pas demander à un professeur – si quelqu'un le savait, je mourrais de honte!

Sabrina hocha la tête, se remémorant le passé. Effectivement on ne pouvait pas aller trouver un professeur qui trahirait les conversations des autres élèves, et on ne pouvait en parler aux autres filles, sous peine d'avouer son ignorance. Mais Penny pouvait bien attendre quelques jours. Jusqu'au retour de Stéphanie. C'est à une mère de parler à sa fille de tous ces problèmes. Sur le visage de Penny, elle lut l'embarras

310

et l'inquiétude. Elle se rendit compte qu'elle ne pouvait attendre.

Sabrina alla se servir un verre d'eau pour gagner du temps. « Que sais-je des problèmes des jeunes filles? Quand on avait l'âge de Penny, on était totalement ignorantes. Comment en vient-on, à onze ans, à parler de sexe et de masturbation? Pourquoi ne pensent-elles pas aux ice-cream sodas et aux leçons de natation? »

Elle revint vers le divan.

– Penny, n'as-tu pas de cours où l'on aborde les problèmes du corps et de l'évolution de l'homme et de la femme?

– On a des cours d'éducation sexuelle, mais ce n'est pas ce qui m'intéresse. Ils ne parlent que de sperme, d'œufs, de menstruation, de maladies vénériennes – tout le monde sait cela! Ce n'est pas le problème!

Sabrina, atterrée, observait Penny.

– Quel est le problème, alors?

– Je ne veux rien faire, bien sûr...

– En sixième?

– Evidemment. Personne n'a de relations sexuelles en sixième. Mais quand elles en parlent – ce que préfèrent les garçons et ce que l'on ressent quand on fait l'amour – ... je ne sais quoi dire. J'ai l'impression de ne pas être normale, parce que... *je n'ai pas envie de le faire!* Jamais! C'est affreux. Je n'ai pas envie que des garçons me touchent ni qu'ils enfoncent leur pénis dans moi. Mais quand je dis ça, elles se moquent de moi...

– Qui elles? demanda Sabrina.

– Les filles de ma classe. Elles ont leurs règles, elles portent un soutien-gorge, et tu ne veux pas m'en acheter...

– Bon, mais Penny... dit Sabrina, regardant sa poitrine plate.

– Je sais, mais, au vestiaire, en gym, j'ai l'impression d'être un bébé! Alors, elles chuchotent, ricanent et parlent de... (Sabrina l'écoutait, abasourdie, tandis que Penny, dans son innocence, décrivait une génération qu'elle ignorait totalement. A onze ans, avec Stéphanie, elles s'étaient senties toutes hardies, parce qu'elles avaient échappé à la surveillance d'un chauffeur. Qu'attendaient ces enfants de la vie, s'ils découvraient tout à l'école? A quarante ans, joueraient-ils à la marelle? Elle soupira. Ce n'était pas une plaisanterie. Penny était sens dessus dessous, elle se sentait abandonnée et cherchait une aide.) Tu vois, dit Penny, je me moque de ce qu'ils font. S'ils en ont envie, c'est leur problème. Mais moi, je préfère dessiner ou confectionner des costumes de marionnettes, enfin des trucs comme ça. Est-ce que ça signifie que je suis anormale?

— Non, dit Sabrina calmement, je crois que tu es la plus normale de toutes.

— Vraiment? Tout est normal? Tout ce que je t'ai dit?

— Pas tout, parce que, lorsque tu seras plus grande, tu changeras d'avis sur les rapports sexuels...

— Tu veux dire, « coucher ».

— Oui, on peut employer ce terme; mais ce n'est pas le mien. Je vais te dire pourquoi. Tu sais, bien sûr, qu'avoir des rapports sexuels peut aussi se dire « faire l'amour »?

— Oui, tout le monde sait ça.

— Ah bon? Mais on préfère dire « coucher ». Pourquoi, à ton avis?

— Je ne sais pas. Parce que c'est ce qu'ils aiment.

— Penny, pourquoi au lieu de dire « coucher avec quelqu'un » on dit « faire l'amour »?

— Parce que... tu aimes quelqu'un et tu le fais.

— Et si tu le fais avec quelqu'un que tu n'aimes pas?

Penny fronça les sourcils, puis haussa les épaules.

– Tu vois, tu peux faire l'expérience, si tu as de la chance et si ça marche, c'est très agréable. Tu peux avoir autant d'expériences que tu voudras; c'est comme se gratter ou manger quand tu as faim. Mais tu peux aussi coucher avec un garçon seulement si tu as envie de lui prouver que tu as des sentiments pour lui. C'est ce qu'on appelle « faire l'amour ». (Elle regarda par la fenêtre et vit une tige de rosier grimpant, lourde de bourgeons tardifs.) Faire l'amour, c'est une façon de prouver à quelqu'un que tu l'aimes tellement que tu aimerais que vous ne fassiez qu'un. Il y a différentes façons de prouver ton amour; bavarder, avoir une certaine complicité dans les plaisanteries, se sourire. Se tenir la main, être ensemble. Mais coucher avec quelqu'un, c'est bien plus, c'est la seule façon d'être aussi près de lui avec ton corps qu'avec ton esprit. (Sabrina lui prit la main et, leurs doigts entrelacés, lui dit :) Tu vois, c'est comme ça. La pensée et le corps. Ainsi, tu sais que tu es amoureuse. Crois-tu que les filles de ta classe sachent ce que cela veut dire? Ou y prêtent attention?

Penny regarda leurs mains entrelacées et, lentement, secoua la tête.

– Penny, je t'en prie, écoute-moi. Tu as le temps. Quoi que fassent les autres, ne les laisse pas te culpabiliser pour mieux t'entraîner à agir comme elles. Ne fais pas de l'amour une expérience, ne l'abaisse pas au niveau d'une poignée de main. Attends que quelqu'un prenne une place si importante dans ta vie, soit si merveilleux et si exceptionnel, que tu désires tout partager, ce que tu es, ce que tu ressens, sans entrevoir d'autre alternative. Coucher avec quelqu'un n'est pas une activité sportive de fin d'après-midi, une façon de calmer une démangeaison. C'est un langage, Penny, c'est utiliser son corps pour dire « je t'aime ».

Attends. Attends de trouver quelqu'un de si merveilleux que tu aies envie de lui dire que tu l'aimes, du regard, de la bouche et de tout ton corps.

Dans les yeux émerveillés de Penny, Sabrina lut l'écho intense de ses paroles. Elle ressentit une étrange sensation, comme si quelque chose se brisait en elle; elle se sentit vide et seule.

« *Je n'ai pas suivi mon intuition première. Je souhaite...* »

– Mais si c'est agréable, comment se fait-il que toi et papa vous ne le fassiez jamais?

Dans le silence, la balle de Cliff résonnait régulièrement contre le mur de la maison.

– Qu'est-ce qui te fait penser cela? demanda Sabrina.

– Eh bien, il ne dort pratiquement plus dans ta chambre. Est-ce que ça signifie que vous ne vous aimez plus?

– Non, s'empressa-t-elle de dire, pour apaiser la nouvelle anxiété qui se lisait sur le visage de Penny. Parfois les adultes éprouvent des sentiments complexes, difficiles à expliquer. Ils peuvent s'aimer, et, cependant, avoir envie, de temps à autre, de se séparer.

– Est-ce la raison pour laquelle tu es partie en Chine?

– Effectivement.

– A l'école, il y a plein d'élèves dont les parents divorcent.

– Mais ce n'est pas notre cas. (« Je suis trop sur la défensive », pensa-t-elle. Elle ajouta aussitôt :) Ne t'inquiète pas, Penny, nous n'allons pas divorcer.

– Quand tu es partie pour la Chine, c'est ce qu'on a pensé, Cliff et moi, parce que tu es partie seule et papa était triste. (Sabrina prit Penny par le cou et Penny enfouit son visage contre sa poitrine.) Je t'aime, maman, ne repars pas.

Sabrina l'embrassa sur le front, encadré de cheveux noirs bouclés, comme Garth. Elle ressentit un élan d'amour et le désir de la protéger, ce qu'elle n'avait jamais éprouvé auparavant.

« *N'aie pas peur, Penny. Je ne laisserai personne te faire du mal.* »

– Je t'aime, Penny, dit-elle.

Dehors, le bruit des rebonds de la balle ressemblait à un battement de cœur. Soudain, le bruit cessa.

– Hé, dit Cliff, faisant son apparition sur le seuil. Est-ce mon tour?

« J'aimerais une coupure de cinq minutes », pensa Sabrina, mais Cliff, se sentant exclu, guettait l'instant où il pourrait entrer.

– Oui, entre.

– Puis-je rester? demanda Penny.

Sabrina se tourna vers Cliff.

– Est-ce une conversation privée? Je suppose que non.

Cliff prit la place de sa sœur, tandis que Penny allait s'asseoir par terre et sortait son carnet.

– Je... euh... c'est à propos du travail, à la maison.

– Oui?

Sabrina, sereine, lui adressa un sourire.

– Je n'aime pas ça. Je crois que ce n'est pas à moi de le faire. Je vais à l'école, j'ai l'entraînement de foot et, en plus, j'ai du travail à faire à la maison.

– Oui?

– Alors... ça fait trois activités.

– Deux, et encore, si tu appelles ça des activités : l'école et le football.

– Bon, deux. Si, en plus, je travaille ici, ça fait trois, et personne n'a trois activités.

– Et moi?

– Toi? Tu es une mère... c'est tout.

315

– C'est tout? Eh bien, réfléchis! Je nettoie la maison, je fais donc le travail d'une domestique – c'est tout de même moins drôle que le football. Je cuisine, activité numéro deux. Je vous conduis partout, je suis donc le chauffeur, et de trois; je lave vos affaires, et de quatre. Je m'occupe du jardin, et de cinq. Je répare les meubles et leur redonne de l'éclat, je suis donc décoratrice, et de six. Je reçois tous nos amis, et de sept. Je joue les infirmières quand vous êtes malades, et de huit. Je travaille à l'université, et de neuf. (« *Stéphanie a-t-elle réellement toutes ces activités?* ») Et, bien entendu, je suis comme tu dis, une mère, ce qui fait dix, et une épouse, ce qui fait onze. J'en ai probablement oublié quelques-unes. Combien d'activités as-tu, exactement?

Il avait les yeux braqués sur elle.

– Mais... c'est ton rôle...

– Qui l'a dit?

Il réfléchit, avant de donner une réponse bien pesée.

– La Bible.

Elle éclata de rire.

– Dans la Bible, il y a des femmes guerrières qui, de leur épée, décapitent les hommes. Faut-il que je sois comme elles?

– Non, mais... peut-être n'est-ce pas inscrit dans un livre ou une loi, mais tout le monde sait ce que les mères sont censées faire... ce qu'elles ont toujours fait. La famille, ça ne change pas.

Elle prit un air sérieux.

– Et les fils, que sont-ils censés faire?

– Aller à l'école.

– Oui, dans le siècle où nous vivons. Mais, autrefois, excepté les riches, tout le monde travaillait douze à quatorze heures par jour dans les usines et les mines de charbon. Les enfants gagnaient de l'argent pour aider leurs parents.

– Mais tout cela a changé!

Elle fit semblant d'être surprise.

– La famille, ça change?

Au bout d'un long moment, Cliff grimaça.

– Oh!

Ils éclatèrent de rire. Sabrina voulut le serrer contre elle. Elle lui ébouriffa les cheveux, tout en riant avec lui aux éclats. C'est ainsi que Garth les trouva quand il entra dans la cuisine, quelques instants plus tard. Le rire de Sabrina s'arrêta net.

– Cliff, on a passé l'après-midi à bavarder, qu'avons-nous préparé pour dîner?

– On n'a pas fait la vaisselle, dit-il, s'arrachant du divan. Salut, papa. T'as fabriqué des clones, aujourd'hui?

– J'essaie de fabriquer un fils respectueux, fit Garth, mais il avait le regard fixé sur Sabrina. J'ai apporté un steak. Si tu me donnes ta recette de la semaine dernière, je le préparerai moi-même.

– Je vais le faire, dit-elle en se levant.

– Non, ça m'amuse.

Il aimait aider sa femme qui s'obstinait à tout faire pour tous, même quand elle était malade. Il aimait se sentir utile.

Sabrina se rassit. Garth versa deux verres de vin et les posa sur la table, en face d'elle. Puis, suivant ses conseils, il écrasa des grains de poivre avec le nouveau pilon et en recouvrit le steak. A côté, Cliff lavait les tasses du petit déjeuner et parlait de son cours de sciences. Sabrina regarda le père et le fils travailler côte à côte. Assise par terre, près d'elle, Penny fredonnait, tout en dessinant, enfermée dans son univers, ignorant totalement la présence de sa famille. Sabrina, au contraire, ressentait profondément ces liens familiaux. Elle n'était pas en bons termes avec Garth, mais, malgré cela, elle sentait cette force d'une famille unie; elle était heureuse de se trouver parmi eux, même si l'explosion de colère de Garth, la veille, restait toujours en suspens.

Garth vint s'asseoir près d'elle; automatiquement, elle s'écarta. Il fit semblant de ne pas le remarquer et lui tendit un verre de vin.

— Je voudrais m'excuser pour hier soir. J'avais envie de toi comme un fou. C'était insensé de ma part, je suis désolé. Surtout après cette merveilleuse soirée. Enfin, pour moi.

— Pour nous tous. Moi aussi, je veux m'excuser...

— Il n'y a aucune raison. Il te faudra du temps avant de retrouver ton équilibre, j'aurais dû en tenir compte. J'ai été aussi fougueux qu'un adolescent repoussé.

Sabrina fronça les sourcils.

— Qui t'a parlé de mon équilibre?

— Nat. Il a évoqué les séquelles d'un traumatisme ou d'une commotion. Inutile de rentrer dans les détails; il m'a simplement fait prendre conscience que je ne pensais qu'à moi, pas à toi. (Il lui tendit la main, et après un instant d'hésitation, elle lui tendit la sienne.) L'idée de te faire souffrir m'est pénible. Je m'excuse.

— Merci. (Doucement, elle retira sa main.) Je crois que je ferais mieux de préparer le dîner.

— Non, tu as pour mission de donner des ordres et de superviser. Si le steak est raté, nous en partagerons la responsabilité. Que dois-je faire, maintenant?

Il enrôla Cliff et Penny : tous se mirent au travail, tandis que Sabrina, blottie dans le divan, donnait les directives, tout en laissant son imagination vagabonder. Les jours passaient, elle s'était installée dans cette routine, vivant dans un étrange oubli. Son aventure, qui devait être brève, n'avait plus de caractère insolite, elle n'avait plus l'impression d'être là en touriste;

318

c'était sa maison, sa famille. Elle faisait partie intégrante de leur vie de tous les jours, des plans qu'ils élaboraient pour l'avenir.

Mais comment pouvait-elle donc faire des projets? Elle ne pouvait changer la maison ni sa routine, rien ne lui appartenait. Inutile d'entreprendre ce qu'elle ne pourrait terminer, faute de temps; elle commettrait des erreurs, qui pourraient la démasquer à chaque minute; elle s'attacherait à Penny et Cliff et devrait les quitter; et Garth... Garth.

C'est lui qui comptait le plus. Pourtant, c'était à elle de garder ses distances.

– Tout le monde à table, dit-il en souriant et en lui tendant la main pour l'aider à se lever.

Le vendredi, Juanita revint. Dolorès téléphona.

– Va doucement, elle n'aime pas qu'on lui donne des ordres.

– Dolorès, il faut bien que je lui dise ce qu'elle doit faire.

– Non. Laisse-la faire ce qu'elle veut. Tu auras un meilleur résultat. De temps à autre, fais-lui une suggestion. Quant au déjeuner...

– On sonne. Je t'appellerai plus tard.

En silence, Juanita fit le ménage, changea les draps, tandis que Sabrina entreprenait les travaux que Stéphanie faisait toujours à la fin du mois de septembre : ranger les vêtements d'été, sortir ceux d'hiver des sacs entassés dans le placard du couloir. A midi, Juanita s'approcha d'elle :

– Qu'y a-t-il à déjeuner?

« *Oh! Quelle différence avec Mme Thirkell!* »

– Ouvrez le réfrigérateur et prenez ce qui vous plaît, dit-elle, tout en pliant les tricots.

Elle se sentait maladroite et fit tomber deux pulls par terre. Juanita les ramassa.

319

– Mme Goldner et toutes les personnes chez qui je travaille le prévoient pour moi.

Sabrina lui prit les pull-overs.

– Merci. Vous faites la cuisine chez vous, Juanita?

Au bout d'un moment, Juanita dit : « Oui, madame » et descendit au rez-de-chaussée. Une heure plus tard, quand Sabrina vint déjeuner, elle trouva sur la table une assiette de rosbif, des tomates et du pain français, des couverts enveloppés dans une serviette, et un verre de cidre. Elle jeta un coup d'œil étonné, au moment même où Juanita entrait dans le salon.

– J'ai pensé que vous auriez du mal avec votre bras.

– C'est très gentil de votre part. C'est bien présenté. Avez-vous suffisamment mangé?

– Oui, m'dame.

Elle retourna au salon.

Plus tard, elle trouva Sabrina dans le jardin du fond, taillant les rosiers.

– Je suis libre, un mercredi sur deux. Si vous voulez, je peux venir.

– Combien prenez-vous, Juanita?

– 30 dollars, plus le transport.

Pouvaient-ils se le permettre? Elle l'ignorait, Stéphanie s'occupait toujours seule de sa maison. « Pourquoi le ferais-je? pensa Sabrina. Après tout, je lui ai laissé Mme Thirkell. Et je ne suis là que pour quelques semaines. Stéphanie décidera à son retour. »

– Très bien. Mercredi prochain ou le suivant?

– Mercredi prochain.

– D'accord.

Elle retourna vers ses rosiers. Entre Sabrina et Juanita, s'était établi un rapport de forces. Toutes deux étaient sorties victorieuses. Juanita faisait le ménage à sa façon, Sabrina déjeunait à sa guise. Mais... qui avait eu le dernier mot? Juanita. Elle décidait de ce que Sabrina mangerait et boirait. Sabrina se mit à rire. « Attendons que j'en parle à Garth », pensa-t-elle.

Au dîner, elle écouta Garth et Cliff parler du match de football de l'après-midi, le premier depuis que Cliff avait été mis sur la touche. Il avait marqué deux buts.

— Tu aurais dû voir ça, maman, c'était fantastique. Tu viendras assister au dernier match, la semaine prochaine, n'est-ce pas? Je préfère quand vous venez, tous les deux, papa et toi.

— Bien entendu, dit-elle, je crois que Penny aimerait venir également.

Puis elle se rassit, laissant les autres parler. Garth, intrigué, jetait sans cesse des regards sur elle, attendant qu'elle participe ou qu'elle mène la conversation, comme les soirs précédents, mais elle se taisait. La famille, c'était eux, elle n'était qu'un observateur.

— As-tu encore des maux de tête? lui demanda-t-il, après dîner.

— Seulement de temps à autre. C'est comme un bourdonnement, toujours présent, mais je m'y habitue.

— Tu parles si peu. As-tu passé une bonne journée?

— Oh oui! Plutôt amusante...

Penny apporta un carton de glaces sur la table et tandis que Garth les servait ainsi que le café, elle leur parla de ses rapports avec Juanita. Garth se montra surpris.

— Tu m'as toujours dit que tu n'aimais pas donner des ordres, raison pour laquelle tu n'as jamais voulu de domestique.

— Oh, tu sais, c'est fantastique ce qu'une fracture du poignet et des maux de tête vous donnent de l'assurance. En fait, Juanita, d'une certaine façon, a eu le dernier mot. Après m'avoir imposé mon repas, elle m'a poussée à l'engager.

Garth eut l'air vraiment surpris.

— Tu l'as engagée?

— Seulement une fois tous les quinze jours.

Sabrina était ennuyée d'être sur la défensive. Elle n'en avait pas l'habitude. A Londres, elle n'avait pas à expliquer ses décisions, elle ne rendait de comptes qu'à elle-même. Stéphanie devait-elle consulter Garth chaque fois qu'elle désirait dépenser de l'argent?

— Tu as bien fait, dit-il, combien de fois te l'ai-je suggéré? Je pensais simplement qu'on aurait pu en discuter d'abord.

« *Je ne discute jamais mes plans avec qui que ce soit.* »

Mais, soudain, elle pensa à Antonio, assis en face d'elle, rejetant avec une facilité déconcertante ses problèmes, et disant qu'il la débarrasserait de sa « petite boutique ». Ne rendre de comptes à personne, était-ce un luxe ou un fardeau?

— Je suis désolée, dit-elle à Garth. Cette idée m'est venue...

Le téléphone sonna, Cliff se précipita pour décrocher, puis appela, de la cuisine :

— Maman! c'est tante Sabrina!

Dans la pièce du petit déjeuner, Sabrina essayait d'entendre Stéphanie, malgré des parasites sur la ligne et le vacarme de Penny et Cliff qui débarrassaient la table.

Il y avait un problème avec Antonio, Stéphanie paraissait bouleversée.

— Je te rappellerai. Ce week-end?

— Non. (La voix de Stéphanie tomba)... partie à la campagne.

— Lundi, alors, dit Sabrina, ajoutant : Ne t'inquiète pas pour Antonio.

Quel que soit le problème, il semblait si loin et si anodin.

Durant le week-end, elle n'y pensa plus. Imperceptiblement, elle s'était glissée dans la routine familiale. Avec Garth et les enfants, elle partageait le travail de la maison et du jardin, parfois, ils abordaient, tout naturellement, les problèmes familiaux; elle se remit à faire la cuisine, choisissant dans les livres de Stéphanie les recettes préférées, d'après les pages cornées à force d'être consultées. Elle ne put résister à glisser une touche personnelle. Elle pensait que personne ne l'avait remarqué, mais, en prenant le café, le dimanche soir, Garth lui dit qu'avec un seul bras, elle avait préparé un repas succulent que bien des chefs lui envieraient.

A sa grande surprise, elle se sentit heureuse.

Elle y pensa plus tard, quand elle se retrouva seule, dans le salon, avec Garth. Ils avaient regardé un film à la télévision, puis lu, assis l'un près de l'autre. Autour d'eux, la maison sommeillait. Sabrina leva les yeux de son livre et vit que Garth l'observait. Ils échangèrent un sourire, ils étaient les seuls éveillés. Brusquement, elle se replongea dans son livre pour rompre le charme.

A minuit, Garth annonça qu'il allait se coucher.

– J'ai un rendez-vous, demain matin, de bonne heure, avec le vice-président.

Un peu plus tard, quand elle éteignit les lumières et monta se coucher, elle le trouva à l'autre extrémité du lit, les yeux clos, la respiration régulière. Retenant son souffle, essayant de se faire légère et invisible, elle se glissa à l'autre extrémité. Elle ne bougea pas et, avant de décider d'une attitude, s'endormit profondément.

Le lundi, Garth lui suggéra de prendre quelques jours de congé supplémentaires.

– Je téléphonerai à Ted et lui expliquerai la situation, dit-il.

Elle le laissa faire. « Lâche, pensa-t-elle. Il faudra bien que tu y ailles, un jour ou l'autre. »

Mais il y avait une chose impossible à remettre. Sabrina avait finalement pris rendez-vous avec le professeur de Penny et, après le déjeuner, elle se rendit à l'école. « Elle est intimidante », avait dit Stéphanie, et, dès le premier regard lancé à cette petite femme, aux cheveux gris parfaitement ondulés, aux lèvres pincées et au maintien raide, Sabrina comprit pourquoi.

– Asseyez-vous, je vous en prie, madame Andersen. Penny m'a raconté votre accident, je suis désolée. Comment va votre poignet?

– Je crois que c'est en bonne voie de guérison.

– Bien sûr, nous ne savons pas ce qui se passe sous un plâtre. Nous ne pouvons qu'espérer. J'aimerais vous dire, madame Andersen, ou plutôt vous confirmer, que j'apprécie beaucoup Penny. C'est une enfant merveilleuse et une bonne élève. Cependant, elle a tendance à être entêtée; vous devriez surveiller ce côté de sa personnalité.

Sabrina regarda calmement Mme Casey.

– Entêtée, répéta-t-elle.

– Elle n'en fait qu'à sa tête. Comme tous les jeunes, d'ailleurs, mais Penny est trop sûre d'elle. Elle a besoin qu'on lui rabaisse, parfois, le caquet.

– Dans quel sens? demanda Sabrina, avec intérêt.

– Elle doit apprendre l'humilité. Si on les laisse faire, madame Andersen, les enfants sont incontrôlables. Penny, comme tous les autres, doit apprendre à respecter l'autorité. Les adultes en savent plus que les enfants. Si ces derniers se mettent à penser que leur opinion vaut la nôtre, comment les tenir? Comment leur apprendre quoi que ce soit? Bien sûr, vous le comprenez, mais je vous en parle parce que Penny a tendance à être... euh... insolente. J'encourage l'indépendance jusqu'à un certain point, madame Andersen, mais non la sédition.

Sabrina acquiesça, sans broncher.

– Et le spectacle de marionnettes?

– Voilà un bon exemple. Le spectacle met en lumière l'expansion vers l'Ouest, la guerre du Mexique, la ruée vers l'or. C'est une technique éducative, pas un jeu. Au printemps dernier, j'ai accepté la requête de Penny de confectionner les costumes. A la rentrée, cet automne, elle avait déjà fait de petites scènes complètes, avec une admirable énergie, mais, lorsque j'ai suggéré quelques modifications, elle m'a ri au nez; quand je lui ai dit de m'obéir, elle a refusé catégoriquement, proclamant que son projet lui appartenait. De toute évidence, je ne pouvais tolérer cela. Il ne doit y avoir qu'une seule autorité dans une classe, sinon, c'est le chaos. Aussi ai-je donné les costumes à Barbara Goodman, qui est...

– Sans en parler à Penny?

– Oui, et ça, ce fut une erreur. Je voulais le lui dire mais je ne sais ce qui s'est passé, le jour suivant, j'avais complètement oublié. Je comprends que la petite soit bouleversée, je vais m'excuser auprès d'elle, il faut que je le note pour ne pas oublier. Les adultes donnent aux enfants un bon exemple, quand ils reconnaissent leurs fautes. Mais je dois dire que si Penny avait modifié ses dessins, elle aurait gardé son projet et je n'aurais pas eu besoin de m'excuser.

– Madame Casey.

Pour la première fois, le professeur regarda Sabrina en face et vit une lueur dans ses yeux.

– Madame Andersen, ce n'est pas très important. Ça passera.

– S'il vous plaît. Maintenant, à mon tour de parler.

(Sabrina se tut quelques instants.) Vous êtes un tyran, dit-elle, d'un ton léger. Les tyrans ont toujours des idées précises sur la hiérarchie de l'autorité et la place des gens dans la société. (Elle était si furieuse qu'elle tremblait, mais elle s'exprimait sur le même ton plaisant.) Si avec votre petit spectacle, vous aviez affaire à des adultes, cela me serait égal. Mais vous jouez les dures avec des gosses de sixième, qui ne savent pas encore se défendre, quand celui qui détient l'autorité essaie de leur ôter toute confiance en eux et toute indépendance.

— Vous ne pouvez me parler sur ce ton...

— Mes impôts paient votre salaire, madame Casey! Vous travaillez pour moi. Je vous en prie, laissez-moi terminer. Tant que je serai la mère de Penny, j'ai l'intention de tout faire pour l'aider à se sentir bien dans sa peau. Je veux qu'elle ait confiance en elle, sans avoir honte de demander de l'aide quand elle a des lacunes. Je ne vais pas l'écraser au point de contribuer à lui inculper cette humilité que vous semblez exiger pour affirmer votre pouvoir.

— Comment osez-vous...

— Je n'ai pas tout à fait terminé. Je vous donne le choix. Je demande qu'on fasse passer Penny dans une autre sixième et j'en explique les raisons au principal. Ou bien je permettrai à Penny de rester, si vous arrivez à me convaincre que, désormais, vous jouerez un rôle de pédagogue, non de tyran. (Mme Casey se taisait, elle avait les mains crispées. Les muscles tendus de son cou s'étaient relâchés et sa tête tremblait comme une fleur séchée sur une tige courbée. Sabrina, au plus profond de sa colère, ressentit de la pitié. Elle avait deviné qu'on s'était déjà plaint de Mme Casey et, comme le silence se prolongeait, elle savait qu'elle avait raison. Dans son élan, elle lui dit :) Pourquoi

326

n'allons-nous pas prendre un café, pour en discuter? Y a-t-il un endroit, dans l'école?

Mme Casey leva les yeux.

— Vous le savez bien. Le salon de la faculté, où vous nous avez aidés, l'année dernière, pour la fête de Noël.

— Bien sûr. Je pensais à un endroit plus intime.

— Personne ne nous dérangera. (Elle respira profondément.) Madame Andersen, j'enseigne depuis trente ans. L'enseignement, c'est ma vie, ma seule famille, je n'ai rien d'autre au monde. Bien sûr, vous ne pouvez pas comprendre. La solitude? Vous ne connaissez pas. Tous, nous avons besoin de croire en quelque chose. Je crois en l'ordre et en l'autorité. Mais j'ai toujours désiré être un bon professeur. Si je ne le suis pas, alors, je ne suis rien.

La colère de Sabrina s'évanouit. Seule la pitié resta. « Je crois en moi, pensa-t-elle. Mme Casey n'en a jamais été capable. » Elle se leva.

— Je crois que les sujets de conversation ne nous manquent pas.

Quand Penny revint de l'école, toute guillerette, le mardi après-midi, elle se jeta au cou de Sabrina, pour lui annoncer que Mme Casey lui avait redonné la charge des costumes des marionnettes, avec Barbara Goodman, comme assistante.

— Elle s'est excusée et a même souri!

— Et qu'a dit Barbara?

— Oh! Elle était heureuse, les costumes, elle n'y connaît rien. Pourquoi es-tu assise près du téléphone? On va t'appeler?

— Je viens de téléphoner à une amie. Mais ça ne répondait pas.

— Alors, viens voir mes dessins. Mme Casey dit que je peux tous les utiliser, mais il faut que je change le général Santa-Anna. Elle m'a montré son portrait dans un livre, pour que je sache le faire. Tu viens?

Sabrina monta lentement. Elle avait téléphoné à Stéphanie pour savoir ce que cette dernière avait tenté de lui dire vendredi, mais il n'y avait personne, pas même Mme Thirkell. « J'appellerai plus tard de la chambre, pensa-t-elle. Je n'aurai personne pour me déranger. »

Après dîner, Garth la regarda, intrigué.

– J'ai entendu une histoire fascinante, aujourd'hui, à propos de ma femme.

Elle se sentit nerveuse.

– Oh?

– De Vivian Goodman. (« *Vivian ne sait rien. Inutile de s'inquiéter.* ») Elle m'a dit qu'hier, elle est allée voir le professeur de sa fille pour un projet qui la terrifiait, elle ne se sentait pas capable de le faire et n'avait pas le courage de le dire. Quand elle est arrivée, une autre maman parlait du même projet. C'était si intéressant qu'elle a écouté aux portes. Tu ne m'as pas dit que tu avais traité Mme Casey de tyran. (Sabrina secoua la tête. Elle avait décidé de ne pas en parler à Garth, parce qu'elle ne savait pas comment Stéphanie aurait agi.) Selon Vivian, tu as gardé ton sang-froid et tu étais cinglante. J'aurais voulu être là. D'habitude, avec les enfants, tu te laisses emporter facilement. (Bien sûr. La colère aurait submergé Stéphanie. « Mais il est facile de garder son sang-froid, pensa Sabrina, quand il s'agit de l'enfant d'une autre. Je ne peux pas me flatter de me sentir moins concernée qu'une mère. ») Pourquoi hoches-tu la tête? demanda Garth. Ne l'as-tu pas traitée de tyran?

– Quoi? Oh! oui. Je... c'est sorti, elle jouait réellement au tyran...

– Ne t'excuse pas. Vivian m'a dit que Mme Casey

terrifiait les élèves depuis des années. Tu es étonnante, je suis fier de toi.

Elle rougit de plaisir – signal d'alarme. Elle commençait à être dépendante de Garth et de ses louanges.

– Je ne m'étais pas rendu compte que Barbara était la fille de Vivian, dit-elle, pour changer de sujet. Je n'ai pas fait la relation entre les noms.

– Je croyais que tu les avais vues, toutes deux, au pique-nique de la classe, l'année dernière.

– Ah bon? Je ne me rappelle pas.

« Et j'en ai assez de feindre, de n'avoir personne avec qui me détendre, personne à qui parler en étant moi-même. Personne sauf Stéphanie. Et pourquoi Stéphanie n'est-elle pas rentrée? Ou Mme Thirkell? »

Elle était assise dans le salon avec Garth, ils lisaient et bavardaient, lorsque le téléphone sonna.

– C'est pour toi, ça vient de loin, dit Garth.

Elle se précipita dans la cuisine. *« Enfin! Stéphanie! »*

– Stéphanie? (C'était sa mère.) Nous venons de rentrer à Washington. Comment vas-tu? Et ton aventure en Chine? Je n'ai pu avoir Sabrina à Londres, aussi, je compte sur toi pour me donner des nouvelles.

– Je pensais que tu étais à Paris. Ou Genève. Ou Dieu sait où.

– Moscou, chérie. Ton père avait une conférence. Mais elle s'est terminée tôt, aussi sommes-nous rentrés. Maintenant, parle-moi de la Chine. (Sabrina évoqua brièvement la Chine, décrivant, une fois de plus, M. Su, la lampe de bronze, l'échiquier, les reines en ivoire sculpté que M. Su leur avait offertes. *« Comment puis-je me prêter à ce jeu? Comment puis-je tromper ma propre mère? N'a-t-elle vraiment aucun soupçon? »*) Tu as l'air fatiguée, Stéphanie. Tout va bien?

« *Ne parle pas de ta fracture du poignet; elle pourrait vouloir venir t'aider, et je ne sais pas si je pourrais la berner longtemps.* »

— Je vais bien, maman, simplement, je suis très occupée. Tu sais tout ce qu'il y a à faire quand on revient.

— Tu es sûre que tout va? Toi et Garth... ça marche?

— Oui, bien sûr. Quelle idée?

— Ne sois pas sur la défensive. J'ai décelé quelques failles, dans ta dernière lettre; ton père et moi, nous étions inquiets.

— Tout va bien, maman. J'ai horreur du ménage mais j'adore la maison.

Laura, surprise, se mit à rire.

— Est-ce nouveau?

— Ça me semble peut-être nouveau, en revenant de Chine. (Sabrina se lança, laissant entrevoir la vérité. Elle n'avait eu personne à qui parler, depuis si longtemps.) Je hais le grand nettoyage, et j'adore le jardin. J'ai engagé une domestique une fois tous les quinze jours, et j'envisage de laisser la maison aller à vau-l'eau, entre-temps.

— Stéphanie, ça ne te ressemble pas.

— C'est vrai. Je me sens différente depuis ce voyage. J'aime le rythme paisible de cette vie, j'aime ne pas avoir à être perpétuellement en représentation au sein d'un cercle social...

— Est-ce nous que tu critiques, ma chérie?

Sabrina hésita.

— Non. Je ne pensais même pas à vous. Vous continuez vos mondanités?

— C'est notre principale activité. Tu le sais, depuis que tu es née. Sabrina le comprenait mieux que toi; c'est pourquoi elle a si bien réussi à Londres. Tu n'aurais jamais pu tenir sa cadence.

330

– Non. Où en étais-je? Ah! oui. J'aime les gens que je côtoie à Evanston, et les liens entre l'université et la ville. J'aime le confort de ces pièces délabrées, dans cette grande et merveilleuse maison. J'aime ma famille. Il y a plein de bruit, mais plein de vie aussi. Grâce à elle, je ne pars pas à la dérive.

– Stéphanie, toi et Garth, vous ne vous êtes pas drogués?

– Maman!

– Eh bien, tu n'as pas l'air dans ton assiette. Pourquoi me fais-tu la liste de ce que tu aimes et de ce que tu hais?

– Parce qu'à toi, je peux parler, maman. Et je pensais que tu aimerais savoir combien je suis heureuse et que Garth et moi nous n'allons pas divorcer.

– Ma chérie, je n'ai jamais suggéré...

– Ce n'est pas ce qui t'inquiétait, dans ma lettre?

– Oui, peut-être. A notre époque, le divorce, on y pense. Regarde Sabrina. Je ne sais pas quelle a été son erreur, d'épouser Denton ou de divorcer, mais je ne pense pas qu'elle soit heureuse. Et toi?

Sabrina se taisait.

– Stéphanie, tu me réponds? Crois-tu que ta sœur soit heureuse?

– Probablement pas. Tout au moins, pas tout le temps.

– Aussi vois-tu, je m'inquiète. Bon, ma chérie, ton père m'appelle. Nous serons chez toi, comme d'habitude, pour *Thanksgiving*(1). Crois-tu que Sabrina pourra nous rejoindre?

(1) *Thanksgiving* : grande fête nationale et religieuse en Amérique, célébrée pour la première fois en 1621, par la colonie de Plymouth, pour remercier Dieu de lui avoir accordé une bonne récolte, et officialisée en 1789, par le président George Washington, en l'honneur de la nouvelle Constitution. Actuellement fêtée le dernier jeudi de novembre. *(N.d.T.)*

– Ça m'étonnerait.

– Je vais lui demander, on ne sait jamais.

Sabrina s'attarda dans le coin-repas, après avoir raccroché. « *Je ne t'ai pas dit une chose, maman, j'ai omis de te dire que j'aime faire partie d'une communauté qui m'accepte pour ce que je suis, non pour mon allure, ma petite conversation snob, ma boutique chic, mes relations ou mon ex-mari.* »

« Allez, ricana une petite voix. Quelle est la communauté qui t'accepte pour ce que tu es? Sabrina Longworth? Stéphanie Andersen? »

Elle n'avait pas besoin de répondre.

Le mercredi, Sabrina essaya de rappeler Stéphanie.

– Lady Longworth est sortie, dit Mme Thirkell. Voulez-vous que je lui dise de vous rappeler, madame Andersen?

– Oui, j'ai vainement essayé d'entrer en contact avec elle.

– Oh! je suis navrée, madame Andersen. Je suis allée rendre visite à une sœur malade en Ecosse, et je crois que lady Longworth s'occupe de la décoration d'une maison, à Eaton Square. Mais je veillerai à ce qu'elle vous rappelle.

Une vague de dépression submergea Sabrina lorsqu'elle raccrocha. Elle prenait une gifle en plein visage. Lady Longworth travaillait à Eaton Square! Mme Thirkell l'appelait Mme Andersen. Comme si elle avait perdu sa place sur terre. « *Mais cela m'est impossible. Ce n'est pas parce que je me plais ici que je dois tout accepter. Demain, je parlerai à Stéphanie. Il faut que je sache ce qui se trame là-bas. Et me replacer dans l'univers auquel j'appartiens.* »

Mais le matin suivant, Penny se réveilla avec de la fièvre et une toux sèche qui terrifia Sabrina. « C'est

332

ma faute, pensa-t-elle, je ne me suis pas assez occupée des enfants. » Elle téléphona au pédiatre qui se trouvait sur la liste de Stéphanie.

— Amenez-la, dit l'infirmière, nous l'examinerons.

Sabrina, de nouveau, regarda la liste. Cos Building, Ridge Avenue.

— Par où dois-je passer?

Il y eut un silence étrange.

— Oh! vous avez des problèmes avec votre voiture? demanda l'infirmière. Peut-être, un de vos amis...

— Oui, oui, bien sûr. Nous arrivons tout de suite.

Elle chercha fébrilement la carte qu'elle utilisait depuis trois semaines et tenta d'apprendre par cœur la route jusqu'au centre médical, en face de l'hôpital.

— Il n'est pas dans votre habitude d'être si bouleversée, dit la pédiatre. (Elle lança un regard amical à Sabrina.) Vous avez l'air tendue. Votre poignet?

— Pourrions-nous parler de Penny? demanda Sabrina.

— Bien sûr. Penny, tu as une bronchite; ce n'est pas grave, mais il faut faire attention. Reste au lit quelques jours, et prends ce sirop pour la toux. Appelez-moi samedi pour me donner des nouvelles. Des questions?

— Non, dit Penny.

— Excusez-moi, dit Sabrina, gênée d'avoir répondu avec autant de rudesse. Tant d'événements se sont produits, ces derniers temps. Nous vous téléphonerons samedi.

— Ou avant, si vous avez besoin de moi. Mais surtout, détendez-vous. Penny est dure au mal, elle sera vite rétablie.

Dans la voiture, Sabrina hocha la tête. Elle avait très mal réagi. Stéphanie aurait trouvé cela naturel.

Ce soir-là, ils partirent, avec Garth, dîner chez les

Talvia, laissant Penny gaiement clouée au lit et dînant sur un petit plateau, avec Cliff.

– Nous t'avons acheté un cadeau, dit Linda, quand ils arrivèrent.

– Un autre anniversaire?

– Non. (Linda se mit à rire.) Mais Dolorès et moi, nous avons pensé que tu avais besoin de te secouer, aussi t'avons-nous apporté ceci. C'est plaisant.

C'était une robe de coton laqué, à fleurs éclatantes; plus étincelante que tout ce que contenait l'armoire de Stéphanie, ce dont Sabrina raffolait. Son visage s'illumina d'un sourire radieux; Garth n'en croyait pas ses yeux de la voir chaleureusement remercier Linda.

– Je vais la porter au bureau. Elle est trop belle pour rester cachée dans un placard.

– Vraiment, tu l'aimes? Dolorès pensait qu'elle était trop voyante.

– Non, elle est simplement très belle. Tu as un goût exquis. (Linda était radieuse.)

– Comment sais-tu que c'est moi qui l'ai choisie?

– Parce que Dolorès a cru qu'elle était trop voyante.

Le lendemain, elle porta la robe, se sentant plus gaie. La fièvre de Penny était tombée, elle toussait beaucoup moins. Linda et Dolorès avaient acheté une robe pour elle, pas pour Stéphanie. Ces trois dernières semaines, elles s'étaient téléphoné, presque chaque jour, et prenaient le café à la cuisine chez l'une ou chez l'autre.

Peu importait le nom qu'elles lui donnaient, elle était devenue leur amie. Elle n'avait pas encore pu parler à Stéphanie, mais, maintenant, cela semblait moins important, si quelque chose allait mal, Stéphanie aurait téléphoné.

– Elle est magnifique, cette robe, dit Garth. Elle te met en valeur.

Sabrina rougit.

– Merci.

– Tu as l'air d'aller bien mieux.

– Je me sens mieux. Penny aussi se remet.

– Plus de maux de tête?

– Non, aucun, les blessures ne sont pas belles à voir, mais je ne sens rien...

Elle s'arrêta.

– Bon, j'allais remettre la conférence, mais, puisque tu vas mieux, je crois que je vais y aller.

– Une conférence?

– Je t'en ai parlé... Tu ne te rappelles pas? Le 6 octobre. Demain. Je pars une semaine pour Berkeley. Seigneur! ai-je vraiment oublié de t'en parler? Je suis impardonnable, comment ai-je pu...

– Mais non, calme-toi. Tu me l'as probablement dit et j'ai oublié. (« Non, je n'aurais pas oublié, pensa-t-elle. Toute une semaine. Merveilleux. Plus besoin de trouver des excuses, le soir, au lit, après avoir été assez stupide pour dire que je me sentais mieux. ») Je suis heureuse que tu t'en ailles, ajouta-t-elle.

– Une semaine toute à toi.

Elle tressaillit. Lui arrivait-il souvent de lire dans ses pensées?

– Non, ce n'est pas cela; si c'est là ton désir, je suis heureuse que tu n'aies pas à te faire de souci pour nous. Tout ira bien. Nous allons mieux.

– Vas-tu au bureau, lundi?

– Oui, je pense. Pourquoi?

– Tu préférerais ne pas y aller du tout.

– Ce n'est pas ce que j'ai dit.

– Tu l'as pensé.

– Je ferai ce que j'ai à faire, dit-elle, au bord de la colère. De toute façon, j'ai aussi des rendez-vous : un déjeuner avec Vivian. Je voulais te demander : où en est-elle?

– T'ai-je jamais parlé de ma théorie sur l'Université? Comme la plupart des institutions, elle ressemble à un bac de mélasse, elle est lente et fainéante. Si quelque chose va mal d'un côté, elle s'empresse de l'étouffer, si tu essaies d'y faire une brèche, elle s'infiltre dans la marque que tu crois avoir faite. Si tu essaies de t'y frayer un chemin trop rapidement, tu t'écroules d'épuisement; si tu insistes en te lançant la tête la première et en essayant d'éviter le fléau, tu te noies.

Elle rit.

– Si tu chauffes la mélasse, ça se liquéfie et ça s'écoule rapidement.

– Exactement. Aussi avons-nous allumé un petit feu, sous le vice-président. Lloyd Strauss. Tu le connais.

– Et se déplace-t-il plus vite?

– Comme une vague de fonds. En une semaine, il a découvert que la moitié de la race humaine est formée de femmes et a demandé à William Webster, dont la panse forme un redoutable rempart, de lui expliquer pourquoi notre tour d'ivoire ressemble à un club exclusivement réservé aux hommes.

– Tu aimerais te débarrasser de Webster.

– Est-ce si évident? J'espère que personne d'autre ne s'en aperçoit. On pourrait penser que je convoite son poste.

– Mais c'est faux.

– Seigneur, évidemment. Je voudrais passer plus de temps dans mon laboratoire, pas derrière un bureau.

– Les laboratoires Foster t'accorderaient-ils ce que tu désires?

– Je me demandais quand tu remettrais cela sur le tapis.

– Je ne voulais pas engager de polémique, je te demandais simplement s'ils accepteraient de te donner satisfaction.

– Je n'en suis pas sûr.

– Comment pourras-tu savoir?

– Je suppose qu'il me faudra aller faire un tour.

– Voilà.

– Pas de commentaires?

– Qu'attends-tu de moi?

– Si seulement je le savais! Tu n'as jamais manqué de me le dire dans le passé. Si j'y vais, m'accompagneras-tu?

– Je ne pense pas. Il vaudrait mieux que tu sois seul.

– Tiens, c'est nouveau. Jusqu'à présent...

Elle se leva et secoua les plis de sa robe.

– Je vais monter téléphoner à ma sœur, avant d'aller me coucher.

– Depuis quand est-elle debout, à cinq heures et demie du matin?

– Ce n'est pas le matin, mais tard, dans... que je suis bête, tu as raison, j'ai fait l'inverse. Evidemment, elle doit dormir. J'appellerai demain. Je crois que je vais aller me coucher.

– Sans parler davantage des Laboratoires Foster?

– Non. Pas ce soir.

Il attendit.

– Bon. Je te rejoins.

– Bonsoir.

Elle grimpa l'escalier lentement, se demandant comment elle avait pu confondre l'heure de Chicago et de Londres après presque trois semaines passées là. En fait, elle s'était sentie mal à l'aise, en présence de Garth, telle était la véritable raison. L'intimité spontanée de leur conversation la troublait. Par quel miracle la connaissait-il au point de deviner l'objet de ses pensées? « Je ne veux pas », pensa-t-elle. Mais que ne voulait-elle pas?

Elle désirait maintenir ses distances, mais elle avait

besoin du sourire et des encouragements de Garth. Elle essaya de l'imaginer sous les traits du mari falot de sa sœur; mais ils riaient ensemble, et son travail le rendait, à ses yeux, fascinant et formidable.

Elle se rappela que Stéphanie le trouvait renfermé et négligent; mais une bouffée de bonheur l'envahit quand elle songea aux sentiments de protection et d'affection qu'il lui témoignait.

Allongée sur le lit, elle pensait à lui, quand elle l'entendit monter. Il allait entrer dans la chambre. Penny se mit à tousser. Sabrina rejeta les couvertures.

– J'y vais, dit Garth.

Il trouva Penny assise dans le lit, toute petite et pâle. Il lui donna une cuillerée de sirop, elle fit la grimace et l'avala.

– Pourquoi est-ce si mauvais?

– Plus c'est mauvais, plus vite tu seras guérie, ainsi tu n'auras plus besoin d'en avaler. Maintenant, je vais te border.

– Papa, peux-tu rester quelques minutes?

Il posa sa main sur son front. Pas de fièvre.

– Qu'y a-t-il, ma chérie?

– J'ai demandé à maman, pour les cours de dessin. Elle m'a dit que, si tu étais d'accord, je pourrais les suivre.

– Ah bon? Eh bien, je crois qu'on va s'arranger. Quand commencent-ils?

– Juste après Noël. Mais...

– Mais?

– J'ai besoin de peintures, de pinceaux, de fusains, et de toiles. Et ça coûte très cher.

– Bon, je ne sais pas. Je pensais que tu pouvais dessiner avec des bâtonnets et de la boue sur des serviettes en papier. Mais si tu insistes pour avoir le même équipement que Michel-Ange, on pourrait

338

avancer Noël, et t'offrir, dès à présent, tout ce dont tu as besoin.

– Oh! papa!

Elle se débattit pour sortir des couvertures et se jeter à son cou. Il la tenait serrée contre lui.

– Allez, maintenant, tu vas dormir. On ne peut créer de chefs-d'œuvre si on passe son temps à tousser.

– Papa?

– Encore autre chose?

– Pourquoi maman est-elle si différente, ces temps-ci?

Garth se rassit.

– En quoi est-elle différente?

– Oh! tu sais. *Différente*. Par exemple, elle me prend davantage dans ses bras et elle ne nous gronde pratiquement plus. Parfois elle semble à peine faire attention à nous. Parfois, elle te sourit, et parfois elle donne l'impression de vouloir t'éviter. Elle semble souvent lointaine, et puis... on dirait... enfin... on dirait qu'elle est là et qu'en même temps, elle est ailleurs.

Garth passa la main dans ses cheveux. Inutile de faire semblant. Les enfants possédaient un don d'observation et une perspicacité étonnants.

– Je crois qu'il faut qu'elle mette de l'ordre dans son esprit. Quand tu arrives à un certain âge, en général vers trente ans, tu commences à faire le bilan. Alors, il arrive qu'on prenne ses distances...

– Qu'on prenne ses vacances seul, par exemple, pour faire le vide dans son esprit?

Il fut surpris.

– Oui. Mais qu'est-ce qui t'a fait penser à ça?

– C'est ce que maman m'a répondu quand je lui ai demandé.

– Ah bon? Que t'a-t-elle dit d'autre?

– Que vous n'alliez pas divorcer.

– Quoi?

– Mais je ne sais pas si elle n'y pense pas encore.

Garth, immobile, fixait, dans le vide, le hall éclairé. « Idiot, imbécile. Tu n'as rien vu. Il a fallu que ta fille de onze ans te révèle l'évidence. » Il serra une raquette de tennis imaginaire, ses muscles se raidirent, prêts à smasher dans la pièce. « Idiot, abruti, tu n'as même pas vu qu'elle désirait divorcer... Depuis son voyage? Avant? Depuis combien de temps? »

Penny le savait. Depuis longtemps. Elle en avait même parlé à sa mère. « Elle y pense encore. »

Bien entendu, elle y pensait. Qui d'autre était au courant en dehors de Penny? Qui d'autre en savait plus que lui sur sa femme? Combien de personnes ne craignaient pas, comme lui, de lire en elle? Parce que, bien entendu, tout au fond de lui, il savait que chaque fois que l'idée d'un éventuel départ effleurait son esprit, il la repoussait. Tout devenait clair : depuis sa fuite en Chine jusqu'au linge sale qu'elle laissait s'entasser. Elle l'avait harcelé pour qu'il parle à Cliff, à propos du butin caché dans son placard. Quand il avait essayé de lui dire qu'il l'avait fait, elle avait paru indifférente. Pire, c'était comme si elle ne savait même pas de quoi il parlait. Comme si elle se moquait de ce qu'il faisait. Tout était clair : elle voulait le quitter.

Mais elle était toujours là. Et voulait y rester. Il lui fallait aussi le croire. Comment expliquer autrement l'effort qu'elle faisait pour changer, pour se montrer plus gaie, plus intéressée par ce qu'il faisait, plus passionnée? Ce n'était pas simplement un apéritif pris ensemble ou le fait qu'elle se laissait prendre en charge, ce n'était même pas leur conversation à table, portant sur son travail. Elle essayait d'agir différemment en tout point, le forçant à faire de même. Pour qu'ils repartent de zéro. Puis, soudain, elle se renfermait. Comme s'il y avait un mouvement de va-et-vient

340

dans ses pensées, qui la poussait vers lui puis l'en éloignait, heure après heure, jour après jour. Elle pensait au divorce. Mais elle n'avait pas pris de décision.

Il éprouva de la tendresse et de l'admiration à son égard. Il ne s'était pas rendu compte combien elle était forte, le poussant à la courtiser de nouveau, à lui plaire, tout en n'étant pas sûre de l'avenir : allait-elle le quitter pour devenir... ce qu'elle voulait être? Ce qu'elle pensait pouvoir être une fois qu'elle ne serait plus sa femme. Il fallait qu'il lui montre qu'il comprenait, qu'il savait maintenant qu'il l'avait pratiquement laissée s'éloigner de lui, absorbé qu'il était par son travail et qu'avec elle il repartirait de zéro si elle acceptait de rester.

Voilà ce qu'il devait faire.

– Papa?

– Tout va bien, ma chérie. Ta mère et moi, nous n'allons pas divorcer. Des tas de gens mariés songent au divorce, et parfois, quand ils ont de graves problèmes, ils doivent se séparer. Mais pas toujours. Et puis, je vais te dire quelque chose.

– Quoi?

Sa voix était chaleureuse.

– J'aime ta mère, Cliff et toi plus que tout au monde. Crois-tu que je serais assez idiot pour nous laisser nous séparer?

– Je t'aime, papa, soupira Penny, et elle s'endormit.

Garth se pencha et l'embrassa sur le front. « Quelquefois, tout l'amour du monde n'est pas suffisant, songea-t-il. Mais je ferai mon possible. »

Allongé près de sa femme, dans l'obscurité, il murmura :

– Je n'ai pas envie d'aller à cette conférence. La semaine dernière a été merveilleuse, il m'a semblé que nous apprenions à nous connaître, après être restés longtemps loin l'un de l'autre. Je sais que c'était ma faute plus que la tienne, j'ai voulu qu'on en parle, mais il semble que, ces temps-ci, nous reprenions tout à la base. As-tu ressenti la même chose? Stéphanie? Je sais que tu ne dors pas. Est-ce que, pour toi aussi, la semaine a été merveilleuse?

Masquée par l'obscurité, elle se crispa.

– Oui, dit-elle, à contrecœur. (Les soirées au calme, ses compliments pour tout ce qu'elle faisait, l'intimité de leur conversation et de leur rire, leur complicité quand Cliff et Penny disaient quelque chose d'amusant, quand ils se partageaient le travail, son sentiment d'être liée à lui, à une famille...) Oui.

Il glissa son bras le long de l'oreiller et l'attira vers lui.

– J'ai envie de te connaître de nouveau, de tout recommencer. (Ses lèvres effleurèrent sa joue et ses yeux clos.) De revivre des jours heureux et de reconstruire ensemble notre foyer. Mon amour.

Et sa bouche rencontra la sienne.

Affreusement tendue, l'esprit en ébullition, elle fut submergée par une vague lancinante de bonheur et de honte. Les mains de Garth glissaient le long de sa chemise de nuit, découvrant ses épaules. Elle avait envie de hurler, mais des pensées contradictoires l'assaillaient.

« *Arrête-le... Dis-lui... Quoi? Sors du lit. Repousse-le. Dis-lui... Quoi? Qu'il ne doit pas... C'est un mari. Il est dans son lit.* »

Ses mains et sa bouche parcoururent tout son corps : ses lents baisers s'attardaient sur ses seins. Elle sentit un frisson la parcourir. Du bout de ses doigts, elle effleura ses épaules musclées, la peau douce de son dos, elle se rendit compte qu'elle passait ses bras autour de son corps. Elle fit un effort pour se retirer. Il s'immobilisa, comme arrêté en plein vol, puis de nouveau, se pencha sur elle, il caressait toujours ses seins, tout en embrassant le creux de sa gorge. Sabrina entendit un petit gémissement s'échapper d'elle, elle lutta. « *Non, nous ne pouvons pas, nous ne pouvons pas...* » Mais son corps s'approcha du sien, quémandeur, déjà familier, et sous l'insistance de ses mains, elle se laissa plonger dans le flot de désir qui vint submerger son corps.

« *Tu ne dois pas faire ça!* »

Une voix glaciale, cinglante, dans l'obscurité, s'imposa à elle. Elle tressaillit. Pensant qu'il lui avait fait mal, Garth se retira, mais Sabrina, le corps en contradiction totale avec la tempête qui faisait rage en elle, l'attira et quand il la pénétra, elle était ouverte, mouillée, lisse.

Un élan soudain de plaisir l'enflamma comme un incendie, avant qu'elle pût l'étreindre; elle se donna à lui avec tant de passion, qu'après sa longue abstinence, il ne put se retenir. Il poussa un profond gémissement, puis, immobile, exerça une pression contre son corps, restant en elle un long moment. Elle prolongea cet instant, puis le repoussa.

Il leva la tête.

— Je suis désolé, mon amour. (Il laissa glisser sa main.) Laisse-moi...

— Non, murmura-t-elle, déchirée par un sentiment de déchéance et de culpabilité.

Elle le désirait ardemment mais avait honte et elle détourna la tête.

Il se souleva et s'allongea près d'elle. Sabrina frissonna, se sentant dépossédée.

— Je vais rester à la maison, dit-il.

— Non, je veux que tu t'en ailles.

— Alors, je vais faire en sorte que ça aille vite. On a tant de choses à se dire, à rattraper. (Elle perçut une note nouvelle dans sa voix et essaya de la discerner. Ce n'était ni du triomphe ni de la satisfaction. De l'anticipation.) Bonsoir, mon amour, dit-il.

– Bonsoir. (Sa voix était à peine audible.) Dors bien.

Il lui prit la main, la serra fort et la garda dans la sienne. Ainsi, ils s'endormirent.

FIN DU PREMIER VOLUME

Cinéma et TV

A bout de souffle/made in USA
(1478★★)
par Leonore Fleischer
Un cavale romantique et désespérée.

A la poursuite du diamant vert
(1667★★★)
Par Joan Wilder
On ne court pas dans la jungle en talons hauts.

Alien (1115★★★)
par Alan Dean Foster
Avec la créature de l'Extérieur, c'est la mort qui pénètre dans l'astronef.

Angélique marquise des Anges
(667★★★★ à 685★★★ et 1410★★★★ à 1412★★★★)
par Anne et Serge Golon
De la Cour de Louis XIV au glacial Québec, les aventures de la fascinante Angélique.

L'année dernière à Marienbad
(546★★)
par Alain Robbe-Grillet
A-t-elle connu cet homme qui prétend l'avoir aimée ?

Annie (1397★★★)
par Leonore Fleischer
Petite orpheline, elle fait la conquête d'un puissant magnat. Inédit, illustré.

Au delà du réel (1232★★★)
par Paddy Chayefsky
Une terrifiante plongée dans la mémoire génétique de l'humanité. Illustré.

Beau père (1333★★)
par Bertrand Blier
Il reste seul avec une belle-fille de quatorze ans, amoureuse de lui.

Les Bleus et les Gris (1742★★★)
par John Leekley
Deux familles étaient liées par le sang, la foi et l'amour jusqu'au jour où éclata la guerre de Sécession.

Blade Runner (1768★★★)
par Philip K. Dick
Rick Decard est un tueur d'androïdes mais certaines androïdes sont aussi belles que dangereuses.

Blow out (1244★★★)
par Williams de Palma
Pour Sally et Jack, une course éperdue contre la mort.

La boum (1504★★)
par Besson et Thompson
A treize ans, puis à quinze, l'éveil de Vic à l'amour.

Cabaret (Adieu à Berlin) (1213★★★)
par Christopher Isherwood
L'ouvrage qui a inspiré le célèbre film avec Liza Minelli.

Carrie (835★★★)
par Stephen King
Ses pouvoirs supra-normaux lui font massacrer plus de 400 personnes.

Chaleur et poussière (1515★★★)
par Ruth Prawer Jhabvala
En 1923, elle a tout quitté pour suivre un prince indien fascinant mais décadent.

Chanel solitaire (1342★★★★)
par Claude Delay
La vie passionnée de Coco Chanel. Illustré.

Le choc des Titans (1210★★★★)
par Alan Dean Foster
Un combat titanesque où s'affrontent les dieux de l'Olympe. Inédit, illustré.

Conan (1754★★★)
par Robert E. Howard
*Les premières aventures du géant bar-
bare qui régna sur l'âge hyborien.*

Conan le barbare (1449★★★)
par Sprague de Camp et Carter
*L'épopée sauvage de Conan le Cimmé-
rien face aux adorateurs du Serpent.*

Conan le destructeur (1689★★)
par Robert Jordan
*Que peut son courage contre les
démons et les maléfices ?*

Conan le Cimmérien (1825★★★)
par Robert E. Howard
*Bêlit a envoûté Conan, mais que peut-
elle faire contre la force brutale du barbare ?*

Cujo (1590★★★★)
par Stephen King
*Un monstre épouvantable les attend
dans la chaleur du soleil.*

Dallas

- Dallas (1324★★★★)
par Lee Raintree
*Dallas, l'histoire de la famille Ewing,
au Texas, célèbre au petit écran.*

- Les maîtres de Dallas (1387★★★★)
par Burt Hirschfeld
Qui a tiré sur JR, et pourquoi ?

- Les femmes de Dallas (1465★★★★)
par Burt Hirschfeld
Kristin convoite la fortune de JR.

- Les hommes de Dallas (1550★★★★)
par Burt Hirschfeld
Le combat de JR contre Bobby.

Damien, la malédiction – 2 (992★★★)
par Joseph Howard
*Damien devient parfois un autre, celui
qu'annonce le Livre de l'Apocalypse.*

Dans les grands fonds (833★★★)
par Peter Benchley
*Pourquoi veut-on les empêcher de visi-
ter une épave sombrée en 1943 ?*

Les dents de la mer – 2ᵉ partie
(963★★★)
par Hank Searls
*Le mâle tué, sa gigantesque femelle
vient rôder à Amity.*

Des fleurs pour Algernon (427★★★)
par Daniel Keyes
*Charlie est un simple d'esprit. Des
savants vont le transformer en génie,
comme Algernon la souris.*

Des gens comme les autres (909★★★)
par Judith Guest
*Après un suicide manqué, un adoles-
cent redécouvre ses parents.*

2001 – l'odyssée de l'espace (349★★)
par Arthur C. Clarke.
*Ce voyage fantastique aux confins du
cosmos a suscité un film célèbre.*

Dynasty (1697★★)
par Eileen Lottman.
Un des plus célèbres feuilletons.

E.T. – l'extra-terrestre (1378★★★)
par William Kotzwinkle
*Egaré sur la Terre, un extra-terrestre
est protégé par les enfants. Inédit.*

Edith et Marcel (1568★★★)
par Claude Lelouch
L'amour fou de Piaf et Cerdan.

Elephant man (1406★★★)
par Michael Howell et Peter Ford
*La véritable histoire de ce monstre si
humain.*

L'Espagnol (309★★★★)
par Bernard Clavel
*Brisé par la guerre, il renaît au contact
de la terre.*

L'exorciste (630★★★★)
par William Peter Blatty
*A Washington, de nos jours, une petite
fille vit sous l'emprise du démon.*

Fanny Hill (711★★★)
par John Cleland
Un classique de la littérature érotique.

Flash Gordon (1195★★★)
par Cover, Semple Jr et Allin
L'épopée immortelle de Flash Gordon sur la planète Mongo. Inédit, illustré.

La forteresse noire (1664★★★★)
par Paul F. Wilson
Une section S.S. face à un vampire surgi du passé.

Gremlins (1741★★★)
par Steven Spielberg
Il ne faut ni les exposer à la lumière, ni les mouiller, ni surtout les nourrir après minuit. Sinon...

Il était une fois en Amérique (1698★★★)
par Lee Hays
Deux adolescents régnaient sur le ghetto new-yorkais puis, un jour, l'un trahit l'autre.

L'île sanglante (1201★★★)
par Peter Benchley
Un cauchemar situé dans le fameux Triangle des Bermudes.

Jésus de Nazareth (1002★★★)
par W. Barclay & Zeffirelli
Récit fidèle de la vie et de la passion du Christ, avec les photos du film.

Jonathan Livingston le goéland (1562★)
par Richard Bach
Une leçon d'art de vivre. Illustré.

Joy (1467★★)
par Joy Laurey
Une femme aime trois hommes.

Kramer contre Kramer (1044★★★)
par Avery Corman
Abandonné par sa femme, un homme reste seul avec son tout petit garçon.

Laura (1561★★★)
par Vera Caspary
Peut-on s'éprendre d'une morte sans danger ?

Love story (412★)
par Erich Segal
Le roman qui a changé l'image de l'amour.

Le Magicien d'Oz (The Wiz) (1652★★)
par Frank L. Baum
Dorothée et ses amis traversent un pays enchanté. Illustré.

Massada (1303★★★★)
par Ernest K. Gann
L'héroïque résistance des Hébreux face aux légions romaines.

La mort aux enchères (1461★★)
par Robert Alley
Un psychiatre soupçonne d'un crime la cliente dont il est épris.

La nuit du chasseur (1431★★★)
par Davis Grubb
Il poursuit ses victimes en chantant des psaumes à la gloire du Seigneur.

L'œil du tigre (1636★★★)
par Sylvester Stallone
La gloire est au bout des gants de Rocky.

Officier et gentleman (1407★★)
par Steven Phillip Smith
Nul ne croit en Zack, sauf lui-même.

Outland... loin de la Terre (1220★★)
par A. D. Foster
Sur l'astéroïde Io, les crises de folie meurtrière et les suicides sont quotidiens. Inédit, illustré.

Les Plouffe (1740★★★★)
par Roger Lemelin
Une famille québécoise aux aventures bouffonnes et tendres.

Philadelphia Experiment
(1756★★)
par Charles Berlitz
L'armée américaine a réellement tenté des expériences d'invisibilité.

Les prédateurs (1419★★★★)
par Whitney Strieber
Elle survit depuis des siècles mais ceux qu'elle aime meurent lentement.

La quatrième dimension (1530★★)
par Robert Bloch
Le domaine mystérieux de l'imaginaire où tout peut arriver. Inédit.

Racines (968★★★★ et 969★★★★)
par Alex Haley
Le triomphe mondial de la littérature et de la TV fait revivre le drame des esclaves noirs en Amérique.

Ragtime (825★★★)
par E.L. Doctorow
Un tableau endiablé et féroce de la réalité américaine du début du siècle.

Razorback (834★★★★)
par Peter Brennan
En Australie, une bête démente le poursuit.

Rencontres du troisième type (947★★)
par Steven Spielberg
Le premier contatc avec des visiteurs venus des étoiles.

Riches et célèbres (1330★★★)
par Eileen Lottman
Le succès, l'amour, la vie, tout les oppose ; pourtant, elles resteront amies. Inédit. Illustré.

Scarface (1615★★★)
par Paul Monette
Pour devenir le roi de la pègre il n'hésite pas à tuer.

Shining (1197★★★★★)
par Stephen King
La lutte hallucinante d'un enfant médium contre des forces maléfiques.

Star Trek II : la colère de Khan
(1396★★★)
par Vonda McIntyre
Le plus grand défi lancé à l'U.S. Enterprise. Inédit.

Staying Alive (1494★★★)
par Leonore Fleischer
Quatre ans après, Tony Manero attend encore sa double chance d'homme et de danseur.

Sudden Impact (1676★★★)
par Joseph C. Stinson
Une nouvelle enquête pour l'inspecteur Harry, le flic impitoyable.

Le trou noir (1129★★★)
par Alan Dean Foster
Un maelström d'énergie les entraînerait au delà de l'univers connu.

Un bébé pour Rosemary (342★★★)
par Ira Levin
A New York, Satan s'empare des âmes et des corps.

Vas-y maman (1031★★)
par Nicole de Buron
Après quinze ans d'une vie transparente, elle décide de se mettre à vivre.

Verdict (1477★★★)
par Barry Reed
Les femmes et l'alcool ont fait de lui un avocat médiocre. Pourtant...

Véridiques Mémoires de Marco Polo
(1547★★★)
Adapté en français moderne, voici le récit même du fabuleux voyageur.

Wolfen (1315★★★★)
par Whitney Strieber
Des êtres mi-hommes mi-loups guettent leurs proies dans les rues de New York. Inédit, illustré.

Romans policiers

ARMSTRONG Charlotte
Troublez-moi ce soir (1767★★★)
Est-elle une douce baby-sitter ou une folle psychopathe ?

BOILEAU-NARCEJAC
Les victimes (1429★★)
Une inconnue avait pris la place de sa maîtresse.
Usurpation d'identité (1513★★★★)
Des pastiches étincelants de tous les grands auteurs policiers.
Maldonne (1598★★)
Il est toujours dangereux de jouer un personnage dans la vie.

CASPARY Véra
Laura (1561★★★)
Peut-on s'éprendre d'une morte sans danger ?

DEMOUZON
Mouche (882★★★)
Un détective de province projeté dans les milieux parisiens du cinéma.
Un coup pourri (919★★★)
Une trop jolie blonde pour un « privé ».
Le premier né d'Egypte (1017★★★)
A chaque nouveau meurtre, il raye un nom.
Le retour de Luis (1081★★★)
Un non-lieu c'est bien, mais si c'est pour se faire descendre après...
Adieu, La Jolla (1207★★★)
Elle était belle et aussi dangereuse qu'un serpent à sonnettes.
Monsieur Abel (1325★★)
Un vieil homme solitaire peut-il jouer au redresseur de torts ?

Section Rouge de l'Espoir (1472★★)
L'explosion révèle l'existence d'un nouveau groupe terroriste.
Quidam (1587★★★)
Rimbault contemple le carnage : un véritable cauchemar.
La pêche au vif (1779★★★)
Rien de tel qu'un cadavre pour vous gâter un dimanche.

FALK Franz-Rudolf
On a tué pendant l'escale (1647★★★)
L'atmosphère étouffante d'un port du Moyen Orient.

FARREL Henry
Qu'est-il arrivé à Baby Jane ? (1663★★★)
Le face-à-face tragique de deux anciennes stars.

GARDNER Erle Stanley
La jeune fille boudeuse (1459★★★)
On l'a vue tuer, mais elle est innocente.
Sur la corde raide (1502★★★)
Perry Mason sera-t-il rayé du barreau ?
La nièce du somnambule (1546★★★)
Tuer en état de somnambulisme, est-ce un crime ?
L'œil de verre (1574★★)
Pourquoi voler un œil de verre ?
Le canari boiteux (1632★★★)
Le canari aurait-il été témoin du meurtre ?
La danseuse à l'éventail (1668★★★)
Un cheval peut-il être témoin à charge ?
La vierge vagabonde (1780★★★)
Comment cette innocente jeune fille a-t-elle pu être arrêtée pour vagabondage sur la voie publique ?

GRUBB Davis
La nuit du chasseur (1431★★★)
Il poursuit ses victimes en chantant des psaumes à la gloire du Seigneur.

LEBRUN Michel
L'Auvergnat (1460★★★)
Dans son bistrot, tous les paumés de la nuit.

Pleins feux sur Sylvie (1599★★)
Il est parfois dangereux d'être une star.

MAC CLOY Helen
Le miroir obscur (1430★★★)
A-t-elle le pouvoir de se dédoubler ?

McDONALD Gregory
Fletch (1705★★★)
Un homme cherche à se faire assassiner.

Fletch, à table ! (1737★★★)
Une location avec cadavre de femme nue en prime.

Le culot de Fletch (1812★★★)
Au début il y eut un meurtre devant une caméra, puis bientôt des émeutes sanglantes.

MACDONALD Ross
Un regard d'adieu (1545★★★)
La peur se tapit derrière les façades des riches villas californiennes.

Le frisson (1573★★★)
Elle s'enfuit le jour de son mariage.

L'affaire Wycherly (1631★★★)
Ou la disparition d'une jeune fille.

Le corbillard zébré (1662★★★)
Burke Damis un coureur de dot ou assassin ?

La face obscure du dollar (1687★★★★)
Le kidnappé serait-il le kidnappeur ?

Un mortel air de famille (1752★★★)
Ce garçon est-il un imposteur malgré sa ressemblance avec son père supposé ?

La côte barbare (1823★★★)
La disparition d'une championne de plongeon fait resurgir des meurtres anciens.

MacGERR Pat
Un faubourg d'Elseneur (1446★★★)
Une pièce de théâtre dénonce un meurtre ?

MASTERSON Whit
La soif du mal (1528★★★)
Que peut un homme seul contre la conspiration du mensonge ?

MEYER Nicholas
La solution à sept pour cent (1473★★★)
Stupéfiante aventure de Sherlock Holmes.

QUEEN Ellery
La ville maudite (1445★★★)
Est-il coupable ou cherche-t-il à racheter un crime ancien ?

Il était une vieille femme (1489★★★)
Une comptine rythme des meurtres insensés.

Le mystère égyptien (1514★★★)
… ou la crucifixion d'un maître d'école.

Et le huitième jour (1560★★★)
Ellery pris pour Dieu par des fanatiques.

La maison à mi-route (1586★★★)
Un seul corps pour deux morts différents.

Le renard et la digitale (1613★★★)
Tout l'accuse … Ellery le croit innocent.

La décade prodigieuse (1646★★★)
Un meurtre peut-il obéir aux Dix Commandements ?

Griffes de velours (1675★★★)
Quelle sera la prochaine victime du Chat ?

Coup double (1704★★★)
Une jeune sauvageonne débarque dans la vie d'Ellery.

Le mystère du grenier (1736★★★)
Seul un oiseau a été témoin du crime.

Le roi est mort (1766★★★)
Ellery doit élucider un meurtre impossible dans l'île d'un roi fou.

Le mot de la fin (1797★★★)
La mort rôdait autour de l'arbre de Noël : Ellery mit plus de vingt ans à comprendre.

Un bel endroit privé (1811★★★)
Le meurtre fut commis à 9 h 9, le 9e jour du 9e mois, et Ellery reçu 9 indices, tous faux.

QUENTIN Patrick

La veuve noire (1719★★★)
Il se sentait prisonnier d'une machination mortelle.

SADOUL Jacques

L'héritage Greenwood (1529★★★)
Amanda était riche, jeune, belle et dénuée de tous scrupules.

La chute de la maison Spencer (1614★★★)
La vie d'une enfant de dix ans est menacée.

L'inconnue de Las Vegas (1753★★★)
Pour retrouver une gamine, Carol Evans doit suivre un chemin parsemé de cadavres.

SAYERS Dorothy

Poison violent (1718★★★)
Lord Peter décide d'épouser une femme accusée de meurtre.

SPILLANE Mickey

En quatrième vitesse (1798★★★)
Il allait au devant d'ennuis en prenant, la nuit, une auto-stoppeuse nue.

SYMONS Julian

La splendeur des Wainwright (1432★★★)
Est-ce son fils ou un imposteur ?

Les dessous de l'affaire (1488★★★)
On n'empoisonne vraiment bien que dans la bonne société anglaise.

VILAR Jean-François

Passage des singes (1824★★★)
Un homme mort peut-il être l'instigateur d'une gigantesque escroquerie ?

Achevé d'imprimer sur les presses de l'imprimerie Brodard et Taupin
58, rue Jean Bleuzen, Vanves. Usine de La Flèche,
le 5 juin 1985
1993-5 Dépôt légal juin 1985. ISBN : 2 - 277 - 21844 - 8
Imprimé en France

Editions J'ai Lu
27, rue Cassette, 75006 Paris
diffusion France et étranger : Flammarion